KB037058

봄의 여담

봄의 여담

초판 1쇄 찍은 날 | 2018년 9월 3일
초판 1쇄 펴낸 날 | 2018년 9월 10일

지은이 | 김태영
펴낸이 | 예경원

편집 | 박수희 · 주승아

펴낸곳 | 예원북스
등록번호 | 제396-2012-000132호
등록일자 | 2012. 7. 25
YRN | 제1-0228호

주소 | 경기도 고양시 일산동구 호수로 646-24 위너스21-Ⅱ 206A호 (우) 10401
전화 | 031-819-9431 팩스 | 031-817-9432
http://cafe.naver.com/yewonromance
E-mail | yewonbooks@naver.com

ISBN 979-11-89450-14-4 03810

※ 이 도서의 국립중앙도서관 출판시도서목록(CIP)은 서지정보유통지원시스템 홈페이지(http://seoji.nl.go.kr)와 국가자료공동목록시스템(http://www.nl.go.kr/kolisnet)에서 이용하실 수 있습니다.

봄의 여담

Yewonbooks Romance Story

김/태/영/장/편/소/설

예원

C · O · N · T · E · N · T · S

프롤로그

문정리의 대지주 윤일로의 집 상로재에도, 1965년 새해 아침이 밝았다. 기와지붕과 넓은 마당에는 새벽녘에 내린 눈이 백설탕을 뿌려 놓은 듯 얇게 깔려 있다. 양력으로는 이미 새해가 시작된 지 한 달이 넘었지만 음력설을 쇠는 시골 사람들에게는 오늘이야말로 참다운 새해의 시작이라고 할 수 있었다.

안채 부엌에서는 찬모 서천댁이 자신의 딸인 한실과 행랑어멈을 데리고 부지런히 주인집 차례상에 오를 제수를 준비하고 있었다. 안주인이 없는 상로재의 안살림을 맡고 있는 서천댁의 손놀림은 재고 능숙하였다. 그녀가 남편을 잃은 후, 한실과 중휘 남매를 데리고 상로재로 들어와 곁방살이를 시작한 것이 벌써 15년째였다.

서천댁은 부엌문을 발로 밀어 열고 고무 대야에 들고나온 설거지물을 마당에 휙 뿌렸다. 그 서슬에 우물가 늙은 배나무 위에 앉아 우짖고 있던 까치가 푸드덕 날아올랐다. 물이 뿌려진 자리에 눈이 녹으며 수증기가 부옇게 피어올랐다.

"한실아, 너는 얼른 가서 아가씨부터 깨워라. 또 밤새 책 읽다 늦게 잠든 모양이드라. 두 시가 넘도록 방에 등잔불이 켜져 있더구먼."

서천댁이 바닥에 쭈그려 앉아 마른행주로 제기를 닦고 있던 한실에게 큰 동작을 섞어 건넌방을 가리키며 말했다. 한실은 고개를 끄덕이고 부엌을 나섰다. 그녀는 안채 마당을 가로질러 이 집 막내딸 석영이 자고 있는 건넌방으로 걸어갔다. 앞코가 들린 하얀 코고무신을 신은 발바닥 밑에서 눈이 뽀드뽀득, 밟혔다.

한실은 마루로 올라서 석영의 방문을 조심스럽게 열었다. 아기방에서나 날 법한 사랑스럽고 연약한 향기가 코끝에 와 닿았다. 석영은 아직 곤히 자고 있었다. 이 아가씨의 나쁜 버릇은 늦잠을 자는 것이다. 아니, 원인이 늦게 잠드는 것이니 나쁜 버릇은 늦잠이 아니라 늦게 잠드는 것이겠다.

한실은 석영의 발치에 무릎을 접고 앉으며 이불 밑으로 빼죽 나와 있는 하얗고 예쁜 발을 두 손으로 답삭, 잡았다. 한실의 차갑게 언 손이 닿자 작은 발이 움찔 놀라 손을 털어 내며 얼른 이불 속으로 쏙 들어갔다. 한실은 머리끝까지 뒤집어쓰고 있는 이불을 걷고 석영의 어깨를 흔들었다. 그제야 석영은 오만상을 찌푸리며 한쪽 눈만 겨우 떴다.

자신을 깨운 것이 한실임을 알자 그녀는 한실의 허리를 두 팔로 감아 안으며 어리광을 부렸다. 그 모습이 예뻐서 한실은 헝클어진 머리를 잠시 쓰다듬어 주었다. 새해가 되었으니 벌써 열일곱 살인데 여전히 어린아이 같다.

그대로 두면 다시 잠이 들 것 같아 한실은 얼른 그녀의 팔을 제 허리에서 떼어 내며 손바닥 두 개를 펴 얼굴 앞에서 위아래로 움직여 보였다. 어서 일어나 세수하라는 뜻이었다. 석영은 말을 듣지 않고 다시 한실의 허리에 팔을 두르며 무릎에 얼굴을 묻었다.

"앗! 차가워."

한실이 차가운 손으로 목덜미를 간질이자 석영이 펄쩍 뛰며 그제야 한실에게서 떨어졌다. 그런 석영을 미소를 지으며 바라보고 있던 한실이 다시 한 번 어서 일어나라 재촉하는 손짓을 하였다.

"……알았어. 알았다구."

석영이 겨우 이불 속에서 몸을 일으켜 앉자 한실이 사랑채 쪽을 가리키며 양쪽 검지로 머리에 뿔을 만들어 보였다. 늦으면 아버지에게 혼날 거라는 뜻이었다. 한실은 어릴 때 고열을 앓은 후 난청이 왔고, 그로 인해 말을 하지 못했다.

태어나자마자 어머니를 잃은 석영을 아기 때부터 한실이 돌봐 주었으므로 서로 소통하는 데는 아무 문제도 없었다. 일곱 살밖에 차이 나지 않지만, 석영은 한실을 어머니 대신으로 혹은 언니나 친구로 여기며 자랐다. 석영에게 한실은 혈육이나 다름없었다.

한실은 어리광을 부리는 석영의 손을 떼어 놓고 윗목에 놓여 있는 자개장을 열어 병아리색 저고리와 치맛단에 금실로 수가 놓인 다홍색 치마를 꺼내 바닥에 단정히 펴 놓았다. 한실의 어머니 서천댁이 한 달 전부터 미리 만들어 둔 석영의 설빔이었다. 서천댁의 한복 짓는 솜씨는 근방에서 따라올 사람이 없었다. 석영은 엎드린 채로 한복의 치맛단을 손바닥으로 조심스럽게 훑어보았다. 정성스럽게 놓은 진달래꽃 수가 매끄럽게 손끝에서 미끄러져 갔다.

석영은 한실의 재촉을 받으며 세수를 하고 한복으로 갈아입었다. 머리를 단정하게 묶고 사랑채로 나가니 아버지와 오빠 석규는 벌써 차례상에 제수를 올리고 있었다.

차례를 지낸 후, 석영과 석규는 윤일로에게 세배를 하였다. 남매의 세배가 끝나자 사랑방 문밖에 서서 기다리고 있던 행랑채 식구들이 차례대로 들어와 주인에게 세배를 했다.

아침을 먹고, 성묘할 음식을 싼 보자기를 지게에 진 정근아범을 앞세우고 온 가족이 선산으로 성묘를 다녀오니 마을 남자들이 윤일로에게 새해 인사를 하기 위해 행랑채에 와서 기다리고 있었다. 마을에는 윤일로보다 나이 많은 노인들도 많았지만 윤일로의 땅을 부쳐 먹고 사는 사람들은 그를 마을의 가장 큰 어른으로 대접했다. 새해나 추석이 되면 제일 먼저 상로재로 와서 인사를 하는 것이 문정리 사람들의 오랜 습관이었다.

마을 남자들은 세배가 끝나면 행랑채로 나가 술을 마셨으므로 석영도 부엌으로 가 술상 차리는 것을 도왔다. 차려진 상은 정근 아범과 중휘가 행랑채로 날랐다. 석규가 그곳에 끼어 주인으로서 객들을 대접해 주면 좋으련만 그는 그저 마을 사람들과 눈인사만 주고받은 후 곧 자신의 방으로 들어가 버렸다.

그는 대학을 졸업하고 철도공사에 취직했으나 적성에 안 맞는다며 곧 그만두고 본가로 내려와서 일 년째 하는 일 없이 빈둥대고 있는 중이었다. 원체 성격이 소심한 데다가 은연중에 자신은 그들과 다른 사람이라는 선민의식을 가지고 있어, 웬만해서는 마을 사람들과 어울리려 들지 않았다.

사람들 대부분이 돌아가고 난 후, 행랑채에는 젊은 축에 속하는 이들만 남아 술을 마시거나 윷놀이를 하고 있었다. 분주하게 움직이던 부엌도 어느 정도 한가해졌을 때 서천댁이 안주가 떨어졌겠다며 한실에게 말린 묵 무친 것과 잡채를 접시에 담아 쟁반에 올려 주며 행랑채에 갖다 주고 오라고 시켰다.

한실은 따뜻한 부뚜막에 앉아 흰 행주로 설거지한 숟가락의 물기를 닦고 있다가 쟁반을 받아 들려고 손을 뻗었다. 하지만 쟁반을 받아 들기 직전에 갑작스레 두 손으로 입을 틀어막으며 주저앉아 버렸다.

"왜 그려?"

서천댁이 깜짝 놀라서 물었다. 한실은 입을 막고 헛구역질을 했다.

"아이구, 아침부터 식은 떡을 자꾸 집어 먹더라니."

서천댁이 놀라서 잔소리를 했다.

"언니, 괜찮아? 어떡해, 이 식은땀 좀 봐."

석영이 당사자보다 더 창백해진 얼굴로 한실의 등을 쓸어 주며 안절부절못했다.

"손 따고 소다 먹으면 금방 괜찮아질 테니께 걱정 말구, 아가씨는 이거나 바깥채에 좀 갖다 주구 와요."

서천댁이 음식이 올려진 쟁반을 석영에게 건네주며 말했다.

"네."

석영은 하는 수 없이 쟁반을 들고 부엌을 나와 근심 어린 낯으로 수인문 쪽으로 걸어갔다. 안채 마당과 행랑채 사이에 있는 수인문은 평소 빗장이 걸려 있었으나 오늘은 음식을 내가느라 활짝 열려 있었다.

행랑방 툇마루 아래에는 남자 신발들이 어지러이 놓여 있었다. 석영은 조심스럽게 섬돌을 밟고 툇마루로 올라섰다. 방 안에서 왁자지껄 떠드는 소리가 문밖까지 들려왔다. 석영이 문 앞에서 헛기침을 했지만 안에서 떠드는 소리에 묻히고 말았다. 갑자기 문을 벌컥 열기도 민망하여 석영은 잠시 망설였다.

"근디, 혹시 어르신이 중휘를 데릴사위 삼으시려는 거 아니여?"

석영이 다시 인기척을 내려는 찰나에 방 안에서 그런 소리가 들려왔다. 석영은 누군가에게 이마라도 한 대 맞은 것처럼 흠칫 놀라 몸이 굳어졌다.

"애초에 그런 생각으로 중휘 뒷바라지를 하신 것 아니겄어? 그냥 일꾼으로 쓸라믄 굳이 고등핵교까정 졸업을 시킬 건 뭐여?"

누군가 거들었다.

"일리 있는 소리여. 중휘를 데릴사위 삼으면 이 집이야 남는 장사지. 석규 되련님은 아무리 봐두 이 큰 살림 맡을 깜냥이 아니잖여. 중휘를 붙잡아 앉히면 충실허구 똑똑헌 재산지기 두는 거나 매한가지지."

석영은 얼굴이 새빨개져서 안에서 들려오는 소리를 듣고 있었다.

"택도 없는 소리. 이 집 어르신이 워떤 냥반인데 안잠자기랑 사돈을 맺어?"

행랑채에 기거하며 석영네 집안 잡일을 해 주고 있는 정근 아범의 코웃음 치는 소리가 들렸다.

"하기사 어르신이야 여직도 조선시대인 줄 알고 사시는 양반이니께."

"그따우 구습에 붙들려서 중휘 놓치면 자기 손해지, 뭘. 안 그려?"

"그럼, 그럼. 석규 같은 샌님 밑에서 농사지을 생각혀 봐. 벌써부텀 속이 깝깝혀. 고생이라고는 모르구 귀하게만 자랐으니 우리덜 어려운 사정에 대해 뭘 알겨? 생긴 거부터가 유두리라고는 없어 뵈지 않어?"

다들 맞장구를 치며 한마디씩 석규 흉을 보았다.

"그러게나 말이여. 농사지어서 소작료 내고 농약값 제허고 나면 우리 먹을 쌀 제우 남는 형편을 금 숟가락 물구 태어난 이가 어찌 알겨? 니미, 없는 놈들은 맨날 죽 쒀서 개 주는 꼴이니 워디, 농사지을 맛이 나야 말이지? 나도 다 때려치우고 서울로 가서 날품팔이라도 해야 할라나 몰러."

"그래도 여그는 그나마 나은 편이여. 소추리, 회군리 나가 보라고. 거그는 지주하구 육 대 사로 나눈다고 하잖어. 일 년 내 농사 지어두 제 먹을 쌀도 모자라서 봄 되면 또 지주한테 가서 쌀 꿔다 끼니를 이어야 할 판이랴. 기껏 농사지으면 뭘 할겨. 가을에 도지 쌀에 이자 쌀까정 제하고 나믄 빈 지게루 집에 가야 하는디. 여그는 그래두 어르신이 퇴비니 씨앗까정 대 주구두 오 대 오로 나눠 주시니 우린 군소리할 거 없어."

정근 아범이 그래도 주인집 편을 든답시고 그렇게 말하는 소리가 들렸다.

"그나저나 중휘 편에서는 난감한 일이 아니여? 만에 하나 어르신이 석영 아가씨랑 결혼하라믄 그동안 입은 은혜도 있고 거절할 수도 없는 일 아녀? 괜히 몸 약한 색시 억지로 떠맡았다가 서른도 되기 전에 홀애비 되믄 그 노릇을 어쩔 겨?"

"내 말이 그 말이여. 아가씨가 눈만 흘겨도 쓰러지게 생겨 갖고 어디 밤일이나 제대로 받어 내겄디?"

그 소리에 방 안에서 한꺼번에 와르르 웃음이 터져 나왔다. 이야기는 바야흐로 음담패설 쪽으로 기울어 가고 있었다. 석영은 모욕감으로 손이 부들부들 떨렸다. 그녀는 어서 그 자리를 벗어나야 한다고 생각하면서도 몸이 움직이지 않았다.

"다시 장가 들면 되지. 나이 젊겄다, 돈 있겄다, 장가 세 번은 못 갈까."

다시 방 안에서 웃음소리가 터졌다. 석영은 더 견디지 못하고 입술을 질끈 물고 몸을 돌렸다. 그러다가 그만 놀라서 들고 있던 쟁반을 놓치고 말았다. 언제 왔는지 중휘가 장승처럼 뒤에 버티고 서 있었다. 그는 무표정한 얼굴로 마루에 나뒹굴고 있는 음식들을 바라보았다.

밖에서 나는 요란한 소리를 들었는지 누군가 행랑방 문을 열었다가 석영과 마루에 흩어진 음식들을 보고 찔끔한 얼굴로 얼른 문을 닫았다. 이제 방 안에서는 아무도 떠드는 이가 없었다.

중휘는 곧 아무렇지 않게 흩어진 그릇과 음식을 쟁반에 모아 담기 시작했다. 석영은 겨우 정신을 차리고 중휘를 도우려고 했지만 그는 가볍게 팔로 막으며 흩어진 음식에 손대지 못하게 했다. 뒷수습을 마친 중휘가 쟁반을 들고 안채로 들어가려고 했다.

"줘."

석영은 알 수 없는 모욕감과 분노를 느끼며 중휘에게 퉁명스럽게 말했다. 중휘는 들은 척도 하지 않고 안채로 성큼성큼 걸어가 버렸다. 그는 아무 잘못이 없다는 것을 알지만 이유 없이 화가 났다. 석영은 방 안에서 떠들어 대던 동네 사람들의 모욕적인 말들 때문에 중휘에 대한 제 마음에 오물이 끼얹어진 기분이 들었다.

그가 동네 사람들이 떠드는 소리를 들었는지 어쨌는지 알 수 없었다. 표정은 평소와 다름없이 무덤덤하였다. 안채로 사라지는 그의 넓은 등을 바라보며 석영은 이유 없이 애가 타서 죄 없는 입술을 자꾸 물어뜯었다.

❖

"외숙모님 뵌 지도 오래되었으니 새해 인사도 드릴 겸 둘이 같이 부산에 다녀오너라."

설 다음 날 윤일로가 석영 남매를 사랑채로 부르더니 그렇게 말하였다.

"외숙모님 댁에요?"

석영이 놀라서 되물었다. 외삼촌이 세상을 떠나고 나서는 거의 왕래도 없는 친척이었다. 외삼촌이 살아 계실 때도 새해 인사를 하러 간 적은 한 번도 없었다. 게다가 석규만 가라는 것도 아니고 석영까지 따라가라니 의아하지 않을 수 없었다. 석영은 멀미가 심해 평소에는 석영이 보내 달라고 떼를 써도 윤일로 쪽에서 말리는 편이었다.

"언니, 웬일로 아버지가 나 부산 외숙모님 댁에 다녀오라고 하셨어. 무슨 바람이 부셨나 몰라. 이제 나이도 한 살 더 먹으니 좀 어른 대접을 해 주시려는 모양이지?"

석영은 신이 나서 제일 먼저 행랑채에 있는 한실에게 달려가 자랑했다. 한실은 체기가 아직도 가라앉지 않았는지 핼쑥한 얼굴로 누워 있다가 겨우 일어나 앉으며 석영의 볼을 쓰다듬어 주었다. 그녀는 수화와 입 모양을 섞어 잘 다녀오라고, 따뜻한 옷 챙겨 가라고 당부했다. 그 눈이 곧 울 듯이 슬퍼 보여서 석영은 덩달아 울상이 되었다.

"아직 많이 아파? 읍내 의원에 가서 약이라도 지어 오라고 해야겠다."

한실이 고개를 저었다. 다 나았으니 걱정하지 말라고 그녀는 손으로 말했다. 석영은 한실이 걱정되어 떨어지지 않는 발걸음으로 집을 나섰지만 대절한 택시를 타고 읍내에 도착했을 때는 거의 처음 하는 장거리 여행에 설레서 금세 잊고 말았다.

두 사람은 읍내에서 시외버스를 타고 기차역이 있는 해원시에 내려 역에서 다시 부산 가는 기차로 갈아탔다. 석규는 기차 안에서 무슨 근심이 있는 사람처럼 유난히 어두운 얼굴로 신이 나서 조잘대는 석영을 조금도 상대해 주지 않았다.

"아이구, 세상에. 네가 정말 석영이냐? 그 어리던 것이 벌써 이렇게 커서 처녀티가 나네. 이제 시집가도 되겠구나. 하기는 국민학교 들어가던 해에 보구 못 봤으니……. 사는 게 뭔지 한 번 찾아가 보지도 못하고. 형님 생각해서라도 내가 그래서는 안 되는 건데."

오랜만에 만난 외숙모는 눈물까지 글썽이며 남매를 반갑게 맞았다. 외숙모 댁에 묵는 동안 석영은 사촌들과 부산 시내를 구경하며 온종일 돌아다녔지만, 석규는 피곤하다며 사흘 내내 방구석에 누워 꼼짝도 하지 않아서 외숙모님 댁 식구들 보기가 민망할 정도였다. 시간이 지날수록 점점 더 성격이 폐쇄적으로 되어 가는 것 같아 석영은 심히 걱정되었다.

사흘 후 그들은 갔던 경로를 되짚어 문정리로 돌아왔다. 돌아오니 집에 놀라운 일이 벌어져 있었다. 서천댁 식구들이 기거하던 방이 텅 비어 있었다. 처음에는 어딜 잠깐 다니러 간 줄 알았으나 곧 그들이 상로재를 완전히 떠나 버렸다는 것을 알았다.

얼굴이 하얘져서 사랑채로 달려가 캐묻는 석영에게 윤일로는 중휘의 일자리가 잡혀서 서울로 떠났다는 대답을 해 주었다. 중휘가 몇 달 전부터 이미 서울로 가겠다는 의중을 얘기했고 일자리를 알아보고 있었다는 말을 들었지만 석영은 이해할 수 없었다. 그렇다고 아무 말도 없이 떠나다니. 중휘는 그렇다 치고 한실까지 편지 한 장 남기지 않고 떠났다는 것이 믿을 수가 없었다.

정착하면 곧 편지를 보내겠다고 했다지만 너무도 느닷없는 일이라 정신이 얼떨떨하였다. 정근 어멈을 붙잡고 물어도 아는 게 없기는 마찬가지였다. 그녀도 식구들과 친정에 다녀와 보니 한실네 가족은 이미 떠나고 없었다고 했다.

석규는 여독 때문인지 돌아오자마자 곧바로 방으로 들어가 누워 버렸다. 십 년이 넘게 한집에서 살아온 사람들이 인사 한 마디 없이 사라져 버렸는데 별로 놀라는 기색도 없었다. 원래 없던 사람들이기라도 하다는 듯 단 그는 한 번도 그들에 관한 얘기를 입에 올리지 않았다.

석규와 달리 석영은 가족이나 다름없던 사람들의 갑작스러운 부재를 쉽게 받아들이지 못했다. 아버지나 석규보다 그들에게 더 의지하며 살아온 석영은 뒤통수를 맞은 기분이었다. 배신감으로 잠을 이루지 못했고 밥이 넘어가지 않았다. 생각할수록 서운하고 슬프고 쓸쓸하였다. 석영은 봄 내내 심하게 몸살을 앓았다.

1장

7년 후.

지프차가 지나가는 신작로에 부옇게 흙먼지가 일었다. 열어 놓은 창문으로 불어 들어온 바람이 중휘의 흰 셔츠 깃과 머리카락을 날렸다. 신작로 양편으로 펼쳐진 논에서는 농부들이, 쥐불을 놓아 검게 그을린 논을 갈아엎고 있었다. 부지런한 논에서는 벌써 못자리를 만들어 볍씨가 푸릇푸릇 싹을 틔운 것이 보이기도 했다. 4월이니 곧 모내기 철이었다.

중휘는 선글라스를 벗고 철쭉과 복사꽃이 만발해 분홍색 아지랑이가 피어오르는 먼 산모퉁이를 바라보았다. 산업화로 모든 것이 눈 깜빡할 사이에 정신없이 변화하는 도시와는 딴 세상 같았다. 그가 고향을 떠났던 7년 전과 달라진 것이 없었다.

경부 고속도로가 개통이 되고 고속도로 주변의 농촌 마을에서부터 지붕 개량이니, 도로 정비에 전기 공급 같은 새마을 운동이 한창 일어나고 있었지만 이 깊은 산골까지는 아직 그 바람이 미치지 못하고 있었다. 읍내가 빤히 바라보이는 마을에조차 아직 석유 등잔불에 의지해 살고 있는 형편이었다.

저만치에 그의 차 앞으로 소가 끄는 달구지가 느리게 굴러가고 있었다. 중휘는 속력을 천천히 늦추었다. 소 목에 걸린 방울 소리가 짤랑짤랑 울렸다. 달구지를 몰고 있는 낡은 한복에 상투를 튼 촌로는 아마도 청각에 문제가 있는 것 같았다. 차 소리가 들리지 않는지 신작로 한가운데를 차지하고 비켜 줄 생각을 하지 않았다.

경적을 울려, 노인이 놀라 펄쩍 뛰게 만들고 싶지 않아서 중휘는 달구지의 속도에 맞추어 천천히 차를 몰았다. 목덜미에 산들바람이 느껴졌다. 그는 새봄이 시작되는 정다운 농촌 풍경을 느긋이 즐기며 느리게 움직이는 달구지 뒤를 천천히 따라갔다. 다행히 얼마 후 달구지는 마을로 이어진 샛길 쪽으로 방향을 틀었다.

중휘가 문정리에 도착한 것은 해가 막 정봉산 밑으로 떨어지고 있는 저녁 무렵이었다. 그는 마을로 들어가는 길목인 싸리재 정상에 이르자 차를 세웠다. 이제 구불거리는 경사진 길을 따라 내려가면 바로 그가 태어난 마을인 문정리였다.

마을 뒤편으로는 정봉산이 울타리처럼 둘러싸고 있고 앞으로는 해미 벌판이 너른 치맛자락처럼 펼쳐져 있는 문정리는 60여 호의 가옥이 초가지붕을 잇대고 옹기종기 모여 있는 꽤 큰 촌락이었다.

그는 차에서 내려 담배를 꺼내 물었다. 이제 막 연둣빛 새순이 돋기 시작한 나뭇가지들 사이로 시루에 담긴 것 같은 지형의 마을이 한눈에 내려다보였다. 저녁을 짓느라 초가지붕을 낀 굴뚝마다 푸르스름한 연기가 하늘로 곧게 피어오르고 있었다.

그는 담배 연기를 내뱉으며 해미 벌판 앞으로 흐르는 동경천이 은빛 뱀처럼 구불거리며 멀리 산모퉁이로 휘어져 사라지는 것을 한동안 바라보았다. 강폭이 좁은 곳에는 예전과 다름없이 건넛마을과 이어진 섶 다리가 놓여 있다. 섶 다리는 여름 장마가 지면 어김없이 떠내려가서 일 년에 한 번씩 건넛마을 사람들과 모여 다리를 새로 놓아야 했다.

어릴 때 그는 여름이면 멱을 감고 물고기를 잡느라 손발이 쪼글쪼글해지도록 물가에서 떠나지 않았다. 겨울에는 썰매를 지치고 얼음 배를 만들어 타기도 하고 '얼음꽝'을 해서 눈먼 꺽지나 퉁가리를 잡아 구워 먹으며 추운 줄도 모르고 온종일 강가를 놀이터 삼아 놀았다. 생각해 보면 그나마 행복했던 짧은 시절이었다.

그의 시선은 동경천을 벗어나 해마다 동제를 지내는 몇 백 년 묵은 당나무가 서 있는 마을 어귀를 따라 천천히 움직였다. 마을의 공동 우물을 지나 정봉산에서 내려오는 맑은 도랑물을 가둬서 만든 빨래터에 아낙 두어 명이 앉아 있는 것이 보였다. 아마도 저녁 해 먹을 쌀이나 나물을 씻고 있는 것이리라.

중휘의 시선은 마을 안쪽, 지대가 제일 높은 곳에 네 귀가 번쩍 들린 팔작지붕을 이고 우뚝 서 있는 웅장한 고택에서 멈추었다. 그 집은 여강 윤씨 19대 종택으로 초가집으로 이루어진 마을에서, 유일한 양반 가옥이었다. 그 집의 사랑채 정면에 대사헌을 지낸 6대손의 호를 취해 상로재라 이름 지은 현판이 걸린 것이 멀리서도 희끄무레하게 보였다.

기와가 얹힌 높은 담장으로 둘러싸인 상로재는 마을의 일반 초가집이 서너 채는 들어앉을 수 있을 만큼 규모가 컸다. 4칸의 행랑채와 연결된 솟을대문을 지나 행랑 마당을 통과하면 사랑채로 이어진 중문이 있고 중문을 들어서면 잘 손질된 연못과 화초가 심어진 사랑채 마당이 나온다.

기단을 쌓아 높은 위치에 지어진 사랑채는 화려한 누각처럼 높고 웅장했다. 사랑채 대청마루에 서면 마을 곳곳은 물론 멀리 해미 벌판과 동경천까지 내려다보였다.

사랑채 오른쪽에는 조상들 제사를 지내는 사당채가 있고 왼쪽으로 낮은 샛담으로 경계가 지어진 안채와 부엌이 ㄷ자형으로 앉아 있다. 안채 부엌의 뒷문 쪽에 곳간 살림과 온갖 부식물을 보관하는 고방채가, 그 뒤란 쪽 가장 한적한 장소에는 산에서 내려오는 물을 가두어 목욕소로 쓰는 움막이 지어져 있었다.

중휘는 담배 연기를 내뱉으며 눈을 가늘게 뜨고 고택을 내려다보았다. 그는 7년 전 고향을 떠나기 전까지 그 집 행랑채에서 어머니와 손위 누이와 곁방살이를 했었다. 윤일로의 땅에서 소작을 부쳐 먹고 살던 아버지가 병으로 일찍 세상을 떠나자 그의 어머니는 어린 자식들을 데리고 윤씨 종택으로 들어가 십오 년 동안 그 집의 찬모로 일했다.

중휘는 어려서부터 싸움꾼이었다. 누이의 뒤를 따라다니며 벙어리라고 놀려 대는 동네 아이들과 하루도 빼놓지 않고 싸워야 했기 때문이다. 저녁이 되면 두들겨 맞은 아이의 부모가 어머니를 찾아와 항의했다. 중휘는 어머니에게 매일 빗자루로 엉덩이를 맞았다. 아이들이 중휘가 두려워 더는 한실을 놀리지 않게 될 때까지 그 일은 계속 반복되었다.

중휘가 중학교에 입학할 나이가 되자, 어린 말썽꾼의 어디가 마음에 들었는지 윤일로는 그의 어머니에게 중휘가 고등학교를 졸업할 때까지 뒷바라지를 해 주겠다고 말했다. 단 중휘가 학교를 졸업하고 나면 자신을 위해 일해야 한다는 단서를 붙였다. 6년 동안의 학비는 갚을 필요 없고 월급도 합당하게 쳐 주겠다는 아주 그럴듯한 제안이었지만 앞으로 계속 그 집 종살이를 해야 한다는 말이었다.

윤일로는 건강이 좋지 않아, 늘 크고 작은 병을 안고 살았다. 일 년에 한 번은 꼭 병원에 입원까지 해야 할 정도로 크게 앓았다. 그는 문정리 땅 외에도 읍내에 목재소와 포목전을 가지고 있었는데 해가 갈수록 그것들을 관리하고 감독하는 데 어려움을 겪고 있었다. 윤일로가 중휘네에게 그런 제안을 한 것은 자신의 병약한 몸과 아들 석규에 대한 불신 때문이었을 것이다.

그는 자신이 언제 잘못될지 모른다는 불안감을 가지고 있었던 듯하다. 이미 장성한 아들이 있었으나 시인이 되겠다고 옆구리에 시집 나부랭이를 끼고 허송세월하고 있는 석규를 그는 믿지 못했다. 세상 물정 모르는 귀 얇은 아들에게 재산을 맡겼다가는 한술에 말아먹기 십상이라는 것을 그는 진작 간파하고 있었던 것이다.

윤일로는 중휘가 자라는 것을 옆에서 지켜보아 왔으므로 그의 성정을 잘 알고 있었다. 석규와는 나이 차이가 꽤 났지만 어릴 때부터 같이 세워 놓으면 어느 모로 보나 중휘 쪽이 훨씬 묵직하고 믿음이 갔다. 똑똑하고 영리했지만 약삭빠르거나 남을 배신할 성격은 또 아니었다.

그는 자신이 죽고 난 후를 대비해 믿을 만하고 정직하지만 야무진 관리인을 만들어 두기로 한 것이다. 석규가 직접 복잡한 일은 못 해도 사람 한 명쯤 관리 못 할 바보는 아니라고 여겼으므로 여러 번잡하고 머리 써야 하는 일은 중휘가 맡아 하고 석규는 그런 중휘를 감독하면 될 거라는 속셈이었다.

윤일로의 계획대로 중휘는 고등학교를 졸업하자마자 성실하게 주인을 위해 일했다. 일꾼들을 관리하고 장부를 정리하고 목재소에 들여올 나무를 사기 위해 산판을 할 산을 직접 둘러보러 전국을 돌아다녔다. 포목전 옷감을 떼러 서울에 있는 도매시장을 오갔으며 가을 추수가 끝나면 소작료를 걷고 다음 해 농사지을 땅을 윤일로와 의논해 재배분하는 일도 하였다.

중휘는 그 생활에 불만이 없었다. 생각지도 못한 불행한 일이 일어나지 않았다면 그는 지금도 여전히 그 집 일꾼으로 조용히 살고 있었을 것이다.

중휘는 마지막 담배 한 모금을 깊이 빨고 담배꽁초를 버렸다. 그는 바닥에 떨어진 담배꽁초를 구둣발로 지그시 밟아 누르며 다시 한 번 상로재를 바라보았다. 그곳은 머잖아 자신의 소유가 될 것이다. 그의 입가에 씁쓸한 미소가 떠올랐다. 그는 머리를 쓸어 올리며 다시 차에 올랐다.

석영은 점심을 먹고 산보를 다녀오는 길이었다. 날이 풀리면서 하루에 한 번씩 정봉산 중턱에 있는 암자를 다녀오는 것이 일과가 되었다. 상로재가 저만큼 바라보이는 곳까지 내려왔을 때 도랑 옆 비탈에서 나생이를 캐고 있는 동네 할머니가 보였다. 석영은 무릎을 짚고 비탈 아래 있는 할머니에게 알은척을 했다.

"할머니, 많이 캐셨어요?"

"응, 산보 댕겨 오는구먼."

할머니는 이가 없어 합죽한 입을 벌리고 올려다보며 반갑게 웃었다. 그렇지 않아도 주름 많은 얼굴이 웃음을 지으니 눈코입이 온통 주름에 파묻혀 보이지 않았다. 그 얼굴이 무척이나 정다워 석영은 저절로 웃음이 나왔다.

"날이 많이 풀렸어요. 할머니, 오늘은 햇볕이 제법 뜨겁죠?"

"그래도 아직은 바람이 냉혀. 낼부텀은 쉐타라두 걸치구 나와. 감기 걸리면 큰일이여."

할머니는 얇은 블라우스 차림인 석영의 옷차림을 보며 흙 묻은 마디 굵은 손을 내저었다.

"네, 그럴게요."

석영은 웃으며 고개를 끄덕였다. 그녀는 할머니에게 인사를 하고 다시 집 쪽으로 걸음을 옮겼다. 군청색의 플레어스커트를 입은 그녀의 허리는 조금만 힘을 주어 잡으면 부러질 것처럼 가늘었다. 도통 사람 구실도 못할 것 같은 그 가녀린 뒷모습을 노파는 걱정스럽다는 듯 바라보았다.

하얗다 못해 창백한 예쁜 얼굴과 코스모스처럼 여린 몸매는 바라보는 사람을 조마조마하게 만드는 구석이 있었다. 수줍음이 많고 낯을 가리는 성격이었지만 인사성이 바르고 상냥하였다. 멀리 떨어져 있어 그냥 지나쳐 가도 뭐라고 할 사람도 없는데 꼭 쳐다볼 때를 기다려 눈이 마주치면 환하게 웃으며 인사를 하고 지나가는 모양이 그녀의 오라비 윤석규와 많이 대비되었다.

이 마을의 거의 모든 땅을 소유하고 마을 사람 모두를 소작인으로 두고 있는 석규는 거만함이 몸에 배어 늘 목에 빳빳하게 힘이 들어가 있었다. 저보다 나이 많은 동네 어른들에게조차 그는 먼저 인사하는 법이 없었다. 천성이 악한 것은 아니었지만 특별한 환경 속에서 자라다 보니 저절로 거만한 습성이 몸에 밴 것이다.

그 앞에서는 웃으며 인사를 건넸지만 아니꼬워하는 사람들이 많았다. 하지만 석규를 싫어하는 사람들도 차마 석영을 미워하지는 못했다. 그것은 석영이 본래 선하고 사랑스러운 성격인 이유도 있었지만 태어나자마자 생모를 잃고 그 젖 한 모금 빨아 보지 못하고 자란 것에 대한 동정심도 있었다.

게다가 몸이 약해 쉼 없이 크고 작은 병치레를 하며 자라서 드디어는 병이 나서 죽었다는 소문이 난 적도 서너 번은 되었다. 동네 사람들은 모두 그녀가 오래 살지 못할 거라고 생각했다. 하지만 석영은 사람들의 예상과 달리 꿋꿋이 버텨서 이십사 년이나 살아 냈다. 기특한 일이 아닐 수 없었지만 건강 상태는 여전히 조금도 나아지지 않았다.

그런 와중에도 그녀는 재작년까지 서울에서 혼자 하숙을 하며 대학교를 다녔다. 원래 심장도 좋지 않은 데다가 3학년 초쯤에 감기가 심해져 폐렴을 앓는 바람에 어쩔 수 없이 휴학을 하고 본가로 내려온 지 1년이 가까워 오고 있었다.

병도 어느 정도 나아서 이번 봄 학기에는 복학하려고 했는데 결국 뜻대로 되지 않았다. 혼자 객지 생활하는 게 아직 위험하다고 석규가 반대하기도 했고 사실, 병을 앓고 난 후 기력이 돌아오지 않아서 석영도 오빠의 뜻에 따라 1년을 더 쉬기로 했다.

그녀는 날이 풀린 후, 운동 삼아 뒷산 암자까지 매일 산보를 하고 있었다. 암자로 가는 길은 경사가 완만하고 크게 멀지도 않아 산보 코스로 알맞았다. 중간중간, 능금나무 아래나 너럭바위에 앉아 쉬어 가며 산에 다녀오면 두 시간이 훌쩍 넘어 있었다.

집에 도착하니 대문 앞에서 오빠 석규가 담배를 피우고 있는 것이 보였다. 석규는 근래 들어서 어디 몸이 좋지 않은지 늘 얼굴빛이 어두웠다. 병약한 몸은 집안 내력이라 석규마저 건강을 잃을까 봐 석영은 걱정이 되었다.

"산보 댕겨 오냐?"

먼 산에 시선을 주고 있던 석규가 석영을 발견하고 담배를 비벼 끄며 물었다.

"네. 오빠."

"그러다 산길에서 쓰러지면 어쩌려고 혼자 갔니? 산보 갈 때는 옥희 데리고 같이 가라니까."

석규는 석영의 핏기 없는 얼굴을 보더니 걱정스럽다는 듯 미간을 모았다.

"옥희 오늘 바쁘잖아요."

석영이 대답했다. 옥희는 재작년에 정근네가 도시로 이사를 가면서 행랑채에 새로 들어온 엄씨 부부의 맏딸이었다. 그 아이는 석영보다 네 살이나 어렸지만 손끝이 야무져서 오늘도 음식 장만

하는 부엌에서 제 몫의 일을 바지런히 돕고 있었다.

옥희뿐만 아니라 오늘은 부엌에 부지깽이 손이라도 빌려 써야 할 만큼 다들 눈코 뜰 사이 없이 바쁘다는 건 석규가 제일 잘 알터였다. 귀한 손님이 온다며 아침부터 일하는 사람들을 몰아 댄 것이 석규 자신이 아니던가.

"손님 기다리시는 거예요?"

"손님은 저녁이나 되어야 올 텐데 뭘. 바람 쐬러 나왔다."

석규는 무슨 고민이 있는 사람처럼 저 멀리 정봉산 언저리를 바라보며 힘없이 대답했다.

"얼른 들어가 좀 쉬어라."

석영이 뭔가 더 말을 붙여 보려는데 석규는 석영의 창백한 얼굴을 보고 걱정스럽다는 듯 들어가라 재촉했다. 석영은 하는 수 없이 이마의 땀을 닦으며 집 안으로 들어갔다.

안채로 들어서자 고소한 기름 냄새가 마당에 가득하였다. 마당가 우물 옆에 쳐 놓은 천막 아래서 올케 미옥과 옥희, 옥희 어머니 셋이 수다를 떨어 가며 부지런히 음식을 만들어 내고 있었다. 들마루 위에는 벌써 다 만들어진 전이며 떡, 나물 같은 음식들이 채반에 담겨져 김을 식히고 있었다.

"아가씨, 물 드세요."

화로에 얹어 놓은 솥뚜껑에서 지글지글 익고 있는 고기적을 뒤집고 있던 옥희가 얼른 일어나 물 단지에서 차가운 물을 떠서 석영에게 내밀었다.

"용이는?"

석영은 물이 든 대접을 받아 들며 아까 산보를 나갈 때만 해도 옥희 등에 업혀 놀고 있던 조카의 행방을 물었다.

"한참 칭얼거리더니 잠들었어요."

옥희가 안방을 손으로 가리켰다. 석영은 물 대접을 마루에 내려놓고 용이 자고 있는 안방으로 들어갔다. 아이는 포동포동한 팔을 만세 하듯 위로 향한 채 세상모르고 잠들어 있었다.

이제 5개월이 된 용이는 석규의 아들로, 석영에게는 하나밖에 없는 귀한 조카였다. 갓난쟁이가 먹성이 어찌나 좋은지 석영의 힘으로는 이제 오래 안아 주지도 못할 만큼 살이 토실토실했다.

바쁜데 아이라도 봐 주고 싶었지만 얼마 전에 아이를 업다가 포대기 아래로 쑥 빠트린 후로 미옥은 석영에게 아이를 맡기지 않으려고 했다. 석영도 아이를 다치게 할까 봐 무서워 함부로 봐 주겠다고 나서지 못했다. 갓난아이 하나 제대로 못 보는 제 가느다란 팔뚝을 내려다보며 그녀는 한숨을 내쉬었다.

석영은 반쯤 말려 있는 아이의 작은 주먹을 조심스럽게 쓰다듬으며 천사 같은 얼굴을 들여다보았다. 동그란 이마와 완두콩만 한 코와 살짝 벌어진 투명한 입술이 몹시 신비롭고 사랑스러웠다. 아기의 얼굴은 아무리 들여다봐도 싫증이 나지 않았다. 석영은 무슨 재미난 것을 구경하는 사람처럼 얼굴에 웃음을 머금고 아기 얼굴을 바라보다가 어느새 그 옆에서 같이 잠이 들었다.

그녀는 꿈을 꾸었다. 캄캄한 산길을 정신없이 도망가는 꿈이었다. 뒤에서 쫓아오는 무시무시한 무언가를 피해 필사적으로 뛰었지만 돌덩이라도 매단 듯 발이 움직이지 않았다. 공포로 온몸의 숨구멍이 쪼그라드는 것 같았다. 바로 등 뒤에 바짝 닥쳐 온 잔혹하고 끔찍한 금수의 숨결이 귓가에 느껴지는 순간, 그녀는 헛숨을 들이켜며 잠에서 깨었다.

"또 가위눌리셨어요? 아휴, 이 땀 좀 봐."

옥희가 그녀의 이마에 맺힌 땀을 소맷자락으로 닦아 주며 걱정스러운 눈으로 들여다보고 있었다. 석영은 아직도 꿈속에서 채 헤어 나오지 못한 채 공포에 질린 눈으로 멍하니 옥희를 올려다보았다. 여전히 누군가에게 쫓기는 것처럼 심장이 세차게 뛰고 있었다.

"손님이 곧 도착하신다고 얼른 나와 계시래요. 차가 조금 전에 싸리재를 넘어오는 것을 아저씨가 보셨대요."

옥희의 말에 석영은 어지러운 머리를 가누며 겨우 자리에서 일어났다. 잠깐 잠들었다가 깼다고 생각했는데 바깥에는 벌써 어스름이 내려 있었다. 어느새 깼는지 용은 벌써 옥희 등에 업혀 놀고 있었다. 옹알이를 하며 통통한 손으로 옥희의 머리카락 몇 올을 말아 쥐고 열심히 빨고 있었다. 용을 보자 꿈자리로 사납던 마음이 겨우 가라앉았다. 석영은 아기와 눈을 맞추며 앙증맞은 주먹을 입술로 간질였다.

"얼른요. 아가씨."

옥희는 석영이 아기에게 붙어서 일어날 생각을 하지 않자 답답했던지 경대 앞에 놓여 있던 빗을 집어 그녀에게 내밀었다. 그제야 석영은 금방 잠에서 깬 자신의 몰골을 내려다보았다. 입고 있던 원피스 자락이 구겨져 있었다. 경대를 들여다보니 왼쪽 뺨에 베개의 누빔 자국이 선명했다. 손님이 누구든 그런 꼴을 내보이고 싶지 않았다.

"꼭 나까지 나가서 인사를 해야 하는 거니?"

"네, 아주머니도 일하시다 말구 벌써 나가셨어요. 아저씨가 저렇게 신경을 쓰시는 걸 보니 중요한 손님이신가 봐요. 나중에 혼나지 말고 얼른 나가세요."

옥희가 재촉을 하며 먼저 방을 나갔다. 석영은 구겨진 치맛자락을 손으로 펴며 자리에서 일어섰다. 마루에 내려서는데 벌써 자동차 소리가 들리고 대문 밖이 수선스러웠다. 손님이 도착한 모양이었다. 자신까지 나와서 인사를 하라니 도대체 누굴까 궁금증이 일었다.

석영이 막 중문 앞에 도착했을 때 마침, 석규가 손님을 데리고 사랑채 마당으로 들어서고 있었다. 석영은 석규 뒤에 서 있는 키 큰 남자를 보고 심장이 덜컥 내려앉았다. 중휘였다.

석영은 아직도 꿈을 꾸고 있는가 싶어 눈을 몇 번 깜빡여 보았다. 그녀는 멍하니, 음영이 드리운 중휘의 얼굴을 올려다보았다. 그 와중에 석영은 그가 자신이 기억하던 것보다 훨씬 멋진 이목구비를 가지고 있다는 생각을 하고 있었다.

마당에 푸르스름한 저녁 공기가 내려앉기 시작했다. 그녀는 저도 모르게 얼굴이 붉어졌다. 늑골 아래 심장이 위태롭게 뛰는 것이 느껴졌다. 제 얼굴에 남아 있을 잠기운과 뺨에 눌린 베개 자국과 구겨진 원피스를 떠올리며 입술을 깨물었다. 그나마 훤한 대낮이 아닌 것이 천만다행이었다.

"뭘 귀신 본 얼굴이야? 중휘가 돌아왔다는 얘길 내가 해 주지 않았던가?"

놀란 얼굴로 서 있는 석영을 보고 석규가 웃었다.

"도, 돌아왔다구요?"

"그래, 교월로 돌아왔다. 온 지 벌써 두 달은 되었어."

석규가 웃으며 대답하였다. 처음 듣는 얘기였다. 그런 얘기를 하지 않은 석규도 이상했고, 두 달 전에 돌아왔다면서 상로재에 이제야 들른 중휘도 이해할 수 없었다. 중휘는 그의 가족들이 말 한 마디 없이 떠난 후 자신이 얼마나 힘들어했는지 관심조차 없는 얼굴을 하고 있었다. 그 아무것도 모른다는 듯한 태연한 얼굴이 일순 원망스러워졌다.

"오랜만입니다. 아가씨."

중휘가 인사를 건넸으나 석영은 혼자 화가 나서 입술을 꼭 다물었다. 말이 없는 석영이 수줍어서 그러는 줄 알고 석규가 껄껄 웃었다.

"녀석, 부끄러워하긴……. 석영이도 이제 제법 처녀티가 나지? 자네 떠날 때만 해도 어린애였었는데."

"네. 많이 자라셨네요."

중휘가 미소를 지으며 대답했다. 자라다니. 석영은 어린아이 취급을 받는 게 못마땅해서 눈에 힘을 주고 그를 쏘아보았다. 그는 그녀를 내려다보고 있다가 눈이 마주치자 싱긋 웃었다. 석영은 화났던 것도 잊고 불에 덴 듯 놀라서 급히 시선을 떨어뜨렸다. 얼굴이 화끈 달아올랐다.

"건강은 좀 어떠세요?"

중휘가 그녀에게 물었다.

"괜찮아요."

석영은 왠지 모르게 숨도 제대로 쉬지 못한 채 간신히 대답했다. 그는 예전과 조금 달라 보였다. 무뚝뚝해도 장난기 어린 따뜻한 눈빛 대신 속을 알 수 없는 깊게 가라앉은 검은 눈빛이 거기 있었다. 무섭게 느껴질 만큼 사나워 보이기도 하고 오만해 보이기도 했다. 그 눈빛과 마주하는 것만으로 걷잡을 수 없이 가슴이 뛰는 것은 무슨 이유인지 알 수 없었다.

"아, 아주머니랑 한실 언니는 잘 지내시지요? 지금 어디 살고 계세요?"

석영은 궁금한 것이 너무 많아 더듬거리며 물었다.

"……어머니는 돌아가셨습니다."

"예?"

석영은 놀라 두 손으로 입을 막았다. 너무도 뜻밖의 소식이라 머릿속이 하얘졌다.

"어, 어쩌다가요?"

석영은 목이 메어 잘 나오지 않는 소리로 물었다.

"병환으로요."

중휘가 담담하게 대답했다. 그렇게 건강하던 분이 병환이라니. 눈물이 왈칵 치솟는 것을 그녀는 겨우 참았다. 오래 연락이 없어도 언젠가는 다시 만날 거라고 굳게 믿고 있었는데, 다시는 그 다정한 얼굴을 볼 수 없다고 생각하자 슬퍼서 견딜 수가 없었다.

"그럼, 한실 언니는요?"

"……청주에 있어요."

"청주요?"

"이모님 댁에요."

"언니는, 언니는 어떻게 지내고 계세요?"

석영이 눈물이 그렁그렁 맺힌 눈으로 물었다.

"……뭐, 잘 지내고 있을 겁니다."

중휘는 딴 생각에 빠진 사람처럼 조금 무성의하게 대답했다.

"그, 그런 얘기는 나중에 차차 하기로 하고, 일단 안으로 들어가세."

지켜보고 있던 석규가 중휘의 팔을 잡으며 재촉했다.

"그럼, 그곳 주소를 좀 주시겠어요? 언니에게 편지를 쓰게요."

석영은 돌아선 중휘에게 급히 말했다. 어서 한실이 보고 싶어 마음이 급했다.

"주소를 못 외워서요. 나중에 알려 드리지요."

중휘가 대답했다. 석영은 두 사람이 마당을 지나 다섯 개의 돌계단을 밟고 대청으로 올라서는 것을 눈으로 좇았다. 사랑방으로 들어가려던 중휘가 고개를 돌려 마당에 서 있는 석영을 흘끔 내려다보았다. 석영은 그와 시선이 마주치고 난 후에야 자신이 넋을 놓고 그를 바라보고 있었다는 것을 깨달았다. 그녀는 화들짝 놀라서 얼른 몸을 돌렸다.

뒤통수에 중휘의 차갑고 쏘는 듯한 눈빛이 달라붙어 따라오는 것만 같았다. 그 눈빛이 어쩐지 조금 전에 꾸었던 꿈속에서 자신을 쫓던 알 수 없는 무서운 존재와 닮은 듯하여 석영은 작게 몸을 떨었다. 꿈속에서 그랬던 것처럼 심장이 발작적으로 뛰고 있었다.

술상이 차려져 들어왔다. 석규는 중휘에게 술을 따라 주었다.

"자네가 온다고 해서 신경 써서 준비를 하라고는 했는데 촌사람 솜씨가 투박해서 입에 맞을지 모르겠네."

말이야 그렇게 했지만 나무랄 데 없는 호화로운 상차림이었다. 소갈비 찜에 잡채와 고기 산적 같은 기본적인 음식에서부터 귀한 손님이 올 때만 내놓는 대합구이와 갑회가 흰 접시에 꽃처럼 꾸며져 상 가운데를 차지하고 있었다. 그 외에도 편수에 유과까지, 미옥이 오랜만에 한껏 솜씨를 발휘해서 정성껏 차린 상이었다.

중휘에게 이런 대접을 하는 것은 그가 다시 교월로 돌아온 후 두 사람이 전에 없이 가까워 진 것도 있었지만 오늘은 석규가 특별히 부탁할 것이 있어서이기도 했다.

"어서 들게. 진작 이런 자리를 가져야 했는데 그만 경황이 없었네."

"불러 주셔서 감사합니다. 잔 받으십시오."

두 사람은 화기애애한 분위기 속에서 술잔을 주고받았다. 석규는 속으로 중휘에게 언제 돈 얘기를 꺼내야 할까 눈치를 보고 있었다. 석규가 대원각 2층 도박장에 드나든 지는 1년이 넘었다. 어느 시점에 정신을 차리고 보니 땅문서 대부분을 노름판에 갖다 바친 후였다.

어쩌다가 이 지경이 되었는지 석규 자신도 알 수 없었다. 꼭 귀신에 홀린 기분이었다. 돈을 노상 잃기만 한 것은 아니었다. 딴 적도 꽤 많았다. 하지만 도박판에서 돈을 딴다는 것은 진정으로 돈을 딴 것이 아니었다. 그 돈은 다시 고스란히 도박판으로 들어가 종국에는 사라지게 되어 있었다.

그것을 알면서도 도박에서 손을 뗄 수가 없었다. 몇 달 전에 선산의 토지문서까지 날리고, 이제 남아 있는 것은 산자락 밑에 있는 비탈진 자갈밭 몇 뙈기와 상로재가 전부였다. 집만은 손댈 수가 없어 읍내 지인들에게 돈을 꾸다 보니 이제 어디 손 벌릴 데도 없었다.

그가 빈털터리가 되었다는 것이 알려지는 날에는 큰 소동이 벌어질 게 뻔했다. 오늘은 어떻게든 중휘에게 돈을 좀 빌릴 작정이었다. 중휘가 서울서 건설업을 해서 돈을 많이 벌었다는 것은 이미 소문이 나 있었다. 석 달 전쯤, 중휘는 교월로 내려오자마자 석규 소유의 읍내 집과 목재소를 사들였다.

마침 돈이 아쉬워 전전긍긍하던 참이었으므로 석규는 구세주라도 만난 듯 반가웠다. 계약할 때 가방에 지폐 다발을 담아 와서 그대로 건네주던 것이 아주 인상 깊었다. 짧은 기간에 이렇다 할 밑천도 없이 무슨 수로 그렇게 큰돈을 벌었는지 부럽기도 하고 궁금하기도 하였지만 지금은 그런 데 신경 쓸 여유가 없었다.

석규는 잃은 것이 많아서라도 도박판에서 발을 뺄 수 없었다. 잃은 돈을 복구할 수 있는 유일한 방법은 이제 도박밖에 없었다. 중휘에게 돈을 빌려 일단 급한 빚부터 좀 갚고 남은 돈을 밑천 삼아 노름판에서 크게 한 방 터뜨린다면 재생의 기회가 아주 없지도 않았다.

문제는 중휘가 담보도 없이 순순히 돈을 빌려줄지 장담할 수 없다는 것이다. 겉으로는 허물없이 지내고 있었지만 사실 석규는 중휘가 무척 어려웠다. 제가 예전에 그의 가족에게 저지른 잘못도 잘못이었고, 워낙에 사람 자체가 만만치가 않았다.

"이보게, 중휘. 내가 오늘 자네한테 어려운 부탁할 것이 하나 있네."

술잔이 몇 순배를 돈 후에 석규는 드디어 어렵게 본론을 꺼냈다.

"말씀하십시오. 제가 도와 드릴 수 있는 일이면 도와 드리겠습니다."

중휘는 꺼려 하는 기색도 없이 선뜻 말하였다.

"그게, 사실은 내가 급전이 좀 필요해서 말이야. 물론 땅을 팔면 그깟 푼돈이야 금방 마련할 수 있을 것이네만 그만한 돈 마련하자고 땅을 팔 수도 없고. 그래서 자네에게 면구스러운 부탁을 좀 하려고 하네."

석규는 거짓말을 하였다. 이제 팔 만한 땅 같은 것은 남아 있지도 않았다.

"돈을 빌려 달라는 말씀입니까?"

중휘의 미간이 좁아졌다.

"급히 돈 쓸 일이 생겼는데 현금을 쥐고 있지 않으니 당장 이럴 때는 땅이고 뭐고 아무 소용이 없구먼, 하하."

석규는 조바심을 억누르며 억지로 호탕하게 웃었다.

"……."

"내 이자는 넉넉히 쳐 줌세. 석 달 후에는 틀림없이 갚겠네."

"얼마나 필요하십니까?"

"비, 빌려줄 텐가?"

석규가 반가운 나머지 그의 손이라도 잡을 듯이 몸을 앞으로 기울였다.

“차용증은 써 주셔야겠지만 이자는 됐습니다.”

중휘가 별일 아니라는 듯 가볍게 대답했다.

“아이고, 이거 고맙네. 역시 자네밖에 믿을 사람이 없군.”

석규는 절이라도 하고 싶은 심정이었다. 꽤나 깐깐하고 빈틈없다는 것을 알고 있어서 쉽지 않을 거라고 여겼는데 의외로 흔쾌히 빌려주겠다니 사람이 죽으라는 법은 없었다. 이 돈을 밑천 삼아 정신 바짝 차려서 반드시 잃은 돈을 조금씩 복구를 하자. 이제는 더 물러설 곳도 없었다.

“주제넘은 얘기인지는 모르겠습니다만 대원각에는 너무 자주 가지 마세요. 거기 드나드는 외지인들 중에 사기 도박꾼이 섞여 있다는 소문이 있습니다. 그런 놈들한테 걸리면 아무리 용빼는 재주가 있어도 벗어나기 힘듭니다.”

무슨 눈치를 챈 것인지 중휘가 그렇게 말했다.

“그럼, 그럼. 걱정하지 말게. 나야 그저 재미 삼아 한 번씩 가는 것뿐이지. 어서 들게나.”

석규는 뜨끔하여 고개를 내저으며 중휘의 잔이 비기를 기다려 다시 술잔을 채웠다.

“그나저나 아가씨 건강은 정말 괜찮습니까? 안색이 별로 좋지 않으신 것 같던데.”

중휘가 지나가는 투로 석영의 얘기를 꺼냈다.

“원래 어려서부터 건강한 체질은 아니었지 않나. 나는 그저 집에서 조용히 지내다가 시집이나 갔으면 싶었는데 꼭 대학을 가겠다고 고집을 부리지 뭔가. 어쩔 수 없이 허락을 한 것이 문제였어. 아버님께서 살아 계셨다면 어림도 없는 일이지. 객지서 혼자 학교 다니는 것이 말처럼 쉬운 일이겠나. 한밤중에 하숙집 주인 전보를 받고 얼마나 놀랐던지. 폐렴에 걸려서 병원에 조금만 늦었어도 큰 일 날 뻔했다더군. 하나밖에 없는 여동생마저 잃는 줄 알고 심장이 멎을 뻔하였네."

석규는 그때 생각이 났는지 한숨을 내쉬었다. 그는 말하는 중에도 석영에 대한 애틋한 마음을 감추지 못했다. 중휘는 그런 석규를 묘하게 고요해진 얼굴로 바라보았다.

"지금은 괜찮아지신 거지요?"

"다른 데는 괜찮고 지금은 심장병 때문에 한 달에 한 번씩 해원시 병원으로 통원하고 있네. 의사 말이 많이 나아졌다고는 하는데 늘 살얼음판을 걷는 기분이야. 내년에 복학하겠다고 해도 허락하지 않을 셈이야. 건강도 건강이지만 대학을 안 갔으면 벌써 결혼해서 애를 낳아도 두셋은 낳았을 나이가 아닌가."

"어디 혼담 들어온 곳이라도 있습니까?"

"혼담이야 석영이 고등학교 졸업하던 해부터 여러 군데서 들어오고 있지. 작년에는 군수(郡守)네 집안에서도 중매쟁이를 보냈더군. 그 집에 아들이 셋 있는데 위로 두 형은 이미 장가를 들었고 재작년에 사법고시에 붙은 막내아들이 한 번 만나서 식사라도 하고 싶다고 여러 번 연락이 왔는데 석영이 마다해서 허사가 되었네."

"……."

중휘는 술잔을 비우며 보일 듯 말 듯 고개를 끄덕였다.

"이제 슬슬 선도 보고 해야 하는데 그런 얘기만 꺼내면 고개를 내저으니 속을 모르겠네. 아무래도 애먼 데 마음이 있는 것 같아서 걱정이야."

"무슨 말씀입니까?"

"혹시 소추리 사는 김희재라고 아나? 나랑 동기이고 학교 다닐 때 수재로 소문이 자자했었는데."

"네……. 기억납니다."

"지금은 해원시 종합병원에서 외과의로 근무하고 있는데 교월 출신 중에는 그래도 꽤 성공한 축이지. 석영이 아무래도 그 녀석을 마음에 두고 있는 것 같단 말이야."

"……."

석규의 말에 중휘의 미간이 보일 듯 말 듯 좁아졌다.

"나는 친구고 하니 모르는 사람보다는 낫겠다 싶어 석영일 그 병원으로 다니게 했는데 그게 실수였어. 아무래도 둘이 서로 마음이 있는 것 같단 말이야."

"……둘이 마음에 있다면 결혼시키면 될 일 아닙니까. 그 정도 혼처면 괜찮을 것 같은데."

중휘가 입가에 희미하게 쓴웃음을 지으며 말했다.

"어림없는 소리. 석영이 뭐가 아쉬워 재취 자리로 시집을 가겠나."

"……."

"그 녀석 몇 해 전에 상처했네. 달린 자식이 없으니 총각이나 다를 바 없다지만 엄연히 홀아빈 홀아비지. 아무리 내 친구래두 안 될 말이야. 우리 석영이가 어디 흠 있는 애두 아니고 구태여 그런 자리로 시집을 갈 이유가 없지. 안 그런가? 게다가 그 녀석 밑으로 공부시켜야 할 동생들이 줄줄이 있어. 그 뒷바라지하느라 여태도 시내서 셋방살이하는 모양이더군. 그 안사람 될 여자 고생길이 훤히 보이는데 내가 거기루 석영일 보낼 성싶은가?"

석규가 조금 흥분한 어조로 말했다.

"사람이 좋아지는 것은 그런 조건 같은 것과 상관없는 일이지요."

"그게 문제일세. 며칠 전에 보니 둘이 편지까지 주고받고 있더군. 석영이가 겉보기는 여려 보여도 강단이 있는 애라 마음에 두 없는데 편지씩이나 주고받고 할 성격이 아니거든. 편지를 뜯어보니 특별한 내용은 없어서 그냥 접어 두었네만, 곧 날 잡아서 앉혀 놓고 따끔하게 한 소리 할 작정이야. 괜히 소문이라두 나면 혼삿길 막히기 십상이지. 어린 마음에 그런 상처 있는 남자에게 끌리면 대책 없는 노릇이야. 더 심각해지기 전에 끊어 내야지."

석규의 말에 중휘는 보일 듯 말 듯 고개를 끄덕일 뿐 대꾸가 없었다.

“그나저나 자네 주위에 누구 소개해 줄 만한 사람 없나?”

석규는 침묵이 어색해 농담처럼 물었다.

“어렸을 때부터 석영일 봐 왔으니 자네도 잘 알지 않는가. 부모 사랑도 제대로 못 받고 외롭게 큰 아이니 이왕이면 따뜻한 성품을 가진 짝을 만나서 사랑받으며 살았으면 좋겠는데 말이야.”

석규는 왠지 가라앉은 중휘의 눈빛이 마음에 걸려 눈치를 살피며 혼잣말처럼 중얼거렸다. 석영의 얘기를 하다 보니 저도 모르게 저절로 한실의 얼굴이 떠올라 마음이 불편해졌다.

“지금 이 자리에서 말씀드리는 게 좀 우습습니다만, 저도 사실은…… 아가씨를 좋아하고 있습니다.”

말없이 술잔을 내려놓더니 중휘가 느닷없이 그렇게 말했다.

“응?”

석규의 얼굴이 놀라서 그대로 굳어졌다. 중휘는 진지한 표정으로 석규의 얼굴을 쳐다보고 있었다.

“뭐라고? 자, 자네가 우리 석영일……?”

“…….”

“자네가 어떻게 석영이를…… 아, 아니지, 언제부터 말인가?”

“언제부터라고 시기를 따져 말씀드리기도 곤란하네요. 어려서부터 그랬으니까. 고향에 다시 돌아온 이유 중에는 아가씨를 만나고 싶다는 이유도 있습니다. 다만 제 처지 때문에 선뜻 나서기 어려웠는데 아가씨 결혼 애기가 나왔으니 염치 불고하고 말씀드리는 겁니다.”

“그, 글쎄…….”

석규의 눈에 당황한 빛이 떠올랐다. 그런 일은 한 번도 상상해 본 적 없었다. 다른 건 차치하고라도 중휘네 집안과 자신의 집안에 이런 얘기가 오가도 되는지 그는 혼란에 빠졌다. 그는 자신이 그들 집안에 저지른 일을 잊었단 말인가?

“아가씨 마음이 확실히 정해졌다면 깨끗이 물러나겠습니다. 하지만 조금이라도 여지가 있다면 저에게도 기회를 한 번 주십시오.”

중휘가 세상 진지한 어조로 말하였다. 석규는 복잡하고 혼란스러운 얼굴이 되었다. 이런 상황이 아니라면 자신으로서는 중휘와 석영의 결혼에 손해 볼 것이 없기는 하였다. 신분의 귀천을 따지는 시대는 이미 지났다. 아니, 요즘은 돈 많은 놈이 양반이라고 하질 않던가.

하지만 한실과 자신 사이에 일어났던 불행한 일을 없던 일로 묻어 두고 지나가는 것은 무리였다. 누구보다 그 문제에 민감할 중휘는 어째서 그것을 염두에 두지 않고 있는 것인지 알 수가 없었다.

“하지만, 자네…… 정말 괜찮겠나?”

“무엇이 말입니까?”

“그…… 저, 그 일…… 말일세.”

“그 일이라니요……?”

중휘는 의아한 얼굴로 석규를 바라보았다. 석규가 말하는 그 일에 대해서는 정말 까맣게 잊어버린 얼굴이었다. 중휘가 그 일을 잊었다는 것을 믿을 수는 없었지만 혹시 정말 잊고 있는데 자신이 상기시켰다면 여간 불편한 일이 아니었다. 석규는 어쩔 줄 몰라 식은땀을 흘리며 중휘의 시선을 부지런히 외면하였다. 방 안에 불편하고 어색한 침묵이 흘렀다.

"형님만 허락해 주신다면 아가씨와 결혼하고 싶습니다. 물론 아가씨 의사가 우선이겠지만요."

잠시 후, 중휘는 석규가 걱정하는 일에 대한 대답 대신 그렇게 말했다. 그 말은 그 일은 잊어버리겠다는 얘기일 터였다. 하지만 석규로서는 여전히 꺼림칙하였다. 두 사람이 결혼하게 된다면 어쩔 수 없이 한실과도 만나야 하는 일이 일어날 텐데, 아무렇지 않게 한실을 볼 자신이 없었다.

"하, 하지만 자네 누이는…… 생각이 다를 텐데……."

석규는 결국 그 일을 입 밖으로 꺼냈다. 중휘는 잠시 석규를 찌를 듯한 시선으로 바라보았다. 석규는 중휘의 그런 차가운 눈빛을 마주한 것이 처음이라 저도 모르게 몸을 흠칫 떨었다. 그 눈빛을 보자 중휘가 절대로 그 일을 잊고 있는 것이 아니라는 것이 확연해졌다.

그래도, 그럼에도 석영과 혼인을 하겠다니 그 마음을 알 수가 없었다. 그만큼 석영을 사랑하고 있다는 얘기이거나, 그게 아니라면……. 저도 모르게 문득 든 무서운 생각에 그는 몸을 부르르 떨었다.

“만약 아가씨와 결혼을 한다고 해도 누이는 결혼식에 참석하지 못할 겁니다. 이미 속세를 떠난 몸이라.”

“소, 속세를……?”

석규는 깜짝 놀라서 두려운 얼굴로 중휘를 바라보았다.

“네, 불가(佛家)에 귀의했습니다. 속세와는 인연을 끊겠다고 했습니다.”

“아, 아까는 이모님 댁에 있다고 하지 않았나? 청주에…….”

“아가씨가 놀라실까 봐요. 이모님이 없습니다. 저희는.”

석규는 아무 말도 하지 못하고 그저 손을 부들부들 떨고 있을 뿐이었다. 꼭 제 탓만 같아, 아니 확실히 제 탓일 것이므로 그는 오싹 무서운 생각이 들었다.

“미, 미안하네. 자네나 자네 가족들에게…… 얼굴 들 낯이 없네.”

석규는 마침내 고개를 떨어뜨렸다.

“……사람은 누구나 실수를 합니다. 세상에는 인간의 힘으로 어쩔 수 없는 일들 투성이고 말입니다.”

“…….”

할 말을 잃은 듯 두 사람 사이에 한참 동안 침묵이 이어졌다. 달을 반쯤 가리고 구름이 천천히 지나갔다.

“……제가 무리한 얘기를 한 것을 알고 있습니다. 마음에 묻으려는 생각을 하지 않은 것도 아닙니다만 제 마음이 이렇다는 것을 한 번은 꺼내 놓아야 나중에라도 후회하지 않을 것 같아서 말입니다."

"아니네. 자네 마음이 그렇다면 나야 너무도 고마운 일이지. 내 허물을 덮어 준 것만으로……."

석규는 갑자기 북받친 듯 눈시울이 붉어지더니 굵은 눈물을 뚝뚝 떨구었다. 마음속에 있던 죄책감이 터져 나온 것도 있었고, 용서받지 못할 거라고 생각했던 당사자 중의 한 명인 중휘가 그렇게까지 말해 주니 고마워서 눈물이 나왔다. 오늘에서야 마음이 좀 가벼워지는 것 같았다. 그동안 속으로 꽤나 마음고생을 하였던 것이다. 특히 중휘가 교월로 다시 돌아온 것을 알았을 때 수만 개의 바늘에 계속해서 속을 찔리는 기분이었다.

"나는 자네가 석영이와 잘된다면 반대할 이유가 없네. 물론 석영이의 마음이 중요하겠지. 김희재에 대한 감정은 별거 아닐 걸세. 애가 착하고 순진해서, 그저 동정심 같은 것이겠지. 내가 내일 석영이와 애기를 한번 해 보겠네. 나는 물론 자네 편일세."

"감사합니다."

"별말을……. 당연한 일이 아닌가."

"제 술 한 잔 받으십시오."

"그래, 오늘 내가 정말 기분이 좋구만. 자, 자네도 한 잔 받게. 오늘 우리 코가 비뚤어지게 한번 마셔 보세나."

술자리는 곧 어두운 분위기를 벗어났다. 두 사람은 밤이 이슥하도록 술잔을 나누었다. 둥근 보름달이 정봉산 위로 높게 떠올라

문정리 마을 구석구석을 대낮처럼 환히 비추고 있었다. 사랑채 마당가에 서 있는 배꽃 위에 달빛이 하얗게 부서지고 있었다.

술을 마시는 중간중간 어떤 생각에 깊이 골몰한 중휘의 어둡고 쓸쓸한 시선이 열어 놓은 장지문 밖 배꽃 위에 머무는 것을, 얼큰히 취해 기분이 좋아진 석규는 눈치채지 못했다.

밝혀 놓은 등잔불이 무색하게 격자살 교창으로 달빛이 환하게 쏟아져 들어왔다. 석영은 등잔불에 그을음이 많이 이는 것 같아서 심지를 조절해 불꽃을 줄였다. 손에 묻은 석유를 마른걸레에 닦고 읽던 책을 다시 들었지만 내내 그랬듯이 책장이 잘 넘어가지지 않았다. 자신을 바라보던 중휘의 눈빛이 글자 사이를 자꾸만 어른거리었다.

보름달을 보고 짖어 대던 개들이 어느새 조용해지고 대신 모내기를 하기 위해 쪄 놓은 논에서 자갈 굴러가는 듯 개구리 우는 소리가 어지러이 들려왔다. 석영은 그 소리에 귀를 기울이고 있다가 들고 있던 책을 책상에 도로 내려놓았다. 아무래도 오늘은 책을 읽기는 그른 것 같았다. 그녀는 잠이라도 청해 보려고 반닫이 위에서 이불을 내려 아랫목에 펴고 잠옷으로 갈아입었다. 등잔불을 끄고 막 잠자리에 누우려는데 장지문 밖에서 인기척이 났다.

"석영이 자니?"

석영은 제 이름을 부르는 소리에 놀라서 자리에서 몸을 일으켰다. 그녀가 얼른 잠옷 위에 얇은 스웨터를 걸치고 문을 여니 툇마루에 엉덩이를 걸치고 앉은 석규의 앙상하게 마른 등이 보였다.

"오빠, 아직 안 주무셨어요?"

"달이 밝구나."

석규는 석영을 돌아보지 않고 정봉산 위에 휘영하게 떠 있는 보름달을 올려다보며 말하였다. 야심한 시간에 그녀를 찾은 것을 보면 무슨 할 얘기가 있는 모양이었다.

"무슨 일 있어요?"

"일은 무슨……. 봄이라서 그런지 공연히 마음이 어수선하구나."

석규가 혼잣말을 하듯이 중얼거렸다.

"오빠두, 참."

석영은 석규가 그런 감상적인 말을 하는 것이 하도 오랜만이라 작게 웃었다. 지금은 완전히 그 꿈을 접은 듯하지만 그는 몇 해 전까지만 해도 아주 열렬한 문학청년이었다. 아버지가 돌아가시고 난 후, 자비로 시집까지 냈을 정도로.

"석영아."

잠시 말이 없던 석규가 그녀를 불렀다.

"예, 오빠."

"이제는 중휘를 옛날에 우리 집에서 일꾼으로 부리던 사람으로 생각하면 안 된다. 아주 유능한 사람이 되었더라. 하기는 옛날부터 남다른 면이 있었지. 아버님이 그 재능을 알아보셨을 정도로."

석규가 달빛으로 부연 허공에 시선을 주며 말하였다. 석규가 느닷없이 와서 그런 얘기를 하는 것이 의아해 석영은 말없이 듣고 있었다.

"서울서 벌였던 사업도 아주 성공을 한 모양이더라. 그런데 그걸 접고 시골로 내려온 거야."

"……왜요?"

"그게……."

말을 하다 말고 석규가 석영을 돌아보았다. 그는 달빛 때문에 더 보얗게 빛나는 동생의 어여쁜 얼굴을 바라보았다. 태어나자마자 어머니를 잃은 동생에게 석규는 늘 측은지심을 가지고 있었다. 윤석규라는 삭막하고 이기적인 인간도 여동생에 대한 사랑만큼은 누구에게도 뒤지지 않을 자신이 있었다. 그는 무슨 일이 있어도 석영만은 행복하기를 바랐다.

"너 김희재에 대해 어떻게 생각하니?"

"……예?"

뜬금없는 물음에 석영은 눈이 둥그레졌다.

"희재에 대한 네 감정이 알고 싶구나."

"느닷없이 왜 그런 것을 물으세요?"

당황한 석영이 물었다.

"궁금해서 그런다. 접때 보니 편지도 주고받는 모양이던데."

"그, 그건 별것 아니에요. 무얼 좀 물어볼 것이 있으시다고 한 편지였어요. 다른 뜻은 없어요……."

얼마 전부터 희재가 가끔 편지를 보내오고 있었다. 그는 심심하여서 편지 쓸 곳이 필요하다고 했다. 그 말대로 내용은 늘 별것이 없었다. 자신의 일상과 석영의 건강을 묻는 정도의 소소한 것들이었다. 그래도 편지를 받는 것은 좀 부담스러운 일이라 고민이 되었다. 그만두라고 말하려니 상대는 아무 의미도 없이 그야말로 심심풀이로 하는 일인데 너무 정색을 하는 것도 우스워 좀 더 자연스럽게 편지를 그만 쓰게 할 기회를 엿보는 중이었다.

"혹시 김희재에게 마음이 있다면 솔직히 말해다오. 나는 어쨌든 네 의견이 우선이니까."

"그런 거 없어요. 그냥 오빠 친구분이고 담당 의사 선생님이니까……."

"그래, 그렇다면 다행이구나."

"무얼 다행씩이나요?"

석영은 석규의 말이 우스워 작게 웃었다.

"남녀 관계는 언제 어떻게 변할지 모르는 것이야. 앞으로 편지 주고받는 일은 관두도록 해라. 괜히 홀아비랑 어울린다더라, 하고 소문이라두 나면 남우세스러운 꼴 난다."

"어머, 오빠두 참. 그런 이유로 상대하지 말라는 말은 동의하지 못해요."

"아무튼, 일없이 왜 젊은 남녀가 편지를 주고받겠니? 별 내용이 없더래두 남이 보면 이상해 보이는 거야."

"그렇지 않아도 그러려고 했어요."

"그래야지. 암."

석규가 안도하는 목소리로 말하며 고개를 끄덕였다.

"그럼, 석영이 너는…… 중휘는 어떠냐?"

딴생각에 잠긴 얼굴로 서 있는 석영에게 석규가 다시 맥락 없는 질문을 하였다.

"어떠냐니, 무엇이요?"

"그러니까, 사내로…… 혼인할 사람으로 어떠냐는 말이다."

석규의 말에 석영은 어깨에 걸치고 있던 스웨터 자락을 꼭 움켜쥐었다.

"웬 공연한 소릴 하세요? ……그런 거 생각해 본 적 없어요."

희부연 달빛 아래서도 석영이 부끄러워 어쩔 줄 몰라 하는 것을 알 수 있었다.

"공연한 소리가 아니야. 지금부터라두 한번 생각해 보렴. 요즘이 반상 구별하는 시대도 아니니 그런 건 신경 쓸 것 없구."

"느닷없이 왜……."

"……중휘가 네 짝이 되면 든든하구 좋겠다는 생각이 문득 드는구나."

석규가 짐짓 먼 산을 보며 말하였다. 그는 잠시 후, 고개를 돌려 말이 없는 석영을 올려다보며 덧붙였다.

"중휘가 너를 마음에 두고 있다고 하더라."

석규의 말에 커다란 돌멩이가 발밑으로 떨어지듯 가슴이 덜컥 내려앉았다. 차갑고 찌르는 듯한 중휘의 눈빛이 떠오르자 온몸의 솜털이 일시에 일어서며 심장이 가파르게 고동치기 시작하였다. 주체할 수 없이 몸이 떨려 왔다. 석영은 무언가를 붙잡듯이 제 몸을 두 팔로 꼭 끌어안았다.

"몰랐니?"

넋이 나간 얼굴로 서 있는 석영을 보고 석규가 물었다. 당연히 몰랐다. 한 번도 그럴 수 있다는 생각을 해 본 적이 없었다. 중휘가 자신을 좋아하다니…….

"어릴 때부터 좋아했다고 하던데……. 하기는 너처럼 어리숙한 녀석이 직접 대고 말을 해 주지 않는 데야 알 도리가 없었을 테지."

석규가 왠지 대견하다는 듯 희미한 미소를 띤 얼굴로 말하였다. 석영은 입술을 꼭 깨물며 저도 모르게 화끈거리는 볼을 감싸 쥐었다.

"나는 네가 중휘와 결혼해도 나쁠 것 같지 않다. 까다로운 시부모가 있는 것도 아니고 안 사람 고생시킬 사람은 더더욱 아니니까. 네 생각은 어떠냐?"

석규의 물음에 석영은 아무 대답도 하지 못하고 제 발끝만 내려다보았다. 중휘가 자신을 좋아하고 있었다는 소리만 계속해서 머릿속을 맴돌았다. 석규는 김희재의 얘기를 할 때와는 확연히 달라진 석영의 변화를 알아채었다. 당황하고 부끄러워 어쩔 줄 모르고 있다. 그 속마음이 대강 짐작이 갔다.

마음에 걸리는 것이 아주 없는 것은 아니지만 둘이 좋은 짝이 될 수도 있을 것 같았다. 어릴 때 그랬던 것처럼 중휘는 석영을 잘 돌보아 줄 것이다. 어쨌거나 중휘가 가족이 된다면 단점보다는 장점이 훨씬 많으리라.

“신중히 한번 생각해 보고 나중에 다시 얘기하자. 그만 들어가 자거라.”

석규는 미동도 없이 서 있는 석영에게 들어가라는 손짓을 하고는 툇마루에서 내려섰다. 석영은 석규가 사라진 후에도 동상처럼 붙박여 있었다. 한참 후에야 방으로 들어갔으나 벽에 기댄 채 또 한동안 꼼짝하지 못했다. 속에서 수만 개의 꽃망울이 터지는 것 같아 석영은 그것을 들키지 않으려는 듯 스웨터 앞자락을 꼭 부여잡았다.

중휘가 자신을 좋아했다니. 어느 시점에 그런 일이 가능할 수 있었단 말인가. 믿기지 않았지만 그것이 사실이라는 것을 확인해 보고 싶은 마음으로 그녀는 옛날 일들을 기억 속에서 하나씩 끌어올려 보았다.

누구에게나 한결같이 퉁명스럽고 무뚝뚝했던 중휘. 자신에게도 다르지 않았다. 다만 아주 어릴 때 드러나지 않게 석영을 지켜 준

적은 꽤 있었다. 마을 아이 중에 지주 집안 딸인 석영을 대놓고 괴롭히는 아이는 없었다. 하지만 자신들과 너무 다른 석영에게 아이들은 필연적으로 적대감을 가질 수밖에 없었다.

국민학교 입학 후, 운동장에서 체육을 하고 교실로 돌아와 보면 실내화 한 짝이나 필통 같은 것들이 감쪽같이 없어지거나, 운동화에 개구리 알 같은 것들이 들어 있거나, 비 온 웅덩이 옆을 지날 때 누군가 돌을 던져 그녀의 새하얀 타이즈에 흙탕물을 튀기고 숨어 버리는 일들이 한동안 이어졌다.

석영이 그런 일을 당하는 것을 보아도 중휘는 아는 척하지 않았다. 한집에서 산 세월이 있고, 자신이 저를 얼마나 좋아하는지 알 텐데 그런 식의 냉정한 태도라니. 석영은 어린 마음에 꽤나 상처를 받았다.

하지만 얼마 후에 그런 일을 주도한 아이는 어김없이 중휘에게 붙잡혀 혼꾸멍이 난다는 것을 우연히 알게 되었다. 그때쯤 중휘는 이미 한실로 인해 독한 싸움꾼이 되어 있었으므로 그의 비호를 받는 석영을 괴롭히는 아이들은 곧 사라졌다. 그때서부터인가? 석영은 홧홧하게 달아오른 볼을 손으로 누르며 생각했다.

특별한 이유나 계기가 떠오르지 않을 만큼 어릴 때부터 석영은 중휘를 좋아했다. 껌딱지처럼 따라다니는 어린 석영을 대하던 그의 얼굴은 언제나 인상이 쓰여 있었다. 대놓고 구박을 하지는 않았지만 귀찮은 기색이 역력한 얼굴로 마지못해 상대를 해 주곤 하던 앳된 중휘의 얼굴이 떠오르자 석영은 저도 모르게 웃음이 터져 나올 것 같아 두 손으로 입을 막았다.

읍내에 있는 중학교에 진학하게 되자, 중휘는 포목점에 달린 방에서 지내며 학교를 다녔다. 반공일이 되면 먼 이웃 마을까지만 운행하는 버스를 타고 오후 늦게 상로재로 돌아왔다. 국민학생이던 석영은 중휘가 돌아오는 날이 되면 동구 밖 팽나무 아래에 나가 앉아 그를 기다렸다. 그의 모습이 싸리재 아랫길에 나타나면 석영은 발딱 일어나 그를 향해 뛰어갔다.

빳빳한 차이나 칼라 깃을 올린 검은 교복은 그에게 무척이나 잘 어울렸다. 아직 열댓 살밖에 되지 않았지만 벌써 어른들보다 키가 컸고, 우수 어린 깊은 눈빛과 나이에 비해 진중한 태도에는 누구도 함부로 할 수 없는 강한 기(氣) 같은 것이 서려 있었다.

남의 집 허드렛일을 하는 어머니와 장애가 있는 누이를 둔 불우한 가정환경이 그를 그렇게 강하고 조숙하게 만들었을 거라는 생각을 해 보면 마음 아픈 일이었지만 어린 석영의 눈에는 그의 무뚝뚝한 면마저 너무도 근사해 보였다.

그는 주인 본 강아지처럼 뛰어오는 석영을 발견하면 인상부터 썼다. 넘어지면 어쩌려고 그러느냐는 잔소리가 인사였지만 석영은 그저 좋았다. 어린 석영은 숨을 할딱거리며 그의 늘어뜨려진 큰 손을 붙잡았다. 그럴 때 그는 적이 난감한 얼굴로 어린 석영을 내려다보았으나 손을 뿌리치지는 않았다.

윤일로는 석영이 유난스럽게 중휘를 따르는 것을 보고 몇 번이나 석영에게 주의를 주었다. 그는 집에서 부리는 사람에게 너무 허물없이 대하는 것이 채신없고 격 떨어지는 행동이라고 생각하는 구식 노인이었다. 다른 것에는 꽤나 순종적인 편인 석영도 중휘에 대해서만은 아버지의 말을 한 귀로 듣고 한 귀로 흘렸다.

아무리 타일러도 고쳐지지 않자 윤일로는 아직 어린아이라는 점을 감안하여 그랬는지, 귀찮아서 그랬는지, 심각하게 교정하려 들지는 않았다. 하지만 중휘 입장에서는 그것이 꽤나 난처한 모양이었다. 어디고 졸래졸래 따라다니며 말을 걸고 간섭하는 꼬맹이를 함부로 떼어 낼 수도 없는 혹 같은 존재로 여겼지만 매몰차게 밀어내지는 않았다.

그러던 그가 석영이 옆에 오는 것도 싫어하는 티를 노골적으로 내기 시작한 것은 석영이 중학교에 들어가고 난 이후부터였다. 석영이 중학교에 진학하게 되자 윤일로는 세를 놓고 있던 읍내 집을 비우게 하고 석영을 그곳에서 학교에 다니게 했다.

문정리까지 아직 버스가 들어오지 않았고 버스가 운행하는 마을까지 걸어가는 데 한 시간은 족히 걸렸으므로 문정리에서는 읍내로 통학할 수가 없었다.

석영을 돌보기 위해 중휘의 모친인 서천댁이 읍내로 따라 나왔다. 그때 중휘는 포목점에 달린 작은 방에서 지내며 고등학교를 다니고 있었는데 자연스럽게 그도 어머니가 있는 곳으로 옮기게 되었다. 중휘와 한집에서 지내게 되기 전, 아버지는 신경이 쓰였던지 석영을 불러 앉혀 놓고 일장연설을 하였다. 이제 어린아이가 아니며 집에서도 떠나 있게 되니 몸가짐을 어느 때보다도 단정히 해야 한다고.

특히 중휘를 너무 허물없이 대하는 것에 대해 그는 엄중히 주의를 시켰다. 남녀가 유별할 뿐만 아니라 부리는 사람하고 그렇게 가까이 지내서 남의 입에 오르내리면 하나 좋을 거 없다고 했다. 그러거나 말거나 석영의 귀에 아버지 얘기는 들어오지도 않았다. 이제 중휘와 한집에 살며 매일 볼 수 있다는 것이 마냥 기쁠 뿐이었다.

아버지에게 불려 가서 주의를 들은 것은 석영만이 아니었다. 중휘는 아버지에게 무슨 말을 들었는지 그날 이후로 석영을 대놓고 멀리했다. 그전에도 다정한 적은 없었지만 그래도 마지못한 듯 상대는 해 주었었다. 하지만 그때부터는 전염병 환자처럼 그녀를 피했다.

한 번은 석영이 저녁을 먹은 후에 일부러 그가 공부하는 방으로 가서 수학 문제를 풀어 달라고 했더니 그는 딱딱한 얼굴로 공책을 잡아채서 풀이 과정을 휘갈겨 써 주더니

"공부가 어려우면 어르신께 과외 선생을 붙여 달라고 해. 귀찮게 하지 말고."

하고 면박을 주었다.

"시간 많이 걸리는 것도 아닌데 좀 도와주면 어디가 덧나?"

석영이 서운한 나머지 입이 뾰루퉁해져서 대꾸했다.

"시간이 문제가 아니라 너 같은 꼬맹이 상대할 기분이 아니란 말이야."

"내가 왜 꼬맹이야? 나도 이제 중학생인데……."

석영이 발끈해서 소리치자 중휘는 귀찮다는 듯이 얼굴을 찡그리더니 돌아앉아 제 하던 일에 몰두하는 척하며 그녀를 완전히 무시했다. 상대하고 싶지 않다는 티를 팍팍, 내 가면서.

석영은 분해서 아랫입술을 물고 그의 무뚝뚝한 등을 노려보았지만 그는 전혀 신경도 쓰지 않았다. 하는 수 없이 씩씩거리며 방을 나가려고 문을 거칠게 열었을 때 그가 한마디 보탰다.

"앞으로는 이 방에 함부로 들어오지 마. 남이 내 공간에 드나드는 거 딱 질색이니까."

그때쯤 석영은 이미 중휘의 쌀쌀맞은 태도에도 아랑곳하지 않던 예전의 태평한 어린아이가 아니었다. 한창 모든 것을 예민하게 받아들이기 시작하던 시기였고, 자존심이라는 것도 강해지고 있었다. 계속된 그의 무시와 차가운 태도에 화가 나는 것은 당연했다. 무얼 그렇게까지 뻣뻣하게 나올까 싶어서 여간 밉살스럽지가 않았다.

얼마 후부터 석영도 복수 차원에서 그에게 말을 걸지도 쳐다보지도 않고 무시하기 시작했다. 입장이 바뀌면 자신의 마음을 좀 이해해 줄까 해서 한 행동이었는데 석영만 속이 탈 뿐, 중휘는 석영이 무슨 짓을 하든 아무 관심도 없어 보였다. 괘씸해서 자신도 그를 진짜 상관하지 않으려고 해 보았지만 그럴수록 더 의식이 되어 괴롭기만 했다.

그런 상태로 일 년이 지나고 중휘는 고등학교를 졸업하였다. 졸업을 했어도 목재소와 포목점을 관리해야 했으므로 여전히 석영과 함께 읍내 집에서 지냈다. 다만 목재소에 들여올 나무가 벌목되는 임지로 가서 직접 나무를 실어 올 때도 있고 서울로 직물을 떼러 갔다 오기도 하느라 집을 비우는 일이 잦았다.

그는 묵묵하고 성실했다. 서천댁은 어엿한 가장이 된 아들을 대견하고 자랑스럽게 생각했다. 겨우 스무 살이었는데 벌써 여기저기서 중매가 들어온다고 뿌듯해하였다.

석영도 알고 있었다. 읍내 처녀 중에 중휘 때문에 가슴앓이를 하는 이가 많다는 것을. 언제나 쥐 잡아먹은 것처럼 빨간 립스틱을 바르고 있는 목재소 경리 미스 김도, 박 외과의원의 가슴 큰 간호원도, 양약국의 안경잡이 노처녀 약사도 모두 중휘를 좋아하고 있었다.

그녀들은 석영과 마주치면 은근히 아부를 하며 중휘에 대해 시시한 것까지 꼬치꼬치 캐묻다가 종내는 그에게 전해 줄 연애편지를 슬쩍 석영의 손에 쥐여 주곤 하였다. 석영은 그럴 때마다 이유 없이 심술이 나서 그 편지들을 구겨서 쓰레기통에 던져 버리고 싶었다.

하지만 편지를 받아 드는 중휘의 표정이 궁금하여 언제나 얌전히 그에게 편지를 가져다 바쳤다. 편지를 받아 든 그의 얼굴은 그저 신문 쪼가리를 받아 들 때처럼 별 감흥이 없었다. 그는 그런 것들을 아주 가볍게 취급해 석영을 기쁘게 만들었다. 가끔 몰래 그의 방으로 숨어 들어가 보면 책상 위에 자신이 며칠 전에 전해 준 연애편지가 뜯기지도 않은 채 그대로 놓여 있기도 하였다.

그럴 때 석영은 그가 대견하여 안심이 되기도 하고, 어째서 그는 여자들에게 그다지도 인기가 많을까 화가 나기도 하였다. 그가 아름답고 성숙한 여자들에 둘러싸여 보잘것없는 꼬맹이인 자신을 상대도 해 주지 않는 현실이 서글펐다.

어느 순간부터 그가 하는 모든 말과 행동이 석영에게 특별한 뜻을 품고 다가오기 시작하였는지 정확히 기억할 수는 없다. 정신을 차리고 보니 석영은 중휘라는 한 인간에게 완전히 몰입해 있었다. 그에 대한 것은 모든 것이 신기하고 호기심이 일었다.

험한 일을 하는데도 어쩌면 손은 그렇게 정갈하고 아름다운지 알 수 없었다. 그의 커다란 발이 마루를 밟을 때마다 나뭇결이 어긋나며 삐걱거리는 소리조차도 음악 같았다. 어느 무리에 끼어 있어도 혼자만 머리가 불쑥 솟아 있을 만큼 키가 큰 것도 멋있었고, 그 큰 키 때문에 어떤 문이든 들고 날 때 어깨를 숙이는, 별날 것 없는 일상적인 모습조차 마음에 깊이 새겨졌다.

석영의 속이 어떻든 중휘의 태도는 일관되게 무심하였다. 아니 무심함을 넘어 싫어하는 것이 아닐까 생각될 정도로 늘 태도가 쌀쌀했다. 하지만 그도 석영에게 관심을 둘 때가 있었다. 석영의 몸이 좋지 않다고 여겨질 때.

반공일이면 중휘와 그의 모친은 택시를 대절해 오전 수업을 마친 석영을 데리고 문정리 본가로 돌아갔다.

어느 날은 그의 모친이 본가에 시제사가 있어 아침 일찍 먼저 떠나고, 석영이 학교가 파하고 난 뒤 두 사람만 따로 택시를 타고 가게 되었다. 한참을 달리는 차 안에 앉아 있는데 속이 울렁거리고 식은땀이 솟았다.

어떤 날은 아무렇지 않았지만 어떤 날은 하늘이 노래지며 대단한 멀미에 시달릴 때가 있었다. 차가 출발한 지 십 분쯤 되었을 때 당장이라도 토할 것처럼 속이 울렁거렸다. 중휘 모친이 옆에 있었다면 석영의 상태를 보고 당장에 차를 세웠겠지만, 석영은 차를 세워 달라는 말을 꺼내기 싫어 버티었다. 중휘 앞에서 맨날, 세련되지 못하게 멀미나 해 대는 것이 몹시 싫었다. 괴로움을 한참 동안 꾹 눌러 참았다.

하지만 참는다고 참아지는 게 아니었다. 한계에 이르러 더는 버티지 못하겠구나 생각하면서도 막상 차를 좀 세워 달라는 말은 입 밖으로 잘 나와지지 않았다. 금방이라도 토할 듯 눈앞이 하얘지려는 찰나에 앞 좌석에 앉아 있던 중휘가 뒤를 돌아보지도 않았는데 어떻게 알았는지 갑자기 택시 운전기사에게 차를 세워 달라고 말하였다. 차가 서자 그는 조수석에서 내리더니 뒷좌석 차 문을 열었다.

"내려."

그가 그녀를 보지 않고 먼 데로 시선을 주며 무뚝뚝한 어조로 말하였다. 차에서 겨우 내리는데 땅에 발을 딛자 다리가 휘청 꺾이었다. 중휘가 재빨리 팔을 잡아 주지 않았으면 그녀는 그대로 땅바닥에 주저앉았을 것이다. 중휘는 그녀를 길가에 있는 바위로 데려가 앉게 하더니,

"왜 참고 있어. 바보같이."

하고 말하였다. 석영은 그가 보는 앞에서 토하는 것만 신경이 쓰여 손을 저었다.

"……저, 저리로 좀 가."

석영은 옆에 서 있는 그에게 겨우 그렇게 말하였다. 중휘가 그녀의 말대로 택시가 서 있는 쪽으로 걸어가는 것을 보고 나서 석영은 바위에서 내려앉았다. 작정을 하고 토하려고 하니 정작 맑은 침만 나올 뿐 토해지지는 않았다.

한참을 앉아 있다가 너무 지체하는 거 같아 겨우 정신을 가다듬고 자리에서 일어섰다. 중휘가 택시에 기대어 서서 이쪽을 바라보고 있었다. 그 얼굴에 어려 있는 것은 근심이 분명하여 석영은 그 와중에도 기쁨을 느꼈다. 그렇게 냉담하고 무뚝뚝한 척해도 걱정이 되긴 되는 모양이었다. 석영은 손에 꼭 쥐고 있던 손수건으로 입가를 닦으며 택시가 서 있는 쪽으로 걸어갔다.

"모자라도 어디가 한참 모자란 모양이야. 맨날 그렇게 멀미를 해 대고."

그는 걱정스러운 낯빛과 달리 그런 소릴 지껄였다. 석영은 입술

을 물고 그를 노려보았다. 중휘는 석영과 눈이 마주치자 또 말과 달리 씩 웃었다. 도대체 종잡을 수가 없었다. 어쨌든 자신을 놀리고 있는 것만은 분명하여 씩씩거리며 택시에 올라탔다.

"더 쉬었다가 가도 돼. 바쁠 거 없으니까."

그는 이번에는 진지한 얼굴로 석영의 핼쑥하고 창백한 얼굴을 살피며 말하였다. 석영이 신경질적으로 고개를 젓자 그는 미간에 주름을 잡으며 차에 탔다. 담배를 피워 물고 있던 운전기사가 차에 오르고 다시 출발했지만 오래가지 못하고 차가 다시 멈추었다. 이번에는 차가 말썽이었다. 보닛에서 흰 연기가 피어오르는가 싶더니 차체가 재채기라도 하듯이 몇 번을 푸르릉거리며 덜컥 서 버렸다.

"이 고물딱지가 또 말썽이군, 그래."

기사가 차에서 내리며 말하였다. 기사는 보닛을 열고 한참 동안 여기저기 쑤시고 찔러 보며 차를 고치려 애를 썼지만 결국 시동은 다시 걸리지 않았다.

"아무래두 어디가 단단히 고장이 난 모양인데."

기사가 대단히 곤란하다는 얼굴로 그들에게 들리도록 중얼거렸다.

"난 다시 읍내로 돌아가서 정비공을 데리구 와야 할 거 같은데……. 손님들은 어쩌겠우? 내가 읍내로 가서 다른 택시를 내려 보낼 테니 기다려두 되겠구."

"저희는 여기서부터 그냥 걸어가겠습니다."

중휘가 택시 기사에게 약속한 돈의 절반을 건네며 말하였다. 문정리까지 걸어가려면 족히 한 시간이 넘게 걸릴 거리였다. 하지만 마냥 그곳에서 기다리고 있을 수는 없는 노릇이었다. 석영은 중휘를 따라 차에서 내렸다.

운전기사는 차 문을 잠그고 읍내 방향으로 지체 없이 걸어가 버렸다. 운전기사가 저만큼 걸어가는 것을 바라보던 중휘가 석영의 앞으로 다가왔다. 그는 아주 가까이서 그녀의 얼굴을 뚫어져라 살폈다. 그렇게 오래 바라보는 경우가 거의 없어서 부끄러운 생각이 들었다.

"무, 무어……."

석영은 당황한 나머지 어찌할 바를 몰라 인상을 쓰며 말했다.

"업어 줄까?"

"웨, 웬 소리야?"

"그 주제로 걸어가다 쓰러지면 내가 더 골치 아파."

놀리는 말인 줄 알았더니 표정이 진지하였다.

"어림두 없어."

석영은 괜히 화를 냈다. 일곱 살 이후로 그에게 업혀 본 적 없었다. 그러한 호의를 받아 본 기억이 까마득하여 바보처럼 가슴이 뛰었다.

"고집은. 처음 업히는 것두 아니면서."

"그, 그때는 어린애였을 때구."

"지금은 아니란 말이야?"

중휘가 바지 주머니에 손을 꽂으며 놀리듯이 웃었다. 석영은 자존심이 상하였다. 아무렇지도 않게 업어 준다고 할 정도로 그가 자신을 어린애 취급 하고 있다는 사실이 분했다. 이미 열다섯 살이나 먹었고 말라서 옷 밖으로 드러나지는 않았지만 가슴도 생기고 몇 달 전부터 이미 달거리도 시작하였는데 언제까지 꼬맹이 취급을 하겠다는 것인지 몰랐다.

석영은 토라져서 그를 버려두고 신작로 길을 걷기 시작하였다. 머리 위에서는 따가운 가을 햇볕이 내리쬐고 땅에서는 발길을 옮길 때마다 마른 먼지가 풀풀 일었다. 금세 까만 에나멜 구두가 먼지투성이가 되었다. 가야 할 까마득한 신작로 위로 아지랑이가 어른어른하였다.

처음에는 오기가 나서 미처 느끼지 못했지만 시간이 지날수록 목이 타고 현기증이 나기 시작하였다. 천천히 걷는데도 어째서 숨이 턱밑까지 차오르는지 모를 일이었다. 석영은 약해 빠진 제 몸뚱이에 진저리를 치며 숨을 몰아쉬었다.

석영은 삼십 분도 걷지 못하고 길가 바위에 주저앉고 말았다. 생각 같아서는 보란 듯이 집까지 씩씩하게 걸어가서 아무것도 못하는 어린애라고 생각하는 그의 코를 납작하게 해 주고 싶었지만 약한 몸뚱이가 협조하지 않았다. 뒤에서 따라오고 있던 중휘가 석영이 앉은 바위 근처로 가까이 오더니 풀섶에 아무렇게나 주저앉았다.

"안 기다려 주어도 돼. 난 천천히 갈 테니 먼저 가."

석영은 그의 놀리는 듯 여유로운 표정에 골이 나서 쏘아붙였다.

"나도 그러고 싶지만 어르신께서 경을 치실 거 같아서 말이야."

그는 풀떼기를 꺾어 입에 물고 씹으며 한가롭게 웃었다. 그 와중에도 그의 웃는 얼굴은 몹시도 눈이 부셨다.

"힘들면 말해. 이제 업어 줄 기회도 영 없을 텐데."

석영이 한참 쉬고 나서 다시 엉덩이를 들었을 때 중휘가 겹겹이 겹쳐진 먼 산으로 시선을 둔 채 말하였다. 그때 그의 얼굴이 조금 쓸쓸해 보였던가? 석영은 떠올려 보았다. 그랬던 것 같기도 하고, 아닌 것 같기도 했다. 석영은 그날 중휘의 도움을 받지 않고 끝내 집까지 제 발로 걸어간 것을 가끔 후회했다.

석영의 뒤에서 말없이 따라오던 중휘는 속으로 무슨 생각을 하고 있었을까. 그때도 그는 자신을 좋아하고 있었던걸까? 석영은 밤새 옛 생각에 뒤척이다가 첫닭 우는 소리를 듣고 나서야 까무룩 잠이 들었다.

꿈속에서 그녀는 어린아이가 되었다. 머리 위로 아카시아 꽃송이가 청사초롱처럼 흔들리는 길을 중휘의 믿음직스럽고 너른 등에 소원을 풀 듯 오래 업혀 걷고 또 걸었다.

이튿날 석영은 아침을 먹고 나서 산보를 하기 위해 다른 날보다 일찍 옥희와 함께 집을 나섰다. 왠지 가만히 방 안에 앉아 있기가

어려웠다. 초조하기도 하고 설레서 가만히 앉아 있을 수가 없었다. 어서 다시 중휘를 만나고 싶기도 했고, 그를 만나면 어떤 표정을 지어야 할지 몰라 두렵기도 하였다.

대문 밖에 중휘가 타고 온 차가 서 있었다. 그는 아침을 먹고 석규와 함께 외출했다고 했다. 마을 어른들에게 인사라도 하러 간 모양이었다. 돌아온 지 두 달이나 되었다면서 어째서 진작 찾아오지 않았는지 조금 의아해졌다. 게다가 자신을 좋아한다고 하지 않았던가. 좋아하는 여자가 지척에 있는데 한시가 급하게 만나러 오는 것이 순리가 아닌가?

생각할수록 이것저것 알 수 없는 것투성이라 혼란스러웠다. 하지만 한 가지 생각에 오래 머무르지 못했다. 봄 공기 속에 섞여 든 진한 꽃향기가 무슨 최면제처럼 진지한 생각을 하는 것을 방해했던 것이다. 그녀는 달콤한 예감이 가득한 봄 내음을 깊이 들이마셨다. 하늘은 맑고 뺨에 와 닿는 바람은 부드러웠다. 뒷산에서 꿩과 멧비둘기가 겨루듯이 번갈아 울어 대는 소리를 들으며 석영은 깃털처럼 가벼운 발걸음을 옮겼다.

"아가씨, 어제 온 그 손님이 예전에 여기서 행랑살이했었다는 게 참말이에요?"

생각에 잠겨 걷고 있는데 옥희의 명랑한 목소리가 들렸다.

"응."

석영은 길가에 핀 제비꽃에 눈길을 주며 무심히 대답하였다. 타지 사람인 옥희네는 두 해 전에 이 마을로 들어와 석영네 집안일을 돌보아 주고 있었으므로 중휘에 대해서는 알지 못하였다.

"저는 그렇게 키 큰 남자는 태어나서 처음 보았어요. 콧대는 또 어쩜 그렇게 높은지. 꼭 외국 배우 같죠? 여기서 종살이를 했다니 놀랐어요. 외모로 보자면 아저씨보담은 그 손님이 훨씬 더 귀한 티가……."

옥희가 봄바람 든 처녀처럼 홍조 띤 얼굴로 조잘조잘 떠들어 대다가 제가 실언한 것을 깨달았는지 흘끗 석영의 눈치를 살폈다. 석영은 복사꽃이 분홍색 안개처럼 아른아른 핀 산기슭을 바라보며 못 들은 척하였다.

"근데 잘생긴 남자는 꼭 인물값 하게 되어 있대요. 저런 남자랑 결혼하는 여자는 속이 썩어 문드러질 거예요. 돈 많지, 인물 잘났지. 여자들이 가만두겠어요? 좋다구 달려드는 여자 마다하는 남자 없댔는데."

옥희는 민망했는지 괜히 실없는 소리를 늘어놓았다. 석영은 저도 모르게 얼굴이 굳어졌다. 그와 결혼하는 장면을 수도 없이 상상하며 행복했던 지난밤이 떠올랐다. 그도 결혼하면 그렇게 얼굴값을 하게 될까? 석영은 공연히 불안해졌다.

그가 자신을 좋아하고 있다는 얘기를 들은 이후로 석영의 감정 기복이 널을 뛰고 있었다. 놀랐다가, 설레고 기뻤다가 또 금세 불안해졌다. 한 가지 감정이 오래 지속되지 않고 정신없이 흔들리고 뒤섞였다.

불안하던 마음은 아무 계기도 없이 또 금세 잊히고 지난밤부터 수백 번 되새겨 보았던 중휘의 말, 자신을 좋아한다는 그 말이 가슴속에서 봄꽃처럼 피어올랐다.

평소에 꽤나 힘겹게 느껴지던 비탈길을 걷는데도 마치 구름 위를 걷는 것 같았다. 마음이 고무풍선처럼 두둥실, 떠올랐다.

중휘는 정봉산 기슭에 있는 작은 암자의 마당에 서 있었다. 중휘가 이 마을에 살 때 이 절에는 비구니 두 명이 상주하고 있었다. 음력 초하루가 되면 문정리 외에도 인근 마을의 부인들이 불공을 드리러 암자를 찾아왔다. 그 속에는 늘 그의 어머니도 끼어 있었다. 어렸을 때 그도 4월 초파일이나 정월 초하루 같은 때에 어머니를 따라 이 암자에 와서 밥을 먹곤 하였다.

암자 마당에는 예전과 다름없이 3층 석탑이 푸른 이끼가 낀 채 초라한 모양으로 서 있었다. 그 주위를 돌며 간절하게 소원을 빌던 어머니의 모습이 떠올랐다. 중휘는 비바람에 깎여 끝이 둥그러진 옥개석을 손바닥으로 쓰다듬어 보았다. 그 어느 한구석에 어머니의 한숨과 기도가 서려 있을 것만 같았다.

어머니의 기도 주제는 언제나 한 가지였다. 자식이 부귀영화를 누리기를 바란 것도 아니고 그저 건강하고 무탈하게 살아가게 해달라는 소박한 바람이었다. 아니, 어쩌면 맨몸으로 자식 둘을 건사해야 했던 그녀에게 그 바람은 소박한 것이 아니었을 수도 있다. 그 기도는 그녀가 바랄 수 있는 가장 큰 욕심을 낸 것이었는지도 모른다.

욕심이 너무 컸던 탓일까. 결국 그녀의 기도는 이루어지지 않았다. 중휘는 어머니가 했던 것처럼 석탑 주위를 한 바퀴 돌아보았다. 산새 소리와 물 흐르는 소리와 여린 잎이 돋은 가죽나무 사이를 지나가는 바람 소리가 조용히 들려왔다.

아직도 예전 그 비구니들이 암자를 지키고 있는지 궁금했다. 암자 뒤편에 텃밭이 잘 손질되어 있는 것으로 보아 사람이 살고 있기는 한 모양이었으나 인기척은 없었다. 암자 주인은 외출을 했거나 산속으로 고사리라도 꺾으러 간 모양이었다.

마당가에 놓인 육중한 돌확 가득, 산에서부터 내려온 샘물이 대나무 대롱을 타고 졸졸 떨어져 내리고 있었다. 그는 돌확 가장자리에 엎어져 있는 표주박을 들어서 물을 마셔 보았다. 속이 얼얼하도록 차가웠다.

마당가에 흰 눈송이를 뭉쳐 만든 방망이처럼 생긴 조팝꽃이 흐드러지게 피어 있고 꽃 속으로 벌들이 부지런히 날아다녔다. 산비탈 밭에서는 쟁기질하는 사람이 소를 모는 소리가 골짜기에 길게 메아리를 만들고 있었다. 더할 나위 없이 평화로운 봄의 풍경이었지만 그 모든 것이 어머니와 한실을 떠올리게 했다.

겨우 아물었던 상처가 다시 벌어지며 붉은 살이 드러나는 듯 아리고 아팠다. 이를 질끈 물게 하는 고통과 증오가 사납게 속을 휘저었다. 그는 바지 주머니에 손을 꽂은 채 마당가에 서서 멀리 해미 벌판을 바라보았다.

그는 7년 내내 눈을 뜨고도 악몽에 시달렸다. 자신이 그때 이 마을을 떠나지 않겠다고 버텼다면 결과가 달라지지 않았을까. 협박해서라도 석규를 한실과 결혼하게 만들었다면 달라졌을까. 그 일을 모두 석규 부자(父子)의 탓으로 돌릴 수 없다는 것은 알고 있었다. 가족을 제대로 지키지 못한 자신의 잘못도 컸다. 그는 눈을 질끈 감으며 마른세수를 했다.

자신이 하고 있는 이 행위는 어쩌면 어머니와 누이를 위한 것이 아니라 제 죄책감을 덜어 보겠다는 비열한 몸부림은 아닐는지. 그날 이후로 온통 복수하겠다는 일념밖에 없었다. 그 생각이 없었다면 그는 버텨 내지 못했을 것이다. 하지만 이제 계획했던 일의 목전에 다다르자 갑자기 알 수 없는 두려움을 느꼈다.

그다음에는 어떻게 되는 것인가. 그런 다음은…….

중휘는 깨끗하게 닦여진 마루로 가서 무너지듯 주저앉았다. 어지러운 마음을 가라앉히기 위해 눈을 감았다. 머리 위로 부드러운 햇살이 가득 쏟아졌지만 가슴속에는 얼음덩어리가 옹이처럼 박혀 녹을 줄 몰랐다.

잠시 후, 그가 고개를 들었을 때 거짓말처럼 석영이 마당가에 서 있었다. 중휘는 말없이 그녀를 바라보았다. 산비탈을 올라오느라 힘들었는지 볼이 복숭앗빛으로 물들어 있었다. 그가 계속 쳐다보자 그녀는 수줍은 듯 아랫입술을 물었다.

"아가씨, 물 드세요."

따라온 여자애가 조금 전에 중휘가 마셨던 표주박에 물을 담아서 석영에게 건네주었다. 석영은 중휘의 시선을 의식해서인지 무척이나 어색하게 그 표주박을 받아 들더니 몸을 돌리고 그것을 조금 마셨다.

석영은 몸만 자랐을 뿐 여전히 아이처럼 순수해 보였다. 고통이라는 것에 면역을 갖지 못한 순결한 영혼이 얼굴에 그대로 드러나 있었다. 제 가족의 비극과 너무 동떨어진 해맑음이었다. 누구도 자신에게 해코지를 하지 않을 거라고 믿는 순진한 얼굴을 보고 있자 화가 나기도 하고 신기하기도 했다.

너는 어째서 여전히 그렇게 순수하고 맑은 얼굴로 남아 있는 것이냐. 그렇게까지 아무것도 모르는 무구한 얼굴을 하고 있으면 안 되는 것 아닌가? 설명하기 힘든 감정의 파도가 그의 내부를 어지럽게 했다. 그는 미처 알지 못했지만 그 복잡한 심경은 순수하게 분노라고 말할 수도 없었다.

그는 어제저녁 석영을 보았을 때 아주 짧은 순간 머릿속이 멍해지며 아무 생각도 할 수 없었다. 자신이 하려는 일과 앞으로 그녀에게 일어날 일들, 과거와 현재 그리고 미래의 일들을 까맣게 잊고 말았다.

한순간 그의 눈에 그녀는 그저 심장을 떨게 만드는 아름답고 사랑스러운 한 여자로 비쳤다. 그는 당황했다. 반한 척해야 하지, 진짜 반해서는 곤란했다. 그는 혼란스러운 마음을 수습하기 위해 자신이 몇 년 동안 무엇을 위해 여기까지 달려왔는지 힘겹게 되새겼다.

석영은 그에게 있어 복수의 대상, 그 이상도 이하여도 안 되는 것이다.

윤일로 부자에게 가장 귀하고 애처로운 존재인 그녀. 그들이 석영에게 느끼는 감정은 자신이 한실에게 느끼는 애틋함에 조금도 뒤지지 않는다는 것을 그는 잘 알고 있었다. 그녀를 망가뜨리는 것만큼 철저하고 완벽한 복수가 있을까. 눈에는 눈, 이에는 이라는 가장 원초적인 복수의 방법 그대로 갚아 주리라.

석영에게는 아무 잘못이 없다는 것은 알고 있었다. 잘못이 있다면 석규를 오빠로 두었다는 것 정도일까. 아니, 그것이 가장 큰 죄였다. 석규의 여동생으로 태어난 것. 그런 집안의 일족이라는 것이 그녀의 죄였다.

어젯밤 석규에게 어렸을 때부터 석영을 좋아해 왔다고 말했지만 그 말의 진위를 중휘 스스로도 명확히 가릴 수 없었다. 이성으로 느끼기에 그때 석영은 너무 어렸다. 몸이 워낙 약해서 저도 모르게 늘 조마조마한 심정으로 주시하다가 그 조그만 얼굴이 앙증맞고 예뻐서 넋을 놓은 적이 있기는 해도 그것은 연심이라기보다는 가족애에 가까운 마음이었다. 하지만 다시 생각해 보면, 꼭 가족애였다고 자신 있게 말할 수도 없다.

강아지처럼 졸졸 따라다니며 귀찮게 하던 어리고 까다로운 상전이, 절대 자신과는 연결될 일이 없는 주인집 아가씨가, 점점 키가 크고, 아름다운 소녀로 변해 가는 것을 보며 그는 어째서 슬프고 괴로웠던가.

그는 고개를 저어 갑자기 밀려온 옛 생각을 털어 냈다. 어쨌거나 이제 와서는 상관없는 일이었다. 복잡하게 생각할 것 없었다. 계획대로 하면 될 일이다. 그 계획은 그에게 살아갈 목표를 만들어 주었다. 고꾸라지지 않고 앞으로 나갈 힘을 주었다. 비탈길에서 구르기 시작한 돌처럼 그는 이제 멈출 수 없었다. 그 끝이 어디가 되었든 가는 데까지 가 보는 수밖에 이제 도리가 없었다.

암자의 툇마루에 앉아 있는 중휘를 발견하고 석영은 그대로 굳어 버렸다. 그는 양팔을 뒤로 괸 채 해바라기라도 하는 듯 고개를 약간 쳐들고 햇빛을 향해 눈을 감고 있다가 천천히 눈을 떴다. 왠지 슬퍼 보이는 차가운 얼굴에서 눈을 뗄 수 없었다. 그는 석영을 보고도 놀라는 기색 없이 뚫어질 듯 계속 바라보았다.

"와서 앉아요."

석영이 어색한 얼굴로 서 있자 중휘가 턱짓으로 제 옆을 가리키며 부드럽게 말하였다. 옥희가 이상한 기류를 느꼈는지 경계심 가득한 눈으로 그런 중휘와 석영을 번갈아 바라보는 것이 느껴졌다.

석영은 무엇에 이끌리듯 그가 앉아 있는 쪽으로 걸어갔다. 그래도 바로 옆에는 앉지 못하고 그와 멀찍이 떨어진 자리에 조심스럽게 엉덩이를 내려놓았다. 그러는 동안에도 중휘는 석영에게서 시선을 떼지 않았다. 그의 시선이 자신에게 닿아 있는 동안 숨도 제대로 쉴 수 없었다.

석영은 심장이 멎을 듯하여 손수건으로 땀을 닦는 척하며 그의 시선으로부터 얼굴을 가리고 가까스로 심호흡을 하였다.

"여기 스님들 아직 그대로 계세요?"

핥듯이 바라보던 시선과는 달리 중휘가 담백한 목소리로 그렇게 물었다. 석영은 얼떨결에 고개를 저었다.

"노스님은 돌아가셨어요. 한 분은 다른 절로 가셨고요. 지금 계신 분들은 여기 오신 지 얼마 안 되셨어요."

석영이 대답했다. 그의 어머니가 이 암자의 스님들과 가까이 지냈으므로 아마도 돌아가신 어머니 생각이 나서 물은 것 같았다.

"예전에 스님들이 해 주신 음식들이 정말 맛있었는데 이제 먹어 볼 일이 없겠네요."

중휘가 말했다. 석영도 그 음식들이 기억이 났다. 그의 어머니가 절에 행사가 있을 때 중휘와 석영을 데리고 와서 이곳에서 밥을 먹이곤 하였으니까. 돌아가셨다는 그의 어머니를 떠올리니 새삼 마음이 아팠다. 자신도 이러니 중휘의 마음은 어떨까 싶어서 새삼 콧잔등이 시큰하며 가슴이 아렸다.

"……뭐…… 먹고 싶은데요?"

석영이 작게 물었다.

"뭐라고요?"

안 들렸는지 중휘는 몸을 이쪽으로 조금 기울이며 되물었다.

"……뭐가, 먹고 싶은지 물었어요."

"음…… 글쎄, 한 가지만 꼽을 수가 없이 다 맛있었던 기억이 나네요."

"맞아요. 나이 드신 스님이 음식을 퍽 잘하셨어요."

석영이 대답하였다. 노랑나비 한 마리가 마당을 팔랑팔랑 날아다니다가 이끼 낀 석탑 가장자리에 내려앉고 있었다.

"근데, 왜요?"

"……예?"

"뭐가 먹고 싶은지는 왜 물었느냐고요."

중휘가 장난기 어린 표정으로 물었다. 석영은 별일도 아닌데 당장에 얼굴이 붉게 달아올랐다.

"……새언니에게 만들어 달라고…… 말해 보려고요. 새, 새언니가 음식을, 썩 잘 만드시거든요."

"아가씨가 만들어 주면 더 맛있게 먹을 수 있을 것 같은데."

중휘가 아무렇지도 않게 그런 말을 하였다. 놀리는 거라고 생각한 석영은 아랫입술을 물었다. 중휘는 그런 석영을 바라보다가 뭐가 재미있는지 작은 소리로 웃었다. 그 웃음소리를 듣는데 발바닥이 간질간질하였다. 멀리 해미 벌판 쪽으로 시선을 두고 있던 그는 무슨 다른 생각에 빠진 듯 한참 동안 말이 없더니,

"하나도 안 변했어요."

하고 혼잣말처럼 중얼거렸다.

"……."

"아가씨가 어떻게 자랐을지 늘 상상했거든요."

"……어떤 상상을 했는데요?"

"신경쇠약증에 걸린 신경질적인 아가씨요. 어릴 때 한 성깔 했잖아요."

중휘가 또 놀렸다.

"어머. 중휘 씨야말로 짓궂은 성격이 예전 그대로네요."

석영은 웃음을 참으며 대꾸했다. 그런 석영을 흘낏 바라보던 중휘가 다시 핫하, 웃었다. 한 줄기 바람이 불어와 석영의 달아오른 얼굴을 간질이고 지나갔다. 꽃 덤불 속을 지나왔는지 바람에 달콤한 꽃향기가 묻어 있었다.

오후에 중휘가 교월로 돌아갈 때 석영도 그를 따라나섰다. 미장원에 가야 한다고 둘러댔지만 사실은 그와 헤어지는 것이 싫어 핑계를 만들어 내느라 겨우 짜낸 생각이었다.

혼자 따라가면 너무 속 보이는 짓 같아서 옥희를 대동했다. 석영과 옥희가 준비를 마치고 나가니 차에 기대어 기다리고 있던 중휘가 조수석 문을 열어 주었다. 그는 석영이 차에 타도록 팔을 잡아 주고 뒤에 선 옥희에게도 뒷좌석 문을 열어 주었다. 옥희는 무

었이 좋은지 차에 오르며 킥킥, 웃었다. 운전석에 오른 중휘는 석영을 바라보더니,

"아직도 멀미해요?"

하고 물었다.

"예, 옛날보다는 덜해요."

석영은 옛날 생각이 나서 귓불을 붉히며 대답했다.

"그래도 얌전히 운전해야겠군요."

중휘가 장난스러운 어투로 말하자 뒷좌석에 앉은 옥희가 작게 키득키득, 웃었다. 석영도 왠지 웃음이 나올 것 같아 입술을 꼭 붙이고 옥희를 뒤돌아보았다. 옥희와 눈이 마주치자 그만 참고 있던 웃음이 터졌다. 손으로 입을 막았지만 도무지 웃음을 참을 수가 없었다.

"무슨 재미있는 일 있어요? 두 사람만 웃지 말고 나도 가르쳐 줘요."

중휘도 따라 웃으며 말했다. 도무지 왜 웃는지 모른 채 웃는 것이 민망해 석영은 입술을 물며 참아 보았지만 소용없었다. 마음속에 건드리기만 해도 터질 듯한 웃음 풍선이 가득 찬 것 같았다.

차가 출발하자 열어 놓은 차창으로 싱그러운 봄바람이 밀려들어 왔다. 바람 속에 어느 집 바자울 안에 핀 명자나무꽃 향기가 묻어 흘러들어 왔다.

"멀미가 나는 것 같으면 얼른 말해요."

중휘는 석영이 습관적으로 잔기침을 하자 손을 뻗어 창문을 올려 주며 말하였다. 석영이 얌전히 고개를 끄덕였다. 삼십 분쯤 후 읍내에 도착할 때까지 다행히 멀미는 나지 않았다.

"저기 건널목 앞에서 세워 주세요."

석영이 읍내 중심가인 사거리를 가리키며 말했다.

"어디 미장원으로 갈 건데요?"

중휘가 건널목을 지나치며 물었다.

"몽마르뜨미장원요. 우체국 옆에 있어요."

옥희가 냉큼 대답했다. 중휘는 고개를 끄덕이고 미장원이 있는 서쪽으로 방향을 틀었다. 곧 미장원 앞에 도착해 차가 도롯가에 멈추어 서자 석영과 옥희가 차에서 내렸다. 중휘도 따라 내렸다.

"태워다 주셔서 감사해요."

석영은 이대로 그와 헤어지는 것이 아쉬웠지만 그런 내색이 밖으로 드러나는 것은 더 싫었으므로 웃으며 가볍게 인사했다.

"머리하는 데 얼마나 걸려요?"

중휘가 물었다. 석영은 저도 모르게 얼굴이 환해지려는 것을 겨우 눌러 참았다.

"그, 글쎄요. 한 시간 정도……."

석영이 대답했다. 이대로 헤어지면 또 언제 다시 만날 수 있을지 기약할 수가 없었다.

"그럼 한 시간 후에 데리러 올게요."

"바쁘실 텐데 안 그러셔도 돼요."

석영은 마음에도 없는 사양을 한 번 하였다.

"한가해요."

그는 그렇게 말하고 어서 들어가라는 손짓을 하고 차에 올랐다. 석영은 그의 차가 길모퉁이를 돌아 사라지는 것을 보고 옥희와 미장원으로 들어갔다.

머리를 하는 내내 석영의 시선은 저도 모르게 미장원의 유리문 밖을 향하곤 했다. 한 시간 후라고 했으니 아직 중휘가 와 있을 리 없건만 저절로 그렇게 되었다. 길었던 머리를 어깨 위까지 자르고 머리 아랫단에만 고데기로 컬을 넣기로 하였다. 미용사가 능숙한 솜씨로 머리를 싹둑싹둑 자르고 고데기를 집어 들어 컬을 넣기 시작하였다.

"아가씨, 그분 오셨어요."

먼저 머리를 손질하고 소파에 앉아 잡지를 뒤적이고 있던 옥희가 쓸데없이 은밀한 목소리로 창밖을 눈짓했다. 미용사가 불에 달군 인두기로 머리카락을 말고 있었으므로 석영은 밖을 내다볼 수가 없었다. 한 시간이 되려면 아직 십 분쯤 남아 있었지만 석영은 갑자기 조바심이 일었다. 미용사의 손놀림이 유난히 굼뜨게 느껴졌다.

"어쩜 이렇게 잘 어울릴까?"

드디어 인두기를 내려놓은 미용사가 머리를 매만져 시야게를 하며 감탄사를 내뱉었다.

"아가씨 정말 예뻐요."

옥희가 눈이 동그래지며 맞장구를 쳤다.

"암만 해두 이런 시골서 묻혀 지내기 아까운 얼굴이에요. 그쵸? 탈렌트 같은 걸 하면 똑 맞을 것 같은데……."

"웬만한 여배우들 옆에 세워두 꿀릴 거 없죠, 뭐."

미용사의 호들갑에 옥희가 맞장구를 치며 너스레를 떨었다.

"얘, 웬 싱거운 소릴 하니?"

석영은 장난기 많은 옥희가 또 놀리는 것을 알고 기가 막혀 웃으며 눈을 흘겼다.

"싱겁긴요. 참말이에요."

"글쎄, 그만두어."

빈말이라는 것을 알면서도 석영은 조금 설레었다. 중휘 눈에는 어떻게 보일까? 그녀는 중휘의 시선이 되어 거울 앞에 섰다. 어깨 위에서 찰랑거리는 짧은 머리가 조금 어색해 보였지만 썩 못 보아줄 정도는 아니었다. 석영은 돈을 지불하고 옷매무새를 단정히 바로잡은 후 미장원을 나왔다. 석영을 보자, 피워 물고 있던 담배를 끄고 중휘가 길을 건너 다가왔다.

"너무 짧게 잘랐지요?"

그가 말없이 쳐다보았으므로 머리가 이상한가 싶어 석영은 지레 말하였다.

"아니요. 잘 어울려요."

중휘는 수줍은 미소를 짓고 있는 석영을 바라보며 말했다. 햇빛 아래 솜털이 보송보송한 장밋빛 뺨을 바라보는데 심장이 쿡쿡 쑤시는 느낌이라 중휘는 저도 모르게 눈썹을 찡그렸다. 그는 작게 한숨을 내쉬고 옥희를 돌아보았다.

"오랜만에 읍내 나왔을 텐데 옥희 아가씨는 읍내에 누구 만날 친구 없어요?"

"친구요?"

옥희가 영문을 모르는 얼굴로 되물었다.

"없어요?"

"있기는 있어요……. 근데 왜 그러세요?"

"그럼, 이거 가지고 친구 만나서 맛있는 거 먹고 사고 싶은 것 있으면 사요. 놀다가 5시까지 여기에 와 있으면 돼요."

중휘가 지갑에서 지폐를 꺼내 옥희에게 내밀었다.

"……아주머니가 아가씨 옆에 꼭 붙어 있으라고 당부하셨는데."

옥희가 곤란한 얼굴로 그런 소리를 하며 석영을 바라보았다. 집에서 나오기 전에 미옥에게 주의를 받은 모양이었다.

"아가씨랑 둘이 잠깐 가 볼 데가 있어서 그래요."

중휘는 걱정 말라는 듯 한쪽 눈썹을 추켜세워 장난스러운 표정을 지어 보이고 어서 받으라는 듯 지폐를 흔들었다. 옥희가 안절부절못하는 얼굴로 다시 석영을 바라보았다. 석영이 작게 고개를 끄덕여 보였다. 옥희가 주저하는 사이 돈을 그 손에 쥐여 준 후 중휘는 납치하듯 석영의 팔꿈치를 잡고 길을 건넜다.

"아가씨!"

옥희가 불렀지만 석영은 돌아보지 않고 중휘의 차에 올라탔다. 검은색 지프는 울상이 된 옥희를 남겨 두고 출발하였다.

"가 볼 곳이 어디예요?"

차가 사거리를 지나 읍내의 동쪽에 있는 택지 쪽을 향해 달리고 있을 때 석영이 물었다.

"그냥 둘이 있고 싶어서요."

중휘가 태연한 얼굴로 대꾸했다. 석영은 괜히 얼굴이 붉어져 창밖으로 고개를 돌렸다.

차는 어느새 읍내를 벗어나 길 양옆으로 느티나무가 늘어선 신작로를 달리고 있었다. 느티나무에 돋은 연둣빛 새순이 바람이 불 때마다 물고기 비늘처럼 반짝거리고 있었다.

"나는 내내 이쪽으로 소풍 다녔는데. 아가씨 때도 그랬어요?"

중휘가 저만큼 보이는 솔밭을 가리키며 말했다.

"6년 내내는 아니고, 고등학교 때는 버스 타고 월암사 쪽으로 간 적도 있어요."

석영의 대답에 중휘가 그랬느냐는 듯 고개를 끄덕였다. 중휘는 솔밭 입구 쪽에 차를 세웠다. 솔밭은 읍내를 끼고 도는 하천의 상류 쪽에 강을 따라 조성되어 있었다. 리기다소나무가 빽빽한 숲속에는 너른 공터도 있었고 바닥은 솔잎이 두껍게 깔려 있어서 읍내 학교들의 소풍 장소로 애용되었다. 솔숲과 강 사이에는 보드랍고 흰 모래밭이 길게 이어져 있고 모래밭과 솔숲의 경계에는 해당화가 군락을 이루고 있었다.

두 사람은 차에서 내려 솔숲으로 들어갔다. 울창한 소나무 숲속으로 들어가자 숲 가운데 넓은 공터가 나타났다.

"여기 잠깐 앉을까요?"

중휘가 공터의 반대편에 이르자 물었다. 석영이 고개를 끄덕이자 그는 윗도리를 벗어 솔잎이 두껍게 깔린 바닥에 폈다. 그곳은 공터의 가장자리라서 미루나무 어린잎 사이로 햇볕과 그늘이 반씩 섞여 있었다. 석영이 중휘가 깔아 준 옷 위에 조심스럽게 앉자 중휘도 그 옆에 앉았다. 그는 한쪽 팔을 뒤로 지탱한 채 말없이 하늘을 올려다보았다.

햇볕은 따뜻했고 바람은 부드러웠다. 어디선가 노랑나비가 날아와 그녀의 치맛자락 주변을 어른거리며 날아다녔다. 쉴 곳을 찾고 있는 듯하였다. 나비는 주위를 한참 방황하다가 석영의 하늘색 치맛자락에 내려앉더니 날개를 접었다.

"하필이면 여기 앉다니. 꽃이 지천인데."

석영은 신기해서 제 무릎 위에 앉은 나비를 바라보며 말했다.

"꽃향기가 났나 보죠."

중휘는 석영의 어깨 가까이로 얼굴을 숙여 향기를 맡는 자세를 취하며 말했다. 그와의 거리가 닿을 듯 가까웠으므로 석영은 반사적으로 몸을 뒤로 뺐다. 아주 가까이에서 그의 눈이 자신을 바라보고 있었다. 깊고 아름다운 눈동자였다. 석영은 시선에 결박을 당한 듯 한참을 따뜻한 것 같기도 하고 차가운 것 같기도 한 신비로운 눈동자를 마주 바라보았다.

심장이 터질 듯이 뛰고 있었다. 가슴에 한 손을 얹은 채 석영은 간신히 버텼다. 제 심장 소리에 귀가 먹먹해질 정도였다. 그에게도 그 소리가 들릴 것 같아 숨도 제대로 쉴 수 없었다. 계속 그렇게 바라보면 곧 심장이 멎을지도 모른다는 생각을 했을 때쯤 다행히 그의 시선은 멀리 하늘을 향하였다.

석영은 혼자 미친 듯한 감정에 휘둘리는 것이 부끄러워 얼른 다른 생각을 하려고 애를 쓰다가 겨우 그에게 묻고 싶었던 말을 생각해 냈다.

“그때, 도대체 왜 그랬어요? 왜 나한테 인사 한 마디 없이 떠났어요? 내가 그렇게, 내가 그렇게 아주머니나 한실 언니에게 아무 존재도 아니었나 싶어서 여태까지도 생각할 때마다 괴로웠어요.”

“……아마 다들, 아가씨에게 뭐라고 설명해야 할지 몰랐을 거예요. 경황이 없어서.”

“말도 안 돼요. 아무리 경황이 없어도 그렇지, 어떻게 하루아침에 말 한 마디 없이 사라져 버릴 수가 있어요? 인사 정도는…… 이유는 설명하지 못해도 간다는 인사는 하고 떠날 수 있었잖아요.”

“미안해요.”

“아니, 그런 말 들으려는 게 아니라…….”

석영은 오래 눌러 두었던 감정이 북받쳐 올라 미처 말을 잇지 못했다.

"왜요? 어째서……."

"석영 씨."

중휘가 갑자기 그녀의 이름을 불렀다. 흥분해 있던 와중에도 석영은 얼굴이 붉어졌다. 여태 꼬박꼬박 아가씨라고 부르다가 갑자기 이름을 부르니 어색하기도 했지만 설레고 가슴이 뛰었다. 옆에 있어도 여전히 꿈인 것처럼 와닿지 않던 그와의 거리가 확연히 가까워진 것 같아 말할 수 없이 기뻤다.

"네."

석영은 속내를 들킬까 봐 눈을 내리깔며 간신히 대답했다.

"석영 씨가 우리에게 무의미한 존재라 말하지 않고 떠난 건 절대 아니에요. 오히려 그 반대죠."

"그게 무슨 소리예요? 이해가 안 돼요."

"……지금 그때 일을 설명하기는 좀 어렵네요. 오래전 일이기도 하고. 어쨌든 석영 씨가 힘들었다니 미안해요."

"……."

중휘와 대화를 나누었지만 이상하게도 궁금증은 조금도 해결되지 않았다. 그들이 갑작스럽게 떠났던 이유는 결국 그를 만나기 전과 다를 바 없이 석영에게 여전히 이해할 수 없는 의문투성이인 채였다.

중휘도 답답했던지 주머니에서 담배를 꺼내 한 개비를 반쯤 뺐다가 도로 밀어 넣었다. 담배 생각이 간절한 얼굴이었으나 석영을 생각해서 피우지 않기로 한 것 같았다. 부드럽게 웃고 있던 조금 전의 얼굴은 간데없고 표정이 무겁게 가라앉아 있었다. 그의 심각하게 굳은 얼굴을 보니 석영은 더 캐물을 수가 없었다.

"늘 생각했어요. 어떻게 지내고 있을까……."

잠시 후, 혼란스러운 얼굴을 하고 있는 석영을 바라보던 중휘가 입을 열었다.

"……그런데 왜 한 번도 연락하지 않았어요?"

"먹고 사느라 바쁘기도 했고……. 사실, 연락해서 뭐 할 거예요."

중휘가 자조 섞인 어투로 말했다.

"뭘 하다니요?"

"그래 봤자 마음 좋은 오빠 노릇이나 했겠죠. 애인 생겼다고 하면 축하도 해 주고……."

"그러면 안 되는 거예요?"

석영은 왠지 화가 나서 물었다.

"그건 너무 잔인하잖아요."

"뭐가요?"

"……좋아하는 여자가 다른 사람과 연애하고 결혼하는 걸 옆에서 지켜보면서 축하한다는 소리나 지껄이고 있어야 할 바에는 안 보고 사는 게 낫죠."

"……그럼, 이제 지켜볼 마음이 생겨서 돌아온 거예요?"

석영이 입술을 물고 그를 바라보다가 물었다.

"그런 일이 생기지 않게 하려고요."

중휘가 담백하게 대답했다. 석영은 왠지 눈물이 나올 것 같아 숨을 참으며 죄 없는 잡풀을 쥐어뜯었다.

"그 생각을 하는 게 그렇게 힘들었어요? 어째서 그렇게 오래 걸린 거예요? 왜 더 빨리……."

"차일까 봐요. 내가 이래 봬도 여려서 상처를 잘 받아요."

중휘의 어이없는 대답에 나오려던 눈물이 쏙, 들어가며 웃음이 났다. 중휘도 따라 웃었다.

"나와 사귀어 줄래요?"

느닷없는 프러포즈에 석영은 눈이 동그래졌다. 이미 반쯤은 그런 상황이라고 생각하고 있어 새삼스럽기도 했지만 그에게 직접 그런 말을 들으니 너무도 벅찼다.

"좀 더 성의 있게 부탁하신다면 생각해 볼게요."

석영이 장난스러운 미소를 지었다.

"원한다면 무릎 꿇고 빌 수도 있는데."

중휘가 정말 그러기라도 하겠다는 듯 몸을 일으키는 시늉을 했다. 웃고 있는 그 얼굴이 너무도 사랑스러워 보여 석영은 충동적으로 그의 입술에 입을 가져다 댔다. 저도 모르게 그런 행동을 하고 스스로 화들짝 놀라 곧바로 떨어지려고 했다. 하지만 이미 땅을 짚고 있던 중휘의 팔이 그녀의 허리를 잡고 있었다.

석영은 몹시 당황했다. 그녀는 기습적으로 키스를 당한 사람이 저이기라도 한 듯이 두 손으로 그의 단단한 가슴을 밀어내려 버둥거렸다.

"먼저 시작해 놓고 도망갈 작정이에요?"

중휘가 장난스럽게 귓가에 속삭였다. 그는 가볍게 그녀를 돌려 바닥에 눕혔다. 석영은 놀라서 작게 비명을 질렀다.

"미, 미안해요."

석영은 어쩔 줄 모른 채 아무 말이나 내뱉었다. 심장이 곧 멈출 듯이 급박하게 뛰고 있었다. 도대체 무슨 생각으로 그런 도발을 한 것일까. 아무리 생각해도 제가 한 짓 같지 않았다.

"……늦었어요."

중휘가 그녀의 코에 살짝 입을 맞추며 기분 좋다는 듯 낮게 웃었다. 그리고 곧 그는 가르듯이 그녀의 입술을 벌리고 그 사이로 혀를 집어넣었다. 머릿속이 하얘져서 아무것도 생각할 수가 없다. 석영은 그저 그가 종용하는 대로 입술을 벌리고 그의 혀를 받아들일 뿐이었다.

자신의 영역을 확인하는 짐승처럼 그는 그녀의 입속을 샅샅이 더듬고 훑었다. 입술이 부드럽게 빨렸다가 잘근 씹히기도 하고 얽어맨 혀를 부드럽게 어루만지듯 애무하기도 했다. 그가 입술을 핥고 혀를 감아올릴 때마다 몸속에 숨어 있던 수만 개의 꽃봉오리가 일시에 만개하는 듯 하였다. 피어난 꽃의 가벼움을 못 이겨 몸이 공중으로 떠오르는 것 같았다.

영혼이라도 빨아 마실 듯 깊고 격렬한 키스가 이어졌다. 영원처럼 길게 느껴지기도 하고 찰나 같기도 했다. 놀라서 어쩔 줄 모르던 것도 잠시, 시간이 지나자 몸에 저절로 반응이 일어났다. 정신이 몽롱해졌다. 생전 느껴 보지 못한 감각들이 하나씩 생생히 살아났다. 황홀이라고 부를 수밖에 없는 전율이 척추를 타고 전류처럼 온몸으로 흘렀다. 젖꼭지가 단단하게 일어서는 것이 예민하게 느껴졌다. 그녀는 어느새 숨을 몰아쉬며 놀라서 밀어내던 손으로 그의 옷자락을 꼭 부여잡았다.

마침내 그의 입술이 떨어졌을 때 석영은 자신의 작은 뒤통수를 단단히 잡고 있는 커다랗고 믿음직한 손의 온기와 방금 자신의 입술을 헤집고 들어왔던 그의 뜨겁고 부드러운 입술 외엔 아무것도 생각할 수 없었다.

"괜찮아요?"

중휘는 조금 전까지 격정적인 키스를 나눈 것이 믿기지 않을 만큼 차분해진 얼굴로 석영을 바라보더니 그렇게 물었다. 석영은 얼굴을 붉히며 보일 듯 말 듯 고개를 끄덕였다. 석영은 순간적으로 그의 얼굴에서 소년처럼 불안하고 슬픈 빛을 본 것 같은 착각이 들어 놀랐지만, 그런 생각은 오래 지속되지 못했다. 중휘가 눈을 감으며 그녀에게 다시 깊숙이 키스를 했기 때문이다.

"오늘은 이걸로 봐줄게요."

중휘는 다시 그녀에게 짧게 입맞춤을 하며 장난스럽게 말했다. 그는 그녀의 머리에 팔베개를 해 주며 그 옆에 나란히 누웠다. 석영은 그의 옆얼굴을 바라보았다. 조금 전 그의 눈빛에서 순간적으로 읽었던 감정은 착각이었던 게 분명했다. 눈을 감고 있는 그의 얼굴은 편안하고 행복해 보였다.

석영은 자신이 그에게 너무도 집중해 있다는 것을 느꼈다. 그의 머리카락이 바람에 날리는 것에서도 특별한 의미를 찾고 싶어 한다. 몸속 깊이 묻혀 있던 모든 감각이 외부를 향해 활짝 열리는 기분이었다. 이십 년을 넘게 숨 쉬어 온 무색무취의 공기가 이토록 부드럽고 달콤하게 느껴지다니.

가까이 야생화 군락지에서 꿀을 모으느라 벌들이 분주히 날아다니는 날갯짓 소리마저 낭만적으로 들렸다. 행복한 꿈을 꾸고 있는 것 같았다. 자신을 둘러싼 세계가 이제껏 접해 본 적 없었던 것처럼 새롭고 아름답게 느껴졌다.

2장

석규는 중휘의 목재소와 제일 가까운 위치에 있는 다방으로 들어갔다.

"어머, 사장님, 왜 이렇게 적조하셨어요? 자주 좀 오시지 않구."

자리를 잡고 앉자 다방 여종업원이 메뉴판을 들고 와서 석규 옆에 앉으며 애교 섞인 콧소리로 말하였다. 아직 이십 대 초반으로밖에 보이지 않지만 닳을 대로 닳은 눈빛이다.

"요샌 통, 읍내 나올 일이 있어야 말이지."

석규가 건성으로 웃으며 대꾸했다.

"읍내 나오셔두 뭐, 우리 다방 들를 시간이 있으실라구요. 삼거리 다방에 새로 온 레지 보러 맨날 거기루만 가신다는 소문이 다 났는걸요."

여종업원이 뾰로통하게 입술을 내밀며 투정하였다.

"별소릴…… 삼거리 다방에 안 간 지 몇 달은 되었겠네."

"어머, 둘러대시는 것 좀 봐. 보름 전에 월암사루 꽃놀이 갈 때 두 그쪽 애들 데리구 가신 거 다 아는데……."

"그건 박 원장이 주도한 일이라 난 모르는 일이구……."

"어머, 엉터리……."

여종업원은 그의 옆에 붙어 앉아 한참 동안 싱거운 소리로 시시덕거리더니 다른 손님이 들어오자 얼른 일어나 그곳으로 가 버렸다. 석규는 한시름 놓고 카운터로 가서 수화기를 집어 들고 다이얼을 돌렸다. 전화 교환원에게 목재소 번호를 알려 주고 기다리는 동안 손안에 땀이 찼다.

—네, 교월 목재솝니다.

신호음이 몇 번 울린 후, 목재 사무실 경리인 미스 리의 목소리가 전화기 저편에서 들려왔다.

"아, 미스 리? 나, 윤인데 권 사장 좀 바꿔 줘."

—아, 윤 사장님, 안녕하세요? 지금 저희 사장님 사무실에 안 계시는데요.

"그래? 언제쯤 들어오나?"

—아까 손님이 오셔서 점심 드시러 가셨거든요. 곧 들어오실 거예요.

"그럼 들어오는 대로 서울 다방으로 좀 오라고 전해 줘. 기다리고 있을 테니까."

—네, 그렇게 전해 드리겠습니다.

전화를 끊고 석규는 자리로 와서 앉았다. 여종업원이 차를 들고 옆자리로 와 아양을 떨었다. 석규는 그것을 받아 줄 마음의 여유가 없어 대충 대꾸하며 다방 출입문이 열릴 때마다 그쪽으로 초조히 시선을 보냈다.

얼마 전에 중휘에게 빌린 돈은 며칠 만에 모두 날렸다. 적지 않은 돈이었는데 마치 모래알처럼 속수무책으로 손에서 빠져나갔다. 놓치지 않으려고 꽉 움켜쥐면 쥘수록 그것을 비웃기라도 하듯이.

도박판에서 늘 잃기만 하는 것은 아니었다. 돈을 딸 때도 있었다. 다만 딸 때는 푼돈을 따고 잃을 때는 크게 잃으니 결국은 늘 빈손으로 물러날 수밖에 없었다. 벼룩도 낯짝이 있다고, 한 달도 되기 전에 다시 돈을 빌려 달라고 부탁하려니 여간 곤욕스럽지가 않았다.

돈을 빌릴 수 있을 만한 데서는 이미 다 빌려 썼다. 이제 빌리기는커녕, 그의 얼굴만 보면 앓는 소리부터 하며 빌린 돈을 좀 갚으라는 사람이 대부분이었다. 아는 사람을 만날까 봐 뒷길로 숨어 다녀야 할 지경이었다. 아직 그가 재산을 다 날렸다는 것을 아는 사람은 없었다. 그것이 알려질 것을 생각하자 등에 식은땀이 흘렀다.

그런 일이 일어나기 전에 한탕 제대로 잡아야 한다. 그렇게 많이 잃었으니 이제 딸 때도 되었다고 그는 생각했다. 오늘 밤 대원각에서 오랜만에 외지 사람들까지 낀 판돈이 큰 도박판이 열린다는 정보를 얻었다. 오늘은 왠지 느낌이 좋았다. 어젯밤에는 돌아가신 아버지도 꿈에 보였다. 모든 것은 운. 운만 제 편으로 돌아서 준다면 얼마든지 그동안 잃은 재산을 되찾을 수 있었다.

그러자면 오늘 내로 꼭 노름 밑천을 마련해야 했다. 그는 마지막 남은 집문서를 품에 넣고 나왔다. 집문서를 그대로 두어도 소용이 없는 것이, 그대로 있다가는 곧 빚쟁이들이 몰려들어 그 집마저 빼앗아 갈 것이 뻔했다. 이젠 집이 문제가 아니었다. 처지가 어쩌다 이렇게 되었나, 자괴감에 빠질 여유도 없었다.

다른 사람에게는 모르지만 중휘라면 집문서를 맡겨도 불안하지 않았다. 최악의 경우 돈을 다 잃는다고 해도 그가 설마 식구들을 거리로 내쫓지는 않으리라는 믿음이 있었다. 혹시 그가 돈을 빌려주지 않겠다고 하면 어쩔 수 없이 부영옥 사장인 길선에게 집문서를 맡기고 돈을 빌릴 수밖에 없었다. 그렇게 되지 않기를 빌었다.

재산을 거의 다 잃은 이 시점에서도 석규는 사실 아직 그것을 실감하지 못하고 있었다. 그저 문서만 넘어갔을 뿐 토지들이 남의 것이 되었다는 어떤 변화도 느낄 수 없어서였는지도 몰랐다. 푸른 벼가 심어진 논은 여전히 문정리 그의 집 앞에 펼쳐져 있었으며 지난 가을에 도지 쌀도 모두 그에게로 들어왔다. 그의 생활에 아직 어떤 변화도 일어나지 않았다.

실감했다고 해도 그로서는 이미 어찌해 볼 도리가 없었다. 그저 여전히 밑천만 있으면, 운만 따라 준다면, 잃은 돈을 금세 회복할 수 있을 거라고 믿으며 필사적으로 도박에 빠져들 수밖에는. 멈추고 싶어도 멈출 수 없었다.

한 시간쯤 지났을 때 다방 문이 열리며 중휘가 들어섰다. 그는 여유로운 얼굴로 석규를 향해 걸어왔다. 당당하고 자신만만한 그의 기운에 석규는 더욱더 위축되었다.

"점심은 드셨습니까?"

중휘가 석규의 맞은편에 와서 앉으며 말했다. 그러고 보니 점심도 먹지 않은 채였다.

"머, 먹었네. 바쁜 사람을 오라 가라 해서 미안하군."

석규는 그의 기분을 살피며 말했다.

"아닙니다. 그렇지 않아도 오늘쯤 문정리에 내려가 볼까 하고 급한 일, 대충 마무리하고 왔습니다."

"그랬나? 석영이가 좋아하겠군."

석규는 초조하게 담배를 피워 물며 대꾸했다. 담배가 끼워진 석규의 여자처럼 가늘고 창백한 손가락이 긴장으로 잘게 떨리고 있었다. 정신적인 압박과 불규칙한 식사와 불면으로 그의 건강은 한눈에 보기에도 무척이나 위태로워 보였다.

"무슨 일 있으십니까?"

주문한 차가 나오자 그것을 집어 들며 중휘가 물었다.

"그게 말이네…… 한 번만 더 자네한테 염치없는 부탁을 해야겠네."

"무슨?"

마시던 찻잔을 내려놓으며 중휘가 그를 바라보았다. 석규가 무슨 부탁을 하려는지 짐작하고 있을 텐데 얼굴에 동요하는 빛이 없었다. 싫기도 하련만. 아마 석영을 생각해서 내색하지 않는 것이리라.

"돈을…… 이백만 원만 더 빌려줄 수 있겠나? 이백이 안 되면 백만 원이래두…… 괜찮네. 그깟 백만 원쯤이야 하룻저녁 술값인데 갑자기 돈이 마르니 것두 참 곤란하군. 하하하."

석규는 허세가 섞인 억지웃음을 웃었다. 중휘는 몸을 뒤로 기대며 가타부타 말이 없었다.

"역시 어렵겠나? 나도 낯이 있으니 이번에도 그냥 빌려 달라고는 못 하지. 그래서 이것을…… 이것을 대신 맡아 가지고 있게."

석규는 조금 망설이다가 품에서 상로재의 집문서를 꺼내 중휘 앞으로 내밀었다.

"이게 뭡니까?"

"집문서네. 자네가 가지고 있다가 내가 돈을 갚거든 그때 돌려주게."

말은 그렇게 했지만 사실 석규는 중휘가 그것을 받지 않을 거라고 생각했다. 그러기를 바랐다. 혹시나 모를 상황이 오면 집문서로 돈을 다시 빌릴 기회를 남겨 두고 싶었던 것이다.

"형님이 제 돈 떼먹을 것도 아닌데 뭘 이런 걸 가져오셨습니까."

예상 대로였다. 석규는 속으로 회심의 미소를 지었다.

"그래도 돈 거래라는 것이 그게 아니지. 가까운 사이일수록 줄 건 주고, 받을 건 받아야 뒤탈이 없는 법이네."

아무리 그렇기는 해도 냉큼 도로 집어넣기가 민망하여 예의상 한 번 더 맘에도 없는 소리를 건넸다.

"……형님께서 그렇게까지 말씀하시니 그럼 이 문서는 제가 맡아 가지고 있겠습니다. 마침 오늘이 산주(山主)에게 나뭇값을 지불하는 날이라 백만 원까지는 맞춰 드리기 어렵고……. 사무실에 가서 금고를 확인해 봐야 알겠지만 70만 원 정도는 융통해 드릴 수 있을 겁니다."

중휘가 집문서를 집어 자신의 재킷 안주머니에 넣으며 말했다. 석규는 아차, 하는 생각이 들었지만 이미 어쩔 수가 없었다.

"이거 정말 내가 자네한테 이래서는 안 되는 것인데 번번이 고맙네. 실은 토지를 좀 팔려구 내놓았는데 임자가 나타나질 않는군. 토지만 팔리면 지난번에 빌린 돈하고 한꺼번에 갚음세. 이자두 넉넉히 쳐서 말이야."

석규는 괜히 거짓말로 허세를 한 번 부려 보는 것을 잊지 않았다.

"그래 주시면 저야 감사하지요."

"그래, 고맙네. 정말 고마워."

"그럼, 사무실로 같이 가시죠."

"그, 그럴까?"

석규는 중휘를 따라 자리에서 일어섰다. 머리가 어찔 흔들리며 현기증이 왔다. 어제저녁부터 아무것도 먹지 않았다는 것이 떠올랐다. 어서 돈을 받아서 뜨끈한 국밥이라도 한 그릇 먹고 노름판이 열릴 때까지 어디 여관방이라도 잡아서 잠이라도 한숨 자 둬야겠다고, 중휘의 뒤를 따라가며 그는 생각했다.

석영은 채마밭에서 점심에 쌈으로 먹을 푸성귀를 따다 말고 푸성귀 잎 위를 기어가는 자벌레를 들여다보고 있었다. 그녀는 신기한 얼굴로 한참 동안 바라보다가 그것을 조심스럽게 잡아서 제 손등 위에 올려놓았다. 제 몸으로 길이를 재듯이 몸을 반으로 접었다 펴며 제 손등을 기어가는 초록색의 가느다란 벌레를 그녀는 신기하다는 얼굴로 한참 동안 구경했다.

석영은 그것을 다시 푸성귀 잎 위로 옮겨 주고 여린 잎을 따기 시작했다. 그러다가 아무 이유 없이 얼굴을 붉히며 혼자 웃었다. 중휘와 사귀기 시작하면서 새로 생긴 곤란한 버릇이었다. 무엇을 보아도 그 얼굴이 떠올라 정신이 나간 여자처럼 혼자 웃게 되었다.

며칠에 한 번씩 중휘가 문정리로 내려왔고 주중에 한 번쯤은 석영이 읍내로 나가 만나기도 하였다. 따지고 보면 이틀이 멀다 하고 얼굴을 보는데 헤어지고 나면 금세 보고 싶고 그리웠다. 떨어져 있는 시간에는 온통 그에 대한 생각으로 가득 차서 무엇을 해도 집중이 되지 않았다.

아직 중휘 입에서 구체적으로 결혼에 관한 말이 나온 것은 아니었지만 석규 말에 따르면 결혼식 날짜를 가을쯤으로 생각하고 있다고 했다. 결혼하면 석영은 읍내 그의 집에서 신접살림을 차릴 것이다. 그때를 대비해 미옥은 벌써 결혼 이부자리를 만들고 옷감을 떼어다 한복을 만드느라 분주했다.

석영도 여태는 건성으로 배우던 음식 만드는 일이나 살림살이를 최선을 다해 배우고 있었다. 퇴근한 중휘를 위해 음식을 만들어 놓고 기다리는 상상을 하면 행복했다. 그와 결혼 얘기가 오가기 전에는 얼른 건강을 회복해서 서울로 가 공부를 마저 마쳐야겠다는 생각만 했었다. 하지만 지금은 신기하게도 그런 생각이 전혀 들지 않았다.

석영은 푸성귀를 따서 안마당에 있는 우물가로 왔다. 우물을 퍼 올려 차가운 물로 채마를 씻고 있을 때 우체부가 대문으로 들어서는 것이 보였다. 부엌에서 나오던 옥희가 얼른 편지를 받아 왔다.

"이건 아가씨한테 온 거예요."

옥희가 농민 잡지와 신문 사이에서 흰 편지 봉투를 골라 석영에게 내밀었다. 석영은 젖은 손을 치마에 닦고 편지를 받아 들었다. 서울에서 학부 친구가 보내온 것이려니 했는데 김희재가 보낸 편지였다. 날짜를 헤아려 보니 곧 병원에 가야 할 날이 돌아오고 있었다. 며칠 후면 볼 텐데 굳이 편지를 보낸 것이 의아했다.

석영은 배롱나무 아래 놓인 들마루로 가서 앉으며 편지 겉봉을

뜯었다. 편지를 꺼내 읽던 석영은 당황했다. 그건 뜻밖에도 절절한 구애의 편지였다. 예상하지 못한 일이었다. 얼마 전에 석규가 희재에 대해 물었을 때도 황당하게 여겼고, 그 이후에도 그가 연애 상대가 될 수 있다는 생각은 전혀 하지 않았다.

이미 결혼했던 사람이라서 그렇다기보다는 자신의 담당 의사였고 나이 차이도 많이 났기 때문에 그런 쪽으로 아예 생각하지도 않았다. 그는 아예 연애 가능성이 있는 남자의 부류에 속해 있지 않았다. 그는 석영에게 친척이거나, 유부남이거나, 선생님 같은 사람들과 다를 바 없는 존재였다.

그래서 좀 방심한 것도 있었다. 그가 편지를 보내오는 것도, 괜한 오해를 살 수 있으니 편지 주고받는 일은 그만두라는 석규의 충고도, 그렇게 심각하게 여기지 않았다. 결혼을 앞둔 마당에 이런 유의 편지를 받은 것은 난감한 일이었다. 이번에 병원에 가서 결혼하게 되었다고 말해 주면 그보다 더 확실한 대답은 없을 거라고 생각했다. 꽤나 난감하고 어색한 순간이 되겠지만 도리가 없었다.

"무슨 편지이기에 그렇게 심각하세요?"

우물가에서 채마를 씻고 있던 옥희가 물었다.

"별거 아니야."

석영은 편지지를 봉투에 도로 넣어 들마루 위에 그대로 내려놓고 옥희 옆으로 가서 쭈그려 앉았다. 옥희가 갑자기 푸성귀를 집어 올리다가 놀라서 엉덩방아를 찧으며 씻어 놓은 푸성귀가 차곡 차곡 얹힌 채반을 냅다 걷어찼다. 푸성귀 잎사귀 아래서 가늘고 긴 자벌레가 꿈틀꿈틀 기어 나왔던 것이다.

"둘이 푸성귀 몇 장 씻는 데 한나절이 걸리네. 그런 솜씨로 시집 가서 살림은 지대루 하겠어요?"

부엌에서 밥상을 차려 들고 나오던 옥희 모친이 혀를 끌끌 찼다. 대청마루에 점심상이 차려졌다. 오늘은 석규도 아침 일찍 읍내에 볼일이 있다며 나가고 옥희 부친도 모내기하는 집에 못줄을 잡아 주러 가서 여자들 네 사람만 상에 둘러앉아 점심을 먹었다.

점심을 먹고 난 후, 석영은 소화를 시킬 겸 마을 어귀로 산보를 나갔다. 멀리 해미 벌판 논배미에서는 모내기가 한창이었다. 써레질하는 농부의 소 모는 소리와 모내기하는 사람들의 구령 소리가 한데 어울려 노랫가락처럼 들려왔다.

석영은 고샅길을 따라 천천히 걸음을 옮겼다. 싸리 울타리를 따라 집집이 가지니 오이, 호박 같은 것들이 심겨 있고 벌써 꽤 자라서 연한 넝쿨이 싸리나무 울타리를 감아 오르고 있었다.

집마다 바자울 밑에 무엇을 심었나 구경하며 천천히 마을을 한 바퀴 돌다 보니 마을 입구의 당나무 아래에 도착하였다. 당나무는 언제나처럼 변함없이 넉넉한 그림자를 드리우며 바람에 천천히 나뭇가지를 흔들고 있었다. 어렸을 때 반공일이 되면 그 나무 아래 앉아 읍내에서 학교에 다니던 중휘가 돌아오기를 기다리던 기억이 떠올랐다.

나무 아래 놓인 넓적한 바위에 앉아 다리를 까불며 중휘가 나타나기를 기다리던 그때처럼 석영은 싸리재로 이어지는 신작로를 아련하게 바라보았다. 그러고 보니 오늘은 반공일이었다. 약속은 하지 않았지만 어쩌면 오늘쯤 중휘가 오지 않을까 기대를 해 보았다.

중휘는 문정리에 내려오면 석영을 데리고 멀리 항구가 있는 마을까지 차를 타고 나가 갓 잡은 생선으로 뜬 회를 사 주기도 하고, 해원시로 가서 새로 개봉한 영화를 보여 주기도 하였다. 석영이 제일 좋아하는 것은 한적한 들길에서 손을 잡고 산보하는 것이었다.

그와 함께 있는 시간은 언제나 짧게 느껴졌다. 무슨 진지한 대화를 나누는 것도 아니고 그저 어릴 때처럼 유치한 말싸움을 하거나 가벼운 장난을 치는 것이 다였지만 석영은 행복해서 시간 가는 줄을 몰랐다. 집안에서도 결혼 허락을 받았고 가을이면 결혼을 하게 될 것이 분명한데 헤어질 때마다 이상하게 다시 못 볼 사람처럼 조바심이 났다. 어쩌면 돌아가는 그의 뒷모습이 이상하게 쓸쓸해 보여서일지도 몰랐다.

처음 솔밭으로 데이트를 갔을 때를 제외하고 그는 둘이 있어도 그녀에게 함부로 손을 대지 않았다. 석영은 가끔 그것이 서운할 때도 있었다. 보는 사람이 있을 때나 둘만 있을 때나 그의 행동은 점잖고 담백하였다. 곧 결혼할 연인치고 너무 신사적이었다.

석영은 이유도 없이 한숨이 나오려는 것을 참으며 신작로를 바라보았다. 햇볕이 환한 그 길로 곧 중휘가 나타날 것만 같았다. 이틀 전에 보았는데 못 본 지 아주 오래된 것처럼 그리워하는 자신이 못마땅했다. 가만히 생각해 보면 자신이 더 많이 좋아하는 게 분명했다. 저는 이렇게 안달을 하는데 그는 늘 담담해 보였다. 원래 속을 드러내는 사람이 아니니 이해는 하지만 표현을 좀 해 주면 좋겠다고 그녀는 내심 바랐다.

석영은 한참 동안 상념에 잠겨 있다가 이윽고 자리에서 일어섰다. 집이 저만큼 보이는 곳에 이르렀을 때 석영은 저도 모르게 걸음을 멈추었다. 대문 앞에 검은색 지프가 서 있었다. 중휘의 차였다. 심장이 빠르게 고동치기 시작하였다.

석영은 대문 앞에 도달해 가슴 위에 한 손을 얹은 채 숨을 골랐다. 생각 같아서는 한달음에 집 안으로 뛰어 들어가고 싶었지만 너무 기다린 티를 내고 싶지 않아 걸음을 달래서 천천히 대문 안으로 들어섰다. 중휘가 왔다면 사랑채에 있을 것이므로 곧바로 사랑채로 향했다.

사랑채가 비어 있는 것을 본 석영은 순식간에 실망하여 조바심이 났다. 차가 있으니 떠났을 리 없고, 어딘가에 있을 텐데 그사이를 못 참아 불안해지다니 어째서 이토록 긴장하고 점점 더 애가 타는지 알 수가 없었다. 스스로를 나무라며 그녀는 샛담 사이의 협문을 밀고 안채로 들어갔다.

중휘는 그곳에 있었다. 그는 배롱나무 밑에 놓인 들마루에 팔짱을 낀 채 앉아 있었다. 석영을 보고도 아무 말 없이 바라보기만 했다.

"언제 오셨어요?"

석영이 당황하여 먼저 말을 건넸다.

"좀 전에."

중휘가 짧게 대답했다. 조금 전까지 마을 입구에서 혹시 그가 오지 않을까 기다리고 있었는데 그는 이미 집에 와 있었다. 석영은 기뻐서 눈을 깜빡이며 중휘를 바라보았다. 깎아 놓은 듯 수려한 얼굴과 조금은 차고 무심한 그 눈빛을 보자 새삼스럽게 가슴이 뛰었다.

"어디 갔다 와요?"

"산보 갔다 왔어요."

석영의 대답에 그는 그녀를 빤히 쳐다보았다. 눈빛이 다른 때와 달리 조금 날카로워 보여 그녀는 긴장했다. 그는 그녀를 앞에 두고도 뭔가 다른 생각에 빠진 얼굴로 잠시 말이 없었다. 석영은 헛기침하며 안방과 부엌 쪽을 둘러보았다. 집에는 아무도 없었다. 다들 어디 마실이라도 간 모양이었다.

"사랑으로 들어가 계세요."

석영은 식혜라도 내올 생각으로 그렇게 말했다.

"곧 가 봐야 해요."

중휘는 피곤한 얼굴로 그렇게 말했다. 오자마자 가다니. 석영은 서운한 얼굴이 되었다.

"그럼, 식혜라도 드시고 가세요."

"됐어요. 그건 그렇고 이거."

중휘가 손에 들고 있던 무언가를 내밀었다. 석영은 놀라서 치맛자락을 꼭 움켜쥐었다. 아까부터 그것이 중휘 손에 들려 있는 것을 보았지만 석영은 그저 그가 가지고 온 물건이겠거니 하고 그의 표정에만 신경 쓰느라 그것이 무언지 미처 깨닫지 못했다.

중휘가 내민 것은 점심 전에 우체부가 전해 주고 간 김희재의 편지였다. 편지를 뜯어보고 그것을 들마루 위에 그대로 두었다는 것을 까맣게 잊고 있었다.

"……."

석영은 무언가 말을 하려고 입을 벙긋거렸지만 아무 말도 떠오르지 않았다. 그녀는 떨리는 손으로 그가 내민 편지를 잡았다. 그것을 가져오려고 손을 당겼지만 편지는 꿈쩍도 하지 않았다. 중휘가 심술이라도 부리는 듯이 편지를 단단히 잡고 놓아주지 않았던 것이다. 두 사람은 편지의 양쪽 끝을 잡은 채 서로의 눈을 응시했다.

머릿속으로 편지 내용이 스치고 지나갔다. 중휘가 그것을 보았다면 기분이 상하고도 남을 것이다. 사귀는 사람이 뭇 사내로부터 연애편지를 받고 있다는 것을 유쾌하게 여길 사람은 없을 테니까.

석영이 어쩔 줄 모르고 눈을 아래로 내리깔았을 때 중휘가 편지를 놓았다. 석영은 얼른 편지를 든 손을 내려 뒤로 숨겼다.

"무슨 일이든, 마음을 열어 놓고 임하는 건 좋은 일이죠."

그는 입가에 비웃음을 띠고 턱짓으로 편지를 가리키며 말했다.

"네……?"

"아직 결혼한 것도 아닌데 섣불리 다른 가능성을 차단하는 건 어리석은 짓이잖아요."

"그, 그게 무슨……."

석영은 울 듯한 얼굴로 중얼거렸다. 뭐라고 설명을 하려고 했지만 너무 당황해서 무슨 말부터 해야 할지 몰라 말이 입속에서 헛돌았다.

"허락 없이 편지 읽어서 미안해요. 아무 데나 두었기에 별거 아닌 줄 알았어요."

"……."

"비난하는 거 아니에요. 하찮은 물건 하나를 살 때도 이리저리 비교하고 고르고 하는데, 하물며 평생 함께 살아야 할 사람을 고르는데 신중해야죠."

중휘는 마치 석영이 두 사람을 놓고 저울질이라도 했다는 투로 말했다.

"왜 그런 식으로 말하세요."

석영은 얼굴이 창백해졌다. 귀밑머리를 타고 땀방울 하나가 그녀의 흰 블라우스 어깨 위로 떨어졌다.

"그분은, 그분은……."

석영이 김희재에 대해 뭔가 설명을 하려고 입을 뗐을 때 중휘가 갑자기 듣고 싶지 않다는 듯 벌떡 일어섰다.

"며칠 지방에 다녀와야 해서 인사차 들렀어요. 읍내서 기다리는 사람들이 있어서 그만 가 봐야겠네요."

"……그냥 가신다고요?"

석영은 절망적인 얼굴로 그렇게 중얼거렸다. 속이 터질 것 같았다.

"이 편지…… 나는 모르는 일이에요. 그분이 나를 좋아하는 건 나와 상관없는 일이에요. 내가 그분 감정까지 좌우할 수는 없는 거잖아요."

석영은 중휘가 오해를 한 채로 떠나게 할 수는 없어 정신없이 말했다.

"신경 쓰지 말아요. 가만히 있어도 좋다고 덤비는 머저리들이 간혹 있다는 거 아니까."

중휘가 비꼬듯이 말했다. 석영은 피가 바짝 어는 기분이 들었다. 그녀의 이마에 핏줄이 도드라졌다.

"아까부터 왜 말을 그런 식으로 하세요? 내가 그분을 유혹하기라도 했다는 거예요?"

"유혹을 했는지 뭘 했는지는 안 본 이상 내가 알 수 없는 일이고. 상대가 저렇게 죽자 사자 덤비는데 나는 책임이 없다고 잡아떼는 것도 좋아 보이지 않긴 하네요."

"뭐, 뭐라고요?"

"시간을 줄 테니 충분히 생각해 보고 결정되면 알려 줘요."

"무엇을요?"

"어느 쪽을 택할 건지 정해지면 알려 달라는 말입니다."

그가 사무적인 어조로 대꾸했다. 석영이 누구를 택하든 상관없다는 투였다. 석영은 그의 태도에 울컥 화가 났다. 김희재에 대해 조금도 다른 마음이 없었지만, 설령 조금 그런 마음이 있다고 해도 그가 잡아 주어야 하는 게 아닌가.

네 마음이 내키는 대로 하라니. 그것이 정녕 사랑하는 사람에게 할 수 있는 소리인가?

석영은 들고 있던 편지를 꽉 움켜쥐었다. 여태 무엇이 그렇게도 자신을 불안하게 만들었는지 문득, 알 것도 같았다. 자신에 대한 그의 마음 깊이를 읽은 것 같아서 서글펐다.

"알았어요. 그럴게요."

석영은 반발심을 누르지 못해 이를 물 듯 대꾸했다.

"……뭐라고요?"

중휘가 눈을 가늘게 뜨고 석영을 쏘아보았다.

"결정되면 알려 달라면서요."

"……."

"바쁘실 텐데 어서 가 보세요."

석영은 그의 눈빛에 타서 죽을 것 같았지만 지고 싶지 않아 이를 물고 버텼다. 눈빛에 무게가 있다는 것을 석영은 처음 알았다. 그의 눈빛에 석영은 거의 압사당하기 직전이었다. 숨을 쉴 수가 없었다. 그녀는 결국 고개를 돌리며 그를 외면했다.

"말을 그렇게밖에는 못 해요?"

중휘가 갑자기 손을 뻗어 외면하고 있는 그녀의 팔을 잡아 돌리며 말했다.

"……그러라고 한 건 중휘 씨예요."

"그래서 정말 그놈에게 마음이 있기라도 하다는 거예요?"

"……마음이 있다고 하면요? 물러나 줄 건가요?"

"……."

중휘의 눈에서 불꽃이 튀었다. 그는 이글이글 타는 눈으로 쏘아보다가 순간적으로 그녀의 목뒤로 손을 뻗어 잡아당겨 짓이기듯 키스를 하였다. 갑작스러운 나머지 석영은 그의 벽처럼 단단한 가슴을 마구 밀어냈지만 꿈쩍도 하지 않았다. 그는 하고 싶은 만큼 그녀의 입술을 농락한 후에야 그녀를 놓아주었다.

그가 입술을 떼었을 때 석영은 저도 모르게 힘껏 그의 뺨을 올려붙이고 말았다. 그에게 키스를 받고 수치심을 느끼게 되리라고는 상상도 하지 못했다. 그것은 모욕을 주기 위한 키스였다. 중휘는 이마 위로 흐트러진 머리카락을 쓸어 올리며 조소하듯이 그녀를 내려다보았다.

석영은 손등으로 입술을 닦으며 그를 쏘아보았지만 금방 울 듯이 눈에 눈물이 가득 맺혀 있었다. 그런 석영을 바라보던 중휘는 짜증이 났는지 갑자기 몸을 휙, 돌리더니 석영을 남겨 두고 성큼성큼 안채를 나가 버렸다. 잠시 후, 중휘의 차가 거칠게 떠나는 소리가 들렸다.

내리쬐는 햇볕이 모든 것을 표백한 듯 눈앞이 하얘졌다. 그녀는 맥없이 들마루에 주저앉았다. 어째서 일이 이렇게 되었는지 알 수가 없었다. 부어오른 입술 사이로 눈물이 흘러들었다. 그녀는 쓰라린 입술을 깨물며 뺨으로 흘러내린 눈물을 손바닥으로 천천히 닦아 냈다.

❖

중휘와 말다툼을 한 지 나흘이 지났다. 지방에 볼일을 보러 간다고 했는데 돌아왔는지 어쨌는지 알 수 없었다. 석영은 중휘가 떠나는 순간부터 마음이 새카맣게 타들어 갔다.

처음에는 그의 처사가 괘씸하고 화가 나기도 했다. 하지만 시간이 지날수록 어째서 좀 더 침착하게 그가 받아들일 만한 설명을 하지 못했는지 자책하는 쪽으로 마음이 기울었다.

곰곰이 되짚어 보니 그의 말은 석영이 누굴 택하든 상관없다는 것이 아니었다. 겉으로는 냉정해 보였지만 그는 평소와 달리 무척이나 감정적이었다. 그 당시에는 자신도 흥분하여 알아채지 못했을 뿐이다. 그는 이성을 잃고 있었다. 이성을 잃은 원인은 당연히 질투 때문이었으리라.

물론 그도 말을 심하게 한 부분이 있었지만 그런 상황에서 화나서 한 말인데 이해 못 할 것도 없었다. 석영은 자신이 그 순간에 조금 더 이성적이었다면 좋았을 거라고 후회했다. 누가 잘못했든 이제 그런 건 중요하지 않았다. 그저 어서 그와 화해하고 싶었다.

나흘이 지나도록 중휘가 오지 않았으므로 석영은 자신이 가기로 마음을 먹었다. 자존심 같은 건 생각할 수도 없었다. 보고 싶었다. 어서 그를 만나 가슴을 죄는 불안과 괴로움을 털어 버리고 싶었다.

조바심이 나서 잘 안 되는 몸단장을 마치고 서둘러 집을 나섰다. 버스가 이제 회군리까지 운행했으므로 20분만 걸으면 읍내로 가는 버스를 탈 수 있었다. 아침 버스는 이미 지나갔기에 석영은 오후 두 시 버스를 타고 읍내로 갔다.

그녀는 차부에 내려서 잠시 망설였다. 그가 어디에 있을지 알 수 없었다. 사무실에 있을지, 집에 있을지, 혹은 아직 외지에서 돌아오지 않았을지도 모른다. 전화를 해 보려고 공중전화기를 집어 들었지만 망설이다가 수화기를 도로 내려놓았다. 전화를 받은 중휘가 바쁘다며 상대해 주지 않으면 어쩌나 소심해진 가슴이 쿵쿵 뛰었다. 어째야 할지 알 수 없어 그녀는 삼거리 건널목 앞에 멍하니 서 있었다.

수업이 끝났는지 교월읍에 하나뿐인 고등학교 정문에서 학생들이 한꺼번에 쏟아져 나오고 있었다. 석영은 왁자하게 떠들며 걸어오는 학생들을 바라보았다. 눈이 시리게 하얀 세일러 칼라의 교복을 입은 여학생들의 얼굴이 갓 피어난 아침 꽃송이처럼 싱그러워 보였다.

교복 단추를 두세 개 풀어 헤치고 각 모자를 삐뚜름하게 쓴 남학생들의 장난기 가득한 얼굴을 보고 있자니 저절로 옛날 중휘 모습이 떠올랐다. 그는 수려한 얼굴과 큰 키 때문에 사람들 속에 섞여 있어도 언제나 눈에 띄었다. 꼭 곧고 푸른 나무 같았다. 어쩌다

웃기라도 하면 그 주위로 햇살이 집중하는 듯 싱싱하고 빛이 났었다.

옛 생각에 잠겨 있던 석영은 자신이 목재소를 향해 걸어가고 있다는 것을 깨달았다. 이미 학교와 천막집을 지나 있었다. 저만큼 목재소 적치장이 보였다. 석영은 저도 모르게 긴장을 하여 손수건을 쥐고 있는 손에 땀이 차는 것을 느꼈다.

그녀는 용기를 내어 목재소 마당으로 들어섰다. 공장 안에서 통나무를 송판으로 자르는 원형 톱날 돌아가는 소리가 요란하게 들렸다. 목재소 마당 한쪽, 야적장에는 산판을 해 온 굵은 통나무들이 가득 쌓여 있었고, 그것을 안쪽 가공 공장 안으로 옮기느라 일꾼들이 고함을 지르며 분주하게 움직이고 있었다.

목재소 마당에서 인부들에게 큰 소리로 무언가를 지시하고 있던 김 목수가 석영을 발견하고 얼른 그녀에게로 걸어왔다.

"아이구, 석영 아가씨 아니유? 여긴 워쩐 일로?"

그는 굵은 주름이 진 정감 가는 얼굴로 반갑게 인사를 했다. 듬성듬성 새치가 난 머리에 하얗게 톱밥이 내려앉아 있었다. 석영도 마주 고개를 숙여 인사를 했다. 목수이자 목재소 관리도 겸하고 있는 그는 석영의 부친이 이 목재소를 운영할 때부터 이곳에서 일해 온 사람이었다.

"중휘 씨 만나러 왔는데 사무실에 계세요?"

"오늘 사장님, 나무 보러 임지(林地)에 내려가셨는디. 저녁이나 되어야 돌아오실 거유. 무슨 급한 볼일이믄 어떻게 연락을 한 번

해 보구유."

"아니에요. 나중에 돌아오시면 봐도 돼요."

석영이 고개를 저었다.

"들어가서 차라두 한 잔 들구 가유. 오랜만에 들르셨는디."

김 목수가 사무실로 들어가자는 것을 사양하고 석영은 목재소를 나왔다. 중휘를 만나지 못할지도 모른다는 것을 예상하였으면서도 석영은 몹시 실망했다. 갑자기 몸에서 힘이 다 빠져나가 버린 느낌이 들었다.

문정리로 가는 버스는 3시간 후에나 있었다. 그녀는 택시를 타고 집으로 돌아가야겠다고 생각했다. 택시가 대기하고 있는 버스 차부로 가는 걸음이 몹시도 무거웠다. 차부에는 학생들이 북적이고 있었다. 모두 집으로 가는 버스를 기다리고 있는 것이다.

손님을 기다리는 택시가 차부 광장 한쪽에 서너 대 서 있는 것이 보였다. 석영은 그곳으로 걸어가다가 중간에 걸음을 멈추었다. 지난 나흘간 마음 졸인 것을 또 되풀이할 생각을 하니 가슴이 답답해졌다. 오늘은 어떻게든 중휘와 만나 이 괴로움을 해결하지 않으면 못 견딜 것 같았다.

석영은 택시를 타는 것을 포기하고 일단 막차 시간까지 기다려 보기로 했다. 그 시간 안에 중휘가 돌아오면 만날 수 있을지도 모른다. 석영은 천천히 걸음을 옮겨 예전 그녀의 집이기도 했던 읍사무소 뒤에 있는 중휘의 집으로 발길을 옮겼다.

파란색 대문은 잠겨 있었다. 완고하게 닫힌 문이 꼭 중휘의 마음 같아서 석영은 불안한 얼굴로 입술을 문 채 그 앞에 서 있었다.

임지에서 돌아오는 길에 중휘는 목재소에 들렀다. 일곱 시가 넘어서 직원들은 모두 퇴근하고 없었다. 그는 사무실로 들어가 계약서가 든 서류봉투와 돈을 금고에 넣고 밖으로 나왔다. 조금 전부터 비가 추적추적 내리고 있었다. 두꺼운 먹장구름 사이로 이따금 번개와 천둥이 쳤다. 번개가 칠 때마다 비닐에 덮인 나뭇더미가 쌓여 있는 목재소 안마당이 하얗게 모습을 드러냈다가 사라졌다.

중휘는 사무실 처마 밑에 서서 담배를 한 대 피워 물었다. 내뿜은 푸르스름한 연기가 빗줄기 속으로 스며들더니 젖은 공기 중으로 천천히 흩어졌다. 석영에게 화를 내고 상로재를 나온 것이 나흘 전의 일이었다. 그때 일을 떠올리자 저절로 미간에 주름이 잡혔다.

석영이 김희재에게 마음이 있어서 자신에게 마음을 다 주지 못하고 망설이는 것이라면 계획했던 일에 차질이 생기니 화가 나는 것은 당연한 일이기는 했다. 석영은 진심으로 자신을 사랑해야 했다. 그래야만 자신이 계획한 대로 일이 이루어질 테니.

그런데 그의 화는 그런 종류의 화가 아니었다. 며칠이 지난 지금도 편지에 쓰여 있던 내용을 떠올리면 열이 받았다. 그 감정이 질투라는 것을 깨닫고 그는 짜증이 났다. 정말 연애라도 하고 있는 줄 아나? 그는 거칠게 손가락을 튕겨 담뱃불을 껐다. 어두운 빗줄기 사이로 담배 불똥이 포물선을 그리며 날아가다가 사라졌다.

그는 머리가 복잡해져서 절로 한숨이 나왔다. 차에 올라탄 그는 신경질적으로 젖은 머리를 털고 시동을 걸었다. 그동안 석영에게 쓸데없는 감정을 느끼지 않으려고 무진장 애를 썼다. 그녀를 진짜 좋아하게 되는 순간 모든 것은 물거품이 되는 것이다. 자신이 무엇 때문에 이 짓을 시작하게 되었는지 잊어서는 안 된다고 되뇌었다. 그는 창문으로 흘러내리는 빗줄기를 노려보았다.

7년 동안 한 가지 생각만 하며 버텨 왔다. 무감각해져야만 한다. 아무것도 느끼지 않고 그저 처음 계획대로 밀고 나가야 한다. 다른 것은 아무것도 생각해서는 안 된다. 그는 자신을 스스로 세뇌하듯 속으로 중얼거렸다.

집 앞 골목에 주차를 하고 차에서 내렸다. 빗줄기가 조금 전보다 더 강해져 있었다. 그는 어깨를 움츠리고 대문을 향해 걸어가다가 저도 모르게 발걸음을 멈추었다. 대문 옆, 기둥 아래 사람 그림자가 보였다. 희미한 어둠 속에 비를 맞고 서 있는 것은 석영이었다. 그녀는 흠뻑 젖어 있었다. 어둠 속에서도 얼굴이 창백하게 질려 있는 것을 알 수 있었다.

"여기서 뭐 해요?"

중휘는 놀라서 화부터 났다. 봄이지만 빗줄기는 차가웠다. 찬바람만 쐐도 감기에 걸리는 주제에.

"……미안해요."

석영이 들릴 듯 말 듯 작게 말했다. 중휘는 얼른 윗도리를 벗어서 그녀의 몸을 감쌌다. 급히 대문을 열려다가 열쇠를 떨어뜨렸다. 그는 욕이 나오려는 것을 참고 물에 젖은 열쇠를 주워 들어 대문을 열고 석영을 데리고 안으로 들어갔다.

방으로 들어가 전등을 켰다. 석영은 입술이 새파랗게 얼어 있었다. 그는 서둘러 담요를 꺼내 그녀의 몸을 감싸고 수건으로 머리와 얼굴을 닦아 주었다. 석영은 아이처럼 그가 하는 대로 얌전히 몸을 맡기고 있었다.

“언제부터 비 맞고 있었어요?”

중휘가 그녀를 이불 위에 앉히고 두꺼운 이불을 한 번 더 몸에 둘러 주며 물었다. 석영은 아무 말도 하지 않았다. 그저 몸을 잘게 떨고 있을 뿐이었다.

“조금만 기다려요. 불 피우면 금방 따뜻해질 거예요.”

중휘가 일어서 나가려고 하자 석영이 그의 소매를 잡았다. 무슨 말인가 하려는 것처럼 보였지만 좀체 말을 꺼내지 못하고 결국 아랫입술을 깨물었다. 중휘는 투명하도록 맑은 그녀의 젖은 눈을 바라보았다. 그 속으로 빨려 들 것처럼 정신이 아찔해졌다.

엄마를 놓치지 않으려는 어린아이 같은 손길로 그녀는 여전히 그의 옷자락을 꼭 잡고 있었다. 중휘는 저도 모르는 힘에 이끌려 고개를 숙여 그녀의 입술에 키스했다. 그렇게 하지 않고는 배길 수가 없었다.

그녀의 입술은 차가웠다. 석영은 부끄러워하면서도 자연스럽게 그의 혀를 받아들였다. 두 사람의 혀가 성급히 얽혀들었다. 그녀의 입속은 부드럽고 따뜻했다. 어깨를 안고 있던 중휘의 손이 미끄러져 내려와 다급하게 그녀의 젖은 블라우스 속을 파고들었다. 빗물에 젖어 소름이 돋은 맨가슴을 그는 커다란 손으로 움켜쥐었다. 손안에 전해져 오는 그 부드러운 탄력과 중량감에 숨이 막힐 것 같았다. 석영이 제 가슴을 애무하고 있는 그의 손목을 잡았지만 제지하려는 몸짓은 아니었다.

몸의 중심으로 피가 몰리며 고통스러울 정도로 욕구가 치솟아 올랐다. 당장이라도 그녀를 쓰러뜨리고 그 위를 덮치고 싶은 욕망으로 그의 근육들이 성난 파도처럼 요동쳤다. 처음부터 이것이 목적이었다. 그녀를 갖는 것. 몸과 마음을 갖는 것. 그리고 버리는 것. 자신을 진심으로 사랑하게 만들어서 버림받았을 때 철저히 망가지게 만드는 것.

그는 차가운 물을 뒤집어쓴 사람처럼 정신이 번쩍 들었다. 폭주하던 몸이 차갑게 굳어졌다. 그는 강력한 자석처럼 떨어지지 않는 몸을 힘겹게 그녀에게서 떼었다. 그에게 온몸을 맡기고 있던 석영이 놀라서 드러난 젖가슴을 황급히 손으로 가렸다.

그러기 전에 중휘는 이미, 모든 사랑스러움을 응축해 놓은 듯 봉긋 솟은 하얀 가슴과 그 정점에 놓인 분홍빛 유두가 꼿꼿이 서 있는 것을 보았다. 또다시 강렬한 욕망이 그의 숨을 가쁘게 했다.

"……미안해요."

그가 숨결을 가누며 간신히 말했다. 고개를 돌린 채 눈을 감고 있던 석영이 부끄러운 듯 조심스럽게 눈을 들어 그를 바라보았다. 중휘는 그 시선을 버틸 수가 없어 외면하며 여전히 가라앉지 않은

호흡을 가다듬기 위해 깊이 숨을 들이마셨다.

이렇게 미칠 듯이 원하면서 안는 것은 안 될 말이었다. 그랬다가는 그녀가 아니라 자신이 수렁에 빠질 것 같았다. 둘은 이미 정해진 대로 원수가 될 일만 남았다. 석영은 저를 망치고 집안을 거덜 낸 그를 용서하지 못할 것이고, 자신은 자신의 가족 때문에라도 그녀를 받아들일 수 없다. 이렇게 주체할 수 없는 감정은 자신이 계획했던 일이 아니었다.

중휘는 도망치듯 자리에서 벌떡 일어섰다. 얼른 이 자리를 벗어나지 않으면 복수고 나발이고 모든 것을 내던지고 미친놈처럼 그녀에게 빠져 버릴 것 같았다. 하지만 그는 방을 나가지는 못했다. 석영이 팔을 뻗어 또다시 그의 옷자락을 잡았던 것이다. 중휘는 혼란스러운 얼굴로 그녀를 내려다보았다.

석영이 물기 어린 맑은 눈으로 조용히 올려다보다가 애원하듯 가만히 손을 당겼다. 무시하려면 얼마든지 무시할 수 있는 미미한 힘이었다. 하지만 그는 이길 수 없었다. 그는 순식간에 다시 스스로는 끌 수 없는 욕망의 불꽃에 휩싸이고 말았다. 그는 덮치듯 그녀의 몸 위로 무너졌다. 중휘의 힘에 밀려 바닥으로 눕혀진 석영의 얼굴이 발갛게 달아올랐다. 벌어진 예쁜 입술 사이에서 밭은 숨이 새어 나오고 있었다.

"……석영 씨."

중휘는 간신히 그녀를 불러 보았다. 석영이 보일 듯 말 듯 고개를 끄덕였다. 허락을 구하는 것이라고 느낀 모양이었다. 이 일이 어떤 결과를 가지고 올지 그녀는 알지 못할 것이다. 그의 마음에 또다시 차가운 바람이 지나갔다. 하지만 이제 돌이킬 수 없었다.

중휘는 그녀의 입술에 거칠게 키스했다. 이미 아무것도 생각할 수 없었다. 원하는 여자를 남김없이 갖고 싶은 욕망에 몸을 내맡길 뿐이었다. 모든 곳에 닿고 싶어 입속을 샅샅이 핥고 목구멍 깊숙이 혀를 집어넣었다. 뽑을 듯 거칠게 혀를 빨고 탐했다. 그래도 부족해 안타깝고 조바심이 났다.

입술이 턱을 따라 목덜미로 미끄러져 내려가며 애무를 계속하는 동안 그의 손은 떨고 있는 그녀의 몸에서 젖은 옷을 하나씩 벗겨 냈다. 석영은 무의식중에 옷을 벗기는 그의 손에 맞추어 블라우스 소매에서 팔을 빼고 스커트를 벗길 때 엉덩이를 들어 주며 그를 돕고 있었다.

그의 손은 알몸이 된 그녀의 가슴을, 허리를, 골반과 엉덩이와 허벅지를 거칠고 다급하게 쓰다듬고 주물렀다. 알지 못할 강한 힘에 휘둘리는 사람처럼 그의 손길은 몹시 거칠었다. 서두르지 않으려고 애를 쓰는 의지와 그것에 반하는 폭력에 가까운 욕망이 충돌해 몸의 잔 근육까지 떨렸다.

거친 호흡과 심장 뛰는 소리가 숨길 수 없이 그녀의 온몸으로 거세게 전해져 왔다. 방 안은 순식간에 뜨거운 열기와 거친 숨소리로 가득 찼다. 씻을 때 외에는 제 손도 잘 닿아 본 적 없는 연약한 유두에 그의 혀가 와 닿았다. 유두가 핥아 올려질 때마다 온몸이 경련하듯 놀랐다. 그는 삼킬 듯이 가슴을 물고 빨기 시작했다.

석영은 정신을 차릴 수가 없었다. 온몸을 그에게 내맡긴 채 두 손으로 얼굴을 가리고 그저 흐느끼듯 신음을 내뱉는 것 말고는 할 수 있는 것이 없었다.

그의 혀끝에서 굴려지는 유두의 간질거리고 짜릿한 감각은 마치 불쏘시개처럼 그녀의 온몸에 불을 지폈다. 허벅지와 아랫배 깊숙한 곳이 뜨거워졌다. 자극이 계속될수록 속 깊은 곳이 자꾸만 안타까워 애가 달았다.

허벅지를 어루만지던 중휘의 손이 속옷 속으로 들어왔다. 석영이 놀라 다리를 한껏 오므렸지만 그 손은 쉽게 그녀의 중심에 와 닿았다. 그는 부드러운 음모에 덮인 다리 사이를 조심스럽게 어루만졌다. 그의 손은 곧 촉촉하게 젖은 입구를 뭉근하게 짓누르며 문지르기 시작했다.

그녀는 숨을 헐떡이며 다리를 말아 올렸다. 중휘의 손이 그곳에 가 닿는 순간 설명할 수 없이 애를 태우던 원흉이 바로 그곳이었다는 것을 깨달았다. 힘겹게 세우고 있던 무릎이 마구 떨렸다. 중휘는 꽉 붙이고 있는 그녀의 무릎을 입술로 애무하기 시작했다.

마법에라도 걸린 것처럼 다리에 힘이 풀리며 그가 시키는 대로 무릎이 벌어졌다. 너무 커다란 자극에 시달려서 더한 것이 있을 것 같지 않았지만 그것도 잠시, 그가 허벅지 안쪽에 고개를 묻고 은밀한 곳에 입술을 댔을 때는 기절할 듯 놀라 몸이 튀어 올랐다.

"……아, 안 돼요. 시, 싫어……."

석영은 부끄러움을 못 이겨 그의 머리를 필사적으로 밀어내며 숨을 헐떡거렸다.

"괜찮아. 가만있어요."

중휘가 그녀의 가는 팔목을 양손으로 잡아 제지하며 낮고 쉰 목소리로 말했다. 뭐가 괜찮다는 것인지. 이러다가는 그만 죽고 말 것 같았다. 석영은 결박당한 듯이 손을 잡힌 채 얼결에 다리를 벌리고 그의 혀를 받아들이고 있었다. 축축하고 뜨거운 혀가 그녀의 중심을 길게 핥아 올렸다.

"하앗……!"

그녀의 입에서는 앓는 소리가 새어 나오기 시작했다. 아무리 입을 다물고 참으려고 해도 반쯤 정신이 달아나서 의지대로 할 수가 없었다. 그녀는 잠깐 사이에 다른 새로운 세계로 던져진 것 같았다. 충격과 황홀과 부끄러움이 그녀의 내부를 정신없이 흔들어 대었다.

정신이 혼미해질 정도의 쾌감이 파도처럼 밀어닥쳐 몇 번이나 그녀의 정신을 먼 곳으로 흩어 놓았다. 그녀는 어느새 밀어내려던 그의 머리에 손을 얹은 채 그가 하는 대로 몸을 맡기고 정신없이 신음을 흘리고 있었다. 거부하거나 부끄러워할 의지 같은 건 이미 흔적도 없이 사라져 버렸다.

"너무 아프면 말해요."

중휘는 잠시 후 몸을 일으키더니 발치를 하기 전 치과 의사처럼 그렇게 말하고 그녀의 입술에 다시 한 번 입을 맞추었다. 석영은 그 말뜻을 미처 알아차리지 못했다. 중휘는 무릎을 바닥에 대고 꿇어앉은 자세로 긴장을 풀어 주듯이 그녀의 아랫배를 손바닥으로 천천히 쓰다듬었다. 석영은 곧 그가 마침내 무언가를 시작하려고 하는 것을 깨닫고 두려움에 몸을 굳혔다.

곧 묵직하고 뜨거운 그의 물건이 그녀의 다리 사이에 놓였다. 그것은 혼자 살아 있는 것처럼 그녀의 치골 위에서 꿈틀거리고 있었다. 온몸에 소름이 돋았다. 석영은 입술을 물고 겁에 질린 채 기다렸다. 중휘는 그녀의 무릎을 세우고 하체를 바짝 붙이더니 자신의 물건을 잡아 그녀의 젖은 입구에 가져다 댔다.

커다랗고 뜨거운 것이 무엇을 가늠하기라도 하듯이 뭉근하게 그녀의 중심을 눌러 왔다. 아직은 그저 부드럽게 갖다 대는 수준이었지만 그것만으로 무척이나 위협적으로 느껴졌다. 석영은 두려운 나머지 눈을 질끈 감으며 이불을 꽉 움켜쥐었다.

입구에서 몇 번의 추삽질이 있은 후, 드디어 뭉툭하고 부드럽지만 또한 강하고 야만적인 커다란 것이 여린 살을 가르며 세게 그녀의 몸속으로 박혀 들어왔다. 그녀의 몸은 고통과 놀라움으로 순간적으로 단단히 굳어졌다. 석영의 관자놀이에 파란 핏줄이 불거졌다. 눈앞이 까맣게 타들어 갔다. 찢어지는 듯한 고통이 온몸을 덮쳤다.

"……괜찮아요. 이제 다 됐어요."

중휘가 상체를 숙여 본능적으로 고통에서 벗어나려고 바르작거리는 그녀의 몸을 끌어안으며 낮게 속삭였지만 석영에게는 아무 소리도 들리지 않았다. 마침내 그의 몸이 뿌리 끝까지 그녀의 몸속에 묻혔다. 마치 한 몸처럼 두 사람의 몸이 결합되었다.

밖에는 천둥이 치고 지붕을 때리는 빗소리가 점점 더 거세지고 있었다.

❖

석규는 읍내에 나갔다가 사흘 만에 돌아왔다. 그 몰골이 며칠 동안 씻지도 먹지도 않은 꼴이라 집안 식구들은 깜짝 놀랐다. 미옥이 택시에서 내려 비척거리는 석규를 부축해 사랑채로 들어갔다. 석영은 부엌으로 가서 냉수를 떠서 쟁반에 받쳐 들고 사랑방으로 따라 들어갔다.

석규의 머리맡에 앉아 있던 미옥은 석영이 들어가자 얼른 눈물을 훔쳤다. 둘이 말다툼이라도 했는지 분위기가 좋지 않았다. 석규는 초췌한 모습으로 눈을 감고 누워 있었다. 원래 마른 편이긴 했지만 거의 뼈밖에 남지 않은 그 모습을 보자 왠지 덜컥 겁이 났다. 도대체 무엇을 하고 돌아다니는 것인지 알 수가 없었다.

"오빠, 어디 편찮으신 거예요?"

석영이 미옥의 옆에 앉으며 물었다.

"아프긴. 피곤해서 그런다."

석규가 이마에 팔을 올리며 들릴 듯 말 듯 대꾸했다.

"아가씨, 오빠 좀 말려 봐요. 이이가 글쎄……."

미옥이 화난 얼굴로 입을 열었다.

"어허, 쓸데없는 소리 집어치우래도. 여자가 바깥일에 왜 그리 참견이오?"

"올바르게 행동하고 다니면 내가 왜 참견을 해요? 내가 바보라 여태 참고 가만히 있은 줄 알아요? 나도 더는 못 참아요."

"못 참으면 어쩔 참이오? 이혼이라도 해 주리까?"

석규가 자리에서 벌떡 일어나 앉으며 더럭 성을 냈다.

"오빠, 무슨 그런 소리를……. 대체 무슨 일이에요?"

석영은 얼굴이 창백해져서 석규를 말리며 물었다.

"이이가 읍내서 도박을 하는 모양이에요. 이젠 글쎄, 시집올 때 해 온 패물까지 내놓으라지 않아요?"

"예?"

석영이 깜짝 놀라서 석규를 바라보았다.

"도박은 무슨, 재미루 화투 놀이 몇 번 한 것을 가지구."

"패물이라니요? 새언니 패물로 무얼 하시려고요?"

"수곡리에 광산이 들어선다는 정보를 들어서 해 본 말이야. 돈 없으면 빌려서라도 투자한다고 다들 야단이다. 돈 벌 길이 보이는데 손 놓구 쳐다만 보면 그게 천치지."

"무엇 때문에 돈을 더 벌고 싶으신 거예요? 뭐가 부족해서요? 지금보다 더 바라는 건 욕심이에요."

석영이 안타까운 얼굴로 타이르듯 말했다. 석규는 말이 안 통한다는 얼굴로 끙, 소리를 내며 도로 누워 버렸다.

"제 말이 그 말이에요. 게다가 광산에서 무엇이 나온다는 보장도 없는 것을. 왜 그런 허황된 것을 쫓으려고 하는지 도무지 모르겠어요."

"아녀자 새가슴으로 바깥에서 하는 일을 무얼 알겠소. 관두시오."

석규가 다시 이마에 팔을 얹으며 화를 참는 듯 눈을 감았다.

"다방 레지들 끼고 꽃놀이를 다니네, 술집 여급하고 살림을 차렸네, 하는 소문이 내 귀에까지 들리는데두 모른 척해요? 바깥에서 그런 짓을 하고 다니는데 내버려 두란 소리예요?"

미옥이 단단히 마음을 먹었는지 사납게 따지고 들었다.

"이 사람이 아침에 무얼 잘못 먹었나? 어디서 헛소릴 듣구 와서 생사람을 잡는 거요? 누가 그런 헛소릴 떠들고 다닙디까? 내 앞에 데리고 와요. 말 지어내는 그놈의 주둥이를 내가……."

"데려오라면 못 데려올까 봐서요? 말 나온 김에 같이 갑시다."

"가다니, 어딜 말이오?"

"어디긴요. 오늘은 그년한테 가서 셋이 담판을 지읍시다."

"당신 지금 제정신이오? 며칠 만에 집이라고 들어왔더니 이렇게 쥐새끼 몰 듯이 몰아 대니 집구석에 들어올 맛이 나겠냔 말야. 에잇!"

석규는 벌떡 일어나더니 벗어 놓았던 재킷을 집어 들고 홱 나가버렸다.

"여, 여보. 어딜 또 가는 거예요? 또 그년한테 가는 거 누가 모를 줄 알아요? 가기만 해 봐요. 오늘은 내가 기필코 가만있지 않을 테니!"

미옥이 대청마루까지 좇아 나가며 정신없이 소리를 질렀다. 석영은 놀라서 아무 말도 하지 못하고 있다가 뒤늦게 미옥을 따라 나가 그녀의 팔을 잡았다.

"새, 새언니, 진정하세요."

"아가씨, 난 이제 어쩌면 좋아요. 이러구두 내가 참고 살아야 해요?"

미옥이 마루에 털썩 주저앉으며 주먹으로 가슴을 쳤다.

"왜 여태 아무 말씀 안 하셨어요? 난 아무것도 모르고……."

석영은 집안 사정이 어떻게 돌아가는지도 모르고 그저 제 행복에 겨워 살았던 거 같아서 미옥을 볼 낯이 없었다. 혼자서 얼마나 속을 태웠을까 생각하니 여간 미안하지 않았다.

"말하면 무얼 해요. 아가씨 속만 어지럽지."

미옥이 눈물을 훔치며 말했다.

"그런데 그 소문 사실 아니겠죠? 오빠가 정말 그런 짓을 했을 리 없어요."

석영은 석규가 처자식을 두고 그런 파렴치한 짓을 하고 돌아다닌다는 것을 믿을 수 없어 조심스럽게 물었다.

"부영옥 술집 여급하고 읍내 여관에 드나드는 것을 본 사람이 한둘이 아니에요. 사내들이 다 그렇지 싶다가도 한 번씩 속에서 울화가 치밀면 가슴이 터질 것 같아요."

미옥이 저고리 앞섶을 쥐어뜯으며 숨을 몰아쉬었다.

"오빠가 어떻게 그런 짓을……."

"강길선이라는 인간하고 어울려 다니고부터 아주 딴 사람처럼 변했어요."

"강길선이라니, 그게 누구예요?"

"부영옥 사장이요. 읍내에 작년에 새로 생긴 술집인데 이쁜 여급을 셋이나 두고 장사를 해서 읍내 남자들이 하루가 멀다 하고 거길 드나드는 통에 집집마다 남편 단속하느라 난리인 모양이에요. 근방에 돈을 다 쓸어 담구 있다니 단속을 해두 소용이 없는 모양이긴 하지만. 오빠두 거길 드나들면서 부영옥 사장하구 어울리더니 헛바람이 단단히 들었어요. 생전 않던 도박에 여자에 빠져 제정신이 아니잖아요. 내가 정말 오늘은 미스 김인가 미스 리인가 하는 년을 찾아가 담판을 짓고 오든지 해야지……. 그냥 두어선 안 되겠어요."

"가실 거면 저도 데리구 가세요. 옥희 어머니두요."

"왜요?"

"그런 데는 혼자 가지 말고 여럿이 몰려가서 혼이 쏙 빠지게 망신을 줘야 한다던데요."

세상 물정이라고는 아무것도 모르는 석영의 입에서 그런 소리가 나오자 어이가 없었던지 미옥은 그만 픽, 웃고 말았다.

"아가씨가 그런 소리는 어디서 들었어요?"

"제주댁 아주머니가요."

"그 아주머니가 어린 아가씨 앉혀 놓고 별소릴 다 하시네."

미옥이 눈물 자국을 닦으며 씁쓸하게 웃고 한숨을 푹 내쉬더니 덧붙였다.

"술집 여급만 탓할 일이 아니에요. 찾아가는 오빠가 더 큰 문제지. 그냥 들어도 못 들은 척 알아도 모르는 척하고 살아야지. 찾아가 봤자 남 좋은 구경거리만 시키는 거죠, 뭐. 애만 안 낳아 오면 된다 하고 참고 살아야지 별수 있나요."

"그런 말이 어딨어요?"

석영은 화가 나서 펄쩍 뛰었다.

"괜히 어설프게 찾아갔다가 벌집 건드리는 꼴 나면 더 골치 아파요. 외려 남자들이 그런 걸로 꼬투리를 잡아서 아예 대놓구 두 집 살림 차리는 인간들도 많다잖아요. 곧 정신 차리겠지요. 제 식구 버릴 사람은 아니니까."

미옥이 체념하듯 말했다. 석영은 괜히 제가 죄지은 기분이 들어 할 말이 없었다. 미옥은 속을 삭이듯이 먼 산을 바라보며 꺼질 듯이 한숨을 내쉬었다.

병원 예약이 되어 있는 날이었다. 석영은 해원시에 있는 병원으로 가기 위해 아침 첫 버스를 타고 읍내로 나갔다. 읍내에 도착한 순간 그곳 어딘가에 중휘가 있다는 생각에 저도 모르게 입가에 미소가 번졌다. 그가 있을 목재소 쪽을 인사라도 하듯 다정한 눈길로 잠시 바라보다가 석영은 매표소가 있는 건물 안으로 들어갔다.

해원시로 가는 표를 끊고 버스 대기장이 내다보이는 휴게실의 간이 의자로 가서 앉았다. 평일 오전이라 그런지 휴게실은 텅 비어 있었다. 창밖으로 버스 대기장 둘레에 심어진 벚나무에 분홍 꽃이 만발한 것이 보였다.

밖에는 봄바람치고는 제법 센 바람이 불고 있었다. 바람이 불 때마다 문짝이 어긋난 휴게실 출입문이 흔들리며 덜컹거리는 소리를 냈다. 창밖으로 꽃잎이 눈처럼 날리고 있었다. 어두운 실내서 보니 바깥 풍경이 마치 영화의 스크린을 보는 것처럼 환하고 아름다웠다. 석영은 잠시 넋을 잃고 창밖을 바라보았다.

중휘에게는 병원에 간다고 알리지 않았다. 자신이 김희재를 만나는 것을 달가워할 것 같지 않았다. 굳이 몰라도 될 일을 알려서 언짢게 만들고 싶지 않았다. 김희재를 만날 생각을 하니 벌써 어색하고 곤란한 생각이 들었지만 한 번은 만나야 했다.

그녀는 작게 한숨을 쉬며 벽에 걸린 시계를 보기 위해 고개를 돌렸다. 버스가 도착할 시간이 거의 다 되었다 싶었던 것이다. 시계를 보고 10분 전이라고 생각하며 다시 고개를 원래 위치로 돌리던 석영은 헛숨을 들이켰다.

고개를 돌리지 않으면 보이지 않을 몇 칸 뒤쪽 의자에 누군가 앉아 자신을 바라보고 있었다. 가슴이 덜컥 내려앉았다. 석영은 차마 다시 고개를 돌려 확인하지 못했다. 무릎 위에 얹힌 가방 손잡이를 꼭 붙잡았다.

언제 온 것일까. 아니, 어째서 그가 이곳에 와 있는 것일까. 석영이 어쩔 줄 몰라 안절부절못하는 사이 중휘가 다가와 그녀의 옆자리에 앉았다. 다리를 꼬고 앉은 그의 발끝이 석영의 종아리에 닿을락 말락 했다.

"어디 가요?"

중휘가 석영이 앉은 의자 등받이에 팔꿈치를 괴고 얼굴을 들여다보며 태연히 물었다. 이미 어디에 가는지 알고 있는 얼굴이었다. 석영은 괜히 죄지은 것처럼 이마에 식은땀이 맺혔다. 그가 희재 일에 예민한 것은 이미 경험한 바였다.

"여긴 어쩐 일이세요?"

석영은 굳은 얼굴에 억지로 미소를 지으며 물었다. 중휘는 말없이 그런 그녀를 바라보았다. 중휘의 눈빛이 비웃는 것 같기도 하고 놀리는 듯도 했다.

"어디 가느냐고 내가 먼저 물었잖아요."

버스 대기장으로 해원시행 버스가 들어서는 것이 보였다.

"병원 가는 날이에요."

"병원?"

"……네."

"나 몰래 가는 거예요?"

"몰래는…… 아니구요."

"왜 어제 아무 말 안 했어요?"

"……."

"왜 몰래 가요?"

"그게 아니고……."

석영은 변명하려다가 소용없는 짓 같아서 그만두었다.

"버스 출발할 시간 됐어요……. 갔다 와서 연락드릴게요."

잠깐 정차한 사이 밖으로 나와 담배를 피우던 운전기사가 담배꽁초를 버리고 다시 버스로 향하는 것을 보고 석영이 의자에서 일어섰다. 하지만 곧 다시 주저앉았다. 중휘가 일어선 석영의 팔을 잡아당겼던 것이다. 석영은 놀라서 그를 쳐다보았다.

"가지 말아요."

그가 석영의 팔을 잡은 채 말했다.

"예?"

"다른 병원으로 옮겨요."

"하지만……."

"기분 나쁘니까 김희재 만나지 말아요."

"그분을 만나려고 가는 게 아니에요. 의사에게 진찰을 받으러 가는 거죠."

"그자가 담당 의사잖아요."

중휘가 장난하느냐는 듯 눈썹을 찌푸렸다.

"어쨌든 병원은 가야 해요. 약도 타 와야 하구요."

"병원 다른 데 알아볼 테니까 며칠만 기다려요."

아랑곳하지 않고 중휘가 말했다. 안내양이 해원시행 버스가 곧 떠난다고 큰 소리로 외치는 소리가 들려왔다.

"오늘 병원 가는 날인 거 어떻게 아셨어요?"

석영은 체념하고 그렇게 물었다.

"형님한테 물어봤어요."

"알고 있었으면서 중휘 씨야말로 어째서 어제 얘기하지 않았어요?"

"어떻게 하는지 보려고. 내가 싫어할 걸 알면서 그 자식이 있는 병원으로 가는지 안 가는지."

"그런 식으로 사람 시험하는 건 나빠요. 싫다고 어제 말했으면 서로 기분 나쁠 일 없었잖아요."

"기분 나빠요?"

중휘가 물었다.

"……."

"먼저 말하길 기다렸어요."

"말하지 않은 건…… 굳이 중휘 씨 기분 나쁘게 하고 싶지 않아서 그랬어요."

석영이 무릎에 놓인 제 손을 내려다보며 말했다.

"말도 없이 몰래 가는 게 더 기분 나빠요."

"그분에게 확실하게 거절의 뜻을 전하고 저도 다른 병원으로 옮기려고 생각하고 있었어요."

"편지로 해요. 뭘 굳이 만나서 거절을 해요."

"오빠 친구분이기도 하고, 일 년 넘게 진찰해 주신 의사 선생님이기도 해요. 만나서 말씀드리는 게 예의에 맞아요."

"그 자식한테 예의를 갖추는 게 그렇게 중요해요?"

잔뜩 인상을 쓰고 있는 중휘의 표정이 꼭 떼쓰는 어린아이 같아서 왠지 화가 나는 것이 아니라 웃음이 났다.

"왜 웃어요?"

중휘가 석영의 입이 움찔거리는 것을 보고 눈썹을 찡그리며 물었다.

"……당신 귀여워요."

석영의 말에 중휘는 잠시 말없이 그녀를 바라보다가 고개를 저으며 엄한 얼굴로 말했다.

"장난으로 넘길 생각 말아요."

"……알았어요. 편지로 할게요. 이제 됐죠?"

"편지 써서 나 보여 주고 보내요."

"어머, 그런 독재가 어딨어요?"

"생각해 보니 편지 쓰는 것도 싫군. 전보를 치는 건 어때요? '꺼져.' 라고 써서……."

장난인 줄 알았지만 그의 표정이 사뭇 진지해 보여 석영은 다시 웃음이 나는 것을 겨우 참았다.

"아무튼 알죠? 전보라고 생각하고 최대한 간단하게 써요."

더 토를 달았다가는 정말 전보를 쓰라고 고집을 부릴 것 같아서 석영은 얼른 고개를 끄덕였다.

"그럼 오늘 하루는 자유네요."

중휘가 의미심장한 얼굴로 말했다. 석영은 이유도 없이 저도 모르게 얼굴이 붉어졌다. 제가 얼굴을 붉혔다는 것을 의식하자 부끄럽고 당황해서 다시 목덜미까지 붉어졌다.

"무슨 생각 했어요? 무슨 상상을 하였기에 혼자 얼굴을 붉히고 난리예요?"

그런 석영을 보던 중휘가 못 말린다는 듯 고개를 절레절레 저으며 장난을 했다. 석영은 민망해 죽을 것 같아 더욱더 얼굴이 붉어졌다.

"갑시다."

그런 석영의 팔목을 잡으며 중휘가 자리에서 일어섰다.

"어, 어딜요?"

"숙녀의 기대를 저버리는 건, 신사의 도리가 아니죠."

"기, 기대라니요? 도대체 무슨 소릴 하시는 거예요?"

석영이 울상이 되어 묻자 중휘가 짓궂게 웃으며 한쪽 눈을 찡긋했다.

집에 도착해 방에 들어가자마자 그는 석영을 벽에 밀어붙이고 키스를 시작했다. 잠시 후, 그는 그녀를 돌려세우고 등 뒤에서 석영의 허리와 어깨를 단단히 끌어안고 그녀의 목덜미에 입술을 묻었다. 석영은 중휘의 단단한 몸과 벽 사이 끼어 가쁜 숨을 몰아쉬었다.

그는 허리를 감아 안고 있던 손을 골반을 따라 훑어 내려 치마 위로 그녀의 다리 사이를 감싸 쥐었다. 석영이 화들짝 놀라 흐읍, 숨을 멈추었다. 그는 꺾을 듯이 그녀의 턱을 돌려 거칠게 입술을 빨고 턱을 잘근잘근 깨물었다. 그의 혀가 뺨과 턱과 목덜미를 게걸스럽게 핥아 댔다. 석영은 두 손으로 자신의 중심을 감싸 쥐고 있는 그의 팔뚝을 잡은 채 연신 가쁜 숨을 내뱉었다.

엉덩이에 그의 딱딱하게 커진 성기가 비벼졌다. 그는 점점 더 세게 그녀를 벽으로 밀어붙였다. 석영은 벽에 양손을 짚으며 숨을 헐떡였다. 그의 손은 이제 치마를 들추고 그녀의 속옷으로 들어가 음부를 애무하기 시작했다.

이미 흘러넘칠 정도로 젖어 있던 그녀의 중심은 그의 손가락 하나를 아주 쉽게 삼켰다. 석영은 목이 꺾일 듯이 고개를 돌리고 그에게 혀가 빨리고 있는 와중에도 자신의 아랫도리를 드나드는 그의 굵고 긴 손가락의 감각에 몸서리를 쳤다. 허벅지가 덜덜 떨려 제대로 서 있을 수가 없었다.

"흐읍, 읏, 으흣……."

그녀는 저도 모르게 다리를 벌리며 신음을 쏟아 냈다. 잠시 후, 중휘의 커다란 손이 그녀의 골반을 잡아당기자 자연스럽게 엉덩이가 뒤로 빠지며 그녀의 상체가 숙여졌다. 벽을 짚은 석영의 가느다란 팔이 어떤 예감으로 가늘게 떨리고 있었다.

중휘는 그녀의 하늘색 플레어스커트 자락을 허리 위로 걷어 올리더니 그녀의 뒤에서 무릎을 꿇었다. 그는 부드럽게 그녀의 얇은 팬티를 발목까지 끌어 내렸다. 그러고는 그녀의 작은 엉덩이를 쓰다듬다가 두 손으로 잡아 벌리더니 고개를 깊이 꺾어 다짜고짜 뒤쪽에서부터 그녀의 중심을 핥기 시작했다. 석영은 기습을 당한 어린 짐승처럼 허리를 뒤로 휘며 숨넘어가는 소리를 냈다.

부끄러워 입에 담을 수도 없는 그런 행위를 그는 아무렇지 않게 했다. 처음 몇 번은 기절할 듯 놀라 반항도 했지만 이제 아랫도리를 짐승처럼 빨아 대는 것쯤은 부끄러움을 참으며 받아들이게 되었다. 처음 관계를 갖고 열흘도 되기 전에 그녀는 떠올리기만 해도 얼굴이 달아오르는 수많은 애무와 체위를 경험했다.

중휘는 부끄러워 거부하고 주저하는 그녀를 무력하게 만드는데 아주 능수능란했다. 긴장으로 굳어서 밀어내기 바쁜 그녀의 정신을 쉽게 무방비로 만들어 정신을 차려 보면 어느새 온갖 음란한 자세로 그에게 애무당하고 있었다.

다리에 힘이 풀려 저도 모르게 무릎이 꺾일 때쯤 중휘는 그녀의 뒤에서 몸을 일으켜 세웠다. 그는 그녀의 골반을 잡은 채 한 손으로 자신의 허리띠 버클을 풀었다. 곧 엉덩이에 뜨겁고 묵직한 그의 물건이 와 닿았다. 그것은 이미 거대하고 단단하게 서 있었다.

그는 석영의 다리를 조금 더 벌리고 자신의 물건을 그녀의 몸속으로 조바심이 날 만큼 조금씩 천천히 밀어 넣었다. 석영은 벽을 짚은 채 눈을 감았다. 그의 커다란 물건이 그녀의 입구를 최대로 늘리며 밀고 들어와 온몸을 꽉 채웠을 때, 참고 있던 숨이 터지며 그녀의 입술 사이로 절박한 신음이 새어 나왔다.

창호지 문을 통해 들어온 햇볕으로 온 방 안이 환했다. 젖은 살이 마찰하며 내는 음란한 소리와 신음과 거친 숨소리가 한데 섞여 방 안은 폭발할 듯한 열기로 가득 찼다. 그들의 뜨거운 정사는 환한 햇빛 아래서 모든 것을 드러내며 오랫동안 이어졌다.

❖

석규는 중휘에게 빌린 마지막 돈을 들고 도박장으로 갔다. 서두르지 않기 위해 무진 애를 썼다. 신중에 신중을 기했지만 길지도 않은 이틀 밤낮 만에 그마저도 홀랑 날리고 말았다. 그는 그대로 피를 토하고 거꾸러지고 싶은 심정이었다.

혹시나 하고 미옥이 시집올 때 해 온 패물까지 몰래 들고 나왔으나 그것마저 몽땅 잃었다. 상로재가 남아 있기는 했지만 그것도 집문서는 중휘에게 있었다. 이제 정말 말 그대로 빈털터리가 되고 말았다.

그는 읍내 여관방에 드러누워 만 하루를 끙끙 앓았다. 나흘째 겨우 정신을 차리고 일어나서 제일 먼저 한 일은 대원각을 찾아간 일이었다. 여관방에 누워 생각하니 억울하고 분통이 터져서 참을 수가 없었다.

어떻게 그 많은 재산이 1년 사이에 먼지처럼 사라질 수가 있는가. 꼭 귀신에 홀린 것처럼 정신이 멍하였다. 누구든 붙잡고 억울하고 분한 심정을 토로하고 싶어 견딜 수 없었다. 무엇이든 한바탕 때려 부수지 않고서는 속이 타서 죽고 말 것 같았다. 대원각에 불이라도 싸지르지 않으면 그대로 미치고 말 것 같았다.

그는 여관에서 오 분 거리에 있는 대원각으로 휘청휘청 걸어갔다. 일 년이 넘게 제집처럼 드나들었던 곳이었다. 1층은 중식당이었고 그 2층에 작은 사설 도박장이 있었다. 뛰다시피 숨을 몰아쉬며 도착해 보니 식당 문이 닫혀 있었다. 그곳을 드나든 1년 동안 문을 닫은 것을 본 것은 처음이었다.

컴컴한 유리창에 손을 대고 안을 들여다보니 실내는 엊그제 보았던 것과 다를 바 없었으나 무슨 중요한 것이 빠져나간 듯 음산해 보였다. 한 번도 낮에 문을 닫은 것을 본 적이 없어서 그럴지도 몰랐다.

그는 대원각 주변에 있는 포목점이나 얼음집 등을 돌아다니며 대원각이 왜 문을 닫았는지 묻고 다녔으나 아무도 아는 이가 없었다. 그저 어제 아침부터 문이 닫혀 있었다는 얘기만 들을 수 있었다.

대원각 주인이 기거하는 2층 방을 유심히 올려다보았지만 모든 창문이 꼭꼭 닫혀 있고 커튼까지 쳐져 있었다. 석규는 하는 수 없이 발길을 돌려 여관으로 돌아왔다. 하지만 그다음 날에도, 그다음 다음 날에도 대원각 문은 열리지 않았다. 그는 사흘째 되던 날 꼭 닫힌 대원각 문 앞에서 이상한 예감으로 뒷골이 서늘해졌다.

서울서 내려왔다는 박진만이 교월읍에 대원각이라는 그럴듯한 이름의 중식당을 낸 것은 재작년 여름이었다. 그는 연고도 없는 교월로 주방장까지 데리고 와 식당을 차렸다. 근방에 석탄 광산이 생긴다는 소문이 나서 그 무렵 외지인들이 꽤 몰려들었기 때문에 그들을 이상하게 여기는 사람들은 없었다.

대원각은 인심이 좋았고 음식 맛도 괜찮아서 꽤 번창했다. 하지만 얼마 후 박진만이 대원각 2층에 도박장을 열었을 때 그의 주업이 식당 영업이 아니라는 것을 교월읍 일대의 노름꾼들은 알게 되었다.

그는 노름판을 열고 그곳을 드나드는 사람들에게 장소 사용료조로 입장료를 받았고, 돈이 없는 노름꾼들에게 돈을 빌려주는 꽁지 노릇으로 짭짤하게 재미를 보는 것 같았다. 어느 때는 석규처럼 집이나 토지문서 같은 담보를 잡고 거액의 돈을 빌려주기도 했다.

한번 판을 벌이면 2, 3일씩 날을 세우기도 했지만 매일 노름판이 벌어지는 것은 아니었다. 대원각 2층 도박장은 특정한 시간에 특정한 사람들이 모여야 열리는 비정기적인 도박장이었다. 판이 열린다는 연락을 받은 사람만 출입할 수 있었다.

멀쩡히 잘 영업하던 가게가 하루아침에 문을 닫은 시점이 하필 자신이 전 재산을 몽땅 털리고 난 직후라니. 아니라고 고개를 저으면서도 무언가 석연치가 않았다. 두 사건 사이에는 아무런 연관성이 없다고 부정할수록 이상하다는 생각을 지울 수 없었다. 원래 열린 적도 없다는 듯 굳게 닫혀 있는 붉은 나무문을 보는데 이상하게 몸이 덜덜 떨려 왔다.

그는 온 읍내를 돌아다니며 중식당에 대해 미친 듯이 묻고 다녔지만 며칠 전까지 그곳에서 함께 도박을 했던 사람들조차도 영문을 몰라 했다. 그곳이 문을 닫았다는 사실도 모르는 사람이 부지

기수였다. 그렇게 되자 석규는 필사적으로 어째서 대원각이 문을 닫았는지 알고 싶어졌다.

알아서 뭘 어쩌겠다는 생각도 없었다. 그냥 갑자기 문을 닫은 이유를 알아야 했다. 그는 미친 사람처럼 정신없이 주변을 들쑤시고 다녔다. 처음 그 도박장으로 자신을 데려갔던 부영옥 주인 강길선을 찾아갔다. 그도 박진만과 비슷한 시기에 교월에 흘러들어 술집을 차려 돈 좀 있다는 교월읍 사내들의 주머니를 거덜 내는데 일조한 사내였다.

강길선과는 읍내 다방에서 우연히 마주친 후, 안면을 텄다. 그가 먼저 석규에게 알은척을 하였다. 문정리에서야 대대로 내려온 지주 집 아들이라 사람들이 특별 대우를 해 주었지만 읍내에만 나와도 알아주는 사람이 드물었다. 그 정도 부자들은 여러 마을에 한 명씩은 있었고 읍내에도 상점을 크게 해 돈 꽤나 만지는 치들이 한둘이 아니라 그저 어울리는 사람들이나 대접해 주는 정도였다.

그런데 교월에 정착한 지 일 년도 안 된 길선이 먼저 깍듯이 인사를 건네며 특별한 사람 대접을 해 주자 레지들 보기도 면이 서고 썩 기분이 좋았다. 길선은 석규보다 나이가 많았지만 전혀 그런 티를 내지 않고 늘 정중하고 예의 발랐다. 마치 저는 석규와는 출신이 다르다는 듯, 어울려 주어서 영광이라는 듯 황송한 태도였다. 그의 그런 면이 석규의 허영심을 만족시켜 주었다.

한때 소설가가 되는 것이 꿈이었던 적이 있었다는 길선은 석규와 말도 아주 잘 통하였다. 문학에 대해 'ㅁ'도 모르는 시골 무지랭이들과는 차원이 달랐다. 석규는 길선과 자주 어울리게 되었고 그가 운영하는 술집에 수시로 드나들며 단시간에 허물없는 사이가 되었다. 석규를 처음 대원각 도박장에 데리고 간 사람도 길선이었다.

도박을 하면서 사실은 강길선에게도 꽤 많은 돈을 빌려 썼다. 그가 빚 독촉을 한 적은 없지만 석규는 마음이 켕겨 근래 들어서는 부영옥에 발길을 하지 않았다. 오랜만에 찾아간 석규를 길선은 변함없이 반갑게 맞았다. 하지만 그도 대원각 주인에 대해서는 아는 것이 없는 모양이었다. 그는 오히려 대원각이 왜 문을 닫았느냐고 석규에게 되물었다. 석규는 술 한 잔을 얻어먹고 아무 소득없이 부영옥을 나왔다.

막막한 심정으로 머물던 여관으로 돌아가 하루를 보냈으나 아무런 대책도 없었다. 이제 수중에는 여관비 낼 돈도 달랑거렸다. 여관방 구석에서 벽을 보고 누워 있던 그는 힘겹게 몸을 일으켰다. 이 시점에서 떠오르는 사람은 중휘밖에 없었다.

그는 물론 도박과는 거리가 먼 사람이었고 박진만과 아는 사이도 아니었지만 이곳에서 눌러산 자신보다 아는 사람도 많으니 혹시 자신이 모르는 정보가 있을지도 몰랐다. 그리고 무엇보다 그에게 돈을 좀 꾸어야 했다. 그가 석영과 사귀게 된 것이 오늘따라 너무도 다행스럽게 여겨졌다.

석규는 여관을 나와 비척거리며 목재소로 갔다. 중휘는 목재소에 없었다. 볼일이 있어서 해원시에 갔다고 했다. 사무실을 지키던 경리에게 급한 일이라고 사정을 하자 어딘가로 전화를 걸더니 한참만에 중휘와 연결해 주었다.

—무슨 일이십니까?

중휘가 다소 사무적인 말투로 전화를 받았다. 전화기 너머로 왁자지껄한 웃음소리가 시끄럽게 들려오는 것을 보니 아마도 술자리에 있는 것 같았다.

"이보게 중휘. 자네 알고 있었나? 대원각이 문을 닫았네."

석규는 급한 김에 앞뒤 사정을 자르고 그렇게 말했다.

—그래서요?

중휘의 목소리는 차분했지만 평소와 달리 조금 차갑게 들렸다.

"하루아침에 문을 닫고 사라져 버렸어. 갑자기 말이야. 너무도 이상하지 않나?"

—그런 데가 원래 그렇습니다. 애초에 순진한 시골 사람들 돈을 노리고 연 도박장이니까요. 언제든 문을 닫고 사라질 준비를 하고 영업을 하는 거죠. 도깨비 소굴이에요.

"시골 사람들 돈을 노리고……?"

—…….

중휘가 작게 한숨을 쉬는 소리가 전화기 너머에서 들려왔다. 석규는 정신이 아찔하였다. 한 번도 자신이 순진한 시골 사람 축에 든다는 생각을 해 본 적이 없었다. 자신은 그래도 서울서 대학까지 나온 사람이 아닌가. 그는 얼른 고개를 저어 정신을 가다듬었다. 지금 그런 것을 생각하고 있을 때가 아니었다.

“자네 혹시 박 사장 연락처 모르나?”

—박 사장이 누굽니까?

“대원각 사장 말일세. 박진만이.”

—제가 그 사람 연락처를 어떻게 알겠습니까. 일면식도 없는 사람인데.

“하, 하긴 그렇지. 혹시나 하구 물어보았네. 자넨 만나는 사람도 많으니 오다가다 뭐 들은 얘기 없나 하고.”

—그런데 무슨 일로 전화하셨습니까? 박진만 연락처 물으시려고 전화하신 건 아닐 테고.

중휘의 말이 끝나자마자 전화기 너머에서 한바탕 웃음소리가 밀려왔다. 자신과 상관없는 웃음소리임을 알면서도 석규는 그 소리가 왠지 저를 조롱하는 웃음 같아서 잠시 움찔, 하였다.

“자, 자네한테 급히 의논할 일이 있네만. 몇 시쯤에나 돌아올 것 같은가?”

—오늘은 일이 있어서 여기서 묵어야 할 거 같습니다. 돌아가면 제가 연락드리겠습니다.

“그래? 그럼 오는 대로 초원 여관으로 연락 주게. 거기서 기다리고 있겠네.”

석규는 전화를 끊으며 저도 모르게 목이 잔뜩 움츠러들어 있는 것을 깨달았다. 중휘의 태도가 묘하게 차가워진 기분이 들었지만 제 처지가 이렇다 보니 기분 탓이라고 여기며 그는 목재소를 나와 여관으로 돌아갔다. 그는 그날 한잠도 못 자고 날을 새웠다.

다음 날 종일 초조하게 기다렸지만 저녁이 다 될 때까지 중휘에게서는 연락이 없었다. 바빠서 그럴 거라고 저를 달래다가 그는 결국 조바심을 참지 못하고 중휘의 목재소로 다시 찾아갔다. 목재소에는 불이 꺼져 있었다. 이미 여덟 시가 넘어 모두 퇴근을 한 후였다. 그는 그런 계산도 하지 못할 정도로 정신이 혼란스러운 상태였다.

하루 동안 물 외에 아무것도 입에 대지 않아 곧 쓰러질 것 같은 허기와 어지럼증을 느끼며 그는 중휘의 집 쪽으로 발길을 옮겼다. 중휘에게 집을 담보로 잡히고 이미 돈을 빌렸지만 빌린 돈은 담보물의 반도 안 되는 적은 돈이었다. 중휘라면 사정을 봐서 돈을 좀 더 융통해 줄 거라고 생각했다. 앞으로 어떻게 할지는 그가 얼마를 더 빌려줄 수 있는지 본 후에 결정하기로 했다.

안개 같은 이슬비가 내리고 있었다. 중휘의 집 앞에 도착했을 때는 머리와 옷이 축축이 젖어 있었다. 중휘의 차가 골목 안에 주차되어 있었고 담장 너머로 집 안에 불이 켜져 있는 것이 보였다. 석규는 닫힌 대문 앞까지 갔으나 왠지 모르게 다른 때처럼 스스럼없이 대문을 두드릴 수가 없었다. 제 처지가 너무도 처량해진 탓도 있고 중휘의 이상하게 쌀쌀맞게 느껴지던 태도가 다시 떠올라서였다.

그는 문 앞에서 잠시 비에 젖은 초라한 제 몰골을 내려다보았다. 날이 밝으면 다시 찾아올까, 어쩔까, 망설이고 있는데 안에서 두런거리는 사람들 소리가 들려왔다. 석규는 저도 모르게 얼른 몸을 날려 꺾어진 골목 모퉁이 뒤로 숨었다. 숨고 나서야 자신이 왜 숨었는지 몰라 얼굴이 달아올랐다. 누가 보았다면 도둑질이라도 하러 온 사람으로 알았을 것이다. 하지만 이미 숨은 뒤였으므로 이제 와서 나갈 수도 없는 노릇이었다.

이윽고 대문이 철컹 열리며 서너 명의 장정들이 대문을 빠져나오는 것을 석규는 어둠 속에서 지켜보았다. 그는 침을 꿀꺽 삼켰다. 어두운 골목으로 나온 사람들 중에 석규는 곧 중휘를 알아보았다. 워낙 키가 컸으므로 어둠 속에서도 그를 알아보는 것은 어렵지 않았다.

석규는 집 안에서 흘러나온 희미한 빛에 의지해 또 한 사람의 아는 얼굴을 발견하였다. 얼굴에 덥수룩한 수염을 기른 사람은 다름 아닌 박진만이었다. 그들 옆에는 어제 낮에 만났던 강길선도 끼어 있었다. 석규는 영문을 몰라 멍해진 얼굴로 서 있었다.

박진만과 강길선이 어째서 중휘의 집에서 나오는 것일까. 중휘와 박진만, 그리고 강길선, 그들에게는 접점이 전혀 없었다. 석규는 당장 골목에서 뛰어나가 어떻게 된 일이냐고 묻고 싶었지만 이상하게 발이 땅바닥에 붙은 듯 꼼짝할 수가 없었다.

석규가 경악과 혼란을 겪고 있는 사이 박진만과 강길선, 그리고 낯선 사내 두 명은 곧 중휘에게 허리를 깊이 숙여 인사를 하고 골목 밖에 세워져 있던 차에 함께 올라탔다. 곧 차 시동 걸리는 소리가 들렸다. 차는 결국 떠나고 말았다. 꽉 쥐고 있던 손에서 땀이 나서 차가운 빗줄기와 섞였다.

석규는 이 상황을 이해할 수가 없었다. 바로 어제 중휘가 그랬지 않은가. 박진만과 일면식도 없다고. 중휘는 이미 집 안으로 들어가고 없었다. 그는 벽을 짚으며 그 자리에 주저앉아 헛구역질을 했다. 먹은 것이 없어 아무것도 나오는 것은 없었다.

이게 도대체 어떻게 된 일일까. 머릿속이 혼란스러웠다. 분위기로 봐서 그냥 알고 지내는 사이로 보이지 않았다. 중휘가 은근히 까다로운 성격이라 아무나 가까이하지 않는다는 것을 석규는 잘 알고 있었다. 중휘 성격에 집에까지 들일 정도라면 보통으로 아는 사이는 아니리라.

곰곰이 되짚어 보니 그들과 있던 사내 둘도 어딘가 낯이 익었다. 어두워서 자세하게 보지는 못했지만 분명 도박판에서 본 적 있는 얼굴이었다. 그중에 한 명은 석규와 자주 도박판에서 맞붙어 그의 돈을 훑어가던 타짜, 족제비처럼 눈이 찢어진 조라는 성을 가진 사내였고 다른 한 명은 석규도 비웃을 정도로 매번 잃기만 하던 형편없는 초짜 도박꾼이었다.

잠시 후, 석규는 손바닥으로 입가를 훔치며 자리에서 일어섰다. 그는 비척거리며 초원 여관으로 향했다. 여관으로 가는 도중에 몇 번이고 길에 주저앉았다. 뭔가 엄청난 장면을 목격했는데 아직 그것이 의미하는 바를 납득할 수 없었다. 아니, 납득하고 싶지 않았다. 중휘가 도대체 왜? 그는 혼란스러워 머리카락을 쥐어뜯으며 도리질을 했다.

밤을 꼴딱 새운 석규는 새벽같이 일어나 대장간이 문을 열기를 기다렸다. 그는 대장간에 들렀다가 곧바로 중휘의 집으로 찾아갔다. 그는 차마 대문을 두드리지 못하고 그 앞에 쭈그리고 앉았다. 몇십 분의 시간이 지났을 때 중휘가 출근을 하려는지 마당으로 나오는 기척이 들렸다. 석규는 벌떡 일어섰다. 오래 앉아 있어서 다리가 저렸고 갑자기 일어나서 눈앞이 꺼매지며 현기증이 일었다. 대문이 열리자 그는 다짜고짜 그 앞을 막아섰다.

"뭐요?"

하지만 대문을 나선 사람은 중휘가 아니라 중휘의 수하인 전제옥이라는 자였다. 중휘는 서울에도 사업체를 가지고 있었는데 전제옥이 서울을 오가며 중휘의 심부름을 하고 있었다. 그자는 일주일에 한 번씩 서울서 내려와 교월에서 하루 이틀 머물다가 돌아가곤 했다.

전제옥의 벼린 면도칼 같은 차가운 시선이 안경알 너머로 석규를 위아래로 훑어보았다. 그는 석규를 보면 고개를 숙여 인사를 하긴 했지만 눈빛은 언제나 깔보듯 시건방졌다.

"아침부터 웬일이세요?"

석규가 머뭇거리는 사이 전제옥의 뒤에 서 있던 중휘가 여느 때와 다르지 않은 부드러운 목소리로 물었다.

"어제 종일 기다렸네."

"좀 바빴습니다."

중휘가 미안해하는 기색도 없이 태연히 대답했다. 석규는 저도 모르게 턱이 덜덜 떨려 오는 것을 간신히 눌러 참았다.

"잠깐 할 얘기가 있네만."

여전히 그들 사이에 끼어 서 있는 전제옥을 피해 석규가 말했다.

"너는 차에서 기다려."

중휘가 전제옥에게 턱짓을 했다. 전제옥이 거만한 얼굴로 석규를 흘끗 노려보고는 차로 가는 것을 보고 석규는 마당으로 들어섰다. 중휘는 마당가 비자나무 아래 서서 담배에 불을 붙이고 있었다. 그의 표정은 언제나처럼 여유롭고 담담했다.

석규는 부들부들 떨리는 창백한 손으로 제 윗도리 앞섶을 눌러 보았다. 날카로운 날이 종이에 감싸인 채 칼은 그곳에 얌전히 엎디어 있었다. 그는 중휘를 기다리는 동안 아직 모른다고 저를 진정시키려 애썼다. 중휘가 자신을 위해 박진만의 연락처를 알아내고 만났을 수도 있는 일이다. 제발 그랬기를 그는 빌었다. 자신의 생각이 과대망상이길.

"자네, 정말 박 사장 모르나? 어디로 갔는지 정말 몰라?"

"이미 말씀드렸는데요."

"……."

"돈 잃은 거 때문에 그러시는 거라면 잊어버리세요. 누가 강도짓해서 뺏은 것도 아니고 형님이 도박하다 잃은 거니까요. 남 탓을 해 봐야 소용없습니다."

"……정말 박 사장을 만난 적이 없나? ……그러니까, 근래에 말이야."

석규는 딴소리는 귀에 들어오지 않아 다시 한 번 물었다.

"없습니다."

"……자네 도대체 나한테 왜 이러나?"

석규의 얼굴이 백지장처럼 하얘지며 이마에 푸른 핏줄이 불거졌다.

"무얼 말입니까?"

"왜, 왜 거짓말하나? 어제…… 어제 박 사장이 이 집에서 나오는 것을, 자네랑 같이 있는 걸 내 이, 두 눈으로 똑똑히 보았는데 왜 거짓말하나? 응?"

석규는 당장 멱살이라도 잡을 듯 얼굴이 새파래지며 소리쳤다.

"보셨어요?"

당황할 줄 알았던 중휘는 아무렇지도 않은 얼굴로 싱긋 웃기까지 했다. 석규는 기가 탁 막혀서 웃고 있는 그의 얼굴을 입을 벌리고 멍청하게 쳐다보았다. 그 얼굴에는 부드러운 기운이 싹 가시고 없었다. 얼음처럼 차갑고 잔인한 눈이 그를 쏘아보고 있었다.

"……자네…… 자네, 뭔가? 자네, 도대체 정체가 뭔가?"

석규의 눈에 두려움이 가득 들어찼다. 중휘의 손가락 사이에 끼워진 담배에서 푸른 연기가 부드러운 곡선을 그리며 위로 올라가고 있었다. 중휘의 한쪽 입가가 천천히 위로 치켜 올라갔다. 석규의 온몸의 솜털이 일시에 곤두섰다. 남자치고 이상하리마치 아름다운 그 얼굴이 왠지 악마처럼 보였다. 악마가 있다면 아마도 저런 얼굴을 하고 있지 않을까, 석규는 떨면서 생각했다.

그리고 그 순간, 석규는 무슨 계시라도 받은 것처럼 모든 것을 알아차렸다. 아무 설명을 듣지 않아도 일의 전말이, 진실이, 날카롭고 강력한 번개 줄기처럼 그의 뇌리를 강타하였다. 이 모든 일을 꾸민 것이 중휘라는 사실을. 아니, 그 사실은 이미 어제 중휘가 박진만과 함께 있는 것을 보았을 때 알았는지도 모른다. 그랬으니 댓바람에 일어나 문을 연 대장간을 찾아 식칼을 사서 품에 안고 이곳으로 달려온 것이겠지.

"이 야비한 새끼! 감히 네가 나한테 사기를 쳐?"

석규는 순간적으로 눈이 휙 뒤집혀 품속에 숨기고 있던 식칼을 빼 들고 중휘에게 달려들었다. 하지만 석규는 그의 옷자락 하나 건드리지 못했다. 중휘가 내지른 가차 없는 발길질에 그는 비명도 지르지 못하고 옆구리를 감싸 안고 저만큼 날아가 땅바닥에 나뒹굴었다. 중휘는 쓰러졌다고 봐주지 않았다. 한 손에 담배를 든 채로 석규에게 무자비한 발길질을 가했다. 석규는 살기 위해 본능적으로 몸을 말고 팔로 머리를 감싸 안았다.

죽어도 상관없다는 듯 인정사정없는 구타가 이어졌다. 석규는 목숨의 위협을 느꼈지만 소나기처럼 쏟아지는 폭력 앞에 질려서 비명조차 지르지 못했다. 잠시 후 밖에서 뛰어 들어온 전제옥이 달려들어 중휘를 끌어안아 말린 후에야 겨우 구타가 멈추었다.

석규가 정신을 잃기 전에 마지막으로 본 중휘의 얼굴은 충격적이게도 차분하고 슬퍼 보였다. 그렇게 격렬하게 증오를 발산한 사람치고 흥분한 빛이 보이지 않는다는 것이 괴이해서 더 무서웠다.

중휘는 전제옥의 팔을 가볍게 뿌리치고 이마 위로 흐트러진 머리를 쓸어 올리며 널브러져 있는 석규를 턱을 치켜들고 내려다보았다. 석규는 의식이 멀어지는 와중에도 오히려 기절할 수 있음에 안도를 느꼈다.

석규가 눈을 뜬 곳은 차 안이었다. 그는 차 뒷좌석에 반으로 접힌 채 아무렇게나 처박혀 있었다. 어디가 어떻게 부러졌는지 숨만 쉬어도 칼로 찌르는 듯 온몸이 고통스러웠다. 걸레처럼 찢어진 입 안에서 침을 삼킬 때마다 비린 피가 목구멍으로 넘어갔다.

"정신이 들었나 본데요?"

옆에 앉은 누군가가 그렇게 말했다. 의자 바닥에 처박혀 있던 머리를 겨우 들어 올려 바라보니 우락부락하게 생긴 낯선 사내가 옆에 앉아 있었다. 석규는 몸을 부르르 떨며 이를 물었다.

"……어, 어디로 가는 거냐? 날 어디로 끌고 가는 거야? 이 천하에 빌어먹을 놈들. 가만히 두지 않을 테다."

석규가 온 힘을 끌어모아 소리쳤지만 그것은 그저 허물어지는 발음으로 겨우겨우 웅얼거리는 것에 지나지 않았다.

"아직 정신이 덜 드신 모양인데."

운전석 쪽에서 그런 목소리가 들려왔다. 전제옥의 목소리 같았으나 엎어져 있기도 했고 눈이 부어서 얼굴을 확인할 수는 없었다.

"너희들이 다 한패라는 걸 내가 모를 줄 알고? 무사할 줄 알아? 이렇게 사기를 치고 사람을 때리구서도 무사할 줄 알아?"

석규가 헛되이 움직이려 애를 쓰며 피거품을 물고 웅얼거리자 옆에 앉아 있던 덩치가 그의 머리통을 한 대 쥐어박았다. 그저 가볍게 치는 것 같았는데 맞은 당사자인 석규에게는 쇠망치로 내려친 것 같은 충격이 느껴졌다.

"주둥이를 몇 대 더 처맞아야 정신이 제대로 돌아올 거 같은데요, 형님?"

"어차피 한두 군데 더 부러진다고 큰일 날 것도 없긴 하지."

전제옥과 덩치가 그런 소리를 지껄이는 것을 석규는 치를 떨며 듣고 있었다.

"경찰에 신고, 신고할 테다. 가만둘 줄 아느냐. 이놈들……."

석규는 공포에 질려 떨면서도 그렇게 저항을 하였다.

"쥐도 새도 모르게 죽고 싶지 않으면 주둥이 닥치고 있는 게 좋을 거야. 너 같은 쥐새끼 하나 묻어 버리는 건 일도 아니니까."

덩치가 부러진 것이 분명한 석규의 왼팔을 아무렇게나 잡아 비틀며 위협했다. 석규는 차 안이 떠나가라 비명을 질렀다. 아픈 것도 아픈 것이지만 어디로 끌려가는지도 모르고 이런 무지막지한 놈들 손아귀에 있다는 것이 너무도 공포스러웠다. 핏줄이 터져 빨간 그의 눈에서 눈물이 줄줄 흘렀다.

"나한테 왜 이러는 거냐. 도대체. 내가 무얼 잘못했다고 나한테 이런 짓을……."

석규는 분하고 억울해서 부끄러움도 잊은 채 울음을 터뜨렸다.

"칼을 들고 먼저 달려든 건 당신이잖아. 내가 두 눈으로 똑똑히 보았다고. 우리 형님, 시골 내려오시더니 마음이 여려지셨나. 예전 같으면 뼈를 추려 놓았을 텐데 이 정도로 끝내시다니."

전제옥이 짧게 혀를 차며 놀리듯 말했다.

"내가 모를 줄 알아? 네놈들이 무슨 짓을 꾸몄는지 내가 모를 줄 아느냐고? 사기도박으로 다 감옥에 처넣을 줄 알아. 너희 놈들 다!"

석규가 울분을 못 이겨 부들부들 떨며 그렇게 소리쳤다. 옆에 앉은 덩치가 킬킬 웃더니 갑자기 석규의 따귀를 철썩 올려붙였다. 입안에서, 흔들리던 어금니와 함께 핏물이 울컥 쏟아졌다. 그는 다시 정신이 혼미해졌다.

"아무래도 이 시팔 새끼가 더 처맞고 싶은 모양인데요?"

"순진한 시골 새끼들은 오히려 겁대가리가 없는 경향이 있어. 우물 안 개구리로 지내다 보니 세상이 얼마나 무서운지 모르는 거지. 겁도 경험이 좀 있어야 진정으로 우러나오고 그러는 법인데."

전제옥이 혀를 찼다.

"오늘 이 새끼한테 넓은 세상의 무서움을 좀 체험하게 해 줄까요? 작은 형님?"

"그럴까? 죽으면 그냥 파묻고 차에서 뛰어내리다 죽었다고 하면 형님도 크게 나무라시지는 않을 거야."

전제옥이 아무렇지 않게 떠들며 웃었다. 석규는 공포에 질려 파들파들 떨었다. 웃으며 가볍게 얘기했지만 그들의 눈에는 진짜 살기가 어려 있었다. 농담이 아니라 정말 그러고도 남을 놈들 같았다. 처음부터 중휘의 분위기가 뭔가 이상하고 낯설다 싶었는데 이런 미친놈들을 데리고 있는 깡패 두목일 줄은 상상도 못 했다.

석규는 육체적인 고통과 가슴을 짓눌러 오는 공포로 더는 아무 말도 하지 못하고 어린아이처럼 눈물을 흘릴 뿐이었다.

중휘의 하수인들 차에 실려 올 때는 정말 아무도 모르게 죽는구나 했는데 도착해 보니 해원시에 있는 작은 병원이었다. 물론 병원에 도착하기 전 차 안에서 그는 말로 다 할 수 없는 공포 분위기 속에서 또다시 엄청난 폭력과 협박을 당했다. 병원에 도착했을 때 그는 스스로 강도를 당했다고 말하는 지경에 이르러 있었다. 그렇게 하지 않으면 그들에게 정말 죽임을 당할 것 같았던 것이다.

그들의 눈을 피해 간호사나 의사에게 경찰을 좀 불러 달라고 말하고 싶었으나 둘 중 하나는 언제나 옆에 붙어 있어서 기회가 없기도 했고, 괜히 그랬다가는 나중에 정말 끔찍한 보복을 당할 것 같아 두려웠다.

석규는 일주일간 병원에 입원해 있었다. 입원한 지 둘째 날 연락을 받고 미옥과 석영이 사색이 되어 병원으로 달려왔다. 물론 그들에게 소식을 전해 준 이는 중휘였고 태연하게 그들을 직접 병원으로 데리고 왔다. 석규는 감히 그와 눈도 마주치지 못했다. 그는 이제 자신이 이전에 알던 중휘가 아니었다. 아무 일도 없었다는 듯 석영 앞에서는 여전히 가면을 쓴 채 걱정하는 그의 모습에 석규는 턱이 덜덜 떨렸다.

자신을 이런 지경에 빠트려 놓고 석영과 혼인을 하겠다고 하다니, 말이 안 되는 얘기였다. 도대체 무슨 속셈인지 알 수가 없었다. 중휘가 어째서 자신에게 이런 짓을 했을까 곰곰이 생각하다가 문득 한실의 얼굴이 떠올랐다. 석규는 온몸이 오싹해지며 머리털이 곤두섰다. 너무 어마어마한 일을 당해서 그 자체로 분노하고 놀라느라 그는 미처 그 생각을 못 하고 있었다. 중휘는 지금 제 누이의 인생을 망친 데 앙심을 품고 복수를 하고 있는 것이다. 한실이 절에 들어갔다는 얘기를 들었을 때 짐작을 했어야 했다.

아무리 속이 없는 사람이라고 해도 제 가족에게 해코지를 한 사람에게 그렇게나 호의적일 수는 없는 일이었다. 제 누이를 끔찍이 아끼던 중휘라면 더더욱 그랬다. 조금만 깊이 생각해 보았다면 그의 태도가 정상적이지 않다는 것을 알아챘을 것이다.

왜 처음부터 그 생각을 하지 못하였던 것일까. 그런 잘못을 저지른 사람치고 경계심이 너무 없었다. 다시 만난 중휘의 과하게 허물없는 태도를 의심했어야 했다. 순진하게도 석규는 제 편할 대로만 생각을 이어 갔다.

대원각의 도박장과 박진만도 부영옥의 강길선도 모두 한패였음을 석규는 이제 알고 있다. 그곳에 드나들던 외지인들 대부분도 아마 중휘가 고용한 사람들일 것이다. 석규는 일련의 일들에 대해 아무런 의심도 하지 못한 스스로의 멍청함을 다시 한 번 한탄해 보았으나 소용없는 일이었다.

이제 자신과 가족들의 생살여탈권은 중휘의 손아귀에 쥐어져 있었다. 문득, 중휘와 눈이 마주쳤다. 그가 아무도 모르게 한쪽 입꼬리를 올리며 차갑게 웃어 보였다. 석규는 못 볼 것을 본 양 얼른 시선을 돌렸다. 손이 와들와들 떨려 왔다.

석규는 일주일 후 퇴원을 하였다. 퇴원할 때 중휘가 와서 병원비를 내 주고 집까지 데려다주었다. 석영이 옆에 있었으므로 그는 아주 예의 바르고 정중하게 굴었다. 석규로서는 치가 떨렸지만 아무런 내색을 할 수 없었다.

퇴원하고 며칠 후, 중휘는 병문안을 한다는 핑계로 다시 석규를 찾아왔다. 그들은 사랑방에서 따로 반주를 곁들인 저녁상을 받고 마주 앉았다. 중휘의 마각이 드러난 이후 단둘이 있게 되는 것은 처음이었다.

"몸은 좀 어떠십니까?"

뻔뻔스럽게도 중휘가 그렇게 물었다. 석규의 얼굴은 아직 멍이 가시지 않아 얼룩덜룩했고 갈비뼈에 금이 가고 왼팔이 부러졌다. 어금니가 흔들리고 입안 상처들이 덜 나아 무엇을 먹을 때마다 몹시 고통스러웠다. 석규는 드러나지 않게 심호흡을 한 번 하였다.

"마, 많이 나아졌네."

석규는 떨리는 목소리를 가다듬으며 간신히 대답했다.

"드십시오."

석규가 음식이 넘어갈 거 같지 않아 망연히 앉아 있자 중휘가 친절하게 권했다. 도대체가 너무도 뻔뻔한 놈이었다. 속임수를 써서 재산을 모두 빼돌린 것도 모자라 두들겨 패서 사람을 이 지경을 만들어 놓고도 눈 하나 깜빡하지 않았다. 석규는 참고 참은 울분이 속에서 올라오려는 것을 간신히 잡아 눌렀다.

중휘는 유백색의 도자기 주전자를 들어 석규의 잔을 채워 주었다. 석규는 속이야 어떻든 중휘의 기분이 상할까 봐 최대한 겸손한 자세로 그가 주는 술을 받았다.

"몸도 안 좋으신데 이런 말씀드리긴 그렇습니다만 내달까지 빌려 가신 돈을 갚아 주셔야겠습니다."

중휘는 술을 한 잔 마시고 잔을 내려놓으며 아무렇지 않게 말했다.

"뭐, 뭐라고? 빌린 돈을?"

"돈 쓸데가 생겨서요."

그의 태도는 너무도 태연하였다. 석규의 얼굴이 사색이 되었다.

"……그, 그건 고, 곤란하네. 알지 않나. 내가 그, 그럴 수 있는 형편이 아닌 것을……."

"못 갚으시겠다는 말씀입니까?"

"내, 내가 지금 돈이 어디 있나. 도대체 나한테 왜 이러는 건가?"

"빌려준 돈 돌려받겠다는데 그게 뭐 잘못됐습니까?"

"……."

"어쩔 수 없죠. 다행히 이런 상황을 대비해서 받아 둔 담보가 있으니."

"무, 무슨 소리인가."

석규는 석고로 고정시킨 왼팔의 팔꿈치에 맹렬한 가려움증을 느끼며 식은땀을 뻘뻘 흘렸다. 눈앞에 태연히 앉아 저를 놀리고 있는 놈에게 달려들고 싶은 마음과 그것을 자제해야 하는 현실 사이에서 그의 몸이 발작이라도 일으키듯이 경련하고 있었다.

"기한까지 돈을 갚지 못하시겠거든 집을 비워 주셔야겠습니다. 이사 가실 곳을 구할 시간이 필요하실 테니 9월까지 말미를 드리지요."

"지, 집을……?"

"담보라는 용도가 그런 거니까요."

"집을 비우라면 우린 어디로 가라는 말인가?"

석규가 울 듯이 물었다.

"그건 형님이 알아서 하실 일이죠."

중휘가 딱하다는 듯 눈썹을 찡그리며 웃었다. 그 얼굴이 저승사자를 보는 것처럼 소름 끼쳤다. 석규의 턱이 덜덜 떨렸다.

"……어떻게 이렇게 야박할 수가 있나. 자네가 어떻게 나한테 이럴 수가 있나……."

석규는 눌렀던 울분이 솟구쳐 떨리는 소리로 간신히 말하였다.

중휘가 미간에 주름을 잡고 그를 노려보았다. 석규는 그 눈빛에 움찔, 놀라 폭발하려는 화를 간신히 잡아 눌렀다. 지금 중휘의 비위를 건드려서 좋을 게 없었다.

"제 딴에는 편의를 봐 드린다고 가을까지 시간을 드린 건데 야박하다고 하시니 서운하네요."

눈썹을 찌푸리며 그가 내뱉었다. 석규는 작게 몸서리를 쳤다. 중휘의 말 한마디에 맨몸으로 길거리로 쫓겨날 수 있음을 다시 실감하였다. 석규는 허벅지 위에 올려놓은 떨리는 손을 세게 말아 쥐었다.

"……내 처지를 좀 보게. 그 많던…… 그 많던 토지를 다…… 다 잃었네. 그런데 이제 집까지 뺏어 가야 하겠는가?"

"누가 들으면 제가 강도인 줄 알겠습니다. 게다가 토지는 형님이 도박으로 날린 건데 왜 저한테 말씀하시는 겁니까."

중휘가 눈 하나 깜빡하지 않고 대꾸했다.

"그게 다 자네가, 자네가 꾸민……."

석규가 거기까지 말했을 때 중휘가 들고 있던 잔을 부술 듯이 상 위에 쾅 내려놓았다. 그 바람에 상 가장자리까지 위태롭게 올려져 있던 음식 그릇들 일부가 바닥으로 떨어져 엎어지고 부딪쳐 엉망이 되었다. 석규는 기절할 듯이 놀라서 몸을 움츠렸다. 아직 그에게 두들겨 맞던 무섬증이 생생해서 그가 쳐다보기만 하여도 몸이 떨리는 판이었다.

"말조심하세요. 제가 아직도 그렇게 만만해 보입니까?"

"제발, 살려 주게."

석규는 저도 모르게 상 앞에서 무릎을 꿇고 머리를 방바닥에 대며 사정하였다.

"……알지 않나. 우릴 여기서 내쫓으면 다 죽네. 아직 돌도 지나지 않은 어린것을 봐서라도, 아니 옛정을 봐서라도 이러지 말게. 제발…… 나를 좀 살려 주게."

"옛정으로 이나마 봐준 겁니다."

머리 위에서 중휘의 차가운 목소리가 들려왔다. 숙이고 있는 머리 위로 술잔을 들어 마시고 내려놓는 소리가 들렸다. 잔인한 새끼. 석규는 치욕스럽고 분하여 저절로 눈물이 났다.

"……이보게. 중휘. 자네가 왜 이러는지 알고 있네. 그 일은…… 천 번, 만 번 내가 잘못했어. 내가 입이 열 개라도 할 말이 없는 일이지. 그렇다고 이렇게까지 하는 건 너무 심한 처사가 아닌가……."

석규는 결국 그 일을 입에 올렸다. 모든 일이 거기서부터 시작이 되었다는 것을 알고 있었지만 차마 그 얘기를 꺼낼 용기가 없었다. 그 일로 중휘가 자신에게 원한을 가질 수밖에 없었을 거라는 것은 이해했다. 하지만 자신도 어쩔 수 없는 일이었다는 것을 그가 좀 알아주기를 바랐다.

"……그 일로 자네 가족이 얼마나 큰 고통을 받았을지 알고 있네. 특히 한실이한테는 평생에 씻을 수 없는……."

"한 번만 더 그 이름을 입에 올리면 아가리를 찢어 놓을 줄 알아."

석규의 말을 끊으며 중휘가 차갑게 내뱉었다. 전혀 흥분하지 않은 차분한 목소리였지만 어느 때보다 무섭게 들렸다. 석규는 뒷골이 서늘해지며 오금이 떨렸다. 그가 실제로 마음만 먹는다면 입을 찢어 놓는 정도는 가벼이 할 수 있을 것 같았다. 그 부하들 말대로 쥐도 새도 모르게 사람 하나쯤 없애는 것은 일도 아니리라. 석규의 이마에 비지땀이 줄줄 흘렀다. 벼락 맞아 죽을 새끼. 석규는 두려운 와중에도 분해서 이를 갈며 속으로 그를 저주했다.

7년 전까지만 해도 중휘는 한낱 자신의 집 행랑채에서 곁방살이하던 별 볼 일 없던 종놈이 아니었던가. 아버지가 불쌍하게 여겨 학비를 대 주어 겨우 고등학교를 졸업하고 그 빚으로 이 년이나 이 집에서 머슴 노릇을 했다. 그런 놈에게 이런 수모를 당하다니. 석규는 하도 이를 물어서 턱이 얼얼하였다.

"제발, 살려 주게. 내가 다 잘못했네……."

속마음이야 어찌 되었든 석규는 무조건 두 손을 모아 빌기 시작했다. 이제는 중휘에게 매달리는 수밖에 다른 도리가 없었다. 아무것도 모르는 아내와 갓 난 아들과 석영을 생각하자 그야말로 눈앞이 캄캄해졌다. 아니 가족들 이전에 저 자신을 생각할 때 이대로 쫓겨나면 저는 이제 폐인이 되어 더는 사람 구실을 하지 못할 것은 명백했다.

식구들 건사는 고사하고 제 몸 하나 추스를 능력도 없는 자신과 손끝이 야무져 살림을 잘한다고는 하지만 노동을 해서 돈을 번다는 개념도 익숙하지 않은 순박한 시골 아낙인 미옥과 병자나 다름

없는 석영까지 셋 다 물려받은 유산 덕에 사람 노릇 하며 살고 있을 뿐 무능력하기 짝이 없는 사람들이었다.

평생 단 한 번도 노동이라는 것을 해 본 역사가 없는 약해 빠진 몸뚱이와 정신으로 자신들은 이 현실을 감당할 수 없을 것이다. 석규는 비참한 앞날이 눈에 보이는 것 같아 저절로 눈물이 났다. 도박판에서 매일 몇십만 원씩 돈을 잃으면서도 아둔하게도 이런 날이 올 거라고는 미처 생각하지 못하였다.

"……자네가 안 믿을지 모르지만 나는, 나는 정말로 사랑했네."

"그 얘기는 입에 담지 말라고 했을 텐데요."

중휘가 찌를 듯이 노려보았다. 석규는 이런 일이 일어난 발단이 된 한실과의 일에 대해 억울한 면이 꽤 있었다. 중휘 입장에서는 이가 갈릴 일이겠지마는 자신도 피해자였다. 그는 정말로 한실을 좋아했었다. 아버지가 던진 재떨이에 맞아 이마가 터지면서도 한실과 결혼하겠다고 버티었다.

그의 아버지는 절대로 천한 집안 출신에 귀머거리에 벙어리를 며느리로 들일 수 없다고 했다. 그 몸에서 대를 이을 것 같으면 차라리 석규를 호적에서 파 버리고 양자를 들이겠다고 선언하였다. 하나밖에 없는 아들을 정말 호적에서 파기야 할까 싶었지만, 윤일로는 실제로 그런 절차를 알아보러 읍사무소를 드나들기 시작하였다.

면 친척 집에서 데려올 양자를 고르고 있다는 것도 알았다. 고집불통 노인이 한번 마음먹으면 그 누구의 말도 듣지 않는다는 것은 석규가 누구보다 잘 알고 있었다.

모든 것을 버리고 한실을 데리고 떠날까 하는 생각도 해 보았다. 하지만 그는 끝내 그렇게까지는 하지 못하였다. 집안 배경과 재산을 버리고 나면 자신은 빈껍데기일 뿐이라는 것을 너무도 잘 알고 있었기 때문이었다.

석규는 결국 무릎을 꿇었다. 그는 아버지가 시키는 대로 부산에 있는 외가를 방문한다는 핑계로 도망을 갔다. 며칠 후 돌아와 보니 중휘네 식구들은 떠나고 없었다. 그는 그들이 어디로 갔는지 묻지도, 찾지도 않았다.

괴로워 며칠을 눈물로 밤을 새우고 나자 어찌 보면 잘된 일이다 싶기도 하였다. 사실 한실을 사랑하기는 했지만 그 자신도 그녀가 자신에게 걸맞은 여자라는 생각은 들지 않았다. 가문은 둘째 치고 그녀의 장애를 생각하면 가슴에 돌덩이가 얹힌 듯 답답해 한숨부터 나왔다. 사랑에 눈이 멀었을 때야 그런 흠도 가슴이 찢어질 듯 가련해 보이지만 그런 마음이 언제까지 이어질지 그 자신도 알 수 없었다. 나중을 생각하면 그쯤에서 끝낸 것이 다행한 일이라고까지 여겨졌다.

그리하여 그는 곧 마음에서 한실을 지워 버리고 3년 후에 이웃 마을 아가씨 미옥과 중매로 결혼하였다. 미옥의 집안도 작은 규모의 농지에 식구들끼리 농사를 지어 먹고사는 넉넉지 못한 형편이었지만 그의 부친은 개의치 않았다. 그 집안의 가문이 자신들보다 유서 깊고 훌륭했던 것이다.

석규가 결혼하던 해에 부친이 오랜 지병으로 세상을 떠났다. 석규는 곡을 하는 와중에도 아버지라는 무거운 족쇄에서 풀려난 것에 발바닥이 근질거리도록 해방감을 느꼈다. 드디어 제 세상을 만났다고 쾌재를 불렀는데 몇 년 만에 이런 처지로 전락할 줄 누가 알았으랴. 그는 자신의 발등을 찍고 싶었지만 이미 때는 늦었다.

"죽네. 이대로 내쫓으면 우리는 필시 굶어 죽고 말 걸세……."

"일을 하세요. 대부분의 사람이 먹고살려고 땀 흘려 일을 합니다."

중휘가 적이 부드럽게 느껴지는 투로 대꾸하였다.

"가지고 있는 패물만 팔아도 1년은 먹고 살지 않겠습니까. 그것까지 받아도 이자로는 어림없겠지만 형님 말씀대로 그렇게까지 야박하게 굴지는 않겠습니다."

"패, 패물이라니……."

석규는 할 말을 잃고 중휘를 바라보았다. 패물 따위가 남아 있을 리가 없었다. 돈이 될 만한 것은 애초에 팔아다가 읍내 도박판에서 날렸다. 자신에 대한 분노와 중휘에 대한 증오로 혼자 분을 삭이며 씩씩거리다가 조용해서 중휘를 보니 그는 조금은 권태로운 얼굴로 비스듬히 앉아 마당을 내다보고 있었다. 그의 눈길은 담장 옆에 서 있는 배나무에 머물러 있었다. 좀체 보기 힘든 무방비한 얼굴이었다. 그 얼굴이 깎아 놓은 듯 아름다워서 석규는 새삼 알 수 없는 무섬증을 느꼈다.

"설마, 그것까지 다 내다 팔지는 않았겠지요. 가족분들이 머물

작은 초가라도 얻으려면 돈이 꽤 필요할 텐데. 안 그렇습니까?"

그는 이미 알고 있는 것이 분명했다. 석규에게 돈이 될 만한 것이 이미 남아 있지 않다는 것을. 여태 그때를 기다리고 있었는지도 모른다는 생각이 들자 새삼 무서워 몸이 떨렸다.

"지금 내 수중에는 아무것도 남아 있지 않네. 제발 살려 주게. 석영이를 봐서라도 자네가 우리한테 이래서는 안 되는 것이 아닌가."

석규는 마지막으로 석영의 이름을 꺼내 보았다. 그가 석영에게 접근한 것이 다른 속셈이 있기 때문일지도 모른다는 자신의 짐작이 맞을까 봐 여태 무서워 차마 말을 꺼내지 못하고 있었다. 그는 한편으로는 석영에 대한 마음이 진심일지 모른다는 실낱같은 희망을 품고 싶었다.

"생각보다 순진하시네요."

중휘가 입가를 올리며 웃었다. 그 웃음을 보는데 등골이 서늘해졌다.

"……그게 무슨 뜻인가?"

"이제는 눈치채셨을 줄 알았는데요. 아가씨에 대한 제 마음이 어떤 것인지를."

"……무슨 소리인지 나는 도통 못 알아듣겠네."

"제가 갈아 마셔도 시원찮을 원수 집안 딸을 진심으로 좋아했을 거라고 생각하신 건 아니겠지요?"

중휘의 입가에 비웃음이 묻어났다.

"뭐, 뭣이……. 이, 이런 천하의 불한당 같은 놈, 감히 우리 석영이한테까지……. 설마설마하였더니, 석영이에게까지……. 네가 그러구두 사람이냐? 이, 이 야차 같은 놈……!"

석규는 치를 떨며 저도 모르게 자리를 박차고 일어섰다. 그의 주먹이 분노로 부들부들 떨리고 있었다.

"그렇게 소중한 가족들 앞에서 개망신당하고 싶지 않으면 앉으세요."

중휘가 귀찮다는 얼굴로 가볍게 협박하였다. 석규는 여전히 선 채로 온몸을 떨고 있었지만 중휘의 얼굴에 묻어난 짜증을 보고 퍼뜩, 제정신을 차렸다. 가족들 앞에서 그에게 얻어맞는 상상을 하자 피가 가시는 듯하였다. 그는 결국 제풀에 지쳐 자리에 풀썩, 주저앉고 말았다.

"제발…… 석영이는 내버려 두게. 부탁이네. 그 애가 무슨 잘못이 있나. 그 애는 자네를 철석같이 믿구 있어. 순진한 애를 상대루 그래서는 안 되네. 그 애를, 그 애만은 그냥 내버려 둬 주게."

그는 진심을 다해 중휘에게 빌었다. 석영에 대한 죄책감으로 속이 까맣게 타들어 가는 듯하였다.

"저도 사실 마음이 그다지 편한 건 아닙니다. 말씀하셨듯이 아가씨가 무슨 잘못이 있겠습니까."

"……."

"……형님과 저 사이에 일어난 일을 아가씨가 알게 되는 순간 우리는 헤어져야 할 운명인데, 사실 지금 아가씨와 헤어질 마음이 들지 않아서 고민하는 중입니다."

중휘가 무슨 말을 하려는지 몰라 석규는 마른침을 삼키며 그를 바라보았다.

"어쨌든 이 모든 상황과 떼어 놓고 보면 무척 사랑스러운 분이니까요."

"……."

"아가씨를 저한테 주시겠습니까?"

"……주다니?"

"300만 원을 드리지요. 그 돈이면 도시로 나가 세 식구 지낼 집 하나 정도는 구할 수 있을 겁니다."

중휘가 물건값 흥정하듯 말했다.

"그게, 그게 대체 무슨 소리인가?"

"사실 형님이 제안을 받아들이든 아니든, 크게 상관없습니다. 조금 마음이 아프기는 하겠지만 헤어지게 된다고 해도 어쩔 수 없는 일이죠."

"……그, 그러니까 석영이를 돈으로 사겠다는 말인가?"

"어감이 좀 그렇습니다만, 뭐, 달리 말하면 그런 뜻이 될 수도 있겠네요."

중휘가 대답했다.

"이, 이런 개후레자식놈 같으니……."

석규는 갑작스러운 분노로 이성을 잃고 상을 뒤엎으며 그에게 달려들었다. 중휘는 숨결 하나 흩트리지 않고 그를 제압했다. 그는 중휘에게 멱살을 잡힌 채 몇 차례 따귀를 얻어맞고 팽개쳐져 바닥에 널브러졌다.

"어흐흑……!"

석규는 엎드린 채 통한의 눈물을 흘렸다. 중휘는 석규의 뒷덜미를 잡아 일으켜 세우고 피가 묻은 손을 석규의 옷 앞섶에 문질러 닦더니 그의 뺨을 가볍게 두드렸다. 너무도 수치스러워 석규는 그대로 혀를 물고 죽고 싶었으나 반항 한 번 하지 못하였다.

"아가씨나 형님, 둘 중 하나라도 싫다고 하시면 없던 일로 할 테니 너무 겁먹지는 마세요. 물론 아가씨한테는 돈이 오간 얘기 같은 건 안 해야겠지만."

중휘의 태도에는 석영에게는 이미 대답을 들으나 마나라는 자신감이 배어 있었다.

"……그럴 수는 없어. 그럴 수는…… 돈으루, 돈으루 석영일 사겠다니……."

석규가 흘러내리는 눈물을 손으로 훑어 내리며 웅얼거렸다.

"모두에게 좋은 일 아닙니까? 빈손으로 길거리에 나앉는 것보다는."

"석, 석영인 어쩌고. 그 애가 이 사실을 알아 보게. 오빠라는 작자가 돈을 받고 저를 팔아넘겼다는 것을 알면……. 그리고 자네 마음이 다 거짓이라는 게 드러나면 저 애가 어떻게 버티겠나?"

"그게 싫으면 지금이라도 모든 것을 밝히세요. 그리고 최대한 빠른 시간 안에 아가씨를 데리고 내 눈앞에서 사라지면 됩니다."

중휘가 비웃듯 말하였다. 석규는 고개를 내저으며 다시 울음을 터뜨렸다.

"시간을 드릴 테니 천천히 생각해 보세요."

"……그, 그럼 만약에 그렇게 되었다고 치고 석영이를 평생 데리구 살 텐가?"

"그런 장담은 못 하겠지만 같이 사는 동안은 잘 대해 드리죠."

"그, 그게 무슨 배워 먹지 않은 처사인가? 멀쩡한 처녀애를 데리구 살다가 버리기라두 하겠다는 말인가?"

석규의 얼굴이 다시 새파랗게 질렸다.

"적어도 결혼도 안 한 여자를 범해서 임신시키고 버린 개새끼에게 들을 비난은 아닌 것 같은데."

중휘가 차가운 눈으로 노려보았다. 보이지 않는 얇은 날이 온몸을 순식간에 저미는 것 같았다. 그는 자신과 집안을 망친 것도 모자라서 석영을 한실이 꼴로 만들 계획인 것이다. 석영을 데리고 놀다가 버리겠다는 것을 숨기지도 않았다.

"……그, 그…… 그……."

석규는 턱을 덜덜 떨며 말을 잇지 못했다. 중휘는 파랗게 질린 그의 얼굴을 보며 가볍게 코웃음을 쳤다. 절대로 그렇게는 안 된다고 그 자리를 박차고 나가고 싶었지만 석규는 끝내 그러지 못했다. 석규의 눈가가 파르르 떨렸다.

"내 말 알아듣겠니?"

앞에 앉은 석영에게 석규가 심각한 어조로 다짐하듯 물었다.

"예, 오빠."

석영이 고개를 끄덕였다. 그 얼굴이 티 없이 해맑아서 석규는 더 불안해졌다. 도무지 알아들은 얼굴이 아니다.

"남자는 하여간 말이야, 짐승이라고 보면 틀림이 없다. 겉은 멀쩡해 보여도 속을 들여다보면 그저 음흉한 짓을 할 생각으로 가득 차 있어. 기회만 생기면 손잡으려고 하고 입 맞추려고 하고 또, 마, 만지려고 드는 게 남자야……."

석규는 조금 전에 했던 말들을 돌려서 되풀이했다. 석영도 처음에는 경청을 하더니 석규가 자꾸 같은 말을 반복하자 딴생각을 하는 얼굴로 기계적으로 고개를 끄덕였다.

"절대로, 저얼대로 혼인하기 전에 네 몸에 손을 대게 해서는 안 된다. 알겠니? 좋은 말로 구슬려도 넘어가서는 안 돼. 그리구 혹시 둘만 있으면 힘으로 제압하려 들 수도 있으니 어데를 가자고 하면 꼭 옥희를 데리고 같이 가고. 인적 없는 곳에 둘이 있지 않도록 하고……."

"무얼 그렇게까지……."

갑자기 왜 그러는지 모르겠다는 듯 석영이 민망한 얼굴로 대꾸하였다.

"세상일 모르는 거라니까 그러네. 연애를 한다구 꼭 결혼한다는 보장 있어? 오빠 말 허투루 들어서는 안 돼."

석규는 답답하고 화가 나는 것을 눌러 참으며 끝까지 타일렀다.

"절대 믿어서는 안 되는 것이 사내야. 욕심을 채우기 전까지는 온갖 좋은 말로 구슬리고 간을 내어 줄 듯이 잘해 주지만 한번 선을 넘으면 그때부터 식는 것이 사내라는 동물이다. 무책임하고 매정한 남자들이 나오는 그런 소설들 있지, 왜? 안나 카레니나라든지, 나비부인 그런 책들 읽었지 않니? 거기 나오는 남자들이 세상 남자들의 표본 정도라고 보면 틀림이 없다."

암만해도 불안해진 석규는 그런 얘기까지 하였다. 석영이 늘 책을 옆에 끼고 사니 책에 나오는 나쁜 남자들을 예로 들면 그나마 좀 와닿지 않을까 싶어서였다.

"어떻게 중휘 씨를 그런 남자들과 비교하세요?"

석영이 눈이 둥그레지며 그를 바라보았다. 석규는 말문이 막혔다. 중휘가 소설 속의 남자들보다 더한 놈이라는 것을 어떻게 알려 주어야 할지 막막하였다. 중휘가 정말 저를 좋아해서가 아니고 다른 속셈이 있어서 접근했다는 것을 알게 되면 이 아이는 어떤 얼굴을 할 것인가.

지금이라도 석영을 데리고 중휘의 손아귀에서 빠져나가는 것이 옳은 것일까. 그는 다시 갈등하였다. 하지만, 지낼 집은 그렇다고 치고 당장 무엇을 해서 먹고산단 말인가.

자신과 석영과 미옥이 아쉬운 소리를 하며 마을 사람들과 뒤섞여 농사일을 하는 모습이 눈앞을 스쳐 갔다. 그는 고개를 저었다.

그렇게 사느니 차라리 아무도 모르는 도시로 나가서 막일이라도 하는 것이 낫다. 하지만 당장 도시로 나가서 집을 얻을 돈조차 없으니 그것도 할 수 없다. 그는 괴로워서 저절로 신음이 나왔다. 일단은 방도가 생길 때까지 버텨 보는 수밖에 없다.

"하여간 결혼 전까지는 손도 잡게 해서는 안 된다."

석규는 뭔가를 더 설명하려다가 지쳐서 그만 그렇게 마무리를 지었다. 석영은 고개를 끄덕이기는 했지만 석규가 하는 말의 반도 알아들은 것 같지 않았다.

대문 밖에서는 석영과 함께 읍내에 가려고 중휘가 기다리고 있었다. 석영이 아까부터 들뜬 얼굴인 것도 다 그 이유 때문이었다. 사귀고 있으니 약혼식은 못 올리더라도 사진이라도 찍어 놓는 것이 어떠냐는 의논을 내놓은 것은 석규였다. 그렇게 해서라도 중휘에게 조금이라도 책임감을 느끼게 하고 싶었다. 지푸라기라도 잡고 싶은 심정이었다.

거부할 줄 알았던 중휘도 웬일로 순순히 그렇게 하겠다고 했다. 석규는 읍내에 있는 사진관에 연락을 해서 사진사를 집으로 부르려고 했는데 중휘가 사진관으로 직접 가서 찍겠다고 했다. 석규도 함께 가려고 했지만 중휘가 거부하여 하는 수 없이 옥희만 딸려 보내게 되었다.

"오빠, 그럼 다녀올게요."

석영이 가볍게 자리에서 일어섰다.

"과년한 처녀가 사내랑 둘이 돌아댕기는 거 사람들 눈에 띄어서 좋을 거 하나두 없다. 사람들 입방아에 오르내리기 십상이야. 딴짓할 생각하지 말구 사진만 찍구 얼른 돌아와야 한다. 알겠지?"

"예, 오빠."

석영이 걱정 말라는 듯 방긋 웃으며 대답했다. 벌써 마음은 대문 밖에 나가 있는 얼굴이었다. 눈처럼 흰 블라우스에 연하늘색의 플레어스커트를 입은 석영은 오늘따라 몹시 어여뻐 보였다. 영락없이 사랑에 빠진 그 모습을 석규는 슬픈 눈으로 뒤쫓았다.

차에 올라탈 때 중휘가 손을 잡아 주었다. 그는 석영의 손을 놓기 전 그녀의 손등에 입을 맞추었다. 옥희가 지켜보고 있는 것을 전혀 의식하고 있지 않은 것 같았다. 석영은 부끄러워 얼굴이 달아올랐다.

결혼 전에는 손도 못 잡게 하라던 석규의 말이 떠올라 그녀는 웃음이 나왔다. 손뿐만 아니라 이미 몸까지 허락한 것을 알면 기함을 할 것이다. 석영은 오빠의 말을 조금도 마음에 새기지 않았다. 중휘는 석규가 말한 세상 나쁜 남자들의 반대편에 서 있는 사람이었다. 석영은 조금도 그것을 의심하지 않았다.

"형님이랑 무슨 얘기 했어요?"

중휘가 미소 띤 얼굴로 석영에게 물었다.

"……별 얘기 안 했어요."

석영은 중휘에게 석규의 말을 그대로 전할 수 없어 그렇게 둘러댔다.

"어른들이 하는 말 잘 새겨들어야 합니다. 듣기는 괴롭지만 대부분 옳은 말이니까요."

중휘가 말했다. 그 얼굴에 무슨 얘기를 나누었는지 다 안다는 듯한 웃음이 어려 있었다.

읍내에 도착하자 옥희는 이제는 익숙하게 중휘에게 용돈을 받고 차부 앞에서 내렸다. 두 사람은 경찰서 옆에 있는 사진관으로 갔다. 석영은 의자에 앉고 중휘는 그 옆에 점잖게 서 있는 정형화된 자세로 사진을 찍었다.

너무도 잘 어울리는 선남선녀라며 수선을 떨던 사진사는 사진이 나오면 사진관 유리 앞에 전시를 해도 되겠느냐고 물었다. 석영은 그래도 상관없다고 여겼다. 하지만 중휘는 고개를 저었다. 사진사가 사진값을 깎아 준다고 했지만 어림없었다.

중휘가 너무도 단호히 싫다고 하니 석영은 조금 서운하였다. 머지않아 혼인을 하고 부부가 된 뒤에 지나다가 자신들의 사진이 내걸린 것을 보면 추억이 될 수도 있을 텐데 그렇게도 정색을 하며 싫어하다니. 며칠 후에 사진을 찾으러 오기로 하고 그들은 사진관을 나왔다.

사진관에서 나온 그들은 늦은 점심을 먹기 위해 식당으로 들어갔다.

"일이 있어서 며칠 서울에 다녀와야 해요."

주문한 음식을 기다리는 동안 중휘가 말했다.

"언제 가시는데요?"

"내일요."

그와 며칠 동안 떨어져 지내야 한다는 생각이 들자 석영은 벌써 몸에서 기운이 빠졌다. 그녀는 그것을 숨기고 억지로 밝은 얼굴을 하고 말했다.

"언제 저도 서울 집에 데려가 주세요."

"그렇지 않아도 그 얘기를 할 생각이었는데…… 같이 가요."

"예?"

"그러니까 나랑 서울 가서……."

"어머, 내일이요?"

석영의 눈이 기뻐서 동그래졌다. 하지만 이내 고개를 저었다.

"내일 당장은 힘들 거예요. 오빠가 어찌나 걱정이 많으신지 아마 허락하지 않으실걸요?"

"아니, 그게 아니라 나중에…… 그래요. 뭐, 그 얘기는 나중에 하기로 합시다."

중휘는 무슨 말인가 더 하고 싶은 얼굴이었으나 곧 고개를 끄덕였다. 그의 얼굴이 조금 어두워진 것 같았다. 아마도 그도 자신과 마찬가지로 떨어지는 것이 서운해서일 거라고 생각한 석영은 금세 기뻐졌다.

"한실 언니 주소는 왜 안 가르쳐 주시는 거예요?"

석영은 문득 그가 아직도 한실의 주소를 가르쳐 주지 않은 것이 생각나 재촉하는 투로 말했다.

"……누이가 절에 들어갔다고 내가…… 얘기 안 했던가요?"

"절이라니요?"

"구족계를 받을 때까지 연락하지 말라고 해서요."

"구족계라니, 그럼 스님이 되신다는 말이에요?"

석영이 놀라서 눈이 둥그레졌다.

"그런 셈이죠."

중휘가 나온 음식을 석영 앞으로 가지런히 놓아 주며 작게 한숨을 쉬었다. 석영은 너무도 뜻밖의 말이라 놀라서 그를 멍하니 바라보았다.

"어째서 스님이……."

석영은 말을 잇지 못했다.

"식어요. 얼른 들어요."

중휘는 더 이상 말하고 싶지 않다는 듯 말을 돌리며 밥을 먹기 시작하였다. 석영도 숟가락을 들었으나 목이 메어 음식이 넘어갈 것 같지 않았다. 마음이 아팠다. 말을 하지 못하는 한실의 장애가 그녀에게 그런 선택을 하게 만들었는지도 모른다. 한실의 선하고 아름다운 얼굴이 눈앞에 어른거렸다.

"왜 처음부터 말하지 않았어요?"

"이럴까 봐요."

중휘가 곧 울 듯 눈가가 촉촉해진 석영을 턱짓하면 말했다. 석영은 고개를 숙이며 입술을 물었다. 자신의 이런 태도가 중휘를 불편하게 만들 수도 있다는 생각이 들었다. 그는 예전부터 누구든 한실을 불쌍하게 여기는 것을 달가워하지 않았다. 값싼 동정이 싫었던 것이다. 어려서부터 누이에 대한 그의 사랑은 아주 각별하였다. 한실이 평범하게 살아가지 못하는 것을 가장 가슴 아파할 사람은 중휘일 것이다.

중휘의 담담한 얼굴 속에 숨겨진 슬픔이 보이는 것 같았다. 그녀는 하고 싶은 말이 많았지만 뜨거운 국물과 함께 속으로 삼켰다.

해거름녘에 석영이 안채 우물가에서 저녁에 먹을 나물을 씻고 있는데 대문 밖에서 자동차 멈추는 소리가 들렸다. 석영은 혹시나 서울 간 중휘가 돌아왔나 싶어 급히 젖은 손을 치마폭에 문지르며 행랑 마당으로 나갔다. 열려 있던 대문 밖으로 택시에서 내리는 사내 두 명의 모습이 보였다.

"윤 사장님 집에 계시지요?"

가다마이를 차려입은 풍채 좋은 사내가 대문을 들어서다가 석영을 발견하고 웃는 낯으로 물었다.

"네. 안에 계세요."

석영은 사랑채 쪽을 가리키며 말했다. 뒤따라온 작달막한 중년 사내도 석영을 보자 묵례를 했다. 석영은 마주 인사를 하고 사랑채로 손님들을 안내했다. 눈여겨보니 그들은 아버지의 장례식 때도 보았고 읍내 길거리에서도 여러 번 마주친 적이 있는 낯익은 얼굴들이었다.

"오빠. 손님이 오셨어요."

석영은 대청 아래 서서 사랑방에 대고 말했다. 아직 몸이 회복되지 않아 누워 지내고 있던 석규가 굼뜨게 장지문을 열고 내다보았다. 그의 얼굴은 아직 멍이 말끔히 가시지 않아 누르스름하게 얼룩이 져 있었다. 그는 마당에 서 있는 손님들을 보자 순간적으로 얼굴에 난처한 기색이 스쳐 지나갔다. 하지만 곧 웃는 낯으로 바꾸고 그들을 맞았다. 별로 반가운 손님은 아닌 모양이었다.

"어서 오게. 웬일로 이 먼 데까지 행차를 다 했나?"

"윤 사장 다쳤다는 얘기 들었네. 몸은 좀 괜찮나?"

사내들이 대청으로 올라서 석규와 악수를 나누며 말했다.

"석영아. 가서 술상 좀 내오라고 일러라."

석규가 손님들을 방으로 안내하며 석영에게 말했다. 석영은 고개를 끄덕이고 안채로 가서 미옥에게 전했다. 마침 전날 밤에 제사가 있었던 터라 미옥은 안주로 나물과 전을 담고 정종 주전자를 소반에 얹어 주며 내가라 건네주었다. 석영은 소반을 들고 사랑채로 갔다. 사랑방 문 앞에 이르렀을 때 마침 꾸민 듯 활달한 석규의 목소리가 들렸다.

"나도 여기저기 빌려주고 못 받은 돈이 꽤 되네. 곧 받아서 자네들 돈부터 먼저 갚도록 하지. 정 안 되면 토지를 팔아서라도 갚을 테니 아무 걱정 말게. 아무튼 이런 일로 찾아오게 만들어서 여간 민망하지 않군. 내가 미리 신경을 쓰지 못한 탓이야. 미안하네."

석영은 저도 모르게 멈칫하고 방에서 들리는 소리에 귀를 기울였다.

"아이구, 외려 우리가 미안하지. 몸도 안 좋은데 신경 쓰게 해서 면목이 없네만 이해를 좀 해 주게. 자네가 우리 돈 떼먹을 사람두 아니고, 이렇게 찾아올 때는 오죽 급해서 이러겠나."

돈을 얼마나 빌렸기에 사람들이 빚을 받으러 찾아오기까지 할까 싶어 석영의 얼굴이 어두워졌다. 얼마 전에 석규가 도박을 하는 것 같다고 걱정을 하던 미옥의 말도 떠올랐다. 손님들이 가면 무슨 일인지 좀 물어봐야겠다고 생각하며 석영은 술상을 방 안으로 들여갔다.

손님들은 밤늦게 예약해 둔 택시가 태우러 오자 그것을 타고 돌아갔다. 술상을 치우고 사랑방으로 가 보니 석규는 이미 잠이 들어 있었다. 다음 날 아침상 앞에서 석영이 어제 손님들과 나눈 얘기가 무슨 소리냐고 묻자 그는 버릇없이 엿들었다고 벌컥 역정을 냈다. 석영은 놀라서 더 캐물을 엄두를 내지 못했다. 석규는 밥도 먹지 않고 상을 물린 후 온종일 방에 누워 꼼짝도 하지 않았다.

서울에 갔던 중휘가 며칠 후 상로재로 찾아왔다. 그는 사랑방에 누워 있다가 억지로 몸을 일으키는 석규를 보자 물었다.

"어디 몸이라도 편찮으십니까?"

"빚쟁이들이 왔다 갔네. 몇 달째 이자도 못 주고 있으니……. 어째야 좋을지 모르겠네."

석규는 바싹 말라서 갈라진 입술을 달싹여 말했다. 소용없는 줄 알면서 하소연할 데라고는 중휘밖에 없었다.

"어째서 감당 못할 돈을 그렇게 빌려 쓰고 다니셨습니까."

중휘가 다 네 업보 아니겠느냐는 얼굴로 말했다.

"좀 도와주게. 날 도울 사람은 자네밖에 없네……."

석규가 창백한 얼굴로 사정했다.

"도와 드릴 방법을 지난번에 말씀드렸잖습니까. 결정은 형님이 하실 일이고요."

중휘가 상기시키듯 그렇게 말했다. 가면을 쓴 것처럼 아무 감정도 담기지 않은 얼굴이었다.

"자네 어째 이리 잔인한가. 사람의 탈을 쓰고 어떻게 그런 짓을 하라고 강요를 할 수 있나. 나는…… 못 하네. 그것만은 못 해."

석규가 갑자기 한 손으로 이마를 감싸 쥐며 울먹이듯 말했다.

"저는 강요한 적 없습니다. 못 하겠거든 안 하시면 될 일이죠."

"이보게. 나 좀 살려 주게. 무엇이든 시키는 대로 할 테니 제발 날 좀 살려 주게."

석규는 그의 손이라도 잡을 듯이 다가앉으며 사정을 하였다.

"이제 슬슬 지겨워지네요."

중휘가 눈살을 찌푸리며 중얼거렸다.

"다음 주쯤에는 여기 일 정리하고 서울로 돌아가려고 합니다.

벌여 놨던 일들 마무리하려면 바빠서 이제 형님 상대해 드릴 시간이 없어요. 귀찮아서 더는 묻고 싶지 않으니 오늘은 어떻게 하실지 결정하세요."

"무, 무엇을 말인가."

얼굴이 파래진 석규 앞에 중휘가 종이 한 장을 내밀었다.

"뭔가?"

"계약섭니다."

"계약서라니?"

"엄연히 돈이 오가는 일인데 구두로만 주고받을 수는 없지 않습니까."

종이를 받아 들고 읽어 보던 석규의 손이 덜덜 떨렸다. 그곳에는 석영이 물건이라도 된다는 듯이 석영과 돈을 맞바꾸겠다는 내용이 적혀 있었다. 어떻게 이렇게까지 사람을 극단으로 몰아넣을 수가 있단 말인가.

"제안을 거절한다고 해도 9월까지는 여기 머무셔도 됩니다. 서너 달 정도면 이 집도 임자가 나타나겠죠."

"이, 이보게……."

"어떻게 하실 겁니까?"

중휘가 그의 말을 무시하고 잘라 물었다. 석규는 아무 말도 못하고 그저 입만 벙긋거렸다. 이럴 수도, 저럴 수도 없었다.

"나더러 어쩌라는 말인가……. 차라리 나를 죽이게."

석규가 종이를 움켜쥐며 바닥으로 무너져 흐느끼기 시작했다.

"못 하겠거든 관두십시오. 없던 일로 하면 그만이니까."

석규가 우는 꼴을 지켜보던 중휘가 더는 기다리지 않겠다는 듯 자리에서 벌떡 일어섰다. 그가 자리를 떠나려고 하는 순간 석규가 그의 바짓가랑이를 붙잡았다.

"……이보게…… 알겠네. 알았어……."

석규가 흐느끼며 중얼거렸다. 중휘가 그런 그를 내려다보며 가볍게 혀를 찼다.

"도장을 찍으시면 석영 씨와 제가 서울로 떠난 뒤 길선이 돈을 지불할 겁니다. 그리고 약속한 300만 원 중에 읍내서 빚진 돈은 갚고 나머지만 드릴 겁니다. 괜히 나중에라도 빚쟁이들이 상로재로 몰려와 귀찮게 하는 일은 없어야 하니까요."

작은 무덤처럼 엎드려 울고 있는 석규에게 눈길도 주지 않고 중휘가 말했다. 그는 석규에게 돈을 다 주면 그가 빚을 갚지 않을 거라는 것을 알고 있었다. 지금도 돈이 생기면 도박장부터 달려가고 싶은 욕망에 시달리고 있는 것을 훤히 꿰뚫어 보고 있었다. 석규는 아무 말도 하지 못하고 그저 눈물만 흘렸다.

"형님은 나머지 돈을 가지고 여길 떠나세요. 서울은 곤란하고 멀리 부산 같은 데로 가시면 좋겠네요. 그곳에 친척도 있잖습니까. 그 돈이면 세 식구 지낼 작은 집 하나는 구할 수 있을 테니 일자리 구하면 먹고사는 데는 어려움이 없을 겁니다. 석영 씨가 잘 지내길 바라신다면 연락은 최소한으로만 하고 지내세요. 석영 씨가 형님 동생이라는 사실을 되도록 내가 상기하지 않는 것이 석영

씨한테도 좋을 테니까요."

"……."

"도장 찍으세요."

"……."

"마음이 변하셨습니까?"

미동도 없는 석규를 보고 중휘가 물었다.

"……아니네."

석규는 괴로운 듯 신음 소리를 내더니 천천히 고개를 저었다. 그는 결심한 듯 일어나서 문갑 서랍을 열고 그곳에서 목도장과 인주를 꺼내 왔다. 도장에 인주를 꾹 눌러 묻힌 뒤 종이로 가져간 그의 손이 사시나무 떨듯 떨렸다. 그는 눈을 질끈 감고 그것을 꾹 눌러 도장을 찍었다. 그러더니 도장을 손에 든 채로 바닥에 이마를 찧으며 또다시 흐느껴 울기 시작했다. 중휘는 아랑곳하지 않고 그의 손에 눌린 종이를 빼내 목재소 이름과 주소가 적힌 봉투에 접어 넣었다.

"자, 잠깐."

울고 있던 석규가 갑자기 몸을 벌떡 일으키더니 중휘의 손에서 봉투를 낚아채 갔다.

"뭡니까?"

중휘가 황당한 얼굴로 바라보았다.

"아직 돈두 받지 않았는데 먼저 계약서를 건넬 수는 없지 않은가. 이건 돈을 받는 자리에서 돌려주겠네."

"그러시든가요."

중휘가 잠시 미간을 찡그렸으나 상관없다는 듯 대꾸했다.

"오늘 석영 씨와 어딜 좀 다녀와야 합니다."

중휘가 미련 없이 자리에서 일어서며 통보하듯 말했다.

"어딜 말인가?"

석규가 물었지만 중휘는 아무 대답도 하지 않고 방을 나갔다.

"느, 늦지 않게 돌려보내게."

석규는 안채로 걸어가는 중휘를 향해 말했지만 역시 대답을 듣지 못했다.

중휘가 가 볼 곳이 있다며 석영을 데려간 곳은 교월에서 차로 3시간이나 걸리는 영불사라는 절이었다. 근방으로 나들이 가는 줄 알고 가볍게 나섰던 석영은 여행이라도 온 것 같아 마음이 설레었다.

차에서 내려 커다란 전나무가 서 있는 길을 따라 걸어가다 보니 절벽을 담처럼 등지고 앉아 있는 꽤 큰 규모의 절이 나왔다. 계단을 올라가 불이문(不二門)을 지나자 널찍한 대웅전 마당이 나왔다.

옅은 안개가 내려앉은 산사는 인적 없이 조용했다. 석영은 중휘를 따라 지장전이라고 쓰인 전각 안으로 들어갔다. 그곳은 죽은 사람들의 위패를 모셔 놓은 곳이었다.

"어머니를 여기 모셨어요."

중휘의 말에 석영은 깜짝 놀라서 눈이 커졌다. 차에서 오늘따라 말수가 적던 중휘가 떠올랐다. 이렇게 먼 절에 왔을 때는 이유가 있었을 텐데 그런 짐작조차 못 하고 그저 들떠서 따라왔던 것이 부끄러웠다.

중휘는 위패 하나를 찾아 제단에 꺼내어 놓고 향을 피웠다. 절을 하는 그의 등을 바라보고 있는데 심장이 욱신욱신 쑤셨다. 따뜻하고 인자한 고인의 얼굴이 떠오르자 눈물이 왈칵 솟았다. 석영은 중휘의 뒤를 이어 향을 피우고 위패 앞에 절을 하였다. 그녀는 한참 만에야 손수건으로 젖은 얼굴을 닦으며 고개를 들었다.

석영은 그리운 눈빛으로 손을 뻗어 진한 갈색의 밤나무 위패를 가만히 쓸어 보다가 무엇엔가 놀라 움찔, 몸이 굳어졌다. 그녀는 창백한 얼굴로 위패를 뚫어질 듯 바라보았다. 그의 어머니 이름 옆에 또 하나의 이름이 적혀 있었다. 바로 한실의 이름이었다. 석영은 손수건으로 입을 막으며 저도 모르게 한발 뒤로 물러섰다.

한실은 지금 충청도의 어느 절에 들어가 있다고 중휘가 분명히 말했었다. 어째서 망자의 이름을 적는 위패에 한실의 이름이 적혀 있는지 이해할 수가 없었다. 게다가 고인이 된 날짜가 바로 오늘이었다. 석영은 하얗게 질려서 그저 손을 부들부들 떨고 있었다.

"오늘이 누님 기일이에요."

등 뒤에 서 있던 중휘가 조용히 말했다.

"무슨…… 소리예요? 언니는 절에 계시다고 했잖아요?"

석영이 현실을 부정하듯 고개를 저었다.

"절에 있잖아요."

중휘가 억지로 미소를 지으며 대꾸했다.

"어떻게, 어떻게 그런 거짓말을 할 수 있어요? 도대체 왜요?"

석영은 이 모든 것이 중휘 탓이기라도 하다는 듯이 그에게 마구 화를 냈다. 중휘는 아무 대꾸도 하지 않았다. 석영은 슬픔과 원망이 뒤섞인 얼굴로 그를 바라보다가 그대로 무릎을 꺾으며 주저앉아 흐느껴 울었다. 누구에게랄 것도 없이 화가 나서 견딜 수 없었다. 그렇게 사라진 것도 모자라 이젠 다시 볼 수도 없는 곳으로 영원히 도망쳐 버리다니.

다시 만나는 날 왜 자신을 남겨 두고 말없이 가 버렸는지 원 없이 따지고 마음껏 원망하고 투정 부리려 했다. 한실이 미안해 어쩔 줄 몰라 위로해 주는 것으로 마음껏 보상받으려 했다. 한실도 분명 자신을 두고 떠난 것에 미안함을 느끼고 있을 테니 말이다.

이제 원망을 들어 줄 대상도, 위로해 줄 대상도 완전히 사라져 버렸다. 이제야말로 온전하게 버림받았다는 절망감이 슬픔을 앞섰다. 주저앉은 그녀를 중휘가 일으켜 세웠다. 석영은 중휘의 품에 안겨 서럽게 울었다.

석영은 한실이 아이를 낳고 난 후, 몇 달 동안 앓다가 회복하지 못하고 죽었다는 얘기를 돌아오는 차 안에서 들었다. 아이는 낳았을 때 죽어 있었다고 했다. 위패에 쓰여 있던 기일을 헤아려 보니 상로재를 떠나고 일 년도 되기 전에 일어난 일이었다.

상로재를 떠나자마자 결혼을 했다는 얘기였다. 누구와 결혼했던 거냐고 석영은 차마 묻지 못했다. 그 일을 떠올리는 것 자체가 중휘의 상처를 건드리는 일이라는 것이 그의 표정에 드러나 있어 차마 더 물을 수가 없었다.

한실이 죽은 지 4개월 만에 그의 어머니도 돌아가셨다. 돌아가신 분들도 불쌍하고 마음 아팠지만 세상 전부였던 가족을 한꺼번에 잃은 중휘를 생각하자 가슴이 미어지는 것 같았다. 어째서 세상에 둘도 없이 선한 사람들에게 그런 비극적인 일이 벌어지게 된 것인지 하늘이 원망스러울 뿐이었다.

무슨 말로도 그를 위로할 수 없을 것 같아 석영은 돌아오는 내내 아무 말도 하지 않았다. 그를 위해 참으려고 해 봤지만 눈물이 나는 것만은 참을 수가 없었다. 중휘도 그 마음을 알아서인지 몇 번 그만 울라고 다독이다가 그만두었다.

밤늦게 교월에 도착했다. 중휘가 상로재로 데려다주겠다고 했지만 석영은 고개를 저었다. 오늘은 누가 뭐래도 중휘와 함께 있고 싶었다. 그를 혼자 두고 싶지 않았다.

"집에서 걱정할 텐데."

중휘가 말했다.

"중휘 씨랑 있는 거 알 테니 괜찮아요."

석영이 말하자 중휘가 웃었다.

"그러니 더 걱정하죠."

"멀미가 나서 더는 차를 탈 수 없는걸요, 뭘."

석영의 거짓말에 중휘가 다시 웃었다. 그의 웃는 얼굴을 보니 답답하고 슬프던 마음이 겨우 조금 가라앉았다. 식당에서 늦은 밥을 먹고 집으로 갔다. 그들은 밤새 서로를 위로하듯 오래 정사를 나누었다.

3장

다음 날 아침, 석영이 교월에서 돌아와 보니 석규가 아주 자리를 보전하고 앓아누워 있었다.

"아가씨 안 돌아온다고 역정을 내며 밤새도록 대문 밖을 들락거리느라 한잠도 안 잤어요. 몸도 안 좋은 양반이 어제저녁부터 아무것도 안 먹고……. 좀 달래서 먹여 봐요."

미옥이 죽 그릇을 소반에 올려 주며 말했다. 원래 몸 상태가 좋지 않았는데 석영 때문에 더 울화병이 난 모양이었다. 석영은 소반을 들고 석규가 누워 있는 사랑방으로 들어갔다.

"오빠 일어나서 이것 좀 드세요."

석영이 벽 쪽으로 돌아누워 있는 석규의 마른 등을 바라보며 조심스럽게 말했다. 석규는 움푹 팬 눈자위로 벌떡 몸을 일으켰다.

"어디서 배워 먹은 버르장머리냐? 내가 그렇게 가르치던? 다 큰 처녀가 남자랑 밤을 새우고 들어와? 엉?"

석규가 상이라도 엎을 듯이 노발대발했다.

"강주에 다녀오느라 너무 늦기도 했고, 멀미가 나서 더는 차를 탈 수 없었어요. 죄송해요. 오빠."

석영이 그를 진정시키려 애쓰며 말했다.

"강주? 거긴 왜?"

"거기…… 중휘 씨가 볼일이 있어서요."

석영은 한실에 관한 얘기를 하려다가 당분간 한실에 대한 얘기는 아무에게도 하지 말았으면 좋겠다고 하던 중휘의 말이 떠올라 둘러댔다. 여태 자신에게까지 비밀로 했던 것을 보면 중휘는 한실이 죽었다는 것을 받아들이지도, 인정하지도 못하고 있는 것 같았다. 자신에게 거짓말을 했던 것처럼 어딘가에 살아 있다고 여기고 싶은 것인지도 몰랐다.

"어젯밤에는 어디서 잤니?"

석규가 물었다.

"……읍내서요."

석영의 말에 석규는 뭔가 더 캐물으려다가 가슴을 치더니 고개를 절레절레 내저었다. 그는 두 눈을 꾹 감고 체념하듯이 꺼질 듯한 한숨을 연거푸 내쉬었다.

"아무것도 안 드셨다면서요? 그러다가 더 큰 병 나세요."

석영은 노려보는 석규의 손에 숟가락을 쥐여 주며 애써 말했다.

"석영아."

"네, 오빠."

"너, 너 중휘를 많이 좋아하니?"

석규가 갑자기 애원하는 듯 풀죽은 표정으로 바뀌며 새삼스러운 질문을 했다.

"오빠도, 참."

석영은 얼굴이 붉어졌다. 석규는 몹시 괴로운 표정을 지으며 그녀를 바라보고 있었다.

"……며칠 후에 서울로 간다는 얘기는 들었니?"

"네, 오빠. 허락해 주셔서 감사해요."

어제 중휘에게서 석규가 허락해 주었다는 얘기를 들었을 때 믿기지 않았다. 결혼도 하지 않고 그를 따라가게 할 리 없다고 생각하고 있었는데 뜻밖이었다. 중휘와 떨어지게 되는 것이 너무도 두려웠던 석영은 기뻐서 눈물이 날 뻔하였다.

"짐은 최소한으로 가져가기로 했어요. 남은 짐들은 결혼식 올린 후에 가져가려고요."

"……."

석규는 어쩐 일인지 굳은 낯빛으로 눈을 질끈 감고 한동안 아무 말도 하지 않았다. 석영은 자신을 떠나보내는 것이 서운해 그러는 모양이라고 생각했다. 아직 결혼식을 올린 것은 아니지만 어쨌든 시집을 보내는 것이나 마찬가지였으므로.

"자주 내려올게요."

"……석영아."

석규가 고개를 들어 눈물이 그렁한 눈으로 그녀를 바라보자 석영은 깜짝 놀랐다. 석규가 그렇게 서운해하는 것을 보니 너무 제 생각만 하고 좋아한 게 죄책감이 들었다.

"미안하구나……. 이 오빠가 너무……."

석규가 갑자기 고개를 떨어뜨렸다. 그는 말을 잇지 못하고 흘러내리는 눈물을 손바닥으로 훑어 냈다.

"오빠……."

석영도 울컥 눈물이 솟았다. 다감하지는 않았지만 석규가 자신을 얼마나 사랑하는지 석영도 알고 있었다. 어쨌든 이렇게 집을 떠나서 영영 남의 집 식구가 된다고 생각하자 그녀도 뒤늦게 감정이 북받쳤다. 석영이 눈물을 훔치는 것을 바라보던 석규가 느닷없이 용수철처럼 벌떡 튕겨 일어섰다.

"오빠, 왜 그러세요."

"아, 아니다. 소, 속이 좀 안 좋구나."

우뚝 서서 핏발 선 눈으로 허공을 노려보고 있던 석규가 창백한 얼굴로 중얼거리더니 후다닥 밖으로 나가 버렸다. 뒷간에 가는 모양이라고 여긴 석영은 눈물을 닦고 석규가 누웠던 어지러운 이부자리를 정리하기 시작했다.

바깥은 이제 초여름으로 접어들어 땀이 날 정도로 더운데 상로재 안은 아직도 공기가 서늘하였다. 몸이 좋지 않은 석규는 여전히 겨울용의 두꺼운 이부자리를 깔고 덮고 있었다. 석영은 먼저 덮는 이불을 들고 대청으로 나가 마루 끝에 서서 탈탈 털었다. 밑에 깔고 있던 이불도 내다 털었다.

마지막으로 베개를 가지고 나가 손바닥으로 두드려 먼지를 터는데 베갯잇 속에서 무언가가 댓돌 위로 툭 떨어졌다. 석영은 맨발로 댓돌로 내려가 허리를 숙여 그것을 주워 들었다. 햇볕에 달구어진 댓돌이 뜨거워 석영은 얼른 마루 위로 다시 올라섰다.

석영은 하얀 봉투에 쓰인 목재소 이름을 보았다. 그것은 석규가 목재소를 운영할 때 쓰던 상호가 아니고 최근에 중휘가 목재소를 인수한 후 바꾼 상호였다. 석영은 베개를 옆구리에 끼고 방으로 들어가며 아무 생각 없이 봉투 안에 든 것을 꺼냈다. 하얀 종이에 쓰인 글씨를 훑던 석영이 문지방 앞에서 우뚝, 걸음을 멈추었다. 옆구리에 끼고 있던 베개가 마루로 툭 떨어졌다.

석영은 눈도 깜빡이지 않고 한참 동안 종이를 뚫어질 듯 노려보았다. 몇 번이나 반복해서 읽어 보아도 그 내용이 무슨 뜻인지 알 수가 없었다. 아니, 내용은 너무도 단순하여 국민학생이 읽어도 알 수 있었지만 석영은 이해할 수가 없었다.

바르고 힘 있는 필체가 중휘의 것이라는 것을 석영은 금방 알아보았다. 글씨체도 어쩌면 이렇게 주인 닮아 강하고 수려할까, 그가 쓴 글씨를 볼 때마다 석영은 감탄했었다. 부들부들 떨리는 손으로 석영은 다시 그것을 찬찬히 한 자 한 자 읽어 보았다. 그래도 역시 알 수 없었다.

“무얼 하니?”

뒤에서 석규의 목소리가 들렸다. 석영은 돌아보지 않았다. 얼마나 세게 물었던지 아랫입술에 비릿한 피 맛이 느껴졌다.

"뭐, 뭐 하는 거냐?"

석규가 다가와 그녀의 손에 들린 종이를 보더니 사색이 되어 그것을 뺏으려고 손을 뻗었다. 석영은 저도 모르게 한발 물러서며 그것을 뒤로 숨겼다. 그녀의 눈에 파랗게 불꽃이 일었다. 석규의 얼굴이 처참하게 일그러져 있었다. 석규는 무슨 말인가를 하려고 입술을 움찔거렸지만 끝내 아무 말도 하지 못했다.

"이게 뭐예요?"

석영이 물었다.

"……이게 도대체 뭐냐구요!"

석영이 들고 있던 종이를 움켜쥐며 다시 물었다.

"……."

석규가 버티지 못하겠다는 듯 바닥으로 털썩 주저앉았다. 마당에는 뜨거운 햇살이 장대비처럼 쏟아지고 있었다. 그 흰 빛줄기가 소리를 모두 흡수하기라도 한 듯 온 집 안이 귀가 먹먹하도록 고요했다.

뒤꼍 대숲에서 불어온 바람이 열어 놓은 문을 통과해 석영의 머리카락을 흔들고 지나갔다. 석규가 석영의 앞에 꿇어 엎드려 오열했다.

"……용서해다오. 석영아, 이 못난 오래비를 용서해다오."

석영은 텅 빈 얼굴로 그런 석규를 멍하니 바라보았다.

"그 두억시니 같은 놈이…… 그놈이 내 재산을 몽땅 뺏어 간 거로도 모자라서 나한테 이런 죄까지 짓게 만들었다. 널 볼 낯이 없구나. 용서해다오. 아니…… 나를 용서하지 마라. 절대…… 크흑!"

석규가 울부짖었다. 무릎 위에 놓인 석영의 주먹이 마디가 세도록 하얗게 힘이 들어갔다.

"무슨 얘기인지 차근차근 말씀해 보세요. 오빠."

석규의 울음이 좀 잦아들자 석영이 말했다. 목소리는 낮고 조용했지만 형편없이 떨리고 있었다. 그녀의 얼굴은 백짓장처럼 창백했다.

"그놈은…… 악마다."

석규가 소매로 얼굴을 아무렇게나 문질러 닦으며 웅얼거렸다.

"……."

"그놈은 교월로 올 때부터 애초에 계획을 하고 내려온 거야. 우리 집안을 아주 망쳐 놓기루 마음을 먹고 말이야. 그놈은 함정을 파고 내가 빠지길 기다렸어. 난 그것두 모르구……."

"……그래서 재산을 다 잃었단 말씀이세요? 그 많은 재산을요?"

석영은 믿을 수가 없어 간신히 물었다.

"잃을 수밖에 없었다. 그놈들이, 그 도박장에 모인 놈들이 다 한패였으니 내가 무슨 수로 당하겠니."

석규가 변명하듯 말하고 손수건에 코를 풀더니 덧붙여 말했다.

"그놈은 애초에 우리 재산을 노리고 이곳으로 온 거야. 그놈이 내려오기 일 년 전에 수하인 박진만이 먼저 내려와 대원각을 열고 2층에 도박장을 열었지. 얼마 후에 강길선이도 따라와 부영옥을 열었고. 대원각에서 도박판이 열린다는 소리를 들었지만 너도 알다시피 나는 그런 것에 취미가 없었어."

석규가 억울하다는 듯 눈을 꾹 감고 잠시 숨을 고르더니 다시 말을 이었다.

"강길선이하구는 우연히 친해졌는데 나중에 곰곰히 되짚어 보면 그놈이 의도적으루 내게 접근을 한 것이었어. 강길선이 꼬임에 넘어가 재미로 몇 번 대원각에 놀러 갔던 것이 시작이었다. 내가 투전꾼들 하는 걸 구경만 하고 있으니 강길선이 돈까지 쥐여 주며 재미 삼아 한번 끼어 보라고 꼬이더구나. 거기 모인 사람들이 모두 그때만을 노리고 있다는 것을 나는 꿈에도 몰랐다. 내가 낚시 바늘을 물기만을……."

"……."

석영은 석규가 붉게 충혈된 눈으로 침을 튀겨 가며 말하는 모습을 멍하니 바라보고 있었다. 그녀로서는 여전히 너무도 황당하게 들리고 믿기지 않는 얘기였다.

"첫날은 돈을 엄청 많이 땄다. 모두 짜고 돈을 잃어 준 것이지. 난 그것두 모르고 그 재미에 그만 폭 빠지고 말았다. 처음에는 적은 돈으로 시작을 했지. 도박을 한다는 개념도 없었다. 그놈들은 아주 교묘했어. 내가 발을 빼지 못하도록, 점점 더 그 재미에 빠져

들도록 잃고 따는 것을 조절했어. 내가 정신을 차렸을 때는 전답 문서 반이 날아가고 난 후였다. 그때라도 정신을 차렸다면 이런 지경까지 오지 않았을 텐데……."

석규가 회한에 차서 주먹으로 제 무릎팍을 쾅쾅 내리치며 말했지만 석영의 표정은 굳은 듯 미동도 하지 않았다. 석규는 석영이 아무 말도 하지 않자 소매로 콧물을 훔치고는 다시 변명하듯 말을 이었다.

"잃은 돈 생각에 발을 뺄 수가 없었다. 이미 어쩔 수 없는 상황이었지……. 운만 좋으면 잃은 것은 금방 다시 되찾을 수 있을 것 같았거든. 하지만 나와 상대하는 모든 도박꾼들이 다 한패인데 그게 가능할 리가 없지 않으냐. 결국 빈털터리가 될 때까지 탈탈 다 털어 갔다. 얼마 전에는 집문서마저 중휘에게 넘겨주고 말았어……."

석규가 피를 토하듯 말하고 다시 꺽꺽, 울기 시작했다. 석영의 이마에 식은땀이 맺혔다. 몸이 딱딱하게 굳으며 와들와들 떨렸다.

"나를 이렇게 패서 갈비뼈를 부러뜨린 놈도 중휘다. 그놈이 그랬어. 그래 놓고 네 앞에서 뻔뻔하게두 걱정하는 척 아무렇지 않게 연기를 하더구나. 그게 정상인 인간이 할 짓이냐? 그놈은 미친게 틀림이 없다."

석영은 그만 귀를 막고 싶었다.

"중휘 씨가 무엇 때문에요? 그런 짓을 할 리가 없잖아요. 그이가 무엇 때문에 우리에게 그런 짓을 하겠어요. 그 사람은, 그 사람은…… 저를, 절 사랑하고 있어요."

석영은 제 손에 쥐여 있는 종잇장을 내려다보면서 고개를 저었다. 그는 분명 자신을 사랑하고 있다. 자신을 바라보는 눈빛을 보면 알 수가 있다. 그것이 거짓일 리 없었다.

"너한테 접근한 것도 다 각본이었다. 모든 것을 계획하구 계획대로 움직이고 있는 거야. 너한테 하는 것도 다 연극이란 말이다. 그놈은 단지, 단지…… 널, 널 망치고 싶은 거다. 그놈 목적은 오로지 그거야."

"그이가 왜 저를 망치려고 하겠어요. 그럴 이유가 없잖아요."

"있다……."

"그게 무언데요? 무엇 때문에요?"

"……그놈은 복수를 하구 있는 거야."

"복수라니요. 무엇을요? 우리가 무엇을 잘못하였기에요?"

"그, 그건…… 그건……."

석규의 눈빛이 흔들리더니 이내 고개를 풀썩 떨어뜨리고 말았다. 그의 입에서 괴로운 한숨 소리가 새어 나왔다.

"……남의 집에서 종살이를 십 년이 넘게 했는데 분하고 억울한 것이 왜 없었겠니. 그리고 인간이라는 동물은 꼭 무슨 특별한 이유가 있어서 사기를 치고 사람을 수렁으로 몰아넣는 것이 아니다. 돈이 되는 일이라면 사람도 죽이는 것이 사람이야. 그러니 중휘가 어째서 이런 짓을 했느냐는 물음은 의미가 없어."

"……그럴 리가 없어요. 그럴 리가……."

석영은 텅 빈 얼굴로 정신없이 고개를 저었다. 아니라고 믿고 싶었다. 이 모든 것이 그저 꿈이기를 바랐다. 차라리 석규가 미쳐서 하는 헛소리이기를.

"……이건 도대체 뭐예요?"

한참 후에 석영이 문득, 제 손에 들린 구겨진 종잇장을 바라보며 물었다. 석규는 괴로운 듯 얼굴을 찌푸리며 그것을 외면했다.

"도대체 여기 쓰인 내용이 무슨 뜻이에요?"

석영이 재차 물었다.

"모든 땅문서와 집문서를 빼앗고 나한테 땡전 한 푼 없다는 것을 알면서 그놈이 빌려 간 돈을 못 갚겠으면 집을 비우라고 협박했다. 당장 방 한 칸 구할 돈도 없이 식구들 데리고 거리로 쫓겨나게 생겨서 어찌할 바를 모르겠더라. 그놈이 너를 서울로 데려가는 것을 눈감아 주면 300만 원을 주겠다고 했다. 거절하려고 했는데 당장 돈에 눈이 멀어 도장을 찍어 주고 말았다. 짐승만도 못한 짓이라는 걸 알면서도……. 너한테 죽어도 못 씻을 죄를 지었구나. 미안하다……."

석규가 다시 괴로운 듯 머리카락을 쥐어뜯었다.

"중휘 씨를…… 중휘 씨를 만나야겠어요. 만나서 확인을……."

땀을 비오듯이 흘리고 있던 석영이 갑자기 자리에서 벌떡 일어섰다. 그러나 이내 다리에 힘이 풀린 듯 다시 주저앉았다. 확인을 하나 마나 이미 모든 것은 명백했다. 제 손에 들린 종이가 그것이 사실임을 증명하고 있었다.

"석영아, 석영아……."

석규는 넋이 나간 석영의 얼굴을 차마 보지 못하고 그녀의 차가운 손을 부여잡으며 다시 울기 시작했다.

"……아니라고 해 주세요. 오빠, 제발…… 지어낸 소리라고 해 주세요."

석영이 작게 중얼거리는 소리가 석규의 흐느낌 소리에 묻혔다.

교월을 떠나기 전 이것저것 처리할 일이 많아 며칠 동안 상로재에 들르지 못했던 중휘가 서울로 떠나기로 한 전날에야 다시 상로재를 찾았다. 상로재로 오면 어쨌든 석규가 있는 사랑채에 먼저 들렀다가 석영을 보러 가는 중휘였으므로 오늘도 그는 먼저 석규가 앓아누워 있는 사랑방으로 들어섰다.

그는 다음 날 석영을 데리고 떠날 수 있다는 것을 조금도 의심하지 않는 눈치였다. 석규는 그의 기대를 무너뜨릴 수 있다는 기쁨과 앞으로 자신에게 닥칠 험난한 앞날에 대한 두려움을 반씩 품은 채 그를 맞았다.

"석영 씨를 데리러 왔습니다. 오늘은 읍내서 자고 내일 아침 일찍 떠날 예정입니다."

"……."

"내일 길선이한테 돈을 받으시면 되도록 빠른 시간 안에 여길 떠나세요. 석영 씨한테는 제가 대충 둘러댈 테니 걱정하지 않도록 편지나 가끔 보내시고요. 회사 주소를 알려 드릴 테니 회사로 편지를 보내시면 제가 전해 주겠습니다."

중휘의 설명을 석규는 별로 귀담아듣는 것 같지 않았다. 초조한 것 같기도 하고 들뜬 것처럼 보이기도 했다.

"뭐 따로 하실 말씀 없으세요?"

"……이제 다 소용없네."

석규가 그 말을 하기 위해 기다린 사람처럼 내심 통쾌한 얼굴로 그렇게 말했다.

"뭐가요?"

"석영이가 계약서를 보았네. 그 애가 모든 걸 다 알게 되었어."

석규의 말에 중휘의 눈빛이 처음으로 흔들렸다.

"무슨 말입니까?"

"석영이가 이제 자네의 실체를 모두 알게 되었단 말이네. 그러니 그 애는 자넬 따라가지 않을 걸세."

순간적으로 중휘의 눈에 파랗게 불꽃이 튀었다. 석규는 그의 턱 근육이 움찔거리는 것을 바라보았다. 계획했던 일이 틀어진 것에 꽤나 화가 난 모양이었다. 하지만 이내 다시 가면을 쓴 듯 얼음처럼 차갑고 단단한 얼굴로 되돌아갔다.

"제가 형님을 너무 과소평가했군요. 오빠로서 마지막 양심을 지키기로 하신 겁니까?"

중휘가 비웃는 투로 말했다.

"석영이를 그렇게 만들고 내가 살아 뭐 하겠나."

"그 마음은 눈물겹습니다만 뒷일은 어쩌시려고요?"

중휘가 여유로운 얼굴로 물었다. 하지만 드러나지 않았을 뿐 그 여유로운 가면 뒤에 초조한 빛이 어려 있는 것을 석규는 알아챘다. 그를 한 방 먹였다는 생각에 석규는 몇 달 만에 처음으로 속이 시원해졌다.

"날 죽이든 살리든 자네 맘대로 해. 하지만 이제 석영이는 털끝 하나도 건드리지 말게."

"제가 무슨 수로 형님을 죽이고 살리고 하겠습니까. 기껏해야 형님을 이 집에서 쫓아낼 수 있는 권한밖에 없지요."

"……그렇지. 그래야지. 나가야지."

석규의 얼굴이 비장하게 굳어지며 작게 중얼거렸다.

"그럼, 집을 언제쯤 비워 주시겠습니까? 이왕 일이 이렇게 되었으니 서울로 돌아가는 걸 미루더라도 이 집 문제를 해결하고 떠나야겠습니다."

"며, 며칠 내로 비워 주겠네. 그러니 그 동안만이래두 이 집에 얼씬거리지 말아 주게. 나나 석영이나 자넬 보는 것이 그렇게 즐거운 일이 아니니까."

석규는 중휘에 대한 적대감을 드러내며 이를 갈 듯 말했다.

"그건 피차 마찬가지죠. 그런데 며칠 내라면 정확히 언제를 말씀하시는 겁니까?"

"그, 그러니까 열흘 안쪽이겠지."

"그렇습니까?"

"그러니 그때까지는 우릴 내버려 두게. 그 정도 해 줄 수 있지 않나?"

"그럼요. 집을 비워 주신다는데 저야 뭐 더 할 말이 있겠습니까?"

"그런 줄 알고 그만 돌아가게."

"이건 순전히 궁금해서 물어보는 건데 말입니다. 무슨 계획이라도 있습니까? 가족들은 어떻게 건사를 하실 건지 그런 계획 말입니다."

"자네가 그것이 왜 궁금한가? 우리가 어디서 굶어 죽는지 구경이라도 하고 싶은 건가?"

석규가 쏘아붙이자 중휘가 웃었다.

"제가 아무리 나쁜 놈이지만 그 정도까지이기야 하겠습니까? 걱정이 돼서 그럽니다."

"고양이 쥐 생각해 주는군. 아직은 내 집이니 그만 가 주게."

"어쨌든 석영 씨는 한 번 만나고 가야겠습니다."

중휘가 자리에서 일어서며 말했다.

"석영이 지금 아프네. 누굴 만날 계제가 아니야."

"……."

중휘는 가소롭다는 듯 석규를 쏘아보다가 그대로 등을 돌려 방을 나가려 했다.

"그 애가 받았을 충격을 생각해 보게. 괜히 더 괴롭힐 생각 말고 그냥 돌아가게."

석규는 그의 앞을 막아서며 소리쳤다.

"비키세요."

중휘가 낮게 말했다. 순간적으로 중휘의 이마에 푸른 핏줄이 불거졌다 사라졌다. 여태 가면을 쓴 듯 담담하기만 하던 얼굴에 적나라하게 드러난 분노를 보자 석규는 움찔, 몸이 떨렸다.

"석영 씨가 만나기 싫다고 하면 그냥 돌아갈 테니 걱정하지 마세요."

중휘가 활활 타는 눈빛과는 대조되게 차분한 투로 말했다. 석영이 몹시 중휘를 기다린 것을 알고 있었다. 탈진해 몸도 못 가누는 주제에 중휘를 만나서 확인하겠다고 읍내로 나가려는 것을 무슨 일이 일어날지 몰라 잡아 앉혀 놓느라 애를 먹은 뒤였다. 아예 못 만나게 하면 좋겠지만 석영의 완강한 태도로 보아 한 번은 만나긴 만나야 하리라.

석규는 옥희에게 석영을 불러오라고 시킬까 하다가 직접 가서 다시 한 번 당부하는 것이 낫겠다는 생각이 들었다.

"그럼, 내가 가서 물어보고 오지. 석영이 싫다고 하면 바로 그냥 떠나 주게."

석규는 방을 나서며 말했다. 중휘는 석규의 말을 들었는지 말았는지 생각에 잠긴 차가운 얼굴로 아무 대답도 하지 않았다. 석규는 서둘러 안채로 갔다. 석영의 방 앞에 서서 헛기침을 하니 기다리고 있었던 듯 장지문이 열렸다. 이틀 동안 앓아누워 꼼짝도 못

하더니 중휘가 왔다는 소식을 들었는지 어느새 일어나 단정하게 몸단장을 하고 있었다. 그 모습이 가엾어 석규는 눈시울이 뜨거워졌다.

"중휘가 왔다."

석규는 목이 메어서 부러 퉁명스럽게 내뱉었다. 석영이 말없이 고개를 끄덕였다.

"네가 싫다고 하면 그냥 가겠다고 했으니 굳이 만나지 않아도 된다."

"만나겠어요."

석규도 이미 그 답을 알고 있었지만 마음이 놓이지 않아 마지못한 얼굴로 석영을 건너다보았다.

"그놈이 무슨 말을 떠벌릴지 모르니 마음 단단히 먹어라. 아직은 너한테 미련이 남아 있을 테니 어떻게든 헛소릴 꾸며 댈 게다. 거기에 넘어가서는 절대 안 된다. 응?"

이미 정신이 다른 데에 가 있는 것 같은 석영을 보며 석규가 소용없는 소리를 보탰다. 석영은 고개를 끄덕이고 댓돌로 내려섰다. 남색의 플레어스커트 자락이 마루를 스쳤다.

"오빠는 그냥 여기 계세요."

석규가 뒤따라가려 하자 석영이 뒤를 돌아보지도 않고 조용히 말하였다. 왠지 거부할 수 없는 목소리였다. 석규는 안절부절못하다가 결국은 사랑채 마당까지 쫓아 들어갔지만, 다시 뒤를 돌아본 석영의 얼음 같은 눈빛을 보고 더는 따라갈 수가 없었다.

석영은 심호흡을 하고 사랑채 마당에 발을 들여놓았다. 고개만 들면 사랑방에 앉아 있는 중휘를 볼 수 있겠지만 석영은 끝까지 눈을 내리깔고 마당을 지나 돌계단을 올랐다. 댓돌 위에 놓인 그의 깨끗한 가죽 구두가 눈에 들어왔다. 뜨거운 무언가가 속에서 울컥 치솟는 듯하여 그녀는 잠시 그것을 내려다보며 서 있었다.

신발을 벗고 대청으로 올라서는데 눈앞이 하얗게 바래는 것 같았다. 몇 걸음 앞에 중휘가 앉아서 자신을 바라보고 있다는 것을 알고 있었다. 하지만 석영은 끝까지 그를 쳐다보지 않고 방으로 들어가 그 앞에 마주 앉았다.

"아팠다면서요?"

중휘가 전과 다름없는 말투로 먼저 말을 꺼냈다. 그 다정한 목소리를 들으니 뜨겁고 날카로운 칼날에 속이 사정없이 파헤쳐지는 것 같았다. 그는 전과 조금도 다름이 없었다. 석영은 안간힘을 다해 자신을 뒤흔드는 감정을 밖으로 드러내 보이지 않으려고 애썼다.

"……사실이에요?"

석영은 폭풍우처럼 휘몰아치는 감정을 억누르며 겨우 물었다.

"……."

"……오빠가 하신 말씀들이 다 사실인가요?"

이미 모든 것을 알고 있으면서 무엇을 확인하겠다는 것인지 모를 일이었다. 석영은 스스로를 비웃었다. 자신을 물건처럼 돈으로 거래하려고 한 사람이다.

"무슨 말을 들었는지는 잘 모르겠지만……."

중휘는 흔들림 없는 조용한 목소리로 말하였다. 그녀는 그 찰나의 순간, 그가 자신을 납득시켜 주길 간절히 바라고 있다는 것을 깨달았다. 그렇게 할 수밖에 없었던 납득할 만한 이유를 만들어서라도 자신을 설득해 주길.

석영은 처음으로 눈을 들어 그의 얼굴을 바라보았다. 목소리처럼 조용하고 진중한 눈빛이 자신을 조용히 바라보고 있었다. 그 눈에는 여전히 전에 자신이 사랑이라고 믿었던 빛이 담겨 있었다. 석영은 참을 수가 없어졌다. 숨이 가빠 와서 그녀는 무릎 위에 놓인 주먹을 꽉 쥐고 입술을 물었다.

"형님이 아가씨에게 거짓말을 하지는 않았을 거예요."

그다웠다. 너무도 깔끔하게 그는 모든 것이 사실이라고 인정했다. 설득이고 뭐고 없이. 석영은 왠지 허탈해져서 웃음이 나올 뻔했다.

"계약서도 봤다면서요."

중휘는 핏기 하나 없는 석영의 창백한 얼굴을 보며 말했다. 그녀의 검고 투명한 눈동자에 절망의 빛이 어리며 차갑게 가라앉는 것을 그는 눈을 떼지 않고 바라보았다. 이미 다 드러난 마당에 무슨 다른 소릴 지껄이겠는가. 이것으로 그녀에게서 받던 모든 신뢰와 사랑을 완전히 잃게 되었다.

이미 예견된 일이었고 돌이킬 수 없다는 것을 알면서도 어쩔 수 없이 심장이 차갑게 얼어붙는 것처럼 고통이 밀려왔다. 자신은 목적을 이루었다. 윤석규의 돈을 몽땅 빼앗아 빈털터리로 만들고 그 여동생을 완전히 망가뜨렸다. 석영에 대한 마음만 정리하고 이곳을 떠나면 모든 것은 완벽하다. 아직은…… 멀쩡해 보이지만, 이제 곧 그녀는 망가지리라. 자신에게 버림받고 나면…….

그런 생각을 하는 순간 그의 심장이 빠르게 쿵쿵 뛰기 시작했다. 당장 무슨 나쁜 일을 당한 사람처럼 숨이 턱 막혔다. 끔찍하고 두려운 어떤 예감이 그의 내부를 맹렬히 뒤흔들었다. 이건 아니다. 그는 주먹을 말아 쥐며 속으로 중얼거렸다.

"석영 씨……."

중휘는 저도 모르게 그녀에게로 손을 뻗었다. 석영이 흠칫 놀라며 몸을 뒤로 뺐다. 중휘는 자신이 무엇을 하려고 했는지 모른 채 허공에서 손을 멈추었다가 이내 무릎 위로 내려놓았다.

이제 와서 뭘 어쩌자는 말인가. 이 마당에 사랑 고백이라도 하겠다고? 그는 뒤죽박죽 얽힌 상황이 갑자기 짜증이 나서 견딜 수 없었다. 그가 7년간 이를 갈며 세운 복수의 계획은 이미 완성이 되었지만 이제 어떻게 해야 할지 알 수 없었다.

자신이 이렇게 마음 약한 인간이라는 것을 진작 알았어야 했다. 그랬다면 석영에게 접근하려던 계획은 애초에 포기를 했을 것이다. 분명히 혼란을 겪을 것을 왜 몰랐을까. 그는 속으로 다시 고개를 저었다. 어쩌면 모든 것이 핑계에 지나지 않을지 모른다.

복수라는 미명을 끌어다 대서라도 그녀를 갖고 싶었던 것은 아닐는지. 그것이 스스로도 몰랐던 자신의 진짜 속마음이었는지도 모른다는 생각을 지울 길이 없었다. 그런 목적을 대지 않고서는 그녀에게 접근할 명분이 없었으므로. 어머니에게도 누이에게도 면목이 없었으므로.

시간이 지날수록 그는 겁이 났다. 석영이 이 사실을 알게 되는 날이 다가오고 있다는 사실 때문에 그는 고통스러웠다. 그날이 바로 자신들의 파국임은 이미 정해진 일이었다. 조금이라도 천천히 오기를, 불가능하다는 것을 알면서도 그는 그날이 오지 않기를 바라게 되고 말았다. 서둘러 그녀를 서울로 데려가려던 이유는 결국 그녀만은 아무것도 모르게 하고 싶어서였다.

한실이 당했던 대로 석영을 망가트리는 것을 최고의 복수라고 계획했지만 이제 와서는 그 상황을 견딜 수 없는 첫 번째 사람이 자신이 되고 말았다. 중휘는 속이 답답해 깊이 숨을 들이마셨다.

"……도대체 왜요?"

석영이 물었다. 중휘는 차마 그 눈을 바라볼 수가 없어 시선을 그녀의 어깨 너머로 던졌다. 뭐라고 대답해야 할까? 석규가 한 짓을 까발려서 자신이 한 짓을 정당화시키는 변명이라도 해야 하나? 그는 잠시 그런 유혹을 느꼈다. 그녀의 마음을 잃고 싶지 않다는 갈망 때문이었다.

"돈 때문이에요?"

석영은 침묵하고 있는 중휘의 얼굴을 똑바로 바라보며 물었다. 이미 알고 있으면서도 중휘의 입으로 확인을 받아야 하는 자신의 미련함이 죽을 만큼 싫었다.

"……그래요. 돈 때문에 그랬어요."

중휘가 역시나 담담하게 인정했다. 석영은 속에서 안간힘을 다해 부여잡고 있던 무언가가 와르르 허물어지는 것을 느꼈다. 이미 알고 있었으면서 새삼 놀라울 것도 없다고 스스로를 다잡으려고 애를 써도 소용없었다. 식은땀에 젖은 머리카락 한 올이 흔들리다가 그녀의 창백한 뺨에 달라붙었다.

"나도 당신 계획의 일부이고요?"

"……."

"데리고 노니까 재미나던가요?"

석영은 스스로를 괴롭히듯 자조하며 물었다.

"……."

그는 더 이상 할 얘기가 없다는 듯 입을 꽉 다물고 마당으로 시선을 던지고 있었다. 그럼에도, 그럼에도 불구하고 석영은 그의 모든 행동과 표정과 눈빛이 다 거짓이었다는 것을 여전히 받아들일 수 없었다. 그의 입으로 듣고 나면 모든 것을 포기할 수 있을 줄 알았는데 아니었다.

"당신한테 이런 일을 당할 정도로 우리가 무엇을 그렇게 잘못했어요?"

석영의 쉰 목소리는 들릴 듯 말 듯 작았다.

"당신은 어땠는지 몰라도 적어도 나는 늘 당신을, 당신 가족을 정말 내 가족으로 생각했어요. 그런 믿음에 대한 답이 겨우 이건

가요? ……어떻게 이런 짓을 할 수가 있어요?"

석영의 말에 중휘가 마당에 던져두고 있던 시선을 석영에게로 천천히 옮겼다. 그 눈빛은 슬프고 고통스러워 보였다. 석영은 왠지 또다시 가슴이 무너지는 것 같았다. 꼭 뭔가 그럴 만한 이유가 있을 것 같고, 그것을 자신이 꼭 알아야 될 것 같은 헛된 마음이 자꾸 일었다.

"은혜를 원수로 갚는 일이야 인간사에 너무 흔한 일 아닌가요? 이젠 식상해서 특별한 얘깃거리도 아니고 말이에요."

입에서 나오는 말과 눈으로 하는 말이 너무도 상반되었다. 석영은 그의 냉담한 말을 들으며 그를 똑바로 바라보았다.

"나를 300만 원에 사겠다고 했다면서요?"

잠시 후, 석영이 비웃듯이 묻자 이런 대화를 나누고 있다는 것이 짜증나 못 견디겠다는 듯 중휘의 얼굴이 일그러졌다.

"맞아요. 이왕 이렇게 되었으니 당사자로서 한번 잘 생각해 봐요."

중휘가 차갑게 대꾸했다. 그녀는 새삼 절망과 분노로 손이 부들부들 떨렸지만 혼란으로 가득 찼던 마음이 이상하리마치 일시에 가라앉는 것을 느꼈다. 이런 상황에서도 자신은 여전히 미련을 버리지 못하고 그가 변명하고 용서를 빌기를 바랐다. 그 어리석은 기대는 보기 좋게 걷어차였다. 그런 꼴을 당하고도 어떻게든 매달리고 있었던 것이 부끄러워졌다.

"그런 제안을 한 것을 보면 아직은 내 몸에 싫증이 덜 났나 보죠?"

석영이 입꼬리를 올리며 차갑게 웃었다. 중휘의 시선이 날카로운 칼날처럼 그녀의 얼굴에 와 박혔다. 석영은 지지 않고 그 눈을 똑바로 노려보았다.

"석영 씨도 즐거워했잖아요. 나랑 씹하는 거."

"쓰레기 같은……."

석영의 턱이 떨렸다. 그녀의 눈에 분노가 까맣게 타올랐다.

"그 쓰레기 밑에 깔려서 좋다고 울기도 하고 그랬죠."

담담히 그런 소릴 지껄이는 의도는 모욕을 주기 위해서이리라. 꽉 말아 쥔 주먹이 수치심을 이기지 못해 덜덜 떨렸다.

"요즘 세상에 핏줄이나 출신 따지는 어른들 말씀, 고루하다고 여겨서 무시했던 벌을 이렇게 받게 될 줄은 몰랐네요."

석영은 숨을 깊이 내쉰 뒤 혼잣말처럼 중얼거렸다. 당연히 중휘 들으라고 한 소리였다. 어떻게든 먼지만큼이라도 타격을 주고 싶어 내뱉은 말이었지만 중휘의 표정은 아무 변화도 없었다. 오히려 그런 소리를 입에 담은 스스로가 부끄러워졌을 뿐이었다.

"나가요. 내 집에서!"

석영은 온몸에서 기운이 다 빠져나가는 듯하여 필사적으로 소리쳤다.

"아직 모빙르나 본데 여긴 이제 내 집입니다."

중휘가 픽, 웃으며 대꾸했다.

"비열한 인간……."

석영은 이를 악물었다. 자신이 그렇게 철석같이 믿고 있던 남자의 추악한 본모습을 눈앞에서 보면서도 여전히 현실감이 느껴지지 않았다. 여태 그에게 빠져 허우적거리는 자신의 꼴을 보며 속으로 얼마나 비웃었을까. 혀를 물고 그 자리에서 죽고 싶었다. 석영은 그와 마주하고 있는 것을 더 이상 견디지 못하고 자리에서 벌떡 일어섰다.

"흥분이 가라앉으면 한번 곰곰이 생각해 봐요. 내 제안에 대해서. 어떤 것이 당신 가족과 당신을 위하는 일인지 말이에요."

돌아선 석영의 등에 대고 그가 차분한 목소리로 충고하듯 말했다. 석영은 뒤돌아보지 않고 방을 나왔다. 석규가 왜 그를 악마라고 말했는지 알 것도 같았다. 자신이 그동안 알던 사람과 지금 저 방 안에 있는 남자가 같은 사람이라고 과연 단언할 수가 있는가.

석영은 다리가 떨려 곧 주저앉을 것 같았지만 그가 보는 앞에서 쓰러지는 꼴을 보이느니 죽는 게 나았으므로 이를 물고 버티었다. 그녀는 그의 시선에서 벗어나 안채로 들어서자마자 샛담에 등을 대고 그대로 주저앉고 말았다.

중휘가 돌아가고 난 뒤, 앞일을 의논하기 위해 석영은 석규와 마주 앉았다. 미옥에게도 이 사실을 알려야 했지만 둘 다 어떻게 말을 꺼내야 할지 몰라 엄두를 못 내고 있었다.

"새언니도 상황을 아셔야죠."

"……."

"오늘 저녁에 오빠가 말씀하세요."

"미안해서 입이 떨어지지 않는구나. 여태 시집와서 아버지 모시고 집안 살림하느라 제대로 호강 한 번 못 시켜 줬는데 이젠 이런 고생까지 시키게 생겼으니……."

석규가 웬일로 바른 소리를 다 했다. 이 지경이 되니 그제야 조강지처에게 미안한 생각이 든 모양이었다. 석영은 속으로 한숨을 삭였다.

"빨리 여기서 나가도록 해요. 한시도 그 사람과 관련된 곳에 머물고 싶지 않아요."

석영은 이제 이 집은 제집이 아니라는 듯 잘라 말했다.

"……일단은 용이 외가로 가는 수밖에 없다. 그리로 가서 상황을 보도록 하자."

"사돈댁으로요? 거기도 그렇게 넉넉한 형편이 아닌 걸로 아는데……."

분한 마음에 어서 떠나자고 뱉어 놓았지만 막상 석규의 말을 듣자 눈앞이 캄캄해졌다.

"그동안 도와준 것을 봐서라두 외면은 못 하시겠지……."

석규가 어깨를 늘어뜨리고 바닥을 내려다보며 중얼거렸다. 해마다 가을에 도지 쌀이 들어오면 일 년 치 먹을 쌀을 보내 주고 처남들 학교 입학금 같은 것을 보태 준 것을 두고 하는 말 같았다. 넉넉지 않은 처가를 위해 그 정도야 당연한 도리인데 석규가 그 대가를 바라는 듯한 말을 하자 석영은 괜히 부끄러워 얼굴이 달아올랐다. 자신들의 급박한 처지가 새삼스럽게 피부로 느껴졌다.

"사돈댁보다는 우선 마을에 있는 빈집으로 나가는 게 좋지 않겠어요? 남은 쌀도 좀 있고 제가 가지고 있는 패물 같은 걸 팔면 한동안 지내는 것은 어렵지 않을 거예요."

"패물이라면 어머니가 남겨 주신 것 말이냐?"

석규가 참담한 얼굴이 되어 물었다.

"……."

아버지 윤일로는 세상을 뜨기 전에 어머니가 시집올 때 해 온 금두꺼비와 가락지 몇 개를 석영에게 간직하라고 주었다. 장롱 서랍에 넣어 두고 가끔 그것들을 쓰다듬고 손가락에 끼어 보면 얼굴도 모르는 어머니의 냄새가 나는 것 같았다.

"그걸 어떻게 판단 말이냐?"

석규는 그런 말을 뱉어 놓고 죄책감으로 고개를 떨어뜨렸다. 도박에 미쳐 돈이 바닥났을 때, 사실은 진작 그것을 좀 내놓으라고 말하고 싶은 적이 한두 번이 아니었다.

"어쩔 수 없잖아요."

"……미안하구나. 내가 죽일 놈이다."

"우선 그렇게 하고 제가 읍내서 직장이라도 구해 볼게요. 셋이 노력하면 굶어 죽기야 하겠어요?"

석영은 애써 감정을 누르며 그렇게 말했다.

"직장이라니. 네가 무슨 일을 할 수 있다는 말이냐?"

"옷가게 점원이라두요. 아직 졸업장이 없으니 좀 어렵겠지만 애들을 모아 가르쳐 볼 수도 있고요."

조금 전까지 절망에 빠져 금방 어떻게 되는 것이 아닌가 걱정하고 있었는데 석영은 어느새 석규보다 더 현실적인 생각을 하고 있었다. 그것이 위기에 처하면 오히려 강해지는 여성들의 특징인지, 아니면 중휘에 대한 배신감으로 인한 반발인지 석규로서는 가늠할 수 없었다. 아주 쓰러져 누울까 봐 조마조마했는데 다행한 일이기는 했지만 그 모습은 금방 꺼져 버릴 촛불이 마지막 사력을 다해 빛을 내는 것처럼 위태로워 보여 더 불안했다.

"그, 그래. 그럼 일단, 마을에 당장 나가 살 만한 집이 있는지 옥희 아버지 불러서 같이 좀 둘러보고 와야겠다."

석규는 집을 이 지경으로 만든 자책을 이기지 못해 더는 석영과 얼굴을 맞대고 앉아 있을 수 없었다. 바쁜 듯 자리에서 일어서는데 때마침 대문간에 차가 와서 멈추는 소리가 들리고 곧 웅성거리는 사내들 목소리도 들려왔다. 공연히 가슴이 쿵 내려앉는 것을 참고 내다보니 일전에 돈을 갚아 달라 찾아왔던 금은방 주인 최가와 천막집을 하는 박가, 그리고 낯익은 얼굴 두엇이 대문 안으로 들어서고 있었다.

"아니, 이 시간에 어쩐 일인가?"

석규가 어색하게 반가운 기색을 꾸미며 그들을 맞았다.

"아니 그게 말일세, 사실은 읍내서 이상한 소문이 들려서 혹시나 하고 찾아왔네."

금은방 최가가 인사도 없이 석규를 보자마자 다급한 얼굴로 본론부터 꺼냈다.

"무슨 소문 말인가?"

"자네가 도박으로 재산을 다 날렸다는 소문이 났더라고. 물론 헛소문이겠지만, 대원각 드나들면서 재산 날렸다는 인사들이 꽤 있어서 혹시나 하고 말이야."

"하하하. 세상에 별소릴 다 듣겠군. 누가 그런 헛소문을 내고 다니던가? 나 원 참 자다가 봉창을 두드려도 유분수군."

석영은 샛담 뒤에서 석규가 일부러 크게 웃으며 대꾸하는 소리를 들었다.

"아니, 그게 말이지, 우리도 말도 안 되는 소리라고 생각했는데 아주 그럴듯하게 소문이 났어. 글쎄 자네가……."

"그러지 말고 우선 안으로 들어가세. 아직 시간이 이르지만 술이라도 한잔하면서 천천히 저녁까지 들고 가게."

"아니네. 대낮부터 술은 무슨. 그건 그렇고 일전에 말한 돈은 어떻게 되어 가나? 내가 돈이 좀 급해서 말일세. 한꺼번에 주는 게 어려우면 일부라도 우선 좀 갚아 주게."

"며칠만 기다리게. 그깟 돈 몇 푼이나 된다고 쪼개서 갚겠나. 걱정하지 말고 며칠만……."

"며칠만, 며칠만 한 것이 벌써 얼마인가? 자네가 몇 달째 이자조차 갚지 않고 있으니 우리도 그런 소문에 솔깃하게 되는 거 아닌가."

최가가 조금 흥분한 얼굴로 따지듯 말했다. 뒤에 선 사람들의 표정도 딱딱하게 굳어 심상치 않았다. 그동안 석규 옆에 들러붙어

술이나 얻어먹고 아부하던 치들이 눈을 치뜨고 그를 노려보고 있는 것을 보자 석규는 속에서 부아가 치밀었지만 이미 그럴 처지가 아니었다.

"미안하네. 내가 그동안 여러 가지 일로 너무 무신경했어. 조금만 더 기다려 주게."

석규가 웃는 낯으로 달래듯 말하는 것을 듣고 있자니 석영은 등골에 식은땀이 흘렀다. 어쩔 수 없는 상황이라고는 해도 입에 침도 바르지 않고 태연히 거짓말을 하고 있는 석규가 너무도 낯설게 느껴졌다. 그녀는 오금이 저려 오는 것 같아 숨도 제대로 쉬지 못하고 그들이 하는 양을 지켜보았다.

"무슨 일이에요, 아가씨?"

웅성거리는 소리를 들었는지 미옥이 안채에서 나오며 석영에게 물었다. 석영은 아무 소리도 못 하고 그저 멍하니 미옥의 얼굴을 바라보았다.

"저 사람들 누구예요? 무슨 일로 저런데요?"

미옥은 분위기가 심상치 않다고 느꼈는지 목소리를 죽이고 다시 물었다.

"그게……."

석영은 뭐라고 대답해야 할지 몰라 입술을 달싹였다. 미옥도 알아야 할 사실이기는 했지만 뭐라고 말을 꺼내야 할지 입이 떨어지지 않았다.

"그럼 자네 땅문서 중에 하나만 우리한테 맡겨 주게나. 자넬 못

믿는 건 아니지만 하도 소문이 구체적으로 나서 말이야. 이 집도 이미 남의 손에 넘어갔다는 소리까지 들으니 사실 불안한 것도 사실이네. 자네한테야 적은 돈일지 몰라도 우리한테는 몇 년을 먹을 거 못 먹고 입을 거 아껴서 번 돈이니까. 보증문서라도 가지고 있으면 괜히 쓸데없이 불안할 일도 없고 말일세."

천막집 박가가 눈치를 보듯 뒷머리를 긁적이며 그렇게 말했다.

"그깟 푼돈 몇 푼에 땅문서를 내놓으라니. 그게 무슨 경우인가? 일이 년 보아 온 사이도 아닌데 정말 너무들 하는군. 며칠만 기다려 주믄 갚아 주겠다는데 사람을 사기꾼 취급을 하다니. 자네들 다시는 내 얼굴 안 볼 셈인가?"

석규가 갑자기 과하게 언성을 높였다.

"아니, 그런 뜻으로 받아들이지는 말게. 우리도 마누라들 등쌀에 떠밀려 온 거야. 요즘 세상에 담보두 없이 돈 빌려주는 천치들이 어디 있느냐구 말이야."

박가가 면목 없다는 얼굴로 변명하듯 말하고 있을 때 샛담 뒤에서 있던 미옥이 갑자기 밖으로 나가 그들 앞에 섰다.

"여보, 도대체 무슨 일이에요? 박 사장님 하시는 말씀이 무슨 소리예요?"

미옥이 석규에게 따지듯 물었다. 사내들은 갑자기 등장한 미옥을 보고 모두 헛기침을 하며 민망한 듯 시선을 돌렸다.

"돈을 도대체 얼마를 잃었기에 그런 소문이 다 나요? 이분들한테 진 빚은 또 뭐구요?"

"손님들하고 얘기하는 중이잖소. 아녀자가 끼어들 자리도 구분 못 하는 거요? 당장 들어가 있어요. 나 원, 망신스러워서……."

석규가 얼굴이 벌게져서 미옥에게 소리쳤다.

"그놈의 도박장 출입 좀 그만하라고 내가 몇 번을 얘기했어요? 오죽하면 그런 소문이 다 나겠어요? 도대체 왜 정신을 못 차리구 헛짓을 하고 돌아다니느냔 말예요?"

미옥이 물러서지 않고 대들었다.

"아니, 이놈의 여편네가 남편 얼굴에 똥칠하려고 작정을 했나?"

석규가 느닷없이 미옥을 향해 손을 높이 쳐들자 사내들이 놀라서 그를 말렸다.

"아이구, 괜히 우리 때문에 부부 싸움하게 생겼네. 그만 진정하게."

박가가 석규의 팔을 붙잡고 달래듯 말했다.

"생각을 해 보게. 이 촌구석에서 도박을 해 봤자 몇 십만 원이 고작이지. 일 년 새에 저 많은 논을 다 날린다는 게 말이 되나? 내가 아주 돈을 잃지 않았다는 게 아니야. 잃었네. 소문대로 돈을 잃었어. 하지만 그깟 논 몇 마지기 잃은 거 가지구 내가 꿈쩍이라도 할 성싶은가?"

석규가 신들린 듯 멀리 해미 벌판 쪽을 손가락질하며 거짓말을 늘어놓는 것을 석영은 떨면서 지켜보았다.

"내가 돈을 안 갚는다고 했나? 논이 팔리는 대로 빚을 갚겠다고 하지 않았나. 임자가 안 나서서 좀 늦어지는 것을 가지구 떼로 몰려와 안식구 앞에서 이리 망신을 주다니. 돈 몇 푼에 사람이 이렇게 변해도 되나?"

석규가 점점 흥분해서 소리치자 사내들이 모두 면목 없는 낯빛으로 서로 눈치를 살폈다.

"무슨 말인지는 알아들었네. 어쨌든 우리 돈만 갚아 주면 얼굴 붉힐 일이 뭐가 있겠나. 최대한 빨리 좀 갚아 주게."

최가가 여전히 미심쩍은 얼굴로 그렇게 말했다.

"초파일 전까지는 꼭 좀 돈을 돌려주게. 하나밖에 없는 여동생 결혼식인데 장롱이라도 하나 맞춰서 보내야 하지 않겠나. 엊그제 계약금만 겨우 걸어 놓고 왔으니 이번에는 무슨 일이 있어두 갚아 줘야 하네."

"알겠네. 걱정하지 말게. 며칠 내로……."

석규가 시원히 대답했다.

"그럼 우린 자네 말만 믿고 돌아가네. 아주머니, 이거 미안하게 됐습니다. 너무 서운하게 여기지 말고 화를 푸세요."

그들은 다짐과 확인을 거듭한 뒤, 미옥에게도 인사를 잊지 않고 타고 온 택시에 올라타고 돌아갔다.

빚쟁이들이 돌아가자 석규는 아무 말도 하지 않고 터덜터덜 사랑으로 들어갔다. 손님들이 돌아가면 주제넘게 끼어들었다고 지게 작대기라도 부러질 줄 알았던 미옥은 아무 일이 없자 무언가 심상치 않다고 여겼는지 석규를 따라 들어갔다.

"여보, 도대체 돈을 얼마나 빌렸기에 사람들이 저렇게 빚 독촉을 하러 쫓아와요? 소문은 또 뭐구요?"

미옥이 석규의 팔을 잡자 석규는 그것을 홱 뿌리치고 사랑방으로 들어가 맥없이 털썩 드러누워 버렸다.

"예?"

미옥이 답답하다는 듯 그의 어깨를 흔들자 석규가 갑자기 벌떡 일어나 벌컥 소리쳤다.

"다 사실이오!"

"뭐, 뭐가요?"

"……아까 찾아왔던 이들이 한 얘기 말이오."

"도박으로 가산을 다 탕진했다는 소문이 사실이란 말이에요?"

미옥은 농담하지 말라는 듯 억지로 웃는 표정을 지었지만 목소리가 떨리고 있었다.

"모두, 사실이오……."

석규가 한숨을 푹 내쉬며 고개를 숙였다.

"……말도 안 돼요. 그럴 수는 없잖아요. 아니죠? 거짓말이죠? 저 많은 논이 다 남의 손에 넘어갔다니, 말이 돼요? 여보!"

미옥이 파랗게 질려서 석규의 팔을 잡아 흔들었다.

"……미안하오."

석규가 고개를 푹 숙인 채 작게 중얼거렸다.

"아니죠? 거짓말이죠? 날 놀리려구……."

미옥은 석규의 입에서 아니라는 말만 받아 내면 모든 것이 사실이 아니게 되기나 하다는 듯이 필사적으로 매달렸다.

"……사실이오. 모두 사실이오. 우리는 이제…… 빈털터리요."

"여보!"

미옥이 석규의 입을 막기라도 할 듯이 비명을 질렀다.

"재산을…… 다 날렸어. 도박으루……. 하지만…… 하지만, 그게 진실은 아니오. 내가 잘못한 일이지만, 그러나 꼭 내 잘못만이라고도 말할 수는 없어……. 난 사기를 당했어……. 그것두……."

석규가 더듬거리며 변명을 늘어놓았지만 미옥은 이미 그의 말을 듣고 있지 않았다.

"아니야……. 이럴 수는 없어……."

미옥이 넋이 나간 사람처럼 도리질을 하더니 미친 사람처럼 갑자기 울부짖기 시작했다.

"……새언니."

뒤에서 두 사람을 지켜보고 있던 석영은 입을 막고 터져 나오려는 울음을 간신히 참았다.

"바람피우는 것두 모자라 재산까지 탕진을 해요? 당신이 그러구두 사람이에요?"

미옥이 갑자기 귀신이라도 들린 사람처럼 핏발 선 눈으로 석규에게 달려들었다. 석영이 말려 볼 사이도 없이 갈퀴처럼 세운 손가락이 석규의 멱살을 잡았다. 그녀는 석규의 앞섶을 잡은 채 그대로 늘어지며 그 마른 가슴팍에 매달려 통곡하기 시작했다. 그녀의 앙주먹이 석규의 가슴을 칠 때마다 석규는 곧 부서져 내릴 허수아비처럼 맥없이 앞뒤로 흔들렸다. 미옥은 결국 제풀에 지쳐 기함하듯 옆으로 쓰러지고 말았다.

"언니, 정신 차리세요. 새언니!"

석영이 미옥을 부여안으며 울부짖었다. 아까부터 안채에서 상황을 살피고 있던 옥희 모친이 달려 나와 몸을 가누지 못하는 미옥을 부축했다. 옥희도 용을 업은 채 따라 나와 울먹이며 발을 동동 굴렀다. 석영은 옥희 모친과 함께 미옥을 부축해 안방으로 데려다 눕혔다.

석영은 그녀의 차가운 손발을 한참이나 주물렀다. 미옥은 기진을 하였는지 눈을 감고 꼼짝도 하지 않았다. 다만 감은 눈에서는 쉼 없이 눈물이 흘러내리고 있었다. 석영은 숨이 콱 막히는 것 같아 몇 번이나 깊이 심호흡을 했다.

그녀는 잠시 후, 옥희 모친에게 미옥을 맡기고 안방을 나왔다. 이 모든 상황이 도무지 현실 같지가 않아 자꾸만 허망한 생각에 사로잡혔다. 속이 터질 것 같아 마당을 나왔지만 대문간 앞에 서자 더 이상 발이 떨어지지 않았다. 그녀는 절망적인 얼굴로 천 근 같은 발을 내려다보며 오래도록 대문간에 서 있었다.

며칠이 지나도록 싸 두었던 그대로 짐 가방이 윗목에 놓여 있었다. 석영은 무릎에 턱을 괴고 멍하니 그것을 바라보고 있었다. 아무 일 없었다면 엊그제 중휘와 함께 서울로 떠났을 것이다. 드디어 그와 함께 살 수 있다는 생각에 얼마나 들뜨고 행복했던가. 바로 엊그제 일인데 아주 오래전 일처럼 느껴졌다.

석영은 잠을 설치고 밥을 먹지 못했지만 전혀 피곤하거나 공복감을 느끼지 못했다. 슬프거나 아프지도 않았다. 이상한 분노가 그 모든 감정을 억누르고 있었다. 그녀는 자신을 지탱하기 위해 필사적으로 증오심을 불태우고 있었다.

시간은 바위처럼 꼼짝하지 않고 그녀의 앞을 가로막고 있었다. 일분일초가 숨이 막힐 정도로 느리게 지나갔다. 그녀는 자신을 벌준다는 기분으로 그것을 견뎠다. 속수무책으로 그를 사랑한 죄와 너무도 쉽게 몸을 허락해 그의 값싼 노리개가 되고 만 것, 그럼에도 불구하고 여전히 그에 대한 미련을 다 버리지 못한 스스로에 대한 혐오와 자책으로 그녀는 자신을 괴롭히고 있었다.

"아가씨."

책상 앞에 앉아 죄 없는 벽을 노려보고 있는데 옥희가 부르는 소리가 들렸다. 그녀는 꿈에서 깬 사람처럼 멍하니 고개를 돌렸다. 열어 놓은 장지문으로 대청 아래 서 있는 옥희의 얼굴이 보였다. 그리고 마당에 서서 멀리 정봉산을 바라보고 있는 중휘의 뒷모습도.

순간적으로 가슴이 철렁 내려앉는가 싶더니 미친 듯이 고동치기 시작하였다. 그녀는 얼른 다시 고개를 제자리로 돌렸다. 다른 생각에 빠져 있느라 그들이 마당으로 들어서는 소리도 듣지 못했다. 그 앞에서 여전히 감정을 주체하지 못하는 어린아이처럼 보이고 싶지 않았다. 석영은 이를 물고 담담하려 애썼다.

"아가씨, 손님 오셨어요."

옥희가 눈치를 살피며 조심스럽게 말했다.

"손님이 오셨으면 사랑으로 모셔."

석영은 심호흡을 한 후 차갑게 대답했다. 아마도 마당에 서 있을 중휘에게도 들렸으리라.

"할 얘기가 있으니 잠깐 나와요."

중휘가 마루에 걸터앉으며 말했다. 평소와 다름없는 다정하고 부드러운 목소리라는 것이 석영을 더 괴롭게 만들었다. 모든 것이 들통난 이후에도 그처럼 다정한 눈빛과 목소리로 대한다는 것이 무엇보다 그가 여태 그녀를 거짓으로 대한 증거 같아서 참을 수가 없었다.

석영은 힘겹게 마른침을 삼키고 마음을 다잡았다. 자신이 알던 중휘는 없다. 그것은 거짓이고 허깨비였다. 그런 꼴을 당하고도 그 허깨비에 목을 매고 미련을 못 버리는 것은 미친 짓이다. 그녀는 주먹을 꼭 쥐며 속으로 되뇌었다.

"저는 더 할 얘기 없어요."

석영이 차갑게 대꾸했다. 속에서는 용암이 들끓고 있는데 목소리는 다행히 침착하게 나왔다. 마당에서는 한동안 아무 소리도 들려오지 않았다. 혹시 그가 정말 그대로 가 버렸을까 봐 석영은 갑자기 겁이 덜컥 났다. 겁이 났다는 것을 느낀 순간 스스로에게 화가 나 견딜 수 없었다. 그를 증오한다면서도 속으로는 여전히 어떤 방식으로든 그와 함께 있고 싶어 하는 자신이 진실로 싫었다.

석영은 곧 울음이 터질 것 같아 세게 어금니를 앙다물며 스스로를 다독였다. 그럴 수 있다. 며칠 전까지만 해도 자신의 목숨보다 더 아끼고 사랑했던 사람이 아닌가? 그 마음이 진심이었으므로 아무리 그것이 허상이었다고 해도 그 감정이 순식간에 사라지거나 식을 수는 없는 노릇이었다. 어떻게든 그것을 털어 버리려고 피를 말리는 고통으로 견디고 있을 뿐이다.

석영이 감정을 주체하지 못하고 있을 때 중휘가 마루로 올라서더니 성큼 방으로 들어섰다. 석영은 마루를 밟는 소리, 옷자락이 스치는 소리와 발자국 소리, 그 냄새를 민감하게 느꼈다. 그가 가까이 다가온다는 생각만으로 온몸이 딱딱하게 굳어졌다. 심장이 곧 터질 듯 세차게 뛰었다.

"안색이 나빠 보여요. 상황이 힘들다는 건 알지만 몸을 생각해서 스스로를 너무 괴롭히지는 말아요."

중휘는 뻔뻔스럽게도 진심으로 걱정스러운 얼굴로 그렇게 말했다. 그녀의 모든 것을 꿰뚫고 있는 듯한 말투에 석영은 속이 뒤틀렸다. 그녀는 그 가증스러운 얼굴을 똑바로 노려보았다.

"할 얘기 있으면 얼른 하고 나가 주세요. 그쪽과 오래 마주 앉아 있는 게 내 정신 건강에 제일 해로울 테니까요."

"그것도 그렇겠군요."

"……."

"마을 빈집으로 나가기로 했다면서요?"

"……."

"그렇게 오기를 부려서 될 일이 아닐 텐데요."

"제가 누구에게 오기를 부리겠어요. 제 현실을 받아들였을 뿐이에요."

"현실을 제대로 봐야죠. 이렇게 감정적으로 행동할 일이 아니고."

"하고 싶은 말이 뭐예요?"

석영이 온몸을 방패로 감싼 사람처럼 차갑게 대꾸했다.

"……."

중휘는 난감하다는 듯 눈썹을 찡그렸다. 그는 깍지 낀 제 손을 내려다보다가 다시 석영을 바라보았다. 그녀를 늘 마음 설레게 했던 깊고 우수 어린 눈빛이었다. 이상할 만큼 아름답고 슬픔이 어려 있는 그 눈빛. 석영은 저도 모르게 숨을 멈춘 채 입술을 깨물었다. 그가 얼마나 기술적으로 사람 마음을 뒤흔들어 혼란스럽게 만드는지 이미 수없이 경험한 바였다.

"아까도 말했지만 이렇게 마주하고 있는 시간이 내게는 참을 수 없이 끔찍해요. 할 얘기 있으면 되도록 빨리 끝내고 가요."

석영이 속마음을 들킬까 봐 한껏 경멸을 담아 말했다.

"정말 나와 같이 갈 마음 없어요?"

"내가 바보 천치로 보여요?"

석영은 화를 벌컥 냈다. 흥분하지 말자고 다짐했지만 소용없었다.

"석영 씨 생각해서 하는 말이에요."

"눈물 나게 고맙네요. 이왕 생각해 주는 거 제발 내 눈앞에 나타나지 말아 줄래요? 보는 것만으로도 속이 울렁거려 괴로우니까."

"원한다면…… 결혼해 줄 수 있어요."

잠시 생각에 잠겨 있던 중휘가 그렇게 말했을 때 석영은 그만 실소하고 말았다.

"결혼을 해 주겠다고요?"

"그래요."

"진심이에요?"

그녀는 그가 무슨 의도로 그런 소리를 지껄이는지 파악하려고 그를 바라보았다.

"진심이에요."

"어쩌다 창녀 취급 하던 여자와 결혼할 생각이 든 거예요?"

"함부로 말하지 말아요."

"나를 잠자리 상대로 써먹으려던 거 아니었어요?"

"자신이 그렇게 성적으로 매력 있는 여자라고 생각해요?"

중휘가 그녀를 지그시 누르듯 바라보며 뇌까렸다. 석영이 분한 얼굴로 노려보자 그가 덧붙였다.

"이왕 돈으로 잠자리 상대를 산다면 그 용도에 더 적합한 여자를 골랐겠죠."

"그럼 무엇 때문에, 나를 데려가지 못해 안달이에요? 결혼해 주겠다는 선심까지 써 가면서 말이에요."

석영의 말에 그는 말없이 그녀를 노려보았다. 무언가 무척이나 하고 싶은 말이 많은 듯 복잡한 얼굴이었으나 왠지 그 역시도 그 이유를 정확히 모르는 것처럼 보이기도 했다.

"의리 같은 거라고 해 두죠."

"무슨 의리요?"

석영이 어이없는 얼굴로 물었다.

"어릴 때 같이 살았던 정도 있고."

그가 잠시 후, 작게 한숨을 쉬며 말했다.

"……의리? 정?"

석영이 웃음을 터뜨렸다.

"당신한테는 제일 나은 길 아닌가? 이미 나랑 그렇고 그런 사이라고 다 소문이 난 마당에 제대로 시집이나 갈 수 있겠어요?"

"내가 시집 못 갈까 봐 구제해 주겠다는 말이에요?"

"……."

"감사해서 엎드려 절이라도 하고 싶네요."

석영이 코웃음을 쳤다.

"나와 함께 서울로 가겠다고 결정하면 다른 식구들은 여기서 살게 해 주죠. 물론 열심히 일해야 하겠지만 먹고살 만큼의 전답도 줄 거고."

"정말 대단한 아량을 가지셨네요. 황송해서 몸 둘 바를 모르겠어요."

석영이 또다시 비아냥거렸다.

"진지하게 하는 말이니 진지하게 받아들이도록 해요."

"역겨워."

석영은 냉소를 흘리며 혼잣말처럼 작게 중얼거렸다.

"적선하듯 결혼해 주겠다고 하면 좋아서 꼬리라도 흔들 줄 알았어요? 시답지 않은 소리 집어치우고 그만 가 보세요."

그는 분노로 일그러진 석영의 얼굴을 고요한 눈빛으로 바라보았다.

"당신과 가족에게 제일 나은 길이 무엇일지 잘 생각해 봐요."

"……."

"며칠 후에 다시 올 테니, 그동안 잘 생각해 봐요."

중휘는 그녀의 얼굴을 훑듯이 한 번 바라본 후 자리에서 일어섰다. 중휘가 떠나는 차 소리가 대문 밖에서 들려올 때까지 석영은 꼼짝도 하지 않고 벽을 노려보고 앉아 있었다.

차려 온 저녁에는 손도 대지 않고 석규는 웅크리고 누워 꼼짝도 하지 않았다. 집을 비워 주겠다고는 했지만 막상 모든 것을 버리고 나가려니 눈앞이 캄캄했다. 이사 가기로 한 손바닥만 한 방 세 칸짜리 을씨년스러운 빈집을 떠올리니 기가 찼다. 집도 집이지만 먹고살 길도 막막하였다.

자신의 땅을 부쳐 먹고 살던 이들에게 이제는 아쉬운 소리를 해

가며 일을 구걸해야 할 판이었다. 그가 빈털터리가 되었다는 것이 빚쟁이들 귀에 들어간 뒤 겪을 고초도 눈에 선했다. 그는 괴로워서 앓는 소리를 내며 돌아누웠다. 중휘에게 찾아가 다시 한 번 매달려 볼까도 생각해 보았지만 그는 석영을 내놓겠다는 말을 듣지 않으면 자신이 눈앞에서 혀를 물고 죽는다고 해도 눈도 끔쩍하지 않을 것이다.

눈 딱 감고 석영을 중휘의 손아귀에 밀어 넣을까 생각해 보다가 그는 눈을 질끈 감으며 고개를 세게 내저었다. 그렇게 할 수는 없었다. 그건 석영에게 죽으라는 소리나 마찬가지였다. 저 살자고 석영을 죽일 수는 없었다. 새벽까지 궁리에 궁리를 더해 보았지만 뾰족한 수가 떠오르지 않았다. 그는 욱신거리는 몸을 밤새 뒤척이다가 첫닭이 울기 전에 자리에서 벌떡 일어나 앉았다. 이대로 가만히 앉아 있을 수만은 없었다.

그는 무엇에 쫓기는 사람처럼 불안하게 앉았다 일어서기를 반복했다. 금방이라도 밖으로 뛰쳐나갈 듯이 장지문 앞에 서 있던 그는 갑자기 성냥을 찾아 등잔불에 불을 붙였다. 그는 서랍에서 편지지와 연필을 찾아 편지를 쓰기 시작했다. 미옥 앞으로 쓴 짧은 편지를 탁자에 올려놓고 장롱에서 가다마이를 꺼내 입었다.

그는 조용히 뒤곁으로 나가서 샘물로 입을 헹구고 대충 얼굴에 물을 묻혔다. 머리카락에 물을 묻혀 쓸어 올리며 바람벽에 걸린 식경을 들여다보다가 그는 펄쩍 뛸 듯이 놀랐다. 푸르스름한 여명 속에 비친 제 얼굴이 죽은 사람처럼 창백했다. 그는 두려운 눈으로 그 얼굴을 바라보다가 퍼뜩 정신을 차리고 도둑처럼 발소리를 죽이고 급히 집을 빠져나왔다.

밤새 아무리 머리를 쥐어짜도 길이 없었다. 석영을 중휘에게 보낼 수도 없고, 그렇다고 마을 사람들과 뒤섞여 살며 빚쟁이들에게 시달릴 자신도 없었다. 이럴 수도 저럴 수도 없었다. 그때 문득 부산에 사는 외숙모 생각이 떠올랐다. 원래 왕래가 잦지 않았을뿐더러 아버지가 돌아가시고 나서는 거의 연락이 끊기다시피 했다. 그래도 이런 상황에서 도움을 청할 수 있는 곳은 거기밖에 없었다.

외숙모가 하는 국밥집이 번창해서 분점까지 냈다는 소리를 예전에 흘려들은 적이 있었다. 돈에 쪼들리는 집은 아니었다. 돈을 빌려줄지는 알 수 없었지만 어쨌든 가 보는 수밖에는 없었다. 미옥에게 말을 하고 갈까 하다가 괜히 번잡스러워질까 봐 편지만 써 놓고 나왔다.

초여름인데도 새벽 공기가 서늘했다. 그는 거의 뛰다시피 재 너머 산판장을 향해 갔다. 그곳에서 해원시로 목재를 실어 나르는 제무시가 아침 일찍 출발하는 것을 알고 있었다. 읍내로 가서 버스를 타다가 빚쟁이들과 마주치기라도 하면 여간 곤란하지 않을 것이고, 버스 오는 시간까지 차분히 앉아 기다릴 마음의 여유도 없었다.

그는 제무시 운전사 중에 조라는 성을 가진 사내와 도박장에서 몇 번 어울린 적이 있었다. 그 사람에게 부탁을 하면 아마도 해원시까지는 태워다 줄 것이다. 해원시로 가서 부산행 기차를 탈 계획이었다. 문제는 부산까지 가는 여비였다. 그의 양복 주머니에는 백 원짜리 지폐 서너 개가 있을 뿐이었다. 그 돈으로는 부산까지 가는 기차표를 사기도 빠듯하였다.

안개가 자욱하게 낀 신작로를 돌부리에 부딪쳐 가며 부지런히 걸었다. 그는 해원시 종합병원에 근무하고 있는 김희재를 생각하고 있었다. 그에게 가서 여비를 좀 꿀 생각이었다. 아무리 친하게 지내는 친구라도 평생 누구에게 아쉬운 소리 한번 해 본 적 없는 그로서는 몹시 자존심이 상했지만 이 상황에서 이것저것 따질 겨를이 없었다.

그는 아직 어둠도 다 가시지 않은 시골길을 정신없이 걸었다. 40분쯤 걷자 드디어 저만큼 천막으로 지은 산판꾼들의 임시 숙소가 보였다. 제무시 두 대가 벌써 산 밑에 있는 집재장에서 나무를 싣고 있는 것이 보였다. 그는 쫓기는 걸음으로 그곳을 향해 휘청대며 걸어갔다.

석영은 여러 가지 상념으로 잠을 이룰 수 없었다. 첫닭이 울 때까지 뒤척이다 겨우 얕은 잠이 들었지만 이내 무언가에 놀라 퍼뜩 잠에서 깨었다. 아침이 오려면 멀었는데 다시 잠이 오지 않았다. 날이 밝아 장지문이 훤해질 때까지 석영은 뜬눈으로 뒤척였다.

"아, 아가씨."

석영이 더 누워 있지 못하고 일어나 이부자리를 개고 있는데 느닷없이 장지문이 덜컥 열렸다. 아직 날도 완전히 밝지 않은 이른 새벽이었다. 어스름 속에서도 미옥의 얼굴이 창백했다. 또 무슨 일이 일어났나 싶어 가슴이 철렁했다.

"오빠가, 오빠가……."

"오빠가 왜요?"

"없어졌어요."

미옥이 자리에 털썩 주저앉으며 중얼거렸다.

"없어지다니요?"

석영은 뒷골이 서늘해졌다. 미옥이 꽉 움켜쥐고 있던 편지를 석영에게 내밀었다. 석영은 떨리는 손으로 구겨진 종이를 받아 들었다. 밖에서 들어오는 부연 빛으로 석영은 석규가 쓴 편지를 읽었다.

[용이 엄마 보시오.

내 급히 부산 외숙모님 댁에 다녀오려 하오.

외숙모님께 돈을 좀 빌려 보려는 것이오. 외숙모님께서 사정 얘기를 들으시면 모른 척은 안 하실 거요.

돈을 빌려주시면 읍내에 널린 자질구레한 빚도 좀 갚고 남은 돈으로 도시로 나가서 살 터전도 마련할 수 있을 테니 너무 걱정하지 말고 기다리고 있으시오.

좋은 일로 떠나는 것도 아닌데 번잡스러울까 봐 인사 없이 떠나니 내가 없는 동안 석영이와 의논해 집안 단속 잘 하고 있으면 속히 돌아오리다.]

편지를 다 읽은 석영은 맥없이 편지를 든 손을 떨어뜨렸다. 외숙모가 어떤 분인데 왕래도 없던 조카에게 그런 큰돈을 빌려주겠는가. 젊어서 혼자가 된 외숙모가 얼마나 독하게 살아왔는지 석영은 알고 있었다. 인자한 분이지만 돈에 대해서는 지독할 만큼 철저한 분이라는 얘기를 외사촌에게 직접 들었다.

외사촌들은 대학을 졸업하면 취업을 해서 제일 먼저 외숙모가 대 준 등록금부터 갚아야 한다고 했다. 고리의 이자를 붙여서. 자식에게도 스무 살이 넘으면 공짜로 돈을 주지 않는 분이었다.

"아가씨, 외숙모님이 돈을 빌려주실까요?"

미옥이 시집오고 나서는 왕래가 거의 없었으므로 그녀는 외숙모의 성품에 대해 잘 알지 못했다. 희망을 품은 그 얼굴이 가엾어 보였다.

"……아마 힘들 거예요. 외숙모님은 부모 자식 간에도 돈 빌리는 것을 싫어하시는 분이세요."

헛된 기대를 품었다가 더 크게 실망하게 만들고 싶지 않아 석영은 사실대로 얘기했다.

"……아가씨."

잠시 말이 없던 미옥이 그녀를 불렀다.

"네, 새언니."

"이런 말 하기 좀 그렇지만 권 사장님한테 좀 도와 달라고 해 보면 어때요? 그분이라면 그 정도 여력은 되시는 거로 알아요…….

물론 결혼도 하기 전부터 처가 일을 도와 달라고 하면 면목이 없긴 하지만 지금 워낙 상황이 좋지 않으니까요."

"……."

"염치없지만 좀 부탁해 보면 안 될까요?"

아직 여러 깊은 사정에 대해 모르는 미옥으로서는 얼마든지 할 수 있는 애기였다. 석영은 뭐라고 해야 할지 몰라 죄지은 사람처럼 입술을 씹으며 제 손을 내려다보고 있었다.

"어려울까요?"

"사실은…… 그 사람과의 결혼 얘기는 없던 일로 하기로 했어요. 진작 말씀드리지 못해서 죄송해요. 새언니."

석영이 어렵게 입을 열었다.

"예? 그게 무슨 소리예요? 도대체 왜요? 어제도 다녀가셨잖아요."

"……그 사람은 저와 맞는 사람이 아니에요."

"맞지 않는다니, 뭐가요?"

"많이…… 변했어요. 옛날 생각만 하고 좋아했는데 제가 생각했던 사람이 아니더라고요."

사실대로 말했다가 일어날 소동을 감당할 여력이 없어 석영은 대충 둘러댔다.

"그래서 헤어졌다구요?"

미옥이 철딱서니 없는 어린애를 보듯 기가 막힌 얼굴로 바라보았다.

"세상에 남하구 맞아 봐야 얼마나 잘 맞겠어요. 안 맞아두 맞추면서 살아가는 거지. 원래 결혼이라는 게 생판 다른 남이 만나서 서로 이해하고 맞추어 가며 사는 거예요."

미옥이 애가 탄 얼굴로 타일렀다.

"그러지 말고 다시 생각해 보세요. 그분 도움을 받아야 해서 이러는 게 아니라 아가씨를 위해서 하는 말이에요. 연애를 하다 보면 싸우기도 하고 그러는 거죠. 무슨 일로 그러는지 몰라도 아가씨가 먼저 화해하세요. 너무 자존심 내세우고 그러면 못써요."

석영이 말이 없자 미옥은 어린애 다독이듯 달랬다.

"죄송해요."

"나한테 죄송할 건 없지만 잘 생각해 봐요. 요즘에 그런 남편감이 어딨어요."

"……."

미옥은 할 말이 많은 눈치였지만 석영이 입을 굳게 다물고 있자 한숨을 푹 내쉬고 답답했던지 방을 나가 버렸다.

석영은 아침을 먹는 둥 마는 둥 하고 집을 나섰다. 방에 있자니 숨이 막혀서 앉아 있을 수가 없었다.

"아가씨 어디 가시게요?"

용을 업은 옥희가 뒤따라 나오며 물었다.

"산보 좀 하고 올게."

"같이 가요."

"용이 졸린 거 같은데 그냥 집에 있어. 금방 갔다 올게."

석영은 옥희의 등에 얌전히 엎드려 느리게 눈을 깜빡이며 손가락을 빨고 있는 용의 정수리에 입을 맞추며 말했다.

"소나기 올지도 몰라요. 오래 있지 말고 얼른 오세요."

옥희가 등 뒤에서 소리쳐 말했다. 아침부터 선들바람이 불며 서쪽에서부터 어두운 구름이 몰려오고 있었다. 그녀는 개의치 않고 암자 쪽으로 발걸음을 옮겼다. 차라리 쏟아지는 비라도 흠뻑 맞고 싶었다.

산자락의 비탈밭에 심은 옥수수가 어느덧 석영의 키만큼 자라 있었다. 엊그제 새순이 올라오는 것을 본 것 같은데 감자밭은 벌써 푸른 잎으로 뒤덮여 있고 개중에는 연보랏빛 꽃이 핀 것도 있었다. 그동안 계절이 어떻게 지나가는지도 의식하지 못한 채 지냈다.

키 작은 들꽃이 융단처럼 펼쳐져 있는 오솔길을 그녀는 천천히 걸어 암자로 올라갔다. 스님들은 출타 중인지 암자는 문이 닫힌 채 비어 있었다. 그녀는 반들반들하게 닦인 마루에 앉아 비탈길을 오르느라 가빠진 숨을 골랐다.

마루에 앉아 멀리 수면이 반짝이는 동경천을 바라보고 있으려니 문득 초봄에 중휘와 이곳에 함께 앉아 있었던 일이 떠올랐다. 그가 보내던 눈빛과 말투가 어제 일처럼 생생하게 기억났다.

불과 두 달 전의 일인데 아무것도 모르고 가슴 설레었던 그 봄의 일이 마치 먼 옛날처럼 아득하게 느껴졌다. 고개를 들어 가깝게 내려앉은 하늘을 바라보고 있는데 어느새 맺혀 있던 눈물 한

방울이 뺨을 타고 흘러내렸다. 그녀는 입술을 깨물고 황급히 그것을 닦았다. 용납할 수 없었다. 그런 사람 때문에 울지는 않으리라.

심장이 조여 오는 것 같았다. 그는 도대체 어쩌다 그런 괴물이 되었을까. 그는 정말 자신과 함께 자랐던 그 권중휘가 맞는 것일까? 다른 사람이 그의 흉내를 내고 있는 게 아닐까?

석영은 한참 동안 어지러운 생각을 하며 그곳에 멍하니 앉아 있었다. 문득 정신을 차렸을 때는 골짜기로 불어오는 바람 소리가 심상치 않았다. 하늘은 더 어두워져 있었고 바람에 나뭇잎들이 크게 일렁이고 있었다. 소나기가 쏟아질 모양이었다. 그대로 있을까 하다가 비가 오는데도 내려가지 않으면 옥희가 찾으러 올 게 분명해서 그녀는 자리에서 일어섰다.

석영은 조심스럽게 비탈길을 내려가기 시작했다. 비를 맞아도 상관없었기에 걸음을 재촉하지 않았는데 바람 때문에 정신이 사나워서인지 비탈에서 그녀는 그만 발을 헛디디고 말았다. 경사가 심한 곳이었다면 그대로 굴러떨어질 뻔했다.

무릎에 상처가 나서 피가 배어나는 것이 보였지만 넘어진 것이 민망하여 급히 일어서려는데 왼쪽 발을 딛자마자 찌르는 듯한 통증이 전해져 왔다. 저절로 신음이 나왔다. 넘어지면서 발목을 접질린 모양이었다. 풀과 나뭇잎들이 소란스럽게 바람에 흔들리고 있었다.

석영은 절뚝거리며 위태롭게 비탈을 내려갔다. 왼쪽 발을 디딜 때마다 저절로 인상이 찡그려질 정도로 통증이 점점 심해졌다. 산길을 반쯤 내려왔을 때 꺾어진 산모퉁이 뒤에서 사람 그림자가 불쑥 나타났다. 석영은 기겁하고 놀랐다.

"석영 씨."

상대도 놀란 얼굴로 멈춰 서며 그녀의 이름을 불렀다. 김희재였다. 너무도 뜻밖이라 석영은 멍해져서 잠시 아무 말도 하지 못했다. 그가 어째서 이곳에 있는 것일까.

"오랜만이에요."

김희재가 미소를 지으며 그녀에게 다가왔다.

"아, 아, 네. 안녕하세요?"

석영은 얼떨결에 인사를 하고도 영문을 알 수 없어 그저 멍하니 바라보고 있다가 곧 덧붙여 물었다.

"여긴 어쩐 일이세요?"

"댁에서 이쪽으로 산보를 나갔다고 알려 주더군요."

"아니 그게 아니고……."

"곧 비가 쏟아질 거예요. 일단 얼른 내려갑시다."

희재가 먹구름이 낮게 깔린 하늘을 쳐다보며 말했다. 다친 발목이 시큰거렸지만 마냥 그대로 서 있을 수도 없어서 걸음을 내딛다가 무릎이 휘청 꺾였다. 다행히 희재가 재빨리 그녀의 팔을 잡아주어 그 앞에서 넘어지는 망신은 면할 수 있었다.

"왜 그래요? 어디 불편해요?"

희재가 놀라서 물었다.

"내려오다가 발을 좀 삐었어요."

"어디 좀 봅시다. 어느 쪽이에요?"

희재가 그녀의 앞에 다리를 구부리고 앉았다.

"괜찮아요. 심한 건 아니에요."

석영은 부끄러워 서둘러 한발 뒤로 물러서다가 입술을 물었다. 왼쪽 발목이 쿡쿡 쑤셔 왔다.

"이쪽으로 좀 앉아 봐요."

희재는 석영을 길가에 있는 바위에 부축해 앉히고 다친 발목을 이리저리 만져 보고 눌러 보았다. 남에게 발을 내맡기고 있는 것이 민망해 석영은 얼굴이 붉어졌다.

"인대가 좀 놀란 모양인데 일단 집에 가서 안정을 시키고 찜질을 해 주면 좀 나을 거예요. 걸을 수 있겠어요?"

희재가 걱정스러운 얼굴로 그녀를 올려다보았다. 석영은 고개를 끄덕이고 자리에서 일어섰다. 희재가 안절부절못하다가 손을 내밀어 잡아 주려고 했지만 석영은 고개를 저었다. 아픔을 참으면서 최대한 티를 내지 않고 걸어 보려고 했지만 접질린 발에 힘을 줄 때마다 저도 모르게 절뚝거리게 되는 것은 어쩔 수가 없었다.

"그러다가는 또 넘어지겠어요."

김희재가 이번에는 허락을 구하지 않고 그녀의 팔을 잡아 부축하며 말했다. 석영은 움찔 놀라 몸이 굳어졌다. 자신의 팔꿈치를 단단히 잡고 있는 그의 체온을 느끼자 어쩔 수 없이 거부감이 들었다. 사양하고 싶은 마음이 굴뚝같았지만 그럴 처지가 아니라 겨우 마음을 가라앉혔다. 부주의하게 발을 다친 스스로를 책망하며 그녀는 하는 수 없이 김희재의 부축을 받아서 산길을 조금씩 내려 갔다.

"안 되겠어요. 업혀요."

좁은 길을 함께 걷는 것이 불편했던지 김희재가 갑자기 석영의 앞에 등을 내밀며 말했다.

"무, 무슨, 괜찮아요."

석영은 놀라 고개를 저었다.

"무리하다 더 다칠 거 같아서 그래요. 곧 비도 쏟아질 거 같고."

"전 괜찮으니 선생님 먼저 내려가세요."

석영이 단호히 고개를 저었다.

"나를 부담스러워하는 거 아는데 딴마음이 있어서 이러는 거 아니에요. 석영 씨가 아니래도 이렇게 했을 거예요. 그러니 고집 그만 피워요."

희재가 그렇게까지 말을 했지만 석영은 결국 업히지 않았다. 대신 그에게 한쪽 팔을 의지해 천천히 산길을 내려갔다. 희재의 말마따나 곧 비가 쏟아질 듯이 하늘이 어두워지고 바람이 스산하게 불었다.

"모처럼 오셨는데 마침 오빠가 안 계시네요. 하루만 일찍 오셨으면 좋았을 텐데."

석영은 희재와 몸을 맞대고 걷는 것이 어색해서 일부러 아무렇지 않은 척 밝은 목소리로 말했다.

"오늘은 석영 씨 만나러 왔어요."

"무슨 일로 저를……?"

"병원에는 왜 안 나옵니까?"

희재가 문득 나무라는 투로 말했다. 봄에 희재의 고백 편지를 받고 곧 약혼을 하게 될 거 같다는 편지를 보내는 걸로 대답을 대신했다. 중휘가 정해 준 곳으로 병원도 옮겼다. 그가 싫어하는 일은 하기 싫었으므로 아무런 갈등도 하지 않았다. 그때는 중휘의 그런 억지가 자신을 사랑하는 증거 같아서 얼마나 설레었던가. 그것이 다 연극이었다니. 무언가 숨통을 콱, 조이는 것 같아 석영은 힘겹게 숨을 몰아쉬었다.

"……."

"그 일은 그 일이고 진료는 계속 받아야지요. 석영 씨가 병원을 안 오면 내가 너무 미안하잖아요."

"죄송합니다."

"석영 씨가 죄송할 일은 아니고요."

"병원은 다니고 있으니 걱정하지 않으셔도 돼요."

석영은 자신이 병원에 가지 않아서 그가 찾아온 거라고 생각했다.

"제가 병원까지 옮기게 만들었군요."

희재가 침울한 어조로 작게 중얼거렸다. 석영은 대꾸할 말을 찾지 못해 그저 입을 다물고 있을 수밖에 없었다.

"아침에 석규가 병원으로 찾아왔더라고요."

희재가 한참 만에 다시 입을 열었다.

"네? 오빠가요?"

"네."

"오빠가 무슨 일로……?"

"……어딜 가야 하는데 급하게 돈이 좀 필요했나 봅니다."

희재의 말에 석영은 깜짝 놀라서 걸음을 멈추었다.

"어, 얼마나 빌려 가셨나요? 조만간, 곧 갚아 드리겠습니다."

석영은 몹시 당황한 얼굴로 어머니의 유품으로 감당할 수 있는 액수이길 빌며 말했다.

"신경 쓰지 않아도 돼요. 가진 게 얼마 없어서 많이 빌려주지도 못했어요."

"얼마인지 말씀해 주세요."

"석규 안색이 너무 좋지 않더군요. 무슨 일이냐고 물어도 대답도 하지 않고."

"……."

"집안에 무슨 우환이라도 있는 건지 걱정이 되어 왔습니다. 석규가 그러더라고요. 혹시 좀 늦게 돌아올지도 모르니 그동안 가족들을 좀 돌봐 달라고……."

"예?"

석영은 멍하니 그를 바라보았다. 그 말을 들으니 석규도 딱히 외숙모님이 돈을 빌려줄 거라는 확신 없이 떠난 게 분명했다. 그럼에도 떠날 수밖에 없었던 그 절박한 마음이 딱하기도 하고 가엽기도 했다.

"집안에 무슨 좋지 않은 일이라도 생긴 겁니까?"

"……오빠가 느닷없이 찾아가 그런 부탁까지 하셔서 많이 놀라셨겠어요. 폐를 끼쳐서 드릴 말씀이 없네요. 정말 죄송합니다."

석영은 얼굴이 창백해져서 석규 대신 사과했다.

"읍내에 이상한 소문이 돌던데 혹시 그 일과 관련이 있나요?"

"무슨 소문이요?"

"석규가 도박을 해서 빚을 많이 졌다는 그런……."

"……."

"심각한 상황입니까?"

석영은 아무 말도 할 수가 없어 입을 다물었다.

"석규가 돌아올 때까지 제가 자주 들르겠습니다."

"선생님께서 무엇 때문에요? 그러실 필요 없어요."

석영은 단호하게 고개를 저었다.

"아까도 말했다시피 석규가 부탁했습니다. 아니, 꼭 부탁이 아니라도 친구로서 응당할 수 있는 일이구요."

"이런 말씀드리긴 좀 그렇지만…… 오빠는 지금 제정신이 아니에요. 그러니 오빠가 하신 말은 신경 쓰지 마세요."

석영은 괜히 그를 끌어들이고 싶지 않아 냉정하게 대꾸했다. 희재는 석영의 단호한 태도에 입을 다물었다. 두 사람은 거의 몸을 붙인 채 어색한 침묵을 지키며 조심스럽게 걸음을 옮겼다.

그들이 산길을 거의 내려왔을 때 바람은 더 거세졌다. 길 양옆으로 심어진 여린 옥수수 대가 쓰러질 듯 이리저리 휩쓸리고 있었다. 석영의 얇은 플레어스커트가 깃발처럼 나부끼며 다리를 휘감았다.

그들이 옥수수 밭길을 막 벗어났을 때 저만큼 상로재 쪽에서 누군가 그들을 향해 걸어오는 것이 보였다. 석영은 그만 가슴이 쿵 내려앉았다. 멀었지만 단숨에 그 사람이 중휘라는 것을 알아보았다. 치맛자락을 잡고 있던 손에 저도 모르게 힘이 들어갔다.

문득 희재에게 거의 안기다시피 걷고 있는 자신의 모습이 의식되었다. 하필 이럴 때……. 그녀는 저도 모르게 희재에게서 몸을 떼려다가 겨우 정신을 차렸다. 무슨 상관이란 말인가. 이제 그와는 아무 사이도 아닌데 어떤 모습을 보이든 상관없었다. 석영은 아무렇지 않은 척 그대로 희재의 팔에 의지해 걸음을 옮겼다.

그들을 바라보며 걸어오던 중휘가 10미터쯤 앞에서 걸음을 멈추었다. 석영은 보지 않으려 애썼지만 결국 고개를 들고 중휘를 바라보았다. 그는 바지 주머니에 손을 꽂은 채 길 한가운데 버티고 서서 타는 듯한 시선으로 그들을 똑바로 쏘아보고 있었다. 석영은 그 시선을 차갑게 외면했다.

“저 사람 누구예요? 아는 사람이에요?”

희재가 길을 막듯이 선 중휘를 보고 물었다. 석영은 아무 대답도 하지 못했다. 중휘가 보고 있다고 생각하니 불편하던 걸음이 더 어색해졌다. 그녀는 더는 그 앞에서 혼란스러워하는 모습을 보이고 싶지 않았다. 마음을 가라앉히려 심호흡을 하였다.

그들은 마침내 중휘와 몇 걸음 떨어진 앞까지 걸어갔다. 중휘는 턱을 약간 치켜든 자세로 오만하게 그들을 바라보고 있었다.

"좀 비켜 주시겠소?"

희재가 앞을 막고 서있는 중휘에게 말했다. 중휘는 그런 소리는 들리지 않는지 희재를 무시한 채 석영에게 물었다.

"어디 다쳤어요?"

"또 무슨 일로 오셨어요? 아직 집을 비워 주기로 한 날짜는 며칠 남은 거로 아는데."

"형님을 뵈러 왔는데 집에 안 계시네요."

중휘가 눈을 가늘게 뜨고 석영을 바라보며 말했다.

"오빠는 볼일 보러 가셨어요."

"어디로?"

중휘가 비웃듯이 한쪽 입꼬리를 올리며 물었다. 이미 무언가를 아는 표정이었다. 석영은 입술을 깨물고 그를 노려보았다.

"그런 것까지 말해야 해요?"

"댁에 계신 분들도 어디로 가셨는지, 언제 돌아오시는지 대답을 못 하시기에 궁금해서 말이에요. 설마 가족을 팽개치고 혼자 도망을 간 건 아닐 테고."

"상관없잖아요. 집만 비워 주면 당신과는 더는 다른 볼일 없잖아요."

"걱정되어서 그러죠. 모르는 사이도 아니고 말이에요."

"차라리 모르는 사이였으면 좋을 텐데 유감이에요."

석영의 경멸 어린 대답에도 중휘는 여유로운 얼굴로 석영의 얼굴에 시선을 고정하고 있었다.

"실례지만 길 좀 비켜 주시겠소?"

희재는 석영과 중휘의 심상치 않은 대화를 듣고 있다가 자신이 나서도 되겠다고 여겼는지 격앙된 목소리로 말했다.

"곧 빚쟁이들이 들이닥칠 텐데 오빠도 없이 감당할 수 있겠어요?"

중휘는 여전히 희재의 존재를 무시한 채 말했다.

"아니, 이봐요? 사람 말이 말 같지 않소?"

희재가 화를 참지 못하고 언성을 높였다.

"대화 중인 거 안 보여?"

중휘가 그제야 거만한 시선으로 희재를 내려다보며 대꾸했다. 초면이었고 누가 보아도 희재 쪽이 연배가 많아 보였으므로 그의 그런 무례한 태도는 무슨 일이 있어도 싸움을 해야겠다는 명백한 의지의 표현처럼 보였다. 말이 아니라 주먹을 날리고 싶은 것을 간신히 참고 있다는 살벌한 기운이 석영에게도 느껴졌다. 희재는 그의 살기와 공격성에 잠시 주춤했지만 석영이 보고 있다는 것을 의식해 겨우 정신을 가다듬었다.

"석영 씨는 댁과 별로 대화하고 싶지 않은 것 같으니 그만 비켜 주시오."

"……오늘 기분이 별로지만 한 번 더 참아 주지. 기회 있을 때 그 손 놓고 얌전히 내 눈앞에서 꺼져."

"그게 무슨 개소리요?"

"두 다리로 걸어서 돌아갈 수 있는 마지막 기회니까 좆 빠지게 도망치란 말이야."

멀쩡한 얼굴로 그런 말을 지껄이는 중휘의 얼굴을 보며 두 사람은 놀라서 잠시 할 말을 잃었다. 부드러운 표정으로 가볍게 지껄였지만 그 말이 허투루 하는 말이 아님을 두 사람 모두 알아들었다. 진짜 기회를 주겠다는 것이 아니었다. 여자 앞에서, 그것도 좋아하는 여자 앞에서 그런 소릴 듣고 도망갈 남자가 없다는 것을 알고 지껄이는 소리였다.

그가 어떤 인간인지 드디어 그의 실체와 마주한 것 같아서 석영은 저도 모르게 몸을 떨었다.

"어, 어디서 헛소리요? 보아하니 나이도 한참 어린 것 같은데 초면에 왜 반말지거리요?"

"여자 앞에서 도망가는 게 덜 창피한지, 두들겨 맞는 게 덜 창피한지 잘 판단해 봐."

중휘가 주머니에서 담배를 꺼내 피워 물며 사뭇 너그러운 태도로 말했다.

"뭐, 이 자식아? 너 도대체 뭐 하는 놈이야? 나이도 어린 새끼가 말이면 다 하는 줄 알아?"

희재도 더는 참을 수가 없었던지 한발 앞으로 나서며 소리쳤다. 체격적으로도 비교가 되지 않고 중휘가 내뿜는 위압감 때문에라도 웬만하면 피하고 말 텐데 도저히 그럴 상황이 아니었던 것이다.

"내세울 게 나이 처먹은 것밖에 없나 보군."

가소롭다는 얼굴로 담배 연기를 내뿜으며 중휘도 한발 다가섰다. 두 주먹을 꽉 쥐고 있는 희재에 비해 그는 아직 바지 주머니에서 한 손을 빼지도 않은 채였다. 그 입꼬리가 휘어져 웃고 있었다. 폭력을 가하기 전의 기대감 같은 것이 그의 여유로운 얼굴에 어려 있었다. 상스럽고 위협적인 말투보다 웃고 있는 그 얼굴이 더 무서웠다.

여태 보여 왔던 점잖고 신사적이던 모습이 가면이었다는 것을 석영은 다시 한 번 느꼈다. 그의 모습은 더할 것도 뺄 것도 없이 협박과 폭력이 몸에 밴, 폭력배의 모습 그대로였다. 석영은 경악한 눈으로 두 손으로 입을 막은 채 그 상황을 지켜보고 있었다. 몸이 와들와들 떨렸다.

"뭐, 뭐 이런 무식한 깡패 새끼가 다 있어?"

희재도 지지 않고 소리쳤지만 목소리가 사정없이 떨리고 있었다.

"선생님, 그냥 무시하세요! 상대할 가치도 없는 사람이에요."

육탄전이 벌어질 일촉즉발의 순간, 석영은 물에 뛰어들듯이 희재의 앞을 막아서며 소리쳤다. 석영의 그런 행동은 순식간에 분위기를 바꿔 놓았다. 사람을 치기 직전이었음에도 여유 만만하던 중휘의 얼굴이 순간적으로 전의를 상실한 듯 표정이 사라졌다.

석영은 그렇게 뻔뻔한 인간이 그 정도 말에 상처 받을 리 없다고 생각했지만 그 얼굴은 분명 상처 받은 얼굴이었다. 세 사람은 누구 하나 입을 열지 않고 몇 초간 그대로 서 있었다. 잠시 어지럽게 불던 바람도 멎어 주위가 고요하게까지 느껴졌다.

"아가씨 말이 맞습니다. 저 같은 쓰레기를 상대할 분들이 아닌데. 무례를 용서하시고 어서 가던 길 가십시오."

잠시 눈이 부신 듯 가늘어진 시선으로 석영을 바라보던 중휘가 갑자기 옆으로 비켜서더니 상로재 쪽으로 팔을 벌리며 정중한 어투로 비꼬았다. 멀리서 번개가 번쩍이더니 곧 귀를 찢을 듯한 천둥이 쳤다. 석영은 깜짝 놀라 반사적으로 희재의 팔을 꽉 부여잡았다.

"어, 얼른 갑시다. 곧 비가 쏟아지겠어요."

갑자기 바뀐 상황에 당황한 얼굴로 서 있던 희재가 이내 자신의 팔을 잡은 석영의 손을 찾아 쥐며 재촉했다.

중휘는 옆으로 조금 비켜서서 그들의 행동 하나하나를 새겨 넣듯이 지켜보고 있었다. 석영은 희재에게 어깨를 안긴 채, 이끄는 대로 발을 옮겨 놓았다. 상처 주고 싶어서 내뱉은 말인데 그의 상처 받은 얼굴을 보니 속이 시원해지기는커녕 되레 가슴이 얹힌 것처럼 답답하고 숨이 막혔다. 터무니없이 약해지는 마음을 다잡으려 중휘가 자신들을 어떤 곤경에 몰아넣었는지 되새기려 애썼다.

집으로 걸어가는 내내 뒤통수가 뜨거웠다. 석영은 자신의 몸이 의지를 배반하고 뒤를 돌아보게 될까 봐 이를 악물어야 했다. 대문 앞에 중휘가 타고 온 지프가 서 있었다. 차에 기대서 있던 전제옥은 그녀를 안다시피 부축하고 걸어오는 희재를 제 주인만큼이나 거만한 눈빛으로 훑어보다가 석영과 눈이 마주치자 천천히 고개를 숙여 인사를 했다. 석영은 굳은 얼굴로 보일 듯 말 듯 묵례를 하며 그를 지나쳤다.

"어머, 아가씨 어디 다치셨어요?"

석영이 희재의 부축을 받으며 들어오는 것을 본 옥희가 놀라서 뛰어나왔다. 그들이 막 중문을 지났을 때 대문 밖에서 자동차 시동 거는 소리가 들리고 곧이어 차가 출발하는 소리가 들렸다. 중휘가 떠나는 소리였다. 빳빳하게 긴장하고 있던 온몸에서 저도 모르게 힘이 풀렸다.

"많이 다쳤어요?"

옥희가 석영의 한쪽 팔을 부축하며 속상한 얼굴로 물었다.

"발을 조금 삐끗한 것뿐이야. 걱정 안 해도 돼. 새언니는 어디 가셨니?"

"손님상에 내신다고 부엌에서 화전 부치고 계세요."

옥희가 희재를 흘끗 훔쳐보며 작게 말했다.

"수건을 차가운 물에 좀 적셔다 주겠어요?"

석영을 사랑 대청에 앉힌 뒤 희재가 옥희에게 말했다. 옥희가 고개를 끄덕이고 안채로 후다닥 뛰어갔다.

잠시 후, 참고 있었다는 듯이 빗방울이 후드득 마당으로 쏟아져 내렸다. 마른 흙바닥에서 부옇게 먼지가 일어나다가 거세게 쏟아지는 빗줄기에 곧 가라앉았다. 젖은 흙냄새가 공기 중으로 퍼져 나갔다. 석영은 빗속에서 읍내로 돌아가고 있을 중휘를 생각했다. 그는 지금 무슨 생각을 하고 있을까.

모든 것이 꿈속처럼 무감각하게 느껴져 석영은 희재가 자신의 발에서 양말을 벗기고 발목과 발을 만지며 뭐라고 말하는 것을 멍하니 바라보고만 있었다. 곧 수정과와 화전이 올려진 상을 든 미옥과 그 옆에 파란색 비닐우산을 받쳐 든 옥희가 마당에 나타났다. 희재는 옥희가 가지고 온 수건을 펴서 석영의 발목을 감쌌다.

"다행히 뼈가 상하거나 심각하게 다친 건 아닌 거 같아요. 그래도 되도록 움직이지 않는 것이 좋아요. 혹시나 자고 일어나서 붓거나 통증이 심해지면 꼭 병원에 가서 다시 진찰을 받아야 해요."

"괜찮아요. 조금 시큰거릴 뿐이에요."

"얼음이 있으면 좋을 텐데 어쩔 수 없네요. 내일까지는 자주 차가운 물에 적신 수건으로 냉찜질을 해 줘요."

석영은 희재 쪽으로 내밀고 있던 다리를 접어 치마 밑으로 오므리며 고개를 끄덕였다. 빗줄기는 처음보다는 조금 가늘어졌지만 그칠 기미는 보이지 않았다. 빗방울이 연못 위로 떨어지며 크고 작은 원을 그리고 있었다. 석영은 멍하니 그것을 바라보고 있었다.

"아까 그 사람, 권중휘 맞지요?"

미옥과 옥희가 안채로 돌아가고 둘만 남게 되자 희재가 입을 열었다.

"……네."

석영이 들릴 듯 말 듯 대답했다. 희재는 몸만 있고 정신은 다른 곳에 있는 것이 분명해 보이는 석영의 얼굴을 조용하게 바라보았다. 석영은 문득 그의 시선을 느끼고 무안해서 조금 웃어 보였다.

"그 사람이죠?"

"네?"

"석영 씨가 약혼한다던 사람 말이에요."

"……."

"아까 하던 얘기는 뭐예요? 집을 비워 주기로 하다니, 그 사람에게 집을 팔았어요?"

"……."

"그 사람과…… 어쩌다가 이렇게 되었어요? 돈 문제인가요? 무슨 일인지 말해 주면 안 되겠어요?"

희재가 안타까운 얼굴로 물었지만 석영은 아무것도 대답할 수 없어 그저 내리는 빗줄기만 바라보고 있었다.

"둘이 약혼까지 했던 사인데……. 지금 어려운 상황인 줄 알 텐데 이 집에서 나가라고 하는 거예요?"

"……."

"아주 질 나쁜 놈이로군요. 어떤 이유로건 헤어지기로 한 건 아주 잘한 일이네요."

석영이 내내 말이 없자 희재가 혼잣말처럼 중얼거렸다. 석영은 입이 붙은 사람처럼 아무 말도 할 수가 없었다. 침묵이 이어지는 사이로 댓돌 위로 떨어지는 빗소리가 장단을 맞추듯 또닥또닥 이어졌다.

"오빠가 돈을 얼마나 빌려 가셨나요?"

석영은 문득 다시 그 생각이 떠올라 물었다.

"그건 신경 쓰지 말라니까요. 큰돈도 아니고……."

"말씀해 주세요. 제가 불편해서 그래요."

"그건 나중에 석규와 얘기할 테니 석영 씨는 신경 쓸 필요 없어요. 자꾸 그런 얘기를 하면 내가 무안합니다."

석규가 언제 돌아올지 기약할 수 없다고 말하려다가 석영은 입을 다물었다.

"무슨 일이 있을지 모르니 석규가 돌아올 때까지 제가 여기서 지내고 싶은데, 그래도 되겠습니까? 마침 올해 여름휴가를 일찍 얻어 볼까 생각 중이었거든요."

희재가 어두워진 석영의 안색을 살피며 말했다. 아마도 아까 중휘가 빚쟁이 운운하던 얘기가 마음에 걸려서 그러는 것 같았다.

"집안이 어수선해서 새언니가 지금 많이 힘드세요. 선생님께서 여기 계시면 아무래도 새언니가 이것저것 신경 써야 될 일도 많아지실 테고……. 말씀만으로 감사합니다."

"……아무것도 신경 쓰실 필요 없어요. 정말."

희재가 말했지만 석영은 더는 말도 꺼내지 못하게 입을 다문 채 고개를 저었다. 희재가 씁쓸한 미소를 지으며 어쩔 수 없다는 듯 고개를 끄덕였다.

"죄송합니다."

"그런 말 말아요. 아무 도움도 주지 못해서 내가 더……."

희재가 말끝을 흐렸다. 그는 안타까운 눈빛으로 석영을 바라보다가 한숨을 쉬며 투명한 빗금을 그리며 비가 내리고 있는 바깥으로 시선을 옮겼다. 연못가에서 청개구리가 가냘프게 울고 있었다.

"쉽게 그칠 비가 아닌 거 같네요. 저는 이만 돌아가겠습니다. 무슨 일이 생기거나 도움이 필요하면 언제든 연락 주세요. 꼭."

희재가 당부하듯이 말하고 아쉬운 얼굴로 자리에서 일어섰다. 그는 옥희가 건네주는 비닐우산을 들고 강 건넛마을에 있는 자신의 집으로 돌아갔다.

이사 갈 집은 마을의 동쪽 끝에 있는 과일나무가 많은 집이었다. 3칸 방과 부엌이 일자로 서 있고 마당에는 감나무가, 뒤란에는 큰 대추나무와 능금나무, 돌배나무가 집을 에워싸고 있었다.

원래 살던 사람들이 도시로 이사를 간 지 얼마 되지 않아 가을에 얹은 초가지붕이랑 바자울이 단정해서 그것은 따로 손을 보지 않아도 되었다. 마당과 지붕 위에 무성하던 잡풀을 뽑고, 문짝에 창호지를 개비를 하고 외벽에 황토를 개어 다시 바르니 비워 두었던 집치고는 제법 깨끗했다.

이제 방 안에 도배만 하면 바로 이사할 수 있었다. 석영은 아침 일찍부터 옥희와 옥희 모친을 도와 도배 준비를 했다. 화로에 잉걸불을 담아 풀을 쑤고 벽에 바를 한지를 재단했다.

석영은 제대로 먹지도 자지도 못해서 금방 쓰러질 것처럼 위태롭게 보였다. 모두 집에서 쉬라고 말렸지만 그녀는 말을 듣지 않았다. 몸을 움직이지 않고 있으면 온갖 상념으로 더 괴로웠다. 석영이 삼베 솔에 풀을 묻혀 한지에 발라 주면 옥희와 옥희 모친이 나무 걸상에 올라서서 꼼꼼히 벽지를 발랐다.

아랫방을 반 정도 도배했을 때쯤, 동네 여자아이 하나가 급히 바자울 안으로 뛰어 들어왔다.

"성숙이 아니냐? 뭔 일인데 말만 한 처녀가 숨이 넘어가게 뛰어댕기냐?"

마른 빗자루로 도배한 벽을 쓸어내리던 옥희 모친이 뛰어오느라 숨이 차서 헐떡이는 여자아이를 보며 물었다. 아이는 숨을 내쉬느라 무릎을 짚었던 손을 뒤로 뻗어 상로재 쪽을 가리켰다.

"아가씨 집에 얼른, 가 보셔유. 집에 깡패가 쳐들어와서…… 다 때려 부수고 있어요!"

그 말을 듣는 순간 석영은 자리에서 벌떡 일어섰다. 곧 빚쟁이들이 들이닥칠 텐데 감당할 수 있겠느냐고 묻던 중휘의 말이 귓가를 스치고 지나갔다. 석영은 집에 혼자 있는 미옥이 떠올라 들고 있던 삼베 솔을 풀 그릇에 내던지듯 놓고 밖으로 뛰쳐나갔다.

"아이구머니, 이건 또 뭔 일인지 모르겄네."

옥희 모친도 한발 늦게 석영의 뒤를 따라갔다. 이사할 집은 마을 서쪽 끝에서도 꽤 떨어져 있었다. 석영은 밭둑을 지나 고샅을 가로질러 뛰었다. 속이 울렁거리고 눈앞이 하얘져서 몇 번이고 무릎이 꺾일 뻔하였다. 상로재와 가까워질수록 개 짖는 소리와 알아들을 수 없는 고함과 비명 같은 소리들이 들려왔다.

상로재에 도착했을 때 석영은 거의 쓰러지기 일보 직전이었다. 그녀는 거칠게 숨을 몰아쉬며 담을 짚고 한 걸음씩 솟을대문 쪽으로 걸어갔다. 더 이상의 속도는 낼 수가 없었다. 대문 앞에 낯선 차가 두 대 서 있고 문간에 험상궂은 사내들이 몇 명 어슬렁거리고 있었다. 그들은 한여름인데도 검은색 가다마이를 차려입고 있었다. 하나같이 엄청난 거구에 험악한 인상을 가지고 있었다.

석영이 대문을 들어서자 사내들은 위협적인 시선을 던지며 노려보았지만 딱히 막아서지는 않았다. 사랑채 쪽에서 미옥의 비명 같은 울부짖음과 자지러질 듯한 용의 울음소리가 들려왔다. 그 소리를 들은 석영은 더욱 놀라서 급히 사랑채 마당으로 들어섰다.

사랑 마당은 쑥대밭이 되어 있었다. 집 안에 있던 가구들이 모두 마당으로 내던져져 있고 문짝도 다 떨어져서 나뒹굴고 있었다. 석영은 그 광경을 보고 겁에 질려 문설주를 잡고 그대로 굳어 버렸다. 대청에 미옥이 용을 업은 채 주저앉아 있는 것이 보였다. 미옥의 옆에 마른 체구의 사내 하나가 구둣발로 서서 미옥에게 무어라고 위협을 하고 있었다. 석영은 한달음에 대청으로 뛰어 올라가 미옥의 앞을 막아섰다.

"당신들 뭐예요? 왜 남의 집에 와서 행패를 부리는 거예요?"

석영은 사내에게 소리쳤다.

"아가씨, 아가씨는 안채에 가 계세요……."

미옥이 겁에 질려 와들와들 떠는 와중에도 석영이 걱정되었는지 그녀의 손을 잡아당겼지만 석영은 굴하지 않고 사내를 똑바로 노려보았다.

"당신이 윤석영이오?"

사내가 석영을 내려다보며 붉고 얇은 입술을 조금 움직여 물었다. 그는 체격이 왜소하고 피부가 하얘 꼭 여자처럼 보였지만 그 눈빛이 차갑고 날카로워 절대 평범한 사람이 아니라는 것을 알 수 있었다. 가늘고 긴 눈이 뱀을 연상케 해 시선이 마주치자 저절로 몸이 움츠러들었다.

"당신들 누구예요, 도대체."

"보면 모르겠소? 윤석규한테 빚을 받으러 온 거요."

사내가 석영을 천천히 위아래로 훑어보며 말했다. 그 눈길이 몸에 머무는 것만으로 온몸에 뱀이 휘감고 지나가는 것같이 징그럽고 소름 끼쳤다.

"윤석규는 어디 있소?"

뱀눈이 석영을 향해 자못 점잖은 어투로 물었다.

"보시다시피 오빠는 지금 집에 안 계세요."

석영이 침착하게 대답했다.

"집에 없는 걸 아니까 묻는 것 아니오."

"그, 글쎄 우리두 어딜 갔는지 모른다니까요. 어제 아침에 일어나 보니 없어져서……."

미옥이 비틀거리며 일어나 석영을 뒤로 숨기며 떨리는 목소리로 대꾸했다.

"아가씨두 모르오? 윤석규가 어딜 갔는지?"

뱀눈이 미옥의 말을 끊으며 석영에게 물었다.

"아마도 서울엘 가신 것 같아요."

석영이 거짓말을 했다.

"서울 어딜?"

"서울에 친척분이 계세요……. 돈을 마련하러 가신 것 같아요."

"돈을 마련하러 갔다?"

뱀눈의 입꼬리가 위로 휘며 기분 나쁘게 히죽 웃었다. 석영은 마른침을 삼키며 사내를 바라보았다. 섬뜩한 눈과 마주쳤지만 석영은 피하지 않고 그 눈을 똑바로 쳐다보았다.

"이 빌어 처먹을 새끼가 남의 생돈을 떼 처먹고 날은 모양인데."

뱀눈은 석영의 말을 믿지 않는다는 듯 마당에 침을 탁 뱉고 손바닥으로 입술을 문지르며 혼잣말처럼 중얼거렸다. 석영은 떨리는 손을 꽉 움켜쥐었다.

"아가씨 생각은 어떻소?"

"……."

"윤석규가 돌아올 거 같소?"

뱀눈이 대청마루에 걸터앉으며 담배를 꺼내 물었다. 마당에 둘러서 있던 사내들 중에 덩치가 제일 큰 남자 하나가 재빨리 뛰어와 성냥불을 그어 그의 담배에 불을 붙여 주었다. 그러나 뱀눈 사내와 호흡이 잘 안 맞았는지 담배에 불이 붙기 전에 성냥불이 꺼지며 성냥 재가 뱀눈의 양복바지 위로 떨어졌다.

뱀눈이 갑자기 손을 번쩍 치켜들더니 덩치의 뺨을 사정없이 내리치기 시작했다. 적막한 집 안에 뺨을 내리치는 소리가 메아리처럼 울려 퍼졌다. 덩치의 얼굴에 금세 시뻘건 손자국이 남았고 목덜미에서 땀이 줄줄 흘러내렸다. 미옥이 다리에 힘이 풀린 듯 휘청 흔들리는 것을 석영이 얼른 부축했다.

"똑바로 해. 씨벌 새끼야."

"네, 형님. 죄송합니다."

잠시 후, 아무 일도 없었다는 듯 덩치가 다시 성냥에 불을 켜 뱀눈의 담배에 불을 붙였다. 뱀눈은 언제 무슨 일이 있었느냐는 듯 여유롭게 담배 연기를 내뿜고는 그녀들 쪽을 흘끔 바라보았다.

"윤석규가 돌아올 거 같냐는 말이오."

"며, 며칠만 기다려 주세요……."

미옥이 떨리는 목소리로 사정했다.

"기다리나 마나 내 생각에는 안 돌아올 거 같은데?"

"꼭, 도, 돌아올 거예요……."

"안 돌아오면 어쩌시겠소?"

"……."

"재산도 이미 다 남의 손에 넘어갔고, 윤석규가 돈을 구해 올 리도 만무하고……."

뱀눈이 석영을 흘끗 바라보았다. 땀이 날 정도로 더운데도 온몸에 솜털이 곤두섰다.

"언제 돌아올지도 모르는 윤석규를 마냥 여기서 손 놓고 기다릴 수도 없고……."

뱀눈이 한가롭게 하늘을 올려다보며 담배 연기를 내뱉었다. 미옥과 석영은 겁에 질린 시선을 주고받았다. 악랄한 깡패들이 석규가 없다고 얌전히 물러갈 리 없었다.

"우리가 윤석규를 찾으러 가는 게 빠를 것 같지 않소?"

뱀눈이 마루에서 일어서며 그렇게 말했다. 석영과 미옥은 파랗게 질려서 부들부들 떨고 있었다.

"오빠가 서울 친척 집으로 갔댔나? 서울에는 친척이 없는 거로 아는데. 내 생각에 윤석규는 서울이 아니라 부산으로 간 것 같은데, 아가씨 생각은 어떻소? 그제 오후에 윤석규 닮은 사람이 해원역에서 부산행 기차를 타는 걸 봤다는 사람도 있고……. 부산에 친척도 살고 있지요? 외숙모인가, 이모인가?"

석영과 미옥은 얼굴이 하얘졌다. 그들은 이미 모든 것을 다 알고 있었다.

"글쎄, 우린 모른다니까요. 서울로 갔는지 부산으로 갔는지……."

미옥이 쥐어짜듯 작은 소리로 겨우 대꾸했다. 그녀의 손은 보기 안쓰러울 정도로 와들와들 떨리고 있었다.

"서울이든 부산이든 어딘가에는 있겠지. 우리가 찾는 걸 알면 이 쥐새끼가 깊이 숨어 버리는 수가 있으니 아주머니가 같이 가 줘야겠소. 마누라가 찾는데도 안 나오고 배기는지 한번 두고 봅시다."

뱀눈이 부하들 쪽에 눈짓을 하자 덩치 두 명이 구둣발로 대청으로 올라섰다. 미옥이 버티지 못하고 그 자리에 털썩 주저앉았다. 석영이 비명을 지르며 미옥의 앞을 막아섰다.

"안 돼요! 왜 이래요? 손 떼요. 이거 놔요!"

석영이 필사적으로 울부짖으며 미옥을 잡는 깡패들의 손을 잡아 뜯었다. 하지만 우악스러운 사내들에게 조금의 장애도 되지 못했다. 사내들은 가볍게 석영을 밀쳐 버리고 미옥의 등에서 용을 빼앗아 마루에 아무렇게나 내려놓았다. 울다 지쳤는지 잠시 조용하던 용이 마루에 덩그러니 버려지자 뒤로 벌렁 드러누우며 자지러질 듯 다시 울기 시작했다. 협문 뒤에 숨어서 발을 동동 구르며 지켜보고 있던 옥희 양친이 뛰쳐나와 막아섰지만 깡패들에게 걷어차여 마당으로 나동그라졌다.

옥희가 비명을 지르며 달려와 숨이 넘어갈 듯 울고 있는 용을 안고 전쟁터를 피하듯 도망갔다. 맞고 구르는 소리와 비명과 울음이 뒤섞여 집 안이 생지옥 같았다. 석영은 맨발로 뛰어나가 미옥을 끌고 가는 사내들의 앞을 다시 가로막아 섰다.

"당장 경찰에 신고하겠어요! 이런 짓을 하고도 무사할 것 같아요?"

"하고 싶은 대로 하시오. 자, 근데 한번 잘 생각해 봐요. 우리는 댁에 올케와 함께 윤석규를 찾으러 가려고 했소. 그런데 분명 중간에 댁의 올케는 우릴 따돌리고 도망을 갈 거란 말이오. 우리 둔한 부하 놈들은 결국 댁의 올케를 놓치고 말겠지."

뱀눈이 천천히 다가와 석영에게로 얼굴을 들이밀고 말했다. 그에게서 지독한 은단 냄새가 훅, 끼쳐 왔다.

"그런데 저 아주머니는 다시는 이곳으로 돌아오지 않을 거란 말이야. 이런 집구석, 지긋지긋해서 언제고 도망을 치고 싶었을 테니까. 우린 그저 윤석규를 함께 찾으러 가다가 아주머니를 놓친 죄밖에는 없단 말이오. 내 말이 무슨 소린지 알아듣겠소?"

뱀눈의 불쾌한 숨결이 뺨에 와 닿았다. 석영은 분노에 떨며 입술을 물고 사내를 노려보았다.

"당신 조카가 다시는 부모 얼굴을 보지 못하게 하고 싶다면 얼마든지 마음대로 해도 좋아."

사내가 히죽 웃으며 협박했다. 석영은 그 야비한 얼굴에 침을 뱉고 싶었다. 분노로 머릿속이 하얘졌다.

"내 말이 헛소리인지 알고 싶거든 얼마든지 시도해 봐요. 하지만 뒷일은 책임질 수 없소."

뱀눈이 느물거리며 말했다. 석영은 두려움과 분노로 가슴이 터질 것 같았다.

"혹시라도 길이 엇갈려 윤석규가 먼저 돌아오거든 늦기 전에 마누라를 찾아가라고 일러요. 늦기 전에 말이오. 무슨 얘기인지 알겠소?"

사내가 석영의 귓가에 음흉한 소리로 낮게 속삭였다.

"부, 부탁이에요. 제발 새언니를 데려가지 마세요. 아기가, 아직 젖도 떼지 않았어요. 제발……."

석영은 마지막으로 그에게 울며 매달렸다. 이대로 미옥이 그들 손에 끌려간다면 돌이킬 수 없는 일이 벌어질 것 같아 두려워 견딜 수 없었다.

"돈을 갚아요. 그럼 다 해결된다니까."

사내가 왜 미련을 떠냐는 듯 그렇게 말했다.

"가, 갚을게요. 갚겠어요."

석영이 필사적으로 미옥의 팔에 매달리며 말했다.

"어떻게 말이오? 또 며칠 기다려 달라는 소리나 하려거든 관두시오. 우린 그렇게 한가한 사람들이 아니거든."

사내가 충고하듯 말했다.

"……어떻게든 돈을, 마련할 테니 시간을 주세요."

"언제까지 말이오? 말했다시피 난 바쁜 사람이란 말이야."

"하루만, 하루만 시간을 주세요……."

"확실하오?"

석영이 말없이 고개를 끄덕였다.

"돈을 구할 방법이 있는데 어째서 고집을 부리는 거요?"

그 말투가 몹시 이상하게 들렸다. 마치 돈을 받으려는 게 목적이 아니라 석영의 고집을 꺾는 것이 목적이었다는 듯한 말투였다. 석연찮은 생각이 머리를 스치고 지나갔다. 석영은 설마, 하는 마음으로 사내를 뚫어질 듯 바라보았다.

"그런데 댁들은 도대체 누구예요? 내가 알기로 오빠가 빚을 진 분들은 읍내 분들밖에 없는 거로 아는데……."

그들이 교월에 사는 사람들이 아닌 것은 분명했으므로 석영이 물었다.

"우린 돈 빌려 쓰고 안 갚는 악질들한테서 대신 돈 받아 주는 선한 일을 하는 사람들이지."

뱀눈이 제 농담이 마음에 든 듯 낄낄 웃었다.

"……오빠한테 돈 빌려준 읍내 사람들이 수수료를 떼고 차용증을 이 사람들한테 팔았대요. 그러니까 오빠는 이제 읍내 사람들한테가 아니고 이 사람들한테 빚진 셈이구요."

미옥이 미리 들었는지 대신 설명해 주었다. 석영의 미간이 좁아졌다.

"……어째서요?"

석영이 미심쩍은 표정으로 물었다.

"뭐 말이요?"

"……재산이 남아 있지 않은 것도, 오빠가 돈을 구해 오지 못할 것도 알고 있다고 했잖아요. 돈을 못 받을 걸 뻔히 알고 있었으면서 어째서 차용증을 사들였나요?"

석영이 묻자, 뱁눈이 일순 당황한 듯 인상을 찌푸렸다.

"……무슨 헛소리야? 이렇게 부잣집에 돈 나올 구석이 한 군데밖에 없겠어?"

"……누구에게 사주(使嗾)를, 받았군요. 그렇죠?"

석영이 떨리는 목소리로 물었다.

"이 아가씨가 무슨 소릴 하는지 모르겠군. 아무튼 모레 아침까지 돈을 구해 놓는 게 좋을 거요. 그때도 돈을 구해 놓지 않으면 나도 더는 봐줄 수 없소."

사내가 험악한 표정으로 협박하더니 부하들에게 미옥을 놓아주라 눈짓을 했다. 그들은 행패를 부리던 것에 비하면 싱겁고 급작스럽게 사라져 버렸다.

"……사주라니요? 그게 무슨 소리예요?"

깡패들이 사라지고 나자 미옥이 멍하니 서 있는 석영의 팔을 잡으며 물었다.

"아, 아니에요. 그냥……."

석영은 미옥을 바라보다가 힘없이 고개를 저었다.

"그나저나 이제 어떻게 해요. 이틀 후에는 정말 사람을 끌고 가고도 남을 놈들이던데……."

미옥은 얼굴이 흙빛이 되어 중얼거렸다. 석영은 아무 소리도 들리지 않는 사람처럼 텅 빈 표정으로 바닥을 내려다보고 있었다. 분노로 눈앞이 까맣게 타들어 가는 듯하였다.

❖

읍내에 도착했을 때는 다섯 시가 넘어 있었다. 석영은 차부에서 내리자마자 망설이지 않고 시장 거리 쪽으로 걸음을 옮겼다. 그녀는 시장 골목 입구에 있는 정육점을 길 건너에서 바라보았다. 정육점 사장이 고기를 썰며 손님과 얘기를 나누고 있는 것이 보였다. 석영은 길 건너에서 손님이 나가기를 기다렸다.

마침내 손님이 고기를 싼 누런 종이 뭉치를 들고 정육점을 나가는 것이 보였다. 석영은 아무것도 살피지 않고 바로 길을 건너 정육점 안으로 들어갔다. 정육점 주인이 어깨에 걸치고 있던 수건으로 이마의 땀을 닦으며 가게로 들어선 그녀를 바라보았다.

"상로재 아가씨 아니오? 여기는 어쩐 일로?"

정육점 사내는 놀랐는지 눈이 둥그레져서 그녀를 바라보았다. 그녀가 한 번도 고기를 사러 그곳에 간 적이 없었으므로 사내도 석영이 고기를 사러 왔다고는 여기지 않는 듯했다. 하기는 그도 석규에게 돈을 빌려주었던 사람 중의 하나이니 지금 석영네가 고기를 끊어다 먹을 분위기가 아닌 것을 알기도 할 터였다.

"드릴 말씀이 있는데 잠시 시간을 좀 내주시겠어요?"

석영은 망설이지 않고 단숨에 말했다. 속에서 들끓고 있는 분노가 그녀를 지배하고 있어 평소의 소극적이던 그녀가 아니었다. 그녀는 낯선 사람과 말을 섞는 것도 꽤나 부끄러워하는 조심스러운 성격이었으나 지금은 그런 주저하는 마음이 남아 있지 않았다.

"나, 나한테요?"

정육점 사내가 미간을 모으며 당황한 듯 되물었다.

"잠깐이면 돼요."

"예. 그럼 요 옆 다방에 가 계실래요? 제가 가게 문 닫고 뒤따라갈 테니."

"좀 더 조용한 곳이면 좋겠어요."

석영의 말에 사내가 미간을 모으고 그녀를 잠시 바라보았다. 그러고는 정육점 안쪽의 밀문으로 분리된 곳을 가리켰다.

"그럼 좀 지저분하지만 괜찮다면 저기서 말씀하시겠어요?"

석영이 고개를 끄덕이자 사내가 얼른 먼저 안으로 들어가 이것저것 허둥거리며 치우기 시작했다. 그곳은 맨바닥에 탁자가 하나 놓여 있고 구석에 밥을 해 먹을 수 있는 지저분한 조리도구들과 까맣게 그은 석유곤로가 놓여 있었다. 아마도 가게에 있는 동안 그곳에서 끼니를 해결하는 모양이었다.

"아이구 이거, 누추해서……."

사내는 민망한 듯 탁자에 그대로 놓여 있던 반찬과 빈 그릇을 서둘러 대야에 쓸어 담아 치우고 걸레인지 행주인지 구분할 수 없는 때 묻은 천을 급히 물에 적셔와 탁자를 닦았다.

"아, 앉으세요."

남자가 입구에 서 있는 석영에게 의자를 내주며 말했다. 두 사람은 탁자를 사이에 두고 마주 앉았다. 열어 놓은 창문 사이로 시장통을 거쳐 온 습한 바람이 불어왔다. 그 바람 속에는 음식 냄새와 농익은 과일 단내와 생선 비린내 같은 온갖 냄새가 뒤섞여 있었다.

"그, 그래 할 말이라는 게 뭔지……."

석영이 입술을 물고 무릎에 놓인 제 손을 내려다보고 있자니 사내가 조심스레 물어 왔다.

"오빠에게 돈을 빌려주신 걸로 알아요."

"그, 그랬죠."

"그 차용증을 다른 사람들한테 파셨다던데……."

"……."

남자는 죄지은 사람처럼 고개를 푹 숙이더니 말이 없었다.

"어떻게 된 사정인지 알고 싶어서요."

"……미안합니다. 그렇게까지 할 생각은 없었는데……."

"따지러 온 건 아니에요. 그냥 일이 어떻게 그리되었는지 알고 싶어요."

"그놈들, 도시에서도 악명 높은 깡패들이라던데, 일이 이렇게 크게 될 줄은 나도 몰랐어요. 엊그제 강길선이 찾아왔더라고요. 저기 부영옥 사장 알죠? 그 양반이 와서 그러더군요. 석규가 도박으로 이미 재산을 다 날려서 알거지가 되었다고. 그런 소문이 간간이 있었지만 설마설마했는데……. 그 소릴 들으니 눈앞이 캄캄해지더군요. 게다가 벌써 도시로 도망을 가서 빌려준 돈 받기는 글렀다고. 강길선이도 석규한테 돈 빌려준 것이 있는데 도시에 전문적으로 돈을 받아 내는 사람들이 있다고 해서 그들한테 10부씩 떼고 차용증을 팔았다고 하더군요. 원하면 소개시켜 주겠다고요. 한 푼도 못 받을지도 모르게 생긴 판국에 10부 떼는 게 대수가 아니어서……. 다들 강길선이에게 차용증을 맡기고 돈을 돌려받았어요……."

남자가 죄지은 얼굴로 작게 말했다. 석영은 길선의 이름을 듣는 순간 확신했다. 이 일 또한 배후에 중휘가 있다는 사실을. 일이 이렇게 절박해지면 석영이 자신에게로 와서 무릎을 꿇고 도와 달라고 하는 수밖에 다른 방법이 없다는 것을 알고 꾸민 짓이 분명했다. 그녀는 분노로 턱이 덜덜 떨렸다.

"……미안합니다. 일이 이렇게 되어서."

남자가 다시 한 번 사과를 했다.

"아니에요. 저희 오빠 잘못이에요."

석영이 고개를 젓자 남자는 더더욱 안절부절못한 얼굴로 진땀을 흘리고 있었다.

"제가 이렇게 찾아뵌 건, 따로 부탁드릴 일이 있어서예요."

석영은 잠시 이를 물고 있다가 말했다.

"부탁이라니, 무슨……."

"오빠는 친척 집에 돈을 구하러 가셨는데 아마도 금방 돌아오시긴 어려울 거 같아요. 여자들만 있는 집에 깡패들이 들이닥쳐 괴롭히니 견딜 수가 없어요."

"……이거, 참, 뭐라고 드릴 말씀이……."

사내는 죄지은 얼굴로 식은땀을 흘리며 말을 잇지 못했다. 그는 석규보다 너덧 살 위로 석규와 자주 어울려 놀던 축들 중에 한 명이었다. 그는 슬하에 남매를 두었고 5년 전에 상처를 해서 혼자 살고 있었다. 남매는 외가가 있는 서울에서 유학(游學)하고 있다고 했다. 그는 부친에게서 물려받은 재산과 정육점을 해서 모은 돈도 상당해서 읍내서 알부자로 통하는 사람이었다.

"어떻게든 도와 드릴 일이 있으면 도와 드리고 싶은데……."

사내가 난감해서 어쩔 줄 모르며 말했다.

"저에게 돈을 좀 빌려주세요."

석영은 남자의 말을 다 듣지 않고 곧바로 말을 꺼냈다. 짐작은 이미 하고 있었을 텐데도 설마 했던지 사내는 꽤 놀란 눈으로 이마의 땀을 훔치며 석영의 눈길을 피했다.

"사정은 정말 딱하지만 제가 무슨 돈이 있나요. 이런 허름한 정육점 해서 그저 근근이 입에 풀칠이나 하는 처지인걸요."

"도와주시면 돈은 어떻게든 꼭 갚겠습니다."

석영이 내리깔고 있던 눈을 들어 그의 눈을 바라보았다. 시선이 마주치자 그는 흠칫 놀라며 마른침을 꿀꺽 삼켰다. 석영은 알고 있었다. 예전부터 그가 자신을 바라보는 눈이 예사롭지 않다는 것을.

상로재로 석규를 만나러 와서 보게 되거나 읍내에서 우연히 마주쳤을 때 그가 자신을 훑어보던 눈길에서 늘 짙은 갈증이 느껴졌다. 사내들의 시선을 받는 일이야 흔했다. 앞에서는 친절하고 점잖은 척했지만 몰래 훔쳐보는 시선들은 엿가락처럼 끈적하고 탐욕스러웠다. 정육점 사내도 다를 것 없었다.

다만 그는 음흉하다기보다는 부끄러움 타는 소년 같다는 것이 조금 다르다면 달랐다. 그가 자신에게 호감을 가지고 있다는 것은 알고 있었지만 그렇다고 그가 자신을 위해 선뜻 큰돈을 내놓으리라고는 석영도 생각하지 않았다.

그는 꽤나 구두쇠로 소문이 난 사람이었다. 그가 내놓을 돈을 대체할 만한 합당한 무언가를 얻지 못한다면 그는 석영이 아니라 석영의 할아버지가 와서 부탁해도 절대로 언제 돌려받을지 기약할 수 없는 돈을 빌려줄 리 없었다.

"제가 그럴 능력이 된다면 어떻게든 그렇게 해 드리고 싶지마는, 정말 안타깝게도……. 죄송하네요. 어려운 걸음 하셨는데."

남자가 면구스럽다는 듯 뒷목을 긁적였다.

"돈을 빌려주신다면 ……를 드리겠습니다."

석영은 타는 입술을 축이고 그렇게 말하며 스스로를 비웃었다. 깡패들에게 돈을 갚아 위기를 벗어나려는 것이 우선인지, 다른 남자에게 몸을 내던져 중휘의 뒤통수를 치고 싶은 것이 우선인지 알 수가 없었다.

중휘의 사랑이 거짓이라는 것은 이제 당연히 알고 있다. 하지만 무슨 이유에서인지 그는 여전히 자신을 원하며 독점하고 싶어 했다. 그가 자신을 갖기 위해 행하는 미치광이 같은 짓들이 그 증거였다. 석영은 자신의 행동이 자기 자신에게뿐만 아니라 중휘에게도 마찬가지로 타격을 입힐 거라는 것을 본능적으로 느꼈다. 그래서 불에 뛰어드는 불나방처럼 무모해질 수 있었다. 그에게 조금이라도 상처를 입힐 수 있다면 무슨 짓이든 하리라.

"……예? 뭐, 뭐라고요?"

정육점 사내가 입을 반쯤 벌리고 석영을 멍하니 바라보았다. 석영은 얌전히 두 손을 허벅지 위에 모으고 남자를 바라보았다. 남자의 목울대가 커다랗게 위아래로 움직이며 침을 삼켰다.

"도와주세요."

석영은 다시 눈을 들어 사내의 눈을 바라보며 말했다. 남자는 마른 입술을 축이며 식은땀을 흘리고 있었다. 침묵이 흐른 후 마침내 사내가 입을 열었다.

"그, 글쎄요……. 이게, 그러니까……. 이건 너무……."

"한 번만 도와주신다면…… 그것과 상관없이 돈은 어떻게 해서든 평생이 걸리더라도 따로 꼭 갚겠습니다. 부탁드립니다."

석영은 고개를 숙이며 다시 말했다.

"이, 이걸 어떻게……. 제가 바로 현금으로 바꿀 수 있는 게 얼마 되지 않아서 시간이 좀 필요하기는 한데……."

사내가 식은땀을 닦으며 그렇게 말했을 때 정육점 출입문에 달아 놓은 종이 딸랑딸랑, 울리는 소리가 들렸다. 사내가 안으로 들어오며 출입문을 닫아 둔 모양이었다.

"송 사장. 안에 있나? 소고기 한 근만 끊어 주게. 낼이 손자 놈 생일인데 고기 지나간 국물이라도 끓여 먹여야지."

밖에서 걸걸한 노인 목소리가 들려왔다. 정육점 사내는 어쩔 줄 모르고 허둥거리다가 자리에서 벌떡 일어나 밖으로 나갔다. 석영은 그제야 꼿꼿이 세우고 있던 등에서 힘을 빼며 탁자 위로 무너졌다. 마치 꿈을 꾸고 있는 것 같았다. 엄청난 일들이 연달아 일어나는데 전혀 현실감이 느껴지지 않았다. 깨고 나면 모든 것이 그저 꿈일 것만 같았다.

다음 날, 오전 열한 시가 다가오고 있었다. 정육점 사내가 오기로 한 시간이었다. 돈을 다 마련하지 못하면 빌려서라도 오겠다고 말했다. 석영은 방에서 무릎을 세우고 벽에 기대앉아 두려움에 떨고 있었다. 막상 일이 이렇게 되자 스스로 결정한 일이면서도 누구에게 강요당한 것처럼 필사적으로 도망치고 싶은 생각뿐이었다.

전날 정육점을 찾아갔을 때는 분노에 완전히 이성을 잃은 상태였다. 중휘의 뒤통수를 칠 수 있다면 악마에게 영혼이라도 팔 수 있을 것 같았다. 하지만 밤새 악몽에 시달리며 잠을 설치고 날이 밝자 석영은 자신이 얼마나 끔찍한 짓을 저질렀는지 깨달았다.

중휘에 대한 분노는 여전했지만 자신이 어제 저지른 일을 정말 해내겠다는 무모한 생각은 이미 사라지고 없었다. 중휘에게 굴복하는 것보다 정육점 사내에게 몸을 주는 것이 더 쉽다는 말인가? 중휘에게 하찮은 복수를 하는 것이 그런 일을 감수할 정도로 가치 있는 일이란 말인가? 아니 그것이 과연 복수가 되기는 하는 것일까. 석영은 그럴 수만 있다면 시간을 되돌리고 싶었다.

속절없이 시간이 지나가고 있었다. 오전에 오겠다고 한 정육점 송씨가 나타난 것은 정오가 넘어서였다. 그는 말끔하게 이발과 면도를 하고 깨끗한 셔츠와 바지를 차려입고 있었다. 사랑방으로 들어오라는 말을 듣지 않고 행랑 마당에 서서 석영을 기다리고 있다가 석영이 나가자 그는 죄지은 사람처럼 뒷머리를 긁적였다.

"미안합니다. 아가씨."

그렇게 말하며 그는 고개를 숙였다. 보아하니 돈을 마련하지 못한 모양이었다. 긴장해 있던 석영은 저도 모르게 안도의 한숨을 내쉬었다. 그가 돈을 가져왔다면 자신은 어쩔 수 없이 어제 약속했던 대로 해야만 했을 것이다. 하지만 그가 돈을 구해 오지 못했으니 그럴 필요가 없어졌다. 이 순간만큼은 앞날에 벌어질 일 따위도 생각나지 않았다.

"아무리 생각해도 두 사람 사이에 내가 끼어들 일이 아닌 거 같아서요."

사내의 입에서 뜻밖의 말이 나왔다.

"무슨 말씀이세요?"

"권 사장 말입니다. 두 분이 사귀고 있다는 소문이 걸려서 말이죠."

"그 사람과 저는 아무 관계도 아니에요."

"어쨌든 그냥 넘어갈 수는 없는 문제라 확인을 해야 했어요. 권 사장하고 모르는 사이도 아니고, 사람의 도리가 그게 아니니까요."

정육점 사내가 안타까운 얼굴로 석영을 바라보았다.

"그 사람을 만나셨어요?"

석영이 물었다.

"예……. 하마터면 오늘 저승 구경할 뻔했네요. 권 사장이 그렇게 이성을 잃은 모습은 처음 보았어요."

정육점 사내가 자조하듯 씁쓸한 표정을 지었다. 이미 중휘가 사람을 어떤 식으로 겁박하는지 본 적이 있는 석영은 정육점 사내가 겁을 먹는 것도 무리는 아니라는 생각을 했다.

"권 사장님과 저는 아무런 관계도 아니에요. 제가 그 사람하고 사귀고 있다면 그에게 도움을 청하지 왜 아저씨를 찾아갔겠어요."

석영은 중휘에게 화가 치밀어서 그를 부정했다.

"그러게요. 돈이라면 저보다는 권 사장이 몇 배는 더 많을 텐데 어째서 아가씨가 권 사장을 두고 저를 찾아왔는지 저도 그게 궁금하군요. 사랑싸움에 나를 이용하신 건 아닐 테고."

정육점 사내는 말과 달리 이미 그렇게 믿고 있는 것 같았다.

"……그럴 리가요."

"저도 아가씨를 돕고 싶지만 제가 끼어들 수 없는 문제 같네요."

"그 사람과 저는 아무 상관 없어요."

석영은 정육점 사내와의 일을 돌이키려는 생각보다는 그저 중휘에 대한 거부감으로 다시 의미 없는 말을 되풀이했다.

"두 사람 사이에 무슨 문제가 있는지는 잘 모르겠지만 원만히 잘 해결하길 바랍니다."

석영이 입술을 짓씹으며 아무 말도 없자 사내는 이마에 맺힌 땀을 손바닥으로 닦으며 그렇게 말했다.

"……아가씨가 저를 찾아오셨던 일은 없던 일로 하고 잊겠습니다. 혹여나 무슨 소문 같은 게 날까, 그런 걱정은 하지 마세요."

제가 오히려 부끄러운 듯 주저하며 말하는 사내의 말에 석영의 얼굴이 수치심으로 달아올랐다. 새삼 자신이 하려던 행동의 부도덕함이 적나라하게 와닿았다. 매춘을 하려고 했다. 그녀는 입술을 꽉 깨물었다.

"상관없어요."

석영은 자포자기하는 심정으로 중얼거렸다.

"잘 지내십시오. 그럼, 저는 이만."

정육점 사내는 머뭇거리더니 허리를 숙여 보이고 대문 밖에서 기다리고 있던 택시를 타고 사라졌다. 석영은 방으로 돌아와 무너지듯 주저앉았다. 중휘가 알게 되었다. 정육점 사내에게 전해 듣지 않았어도 그가 꽤나 화가 났을 거라는 것은 짐작할 수 있었다.

그것이 제 물건에 남의 손이 타는 것에 대한 불쾌감 정도일지라도 석영은 일단 그를 한 방 먹인 것 같아 잠시 통쾌해졌다. 하지만 곧 허탈해져서 이맛살을 찡그렸다. 그까짓 게 다 무슨 소용이란 말인가. 이 마당에도 그따위 유치한 감정에 집착하는 스스로가 한심해 견딜 수 없었다.

밤이 되어 뒤뜰에 있는 목욕간에서 몸을 씻고 자리에 누웠으나 잠이 올 리 없었다. 그런 얘기를 들었으니 곧 달려올 거라고 생각했으나 중휘는 밤이 되도록 상로재에 나타나지 않았다. 그를 만나는 것이 두렵기도 했지만 막상 나타나지 않으니 그것도 초조했다.

석영은 미옥을 용이 외가로 피신시키려 했으나 미옥이 석영을 혼자 두고 갈 수는 없다고 고집을 부려서 뜻대로 하지 못했다. 이제야말로 중휘를 찾아가 사정을 하는 수밖에 다른 방법이 남아 있지 않다는 것을 알고 있었다. 모든 것은 자신을 굴복시키기 위해 그가 꾸민 짓이니 자신이 찾아가 무릎을 꿇어 주면 될 일이었고 이제 그 일만 남아 있었다.

찾아가는 것을 망설이다가, 또 그가 먼저 찾아올 거라고 생각하다가 읍내로 나갈 기회를 놓치고 밤이 되고 말았다. 내일이 되면 깡패들이 들이닥칠 것이기에 석영은 초조해졌다. 더는 물러날 곳이 없었다. 석영은 날이 밝는 대로 중휘를 찾아가기로 마음먹었다. 잠이 오지 않아 멍하니 책상 앞에 앉아 있는데 대문간에 차가 와서 멈추는 소리가 들렸다.

분명 중휘일 거라고 생각했으나 찾아온 이는 뱀눈이었다. 그는 부하 한 명과 함께 안채 마당으로 거침없이 들어왔다.

"이, 이 밤에 무슨 일이죠?"

석영은 미옥을 방에서 못 나오게 한 후 마당에 서 있는 남자를 향해 물었다.

"무슨 일이냐니? 윤석규 마누라를 데리러 오겠다고 했잖소."

"하지만, 아직, 아직 시간이 남았잖아요."

석영이 떨리는 목소리로 말했다.

"삼십 분 후면 자정 아니오. 그럼 약속한 대로 하루의 시간을 준 것이지. 한동안 못 볼 텐데 작별 인사는 충분히 해 두었소?"

사내가 어둠 속에서 담뱃불을 깊이 빨아들이며 선심이라도 쓰듯 느긋이 말했다. 석영은 두려워 이가 딱딱 마주쳤다.

"내일 오전까지라고 분명히 말했잖아요. 내일 오전까지……."

"어차피 돈을 못 구한 모양인데 오전까지 기다린다고 뭐가 달라지겠소. 나도 할 만큼 했으니 피곤하게 자꾸 딴소리 맙시다."

"권중휘 씨한테 전해 주세요. 제가 가겠다고……."

"권중휘가 누구요?"

뱀눈이 어리둥절한 얼굴로 말했다.

"강길선이라는 분한테 그렇게 말하면 알아들을 거예요."

"그건 난 모르는 일이고, 우린 일찍 일이 있어 이 길로 서울로 가야 하니 윤석규 마누라나 얼른 내놔요."

사내가 금방 마루로 올라설 태세로 말했다.

"저, 저를 읍내로 좀 데려다주세요. 그럼 한 시간 내로 돈을 마련해 드릴 수 있어요."

석영이 떨리는 목소리로 말했다.

"……."

사내는 어둠 속에서 아무 대꾸도 하지 않은 채 담배를 피웠다. 담배를 빨 때마다 그의 얼굴이 불빛에 드러났다가 사라졌다. 석영은 마른 입술을 축이며 기둥을 잡고 서서 그의 대답을 기다렸다.

"정말이오?"

한참 후, 다 태운 담뱃불을 바닥으로 던지며 사내가 물었다.

"……네."

"이번이 마지막 기회라는 거 명심하시오."

사내가 꽤나 점잖은 어투로 말했다.

"그럼, 갑시다. 읍내로 가야 돈을 구한다면서?"

사내의 말에 석영은 기다려 달라고 말한 후 방으로 가서 옷을 갈아입었다. 방에서 귀를 기울이고 있던 미옥이 사색이 되어 따라 들어왔다.

"아가씨, 이 밤에 어쩌시려고요?"

"걱정하지 마세요. 중휘 씨한테 가는 거예요."

석영의 말을 들은 미옥의 얼굴에 겨우 안도의 빛이 어렸다. 뱀눈의 부하 한 명은 상로재에 남아 있기로 했으므로 석영은 옥희 모녀에게 미옥과 같이 있으라고 당부하고 뱀눈의 차를 탔다. 그들은 보름달이 대낮처럼 밝은 신작로를 달렸다.

석영은 차가 교월 삼거리 건널목 앞에 도착하자 30분 내로 돌아오겠다고 말하고 차에서 내렸다. 한밤중의 읍내는 지붕에 달빛을 인 채 고요하게 잠들어 있었다. 석영은 차도를 건너 중휘의 집이 있는 우체국 뒷골목 쪽으로 접어들었다.

집 앞에 도착하니 새삼 심장이 곧 멎을 듯 세차게 고동치기 시작했다. 집 안은 불이 꺼져 있었지만 대문이 열려 있었다. 석영은 망설이다가 조심스럽게 대문 안으로 들어섰다. 지붕과 마당에 보름달이 환하게 부서지고 있었다. 지붕에 가려져 달빛이 닿지 않는 마루에 중휘가 걸터앉아 있었다. 그 시간에 그가 거기 앉아 있다는 것이 크게 놀랍지는 않았다. 그는 이렇게 석영이 자신을 찾아올 걸 미리 알고 있었을 테니.

"어쩐 일이에요? 이 시간에."

중휘가 뻔뻔스럽게도 태연히 물었다. 석영은 굳이 대답하지 않았다. 한동안 마당에 풀벌레 우는 소리만 가득했다.

"왜 왔느냐고."

중휘가 다시 물었다.

"……아시잖아요."

"뭘?"

"내가 왜 왔는지 말이에요."

"모르는데."

그가 시치미를 뗐다. 석영은 속으로 그를 저주했다.

"시키는 대로 할 테니…… 그만해요."

"무슨 소리예요?"

"……."

"뭘 시키는 대로 하겠다는 거예요?"

"……뭐든지요."

"너무 고분고분해져서 아가씨 아닌 거 같은데."

어둠 속에서 중휘의 낮은 웃음소리가 들려왔다. 석영은 이를 물었다.

"뭐든 시키는 대로 하겠다고 했어요?"

"……."

"가까이 와요."

어둠 속에서 그가 명령했다. 석영은 모욕감과 두려움과 분노가 뒤섞인 복잡한 감정을 억누르며 천천히 그에게로 다가갔다. 가까이 가니 그에게서 술 냄새가 났다. 목소리로는 전혀 알 수 없었지만 그는 술에 취해 있었다.

"정육점 주인을 찾아갔다면서요?"

그가 쉰 목소리로 물었다. 석영은 입술을 깨물었다. 종국에는 그가 알기를 바라고 한 일이기는 했지만 막상 그에게서 그 얘기가 나오니 몹시 수치스러웠다.

"……."

"송가와 결혼이라도 하려고 했어요?"

중휘가 낮은 소리로 물었다. 그것은 소리를 지르며 화를 내는 것보다 더 사람을 긴장하게 만드는 목소리였다. 그녀의 턱에 저절로 힘이 들어갔다.

"정말 그럴 생각이었어요?"

석영이 말이 없자 중휘가 다시 물었다.

"얼마 전까지 좋다고 내 좇을 빨던 사람이 어떻게 그럴 수가 있어요?"

중휘가 아주 낮은 목소리로 말했다. 석영은 그의 저속한 말투에 얼굴이 창백해졌다. 자신을 모욕 주는 것을 즐기는 것이 분명해 더 화가 났다.

"……결혼하겠다고 한 적 없어요."

석영이 차갑게 대꾸했다.

"그럼?"

"몸을 주겠다고 했어요……."

석영의 말에 중휘가 하늘을 쳐다보며 탄식하듯 짧게 웃었다. 웃음은 곧 멈추었다. 그가 갑자기 주먹을 들어 대들보를 쾅 쳤다. 지붕이 우르르 흔들렸다. 석영은 숨을 멈춘 채 그대로 굳어 버렸다.

"스스로 그런 취급을 받길 원한다면 말릴 수 없는 일이지."

잠시 후 무릎에 팔꿈치를 괴고 고개를 숙이며 중휘가 말했다. 그 목소리가 몹시 고통스럽게 들렸다. 그의 감정은 도대체 뭘까? 석영은 문득 궁금해졌다. 애초에 그는 재미 삼아 자신을 건드렸다. 인제 와서 정신병자처럼 집착하는 이유를 알 수 없었다. 몸 정이라도 들었다는 건가? 석영은 이를 사리물며 코웃음을 쳤다. 그게 무엇이든 무슨 상관이랴.

"돈 때문에 몸을 파는 것이니 상대가 꼭 송가가 아니어도 아무 관계 없겠군."

"……."

"안 그래?"

"그래요. 도시에서 당신이 끌어들인 깡패들을 떼어 낼 수 있는 돈을 주는 사람이라면 누구든 상관없어요."

"깡패라니? 무슨 소릴 하는지 모르겠군."

중휘가 뻔뻔한 목소리로 시치미를 떼더니 비웃듯이 덧붙였다.

"누구든 상관없다면서 여긴 왜 왔어? 네 조건을 들으면 돈을 대 줄 사람이, 찾아보면 꽤 될 텐데."

"다른 사람을 찾아가도 결국 소용없는 짓이 될 거 같아서요. 당신이 내 몸을 갖고 싶어서 벌인 일이잖아요."

"네가 생각하는 것만큼 난 네 몸에 흥미 없어. 여자 구멍이 다 거기서 거기지. 뭐 특별할 게 있다고."

그는 그런 저질스러운 말을 듣고 석영이 놀라는 것을 즐기는 것이 분명했다. 그의 야비함에 이제 더는 놀란 토끼 눈이 되고 싶지 않았다.

"……그럼, 왜 이러는 거예요? 무엇 때문에 깡패들까지 동원해서 나를 여기까지 오게 만들었어요? 돈 때문이라고는 하지 말아요. 그랬다면 송씨 아저씨를 겁줘서 쫓아 버리는 짓은 하지 않았을 테고 내가 여기 올 일도 없었겠죠. 내게 정말 원하는 게 뭐예요?"

"글쎄."

"더는 죄 없는 올케 괴롭히지 말고 솔직하게 말해요."

석영이 파랗게 불꽃이 이는 눈빛으로 말했다.

"사실 한 가지 원하는 게 있기는 해."

"뭐예요?"

"예전에 나와 내 가족이 너희에게 그랬듯이 네가 이제 내 종이 되는 거야."

중휘가 말했다.

"유치한 발상이군요."

석영의 얼굴에 차가운 비웃음이 어렸다.

"주인을 경멸하는 종 말고. 말로만 종이 되라는 게 아니야."

"설마 진심으로 순종하기를 바라는 거예요?"

석영이 어이가 없다는 듯 다시 차갑게 웃었다.

"그래, 마음을 다해서 주인을 섬기는 종이 되길 바라."

"알겠지만 그건 불가능해요."

"그럼, 그런 척이라도 해."

"옛날에 당신이 아버지에게 그랬던 것처럼 말이군요."

"그렇지."

중휘가 잠시 그녀를 쏘아보더니 희미하게 조소를 날렸다.

"……노력해 볼게요. 당신만큼 연기력이 뛰어나지는 않지만."

"최선을 다해야 할 거야. 내가 지불한 돈의 값어치를 하려면 말이야. 난 너를 그렇게 비싸게 쳐 줄 마음이 없으니까."

"알고 있어요."

"좋아."

중휘가 중얼거리며 자리에서 일어섰다. 달빛에 드러난 그의 오른손 마디에서 아직도 검은 피가 뚝뚝 떨어지고 있었다. 석영은 끔찍해서 눈을 질끈 감았다.

"……며칠 내로 서울로 올라가서 나와 함께 사는 거야. 몸과 마음을 다 바쳐 빚을 변제해 나가면서 말이야."

마루 가운데 서 있는 대들보에 한쪽 팔을 짚은 채 그가 말했다. 그 손을 떼면 그는 금세 마당으로 굴러떨어질 것처럼 흔들리고 있었다. 그는 생각보다 술에 많이 취한 것 같았다.

"……들어가서 자."

그가 잠시 후, 그렇게 말하며 마당으로 내려섰다.

"가야 해요. 집에 빚쟁이가 지키고 있어요."

"그 인간들, 내가 불러들였다고…… 네가 그러지 않았던가?"

그가 아무 문제 없다는 듯 작게 코웃음을 쳤다. 석영은 새삼스레 증오심이 치밀어 달빛 아래서 하얗게 그를 노려보았다. 중휘가 그런 석영을 내버려 두고 흔들리는 걸음으로 대문을 나갔다. 석영은 그가 사라지자 지탱하고 있던 힘이 사라진 것처럼 마루에 풀썩 주저앉았다.

긴장이 풀리고 지쳐서 더는 아무 생각도 나지 않았다. 중휘에 대한 분노와 증오조차도 부질없게 느껴질 만큼 마음이 텅 비었다. 결국, 이렇게 될 걸 무엇 때문에 버텼나 싶었다. 무력감이 덮쳐 와 몸이 모래 자루처럼 무거웠다. 그녀는 마루 위로 허물어지며 두 손에 얼굴을 묻었다.

새벽에 눈을 뜬 중휘는 숙취로 지끈거리는 이마에 손을 얹고 지난밤에 석영과 나누었던 얘기들을 떠올렸다. 시키는 대로 하겠다니. 얼마나 듣고 싶었던 말인가. 강제로 이루게 된 것이지만 어쨌든 그가 계획한 대로 되었다.

전날 정육점 송씨가 찾아와 석영에 대한 얘기를 했을 때 그는 제 귀를 의심했다. 자신에게서 벗어나기 위해 다른 남자에게 몸을 내던지려 하다니. 그녀가 자신에게 얼마나 큰 분노를 품고 있는지, 얼마나 증오하고 있는지 새삼스럽게 깨달았다. 자신에게 보여주려는 의도로 그랬을 거라고, 분명 그렇다고 생각하려 애를 썼지만 조금도 위로가 되지 않았다.

송씨가 그를 찾아오지 않고 그 일이 자신도 모르는 사이에 벌어지고 말았다면……. 그런 아찔한 생각이 들자 피가 거꾸로 솟는 것 같았다. 그는 석영에게 갈 수 없었다. 그녀를 보면 스스로를 통제하지 못하고 무슨 짓을 하게 될 것 같아 두려웠다.

다시는 화가 난다거나, 슬프다거나 그런 핑계로 술을 마시고 싶지 않았지만 속에서 이는 불길을 견딜 수가 없어 낮부터 술을 마셨다. 술을 마실수록 그 불길은 더 걷잡을 수 없이 타올랐다. 쓰러져 잠들려던 것이 목적이었는데 그렇게 되지 않았다.

그는 결국 한밤중에 길선이 도시에서 불러들인 깡패들을 다시 상로재로 보냈다. 그녀는 제가 무슨 짓을 했는지 깨닫고 반성해야 한다. 당장 석영이 눈앞에 와서 제 잘못을 빌기를 바랐다. 다시는 그따위 허튼짓을 하지 못하게 강제로라도 옆에 묶어 둘 수밖에 없다고 그는 생각했다. 이제 그런 방법이 아니고서는 그녀를 곁에 둘 방법이 없었다.

그녀에게 증오심을 품게 만든 채로 이 관계를 시작해야 한다는 것은 어쨌거나 매우 슬픈 일이었다. 그는 석영을 기다리는 동안 어째서 일이 이런 지경까지 이르렀는지 술에 취한 와중에도 곰곰이 생각해 보았다. 상황을 이렇게 극단까지 몰고 가는 것 외엔 다른 방법이 없었는지를. 하지만 역시, 옛날 일을 떠올리자 다시 돌아간다고 해도 다른 선택을 할 수는 없었을 거라는 결론에 이르렀다.

그의 감은 눈 안으로 옛일이 주마등처럼 스치고 지나갔다. 문정리를 떠난 직후, 누이와 어머니를 몇 달 사이에 잃고 그는 제정신으로 버틸 수 없어 술로 나날을 보냈다. 분노를 주체할 길이 없어 누가 시비를 걸어 주지 않으면 스스로 싸움을 걸어 함부로 주먹을 쓰고 다녔다.

그렇게 몇 달을 미친놈처럼 가리지 않고 크고 작은 싸움을 벌이며 방황하고 다니던 그는 예사롭지 않은 싸움 솜씨 덕에 한 폭력조직 간부의 눈에 띄게 되었다. 그는 곧바로 그 조직에 영입이 되어 행동대장으로 2년을 보냈다. 처음에는 죽기 직전의 자포자기하는 심정이었으므로 폭력조직 정도에 가담하는 일을 대수롭지 않게 생각했다.

하지만 애초에 그의 성향과 조직의 생리는 대척점에 놓여 있었다. 그는 타고난 싸움꾼이었지만 폭력을 싫어했다. 협박과 공갈과 폭력이 일상화된 생활을 더는 계속해 나갈 수 없다는 결론에 이르러, 그는 결국, 조직을 나가야겠다고 결심했다. 다리 하나쯤 병신이 될 생각을 하고 마음을 굳힌 와중에 공교롭게도 그의 보스가 살해교사 혐의로 구속되는 일이 벌어졌다.

그 어수선한 틈을 타 이권 다툼을 벌이던 경쟁 조직이 꾸민 함정에 빠져 회합에 나갔던 간부들이 공격을 당했다. 불시에 공격을 당한 이들은 대부분 반병신이 되어 병원에 실려 가거나 경찰에 연행되고 나머지 말단 조직원들은 상대편에 흡수가 되기도 하고 제 살길을 찾아 전국으로 뿔뿔이 흩어졌다. 조직은 맥없이 와해되었다.

중간 간부급이었던 중휘도 그 회합에 참석해야 했는데 마침 어머니의 기일이라 위패를 모신 절에 다녀오느라 위기를 모면했다. 그가 절에서 돌아왔을 때는 이미 상황이 끝나 있었다. 중휘는 묘한 기분에 휩싸였다. 그는 절에 다녀온 후 조직을 떠나겠다는 뜻을 밝히려던 참이었다.

그가 조직을 나가려고 마음먹고 있었던 것도 그랬고, 그때 맞추어 보스가 구속된 것도 그랬고, 칼부림이 일어난 회합에 빠질 수 있었던 것도 우연이라고 보기에는 불가사의하게 느껴지는 부분들이 많았다. 마치 일부러 그렇게 짜 맞추기라도 한 듯이.

그는 미련 없이 그 세계에서 발을 뺐다. 그렇게 멀쩡하게, 또 쉽게 그 생활을 청산할 수 있었던 것은 아무래도 어머니가 자신을 보살핀 덕이라고 생각하지 않을 수 없었다.

그 후, 건달 생활을 할 때 친분을 쌓았던 사채업자의 도움을 받아 그는 그를 따르는 부하 몇 명을 데리고 합법적인 사업을 시작했다. 처음에는 땅 장사를 했고, 그다음에는 그 땅에 건물을 지어 파는 분양 회사를 차렸다.

회사는 부동산 광풍에 힘입어 불처럼 일어났다. 부지를 사들여 시공사를 정하고 아파트나 연립주택을 완공하는 대로 복부인들이 벌 떼처럼 달려들어 순식간에 분양이 완료되고는 하였다. 집이 없어서 못 파는 지경이었다. 남의 자본으로 시작했으나 이 년이 채 되기 전에 빚을 다 갚을 수 있었다.

회사가 단시간에 자리를 잡을 수 있었던 것은 여러 가지 운도 따라 줬지만 성실하고 우직하게 회사 일에 매달려 준 직원들 공도

켰다. 그중에는 칼잡이에 도박꾼에 사기 전과자까지 섞여 있었지만, 그런 과거가 무색하게 그의 밑에서 모두 성실한 가장이 되었다.

회사가 어느 정도 자리를 잡자 그는 오래전부터 계획하고 있던 일을 실행에 옮기기로 했다. 누이와 어머니를 죽게 만든 윤씨 일가를 무너뜨리는 일. 사실 그 일을 이루기 위해 회사를 꾸리고 돈을 벌었다고 하는 게 맞는 말이었다.

중휘는 길선과 박진만을 먼저 교월읍으로 내려보내 자리를 잡게 하고 일 년 후 자신도 교월로 내려가 바라던 대로 석규의 집안을 다시는 일어설 수 없을 정도로 자근자근 밟아 놓았다. 일은 차질 없이 계획했던 대로 되었다. 단 한 가지만 빼고.

석규가 자신의 누이에게 했던 것처럼 그녀를 망쳐 놓겠다는 일차원적이고도 완벽한 복수를 계획했고, 그것도 거의 계획대로 되었다. 석영은 의심의 여지 없이 그를 사랑하게 되었고, 망설이지 않고 육체관계까지 했다. 그 소문은 이미 온 읍내 바닥에 파다하게 퍼져 모르는 이가 없었다.

이제 석영을 버리고 떠나면 일은 완벽하게 마무리가 되는 것인데 그는 석영을 버릴 수가 없게 되었다. 오히려 매달리고 있는 건 제 쪽이었다. 생각해 보면 처음부터 불가능한 일이었다. 그는 애초에 그녀를 해칠 수 없는 사람이었다. 그 일이 무리라는 것을 깨달았으면서도 그는 피하거나 대안을 세우지 못하고 스스로 판 함정으로 걸어 들어갔다. 그 결과 그는 사랑하는 여자에게 증오를 받으며 강제로라도 그녀를 옆에 붙잡아 두려고 온갖 비열하고 해괴한 짓을 할 수밖에 없는 신세가 되고 만 것이다.

자신을 향한 그녀의 경멸 어린 눈빛을 마주할 때마다 심장에 얼음이 박히는 기분이었다. 사랑하는 이에게 받는 경멸은 다른 어떤 것보다 몇 배나 아팠다. 석영이 그럴 수밖에 없다는 것을 알면서도 그는 상처 받았다. 그것은 그녀를 버릴 수 없으므로 그가 감수해야 하는 벌이었다. 옆에 있어만 준다면 더한 것도 감수할 수밖에 없는 처지로 전락했지만 그는 그녀를 놓을 생각이 조금도 없었다.

4장

중휘가 서울로 떠나며, 며칠 내로 데리러 오겠다고 말했지만 석영은 대꾸하지 않았다. 그가 전날 밤 술에 많이 취해 있었으므로 혹시나 아침에 일어나면 두 사람이 나눈 얘기를 기억하지 못할지도 모른다고 생각했지만 그렇지 않았다. 다음 날 아침 일어나자마자 버스를 타고 집으로 돌아가려고 했을 때 중휘가 그녀를 잡았다. 아침을 먹고 자신이 데려다주겠다는 것이다. 석영이 그 말을 무시하고 나가려는데 그가 말 한마디로 그녀를 잡아 세웠다.

"순종하는 척이라도 하기로 하지 않았어요?"

석영은 입술을 물고 노려보았지만 결국은 중휘가 하자는 대로 함께 밥을 먹고 그가 태워 주는 차를 타고 집으로 돌아갈 수밖에 없었다. 시키는 대로 하자니 자존심 상하고 화가 났지만 스스로 내뱉은 말이 있고 이제 지쳐서 다른 방책을 강구할 힘도 사실 없었다.

어쨌든 석영이 그렇게 중휘에게 굴복하면서 석규가 진 빚 문제는 해결이 되었다. 당연한 일이었다. 중휘가 그녀를 무릎 꿇리기 위해 꾸민 짓이었느니. 그날 이후로 깡패들은 그림자도 보이지 않았다. 미옥은 내막도 모르고 중휘에게 절이라도 할 태세였다. 그녀는 석영이 중휘와 사랑싸움으로 잠시 헤어졌다가 다시 만난 정도로 알고 있었다.

미옥이 중휘에게 고마워할 때마다, 중휘가 그런 미옥의 극진한 대접을 아무렇지 않게 받고 있는 것을 볼 때마다 속이 뒤집혔다. 하지만 전에도 그랬지만 지금 상황에서 사실을 털어놓기가 더 어려웠다. 나중에 석규가 돌아와 사실대로 말한다면 모를까, 이 시점에 미옥에게 진실을 알려서 다시 혼란스러운 상황을 만들고 싶지 않았다.

장마가 시작되어 며칠 동안 비가 내리더니 오랜만에 날이 개었다. 산보를 하면서 보니 벼가 제법 자라서 해미 벌판이 바다처럼 푸르러져 있었다. 며칠간 비에 씻긴 나무와 풀들이 싱싱하게 바람에 흔들리고 있었다. 햇볕이 조금 따가웠지만, 선들바람이 불어 크게 덥지는 않았다.

석영은 마을 서쪽 끝까지 걸어갔다가 집으로 돌아가지 않고 숲 속으로 이어진 오솔길로 접어들었다. 지난밤 꿈이 떠올라서였다. 얼굴도 모르니 그렇기도 하겠지만 어머니 꿈을 꾼 적은 거의 없었는데 지난밤 꿈에 어머니를 보았다. 어머니는 한복을 곱게 차려입고 문밖에 서 계셨다. 왜 안 들어오시느냐고 어서 들어오시라고 부르는데도 안 들리는 사람처럼 마당에 서서 웃고만 있었다.

석영은 이상하게 조바심이 나서 어머니를 모셔 오기 위해 발을 떼려고 했지만 방바닥에 묶인 것처럼 발이 움직이지 않았다. 그녀는 용을 쓰다가 잠에서 깨었다. 잠에서 깬 석영은 새벽빛이 어린 장지문을 오래도록 바라보았다. 그 문을 열면 꼭 어머니가 서 있을 것 같아 조금 무섭기도 하였다. 느닷없이 꿈에 나타난 것에 기이한 생각이 들어 석영은 어머니의 무덤에 가 볼 생각이 든 것이다.

발밑에 쌓인 낙엽송을 밟으며 조심스럽게 오솔길을 올라갔다. 숨이 턱에 닿을 때쯤 산 중턱 양지바른 곳에 곱게 떼가 입혀진 여러 기의 무덤과 비석이 나타났다. 석영은 가쁜 숨을 몰아쉬며 어머니의 무덤을 살폈다. 혹시 장맛비에 손실된 곳은 없나, 산짐승이 헤집어 놓은 곳은 없나 꼼꼼히 살폈지만 무덤은 온전했다.

지난 한식에 다녀가고 몇 달 만이라 무덤에 잡풀 몇 개가 자라 있었다. 그녀는 그것을 뽑아 버리고 비석 옆에 손수건을 깔고 그곳에 주저앉았다. 선산을 둘러싸고 키 큰 상수리나무들이 울타리처럼 서 있었다. 한식날 성묘를 하러 오면 늘 봉분과 주변에 싹을 틔운 도토리나무 어린 순을 뽑는 일이 연례행사였다. 그것들을 뽑아내지 않고 그냥 두면 무덤은 곧 상수리나무에 점령당하고 말 것이다.

바람이 불자 나뭇잎들이 부딪치며 멀리서부터 파도가 밀려오는 듯한 소리를 냈다. 석영은 아무 생각 없이 앉아 햇볕을 쬐며 숲이 내는 소리에 귀를 기울였다. 근 한 달이 넘게 속이 지옥 같았는데 어머니 무덤 옆에 앉자 가시처럼 곤두서 있던 마음이 조금 가라앉았다.

꽤 오래 무덤가에 넋을 놓고 앉아 있다가 집으로 돌아오니 미옥이 파랗게 질린 얼굴로 대문밖에 서서 종종거리며 그녀를 기다리고 있었다.

"저, 전보가 왔어요."

미옥이 덜덜 떨리는 손으로 전보 용지를 석영에게 내밀었다. 석영은 급히 미옥의 손에 들린 종이를 받아 읽었다. 전보는 가산시에 있는 병원으로부터 온 것이었다. 한 줄짜리 전보에는 석규가 위급하니 긴급히 가산천주교병원으로 와 달라는 내용이었다. 위급이라는 단어가 너무도 불길하게 느껴져 그녀는 입술이 파래졌다.

석영은 용을 들쳐 업은 미옥과 급히 버스를 타고 교월읍으로 갔다. 가산시로 바로 가는 버스는 이미 떠나고 없었다. 해원시에는 늦은 시간에도 가산시로 출발하는 버스가 있다는 소리를 듣고 택시를 대절해 해원시까지 갔다. 그들은 해원에 도착해 겨우 가산으로 가는 막차를 탈 수 있었다.

가산시 병원에 도착했을 때는 밤 열 시가 넘어 있었다. 석규는 6인 병실 구석, 커튼이 쳐진 침대에 처참한 모습으로 누워 있었다.

한밤중에 술에 취해 차도를 건너다가 차에 치였다고 했다. 머리에 감은 붕대를 빼고 몸의 다른 부위는 멀쩡해 보였지만 그는 의식이 없었다. 두 사람은 충격을 받아 말을 잇지 못했다. 석규는 원래도 마른 편이었지만 한동안 음식 구경도 못 한 사람처럼 겨울 나뭇가지처럼 말라 있었다. 씻은 지도 오래되었는지 몰골이 말이 아니었다. 길거리를 배회하는 부랑자라고 해도 아무도 의심하지 않을 모습이었다. 아마 집을 떠나 있는 동안 실제로 노숙 생활을 한 것 같았다.

"여보, 눈떠 봐요. 저 왔어요. 용이 아버지, 정신 좀 차려 봐요."

미옥이 울부짖으며 어깨를 흔들었지만 석규의 감은 눈은 미동도 하지 않았다. 석영은 발밑이 흔들리는 것 같아 발바닥에 힘을 주고 간신히 버티고 서 있었다.

뒤따라온 의사 말이 병원에 들어올 때부터 이미 의식이 없었다고 했다. 몸의 다른 부위는 별 이상이 없는데 뇌에 심각한 손상을 입은 것 같다고 했다. 마음의 준비를 하는 게 좋겠다고 젊은 의사가 조심스럽게 말했다.

"아이고, 여보. 여보 이게 도대체 어떻게 된 일이에요."

미옥이 석규의 마른 가슴 위로 엎어지며 오열했다. 그 서슬에 그녀의 등에 업혀 잠들어 있던 용이 깨어 울기 시작했다. 석영은 아무런 생각도 할 수가 없었다. 남의 일인 양 그저 멍하니 서서 미옥과 석규를 바라보았다. 끔찍한 일이 벌어졌는데 전혀 실감할 수가 없었다.

눈물도 나오지 않았고 슬프거나 화가 나지도 않았다. 심장이 갑자기 돌로 변하기라도 한 듯 아무런 고통도 느껴지지 않았다. 혈육이 죽음에 직면해 있는 상황보다 그것에 아무런 반응도 하지 않는 스스로에 대한 두려움만 들 뿐이었다.

행려병자를 돌보는 병원이라 병실에 누워 있는 이들 대부분이 보호자도 없이 누워 있었다. 그들은 석규와 다르지 않은 초췌한 몰골로 멍하니, 초점 없는 눈빛으로 석영네를 구경하다가 이내 흥미를 잃었는지 하나둘 시선을 거두었다. 석규의 소지품에 신분증과 집 주소가 있어서 집과 연락이 된 것이 그 와중에 천만다행한 일이었다.

한바탕의 소란이 지나간 후, 병실은 다시 조용해졌다. 미옥은 탈진한 듯 간이 의자에 아무렇게나 주저앉아 멍하니 허공을 응시하고 있었다. 숨이 넘어갈 듯 울어 대던 용도 지쳤는지 미옥의 등에서 꾸벅꾸벅 졸고 있었다. 졸다가 딸꾹질을 하며 생각난 듯, 다시 한 번씩 울기도 하였다.

석영은 겨우 정신을 차리고 미옥을 일으켜 세워 복도 끝에 있는 휴게실로 데려갔다. 미옥의 등에서 용을 내려 젖을 먹이게 하고 석영은 병실로 돌아왔다. 그녀는 수건을 적셔다가 석규의 더러운 몸을 닦았다. 집을 떠나고 한 번도 씻지 않은 듯 닦은 수건을 빤 물은 구정물처럼 더러웠다. 몇 번이나 물을 갈고 닦은 후에야 여자처럼 하얗던 피부가 제 모습을 찾았다.

더러운 손을 닦고 간호사에게 손톱깎이를 빌려 때가 새카맣게 낀 긴 손톱을 자르는데 그제야 눈물이 나왔다. 눈물이 석규의 손등 위로 뚝뚝 떨어졌다. 그녀는 나뭇가지 같은 오빠의 손을 꽉 쥐고 한참 동안 그 손에 얼굴을 묻고 있었다.

자정이 넘어 미옥은 잠투정하는 아이를 달래려고 병실을 나가고 석영이 혼자 석규의 옆을 지키고 있었다. 미동도 없이 누워 있던 석규의 손이 미세하게 꿈틀, 움직인 것은 그때였다.

"오, 오빠."

석영이 놀라서 그 손을 덥석 잡았다. 석규의 하얗게 갈라진 입술 사이로 실낱같은 신음 소리가 새어 나왔다.

"오빠! 정신이 드세요? 오빠, 오빠!"

석영은 미친 듯이 그의 마른 어깨를 흔들었다. 마음의 준비를 하라는 소리를 들었으므로 반은 단념하고 있었다. 기적이 일어난 것이라고 생각했다. 석규의 얼굴이 잠시 찌푸려지는가 싶더니 잠에서 깬 사람처럼 갑자기 눈을 떴다. 그 눈빛이 의식이 없던 사람이 갑자기 정신을 차린 것치고는 이상하게도 명료했지만 그 눈에는 아무것도 비치지 않는 것처럼 보여 섬뜩했다.

그 눈은 석영을 담지 못하고 그 뒤의 허공을 향해 있었다.

"오, 오빠. 저예요. 저 석영이에요."

석영은 그의 손을 움켜쥐었다. 석규는 아주 먼 곳, 사람의 시선이 닿지 않는 곳을 응시하고 있었다. 석영은 그 눈빛을 보고 가슴이 덜컥 내려앉았다. 기적이 일어난 것이 아니었다. 꺼져 가던 생명이 마지막 순간에 온 힘을 다해 순간적으로 불꽃을 피워 내고 있다는 것을 느낄 수 있었다.

"오빠, 잠깐만, 잠깐만 기다리세요. 의사 선생님을, 아니 언니를, 용이를 데려올게요."

어쩌면 이것이 마지막일지도 모르니 의식이 돌아왔을 때, 어서 미옥과 용을 만나게 해 주어야겠다는 생각이 번쩍 들었다. 석영은 급한 마음에 일어서려고 했지만, 어느새 석규는 그녀가 잡고 있던 손에 단단히 힘을 주어 석영의 손을 꽉 마주 잡고 있었다.

"……한실이, 한실이를……."

석규가 나무껍질처럼 일어난 입술을 움직거려 내뱉은 말은 그것이었다.

"한실, 언니요?"

"한실이를…… 만나야 해."

"오, 오빠."

느닷없이 한실을 찾는 것을 보고 석영은 석규가 헛소리를 한다고 생각했다.

"한실이, 한실이……."

석규가 절벽에 매달린 사람처럼 절박한 소리로 또다시 한실을 불렀다. 석영은 더럭 겁이 나고 마음이 급해졌다.

"누, 누가 의사를 좀 불러 주세요! 여보세요!"

석영은 석규의 손을 잡은 채 커튼이 쳐진 밖을 향해 소리쳤지만 아무도 반응하지 않았다. 그녀는 꽉 잡고 있는 석규의 손을 억지로 빼내고 병실을 뛰쳐나가 간호사를 불렀다.

"얼른 좀 와 보세요. 오빠가 의식이 돌아왔어요. 얼른요."

간호사가 뛰어오는 것을 보고 석영은 휴게실로 달려갔다. 아이에게 젖을 물리고 있는 미옥에게 달려들어 다짜고짜 아이를 안아 들었다.

"새언니! 얼른요. 오빠가 의식이 돌아왔어요! 얼른요."

석영은 다급한 마음에 용을 안아 들고 복도를 내달렸다. 느닷없이 젖을 빼앗긴 아이가 울음을 터뜨렸지만 신경 쓸 겨를이 없었다. 아무래도 석규의 마지막이 될 거 같아 제정신이 아니었다.

석영이 용을 안고 병실에 돌아갔을 때 석규는 여전히 허공에 있는 무엇인가를 잡으려는 듯 헛손질을 하며 뭐라고 웅얼거리고 있었다. 석영은 그의 팔에 용을 안겨 주며 말했다.

"오빠, 용이에요. 용이가 왔어요."

석영이 울며 석규의 팔을 용에게 둘러 주었지만 그 손에는 아무런 힘도 들어가지 않았다. 미옥이 허겁지겁 병실로 따라 들어왔을 때 석규는 온몸을 경련하더니 다시 의식을 잃었다. 그는 다시 눈을 뜨지 못하고 결국 새벽녘에 미옥과 석영이 지켜보는 데서 숨을 거두었다.

석영과 함께 살 집을 마련해 수리하고 가구와 살림살이를 들여놓느라 서울에 머물고 있던 중휘에게 석규의 사망 소식이 전해졌

다. 소식을 듣자마자 차를 운전해 문정리로 달려가는 동안 머릿속이 아득해졌다. 제일 먼저 든 생각은 이제 석영에게 영원히 용서받지 못할 거라는 절망감이었다.

제 손으로 석규를 죽이는 상상을 셀 수 없이 했지만 이렇게나 쉽게 죽어 버리다니……. 당연하게도 전혀 속이 시원하지는 않았다. 그 죽음에 죄책감을 느끼고 싶지는 않았다. 어떻게 죽음에 이르게 되었든 그가 저지른 죄의 대가라고 여기고 싶었다. 하지만 그럴 수가 없었다. 석규의 죽음은 자신의 복수로 인해 벌어진 결과였다. 복수하게 만든 원인을 석규가 제공했다고 변명해 봐도 죄는 옅어지지 않는다.

제 핏줄을 죽음에 이르게 한 인간에 대한 분노가 어떤 것인지 그는 이미 겪어 보았다. 지금 석영의 마음이 어떨지 누구보다 잘 알고 있었다. 석영에게 용서를 바란다는 것은 너무도 뻔뻔한 일이었다. 이번에야말로 영원히 석영을 놓치고 말 거라는 예감이 들었다.

그녀를 놓아주어야 한다는 생각만으로 심장이 딱딱하게 굳어지는 것 같았다. 이제 석영과 함께할 수 없는 미래는 상상할 수 없었다. 어머니와 누이를 죽인 원수와 친척이 되고, 평생 그 면상을 보고 살아야 한다는 것조차 큰 장애로 여겨지지 않을 만큼 그녀를 사랑하고 있다.

상로재에 도착했을 때, 오는 내내 저도 모르게 이를 물고 있었던 탓에 턱이 뻐근했다. 석영을 만나는 것이 두려워 다시 왔던 길로 도망치고 싶은 생각마저 들었다. 그녀가 자신에게 할 말이라는 것은 이미 정해져 있다는 것을 알고 있었다. 석영이 없는 자신의 미래는 아마도 제가 저지른 죄에 대한 가장 큰 형벌이 될 것이다. 돌이킬 수 없는 아득한 절망감이 그의 어깨를 짓눌렀다.

길선이 대문을 나와 차창 문을 두드렸을 때야 그는 눈을 떴다. 중휘는 차에서 내려 무거운 걸음으로 집 안으로 들어섰다. 행랑마당에 천막이 처져 있고 천막 아래 깔린 멍석 위에서 동네 사람들이 술을 마시며 투전을 하고 있었다. 중휘는 눈이 마주친 몇 명과 눈인사를 하고 중문을 통해 사랑채로 들어갔다.

시체를 안치한 사랑채는 고요하였다. 그는 천천히 계단을 따라 대청으로 올라섰다. 사랑방에 차려진 장례상 앞에서 석영이 먼저 온 조문객의 인사를 받고 있었다. 흰 상복 차림을 한 그녀는 종이 인형처럼 보였다. 슬픔에 젖은 무표정하고 야윈 얼굴을 보니 심장이 저며 왔다. 중휘는 대청으로 올라가 문 옆에 서서 기다렸다가 조문객이 나오자 방으로 들어섰다.

차마 석영의 얼굴을 마주 볼 수가 없어 그녀를 보지 않고 병풍 앞에 차려진 장례상에 먼저 절을 하였다. 석영 또한 중휘를 바라보지 않고 맞은편 흰 벽에 시선을 고정하고 있었다.

"들어가서 좀 쉬어. 여기는 내가 있을 테니."

그녀의 몸 상태가 걱정되어 참을 수 없었다. 할 수 있다면 강제로라도 쉬게 만들고 싶었다. 물론 석영이 그 말을 받아들일 리 없다는 것을 알고 있었다.

"당신은 여기 있으면 안 돼요."

석영이 쉬어서 잘 나오지 않는 작은 목소리로 차갑게 말했다. 중휘가 바라보자 그녀는 그것마저도 괴로워 견딜 수 없다는 듯 고개를 돌려 외면했다.

"오빠 보내는 자리에서 소란 피우고 싶지 않으니 조용히 돌아가 주세요."

"……."

"제발! 가요."

석영이 폭발할 것 같은 감정을 억누르며 간신히 말하는 것을 보는데 심장이 욱신거렸다. 그는 버릇처럼 이를 물며 어깨로 심호흡을 했다.

"혼자는 힘들어. 장례식 끝날 때까지만 있을 게. 그 후에는…… 네가 하라는 대로 다 해."

"필요 없어요. 당장…… 당장 가요. 다시는, 다시는 내 눈앞에 나타나지 말아요."

석영이 치받치는 감정을 억누르느라 숨을 몰아쉬며 잇새로 내뱉었다. 분노를 누르느라 더욱더 창백해진 그 모습을 지켜보는 것이 괴로워 중휘는 깍지를 끼고 있는 제 손으로 시선을 내렸다.

"그 뻔뻔한 얼굴 소름 끼쳐요."

"……."

"당신 때문에 오빠가 죽었어요. 양심이라는 게 없는 거예요? 무슨 낯으로 여길 와요?"

석영의 증오가 칼날처럼 그의 심장에 와 박혔다. 여러 번 자신이 어째서 그런 짓을 할 수밖에 없었는지 석영에게 변명하고 싶었다. 이유를 말하면 조금은 이해해 주지 않을까 하는 비겁한 생각 때문이었다.

하지만 그것이 제 행동을 정당화하기는커녕 자신의 저속하고 악랄한 본성만을 재확인시키는 결과가 될 것 같아 두려워 망설였다. 그래도 함께 살게 되면 적당한 때를 골라 모든 사실을 말해야겠다고 생각하고 있었다. 일이 이 지경이 되었으니 이제 그 얘기를 꺼낼 기회는 사라진 것이나 다름없었다. 그런 핑계를 자신이 저지른 복수극의 변명으로 삼을 단계는 이미 지나 버린 것이다.

"제발 가요. 끔찍해요. 당신이라는 인간……."

석영이 견딜 수 없다는 듯, 진저리 치듯 낮게 중얼거렸다. 중휘는 그녀를 더 이상 힘들게 만들 수 없어 말없이 상갓집을 물러 나왔다. 길선과 서울서 내려온 제옥에게 남아서 장례를 도우라, 말하고 그는 읍내 집으로 돌아왔다.

만 가지 감정이 가슴속에서 뒤엉켜 아무것도 할 수가 없었다. 그로서는 이제 무엇을 해야 할지 아무것도 알 수 없었다. 그는 어두운 허공을 노려보았다. 석영이 겪고 있는 지옥이 너무도 생생하게 느껴졌다. 그들에 대한 복수는 또다시 저주처럼 그에게 되돌아오고 말았다.

그는 처음으로 후회라는 것을 했다. 석규에 대한 죄책감 때문이 아니라 석영이 당해야 하는 고통 때문에 그는 자신이 저지른 일들을 후회했다. 이제 자신은 석영 앞에 영원히 나설 수 없는 존재가 되고 말았다. 제 목숨보다 더 사랑하게 된 여자에게 고통 그 자체가 되고 말았다.

❖

장례식이 끝났다. 석영도 미옥도 넋이 나가 더는 눈물도 나오지 않았다. 장지에서 돌아오는 길에 석영은 미옥에게 당분간 친정에 가서 쉬라고 억지로 친정 식구들 돌아가는 편에 딸려 보냈다. 아무래도 자신보다 친정 식구들과 지내는 것이 나을 것이다. 아무리 돌아가라고 화를 내도 끈질기게 장례가 끝날 때까지 남아 궂은일을 도맡아 해 준 길선과 제옥에게도 인사를 하고 돌려보냈다.

집으로 돌아온 석영과 옥희네는 묵묵히 집 안 뒷정리를 했다. 옥희 부친은 행랑 마당에 쳐져 있던 천막과 멍석을 걷고, 집 안팎을 비질했다. 옥희 모친은 부엌에서 뒷설거지를 하고 쓰지 않는 그릇들을 정리했다. 석영은 옥희와 함께 손님들이 머물렀던 방과 마루를 닦았다.

대충 정리가 끝나자 며칠 동안 피곤했던 탓에 옥희네 식구들은 일찍 방으로 들어가 잠이 들었다. 아직 초저녁인데 집 안은 괴괴한 정적에 휩싸였다. 사흘 동안 날을 지새운 몸은 기진맥진했지만 신경은 바늘 끝처럼 바짝 곤두서 있었다. 차라리 아무것도 느낄 수 없게 죽은 듯 잠이라도 자고 싶었지만 눈을 감고 애를 써도 잠이 오지 않았다.

누워 있자니 갑자기 누군가 목을 조르기라도 하는 듯, 숨이 막혀 왔다. 석영은 벌떡 일어나 앉았다. 모든 방문을 열어 놓았는데도 가슴을 짓누르는 답답함은 조금도 나아지지 않았다. 바람 한 점 없는 습하고 더운 날씨였다.

어디로든 나가야겠다고 생각했지만 생각뿐, 몸을 움직일 수 없었다. 벽에 기대어 있다가 눈을 떠 보니 어느새 사방에 어둠이 내려 있었다. 존 것 같지는 않은데 시간이 그렇게 흘렀다는 것을 의식하지 못했다. 불을 켜지 않은 집 안은 무덤 속처럼 어둡고 조용했다.

그리고 꿈속처럼 중휘가 마당으로 걸어 들어오는 것을 석영은 멍하니 바라보았다. 이미 어두워 형체만 보였지만 석영은 그가 중휘라는 것을 알았다. 그는 거대한 산처럼 어깨를 숙이고 석영의 방으로 들어왔다. 석영은 놀라지도, 화를 내지도 않고 그대로 앉아 있었다.

"……몸은 괜찮아?"

어둠 속에서 중휘가 물었다. 석영은 대답하지 않았다. 슬프고 두려웠다. 그가 밉고 증오스러운 동시에 영원히 그와 자신은 끝났다는 얼토당토않은 생각이 머릿속을 맴돌았다. 석영은 자신의 복잡한 마음이 두려웠다. 미우면 미웠지 이 슬픔은, 고통은 또 무어란 말인가. 석규가 죽기 전과는 비교도 할 수 없는 이유로 이제 그와는 절대 만날 수도, 함께할 수도 없다. 그가 전처럼 강제로 그녀를 곁에 두려고 한다면 자신은 죽을 수밖에는 다른 방법이 없었다. 오빠를 죽게 만든 사람과 함께할 수는 없다. 무슨 핑계를 댄다 해도.

"아직도 나를 서울로 데려가겠다는 생각을 하고 있어요?"

석영은 속에서 들끓는 감정과는 달리 차분하게 가라앉은 목소리로 물었다. 중휘는 아무 대답도 하지 않았다. 어둠 속에서 어깨를 깊이 숙이고 앉아 마주 잡은 자신의 손을 내려다보고 있는 그의 실루엣이 보였다.

"전에 그랬듯이, 올케 언니나 용을 이용해 나를 강제로 데려가려고 해도 이제 소용을 없을 거예요"

"……."

"그렇게 하겠다면 나는 죽는 수밖에 없어요."

석영은 진심으로 말했다.

"……."

석영의 말에 중휘는 미동도 하지 않았다.

"내일 이 집에서 나갈 거예요. 그러면 두 번 다시……."

석영이 호흡을 가라앉히느라 숨을 멈추었다가 다시 말을 이었다.

"……두 번 다시 내 눈앞에 나타나지 말아요. 다시는, 살아 있는 동안은 만나지 않기를 바라요."

"……."

"가요. 제발."

석영은 감정을 주체하기 힘들어 떨리는 소리로 말했다.
"……나갈 필요 없어. 그냥 여기서 살아."
"당신과 관련된 곳에서 일 초도 머물고 싶지 않아요."
"여기는 당신 집이야."
"이제 그런 헛수작에 안 넘어가요."
"내가 떠나. 이제…… 오지 않을게."
중휘가 낮은 소리로 말했다. 그가 악랄한 사기꾼이라는 것을 알면서도 석영은 그가 지금 하는 말이 진심이라고 생각했다. 그에게서 벗어나지 못하면 죽는 수밖에 없다고 생각하고 있었으면서도 막상 그 말을 듣자 이상하게도 절벽에서 나무뿌리를 잡고 간신히 버티고 있다가 그것이 마침내 끊어져 끝없는 나락으로 떨어지는 느낌이었다.
심장이 조여 왔다. 그녀는 고통을 참기 위해 입술을 피가 나게 물었다. 쏟아져 나오려는 감정과 눈물과 신음을 목구멍 속으로 억지로 밀어 넣었다.
"다시는……. 다시는 나타나지 말아요."
그녀는 미칠 듯한 감정을 누르며 이를 물고 말했다. 그렇게 말하는 와중에도 마주 잡고 있는 손이, 어깨가 종국에는 온몸이 마구 떨려 왔다.
"……그래. 그럴게."
중휘가 낮게 대답했다. 그가 지키지 못할 말을 함부로 내뱉을 사람이 아니니, 아마도 그는 정말 이제 자신을 놓아주려는 모양이었다. 중휘는 드디어 제 곁을 떠나려 하고 있었다. 석영은 울지 않으려고 주먹이 부서지도록 꽉 쥐었다. 울고 싶은 자신에게 화가 났다. 중휘가 앞에 앉아 있지 않았다면 미친 여자처럼 스스로의 뺨을 치며 정신 차리라고 소리치고 싶었다.

"좀 안정이 되면 여길 떠나서 살아."

중휘가 말했다. 그가 무슨 뜻으로 그런 얘기를 하는지 석영은 알았다. 자신과 사귀었다는 것을 모르는 곳으로 가서 살라는 말이었다.

"상관 말아요. 내 일은 내가 알아서 해요."

석영이 차갑게 내뱉었다.

"……."

"제발, 가요. 이제."

석영은 더 참을 수가 없었다. 그 앞에서 우는 꼴을 보이고 싶지 않았다. 석영의 말에도 중휘는 얼어붙은 듯 그대로 앉아 있었다. 한참을 숨을 쉴 수 없는 무거운 침묵이 흐른 후, 이윽고 중휘가 느리게 일어섰다. 그는 문 앞에서 그녀를 돌아보았다.

"부디, 몸을 잘 돌……."

그는 말을 다 잇지 못하고 입을 다물더니 급히 방을 나갔다. 석영은 어둠 속에서 눈을 질끈 감았다. 곧 그가 마루를 지나가는 소리가 나고 마당을 나가는 발소리도 사라졌다. 석영은 보이지 않는 혼이 그를 뒤따라가면서 그의 자취를 지켜보듯 그가 사라지는 소리에 온 신경을 집중했다.

대문 밖에서 중휘의 차가 떠나는 소리를 듣고 나서 그녀는 이불 위에 얼굴을 묻었다. 어둠 속에서 야윈 어깨가 바람 속의 댓잎처럼 흔들렸다.

중휘가 다녀가고 사흘 뒤에 전제옥이 상로재로 찾아왔다. 그는 석영에게 집문서와 토지문서가 든 종이봉투를 건넸다. 읍내에 있는 집과 목재소를 판 대금이라며 돈 봉투도 함께 내밀었다. 석영은 멍하니 그것들을 내려다보았다.

"무슨 어려운 일이 생기시면 연락하십시오. 형님과 상관없이 제가 도와 드릴 수 있는 일은 무엇이든 도와 드리겠습니다."

제옥이 전화번호와 주소가 적힌 명함을 종이봉투 옆에 내려놓으며 말했다. 아무리 어려운 일이 생기더라도 중휘와 연관 있는 사람에게 연락할 일은 없을 거라고 석영은 생각했다.

"원하신다면 형님께는 알리지 않을 테니까 도움이 필요하시면 부담 갖지 마시고 연락하세요."

그는 석영의 생각을 읽기라도 한 듯이 그렇게 덧붙였다. 그가 자신에게 그런 호의를 베풀 이유가 없었으므로 당연히 그 모든 것은 중휘가 시켜서 하는 일일 것이다. 석영은 끝내 아무 대답 하지 않았다.

"그럼, 건강히 지내십시오."

"가져가세요. 이것까지 받을 이유가 없어요."

석영은 자리에서 일어서는 제옥을 따라 일어서며 서둘러 묵직한 돈 봉투를 집어 그에게 건넸다.

"정 마음이 불편하시면 위자료 같은 거라고 여기셔도 될 것 같습니다."

제옥이 그렇게 말했다.

"중휘 씨가 그렇게 말하던가요?"

석영은 낯색이 변하여 물었다. 마음이 차갑게 얼어붙는 것 같았다. 무엇에 대한 위자료란 말인가? 그동안 자신의 몸을 희롱한 값인가? 어이가 없었다. 그에게 새로운 분노가 치밀었다. 구제 불능 같으니라고.

"아닙니다. 형님께서는 그저 원래 이 댁 것이었으니 돌려 드리는 거라고 말씀하셨습니다."

제옥이 석영의 반응에 당황해서 뒷목을 긁적이며 대답했다.

"그건 오빠에게 정당한 돈을 주고 산 거잖아요. 그러니 우리 것이 아니에요."

"저는 형님께서 지시하신 대로 할 뿐이라서……. 죄송합니다."

제옥은 끝내 석영이 건네는 봉투를 받지 않고 돌아섰다. 석영은 봉투를 들고 그를 따라 나갔지만, 그는 뒤도 돌아보지 않고 마당을 나가 버렸다. 석영은 멍하니 마루에 서 있다가 방으로 들어가 돈 봉투를 바닥에 내려놓았다. 그것은 며칠 동안 윗목에 밀려나 있다가 다시 장롱 위에서 서랍 안으로 옮겨지고 몇 달간 잊혔다.

석영은 석규의 장례식을 치른 뒤, 내내 방에 누워 꼼짝도 하지 못했다. 그동안의 피로와 마음에 쌓인 긴장이 풀려서인지 좀체 기운을 차릴 수가 없었다. 그녀가 앓고 있는 동안 희재가 여러 번 찾아왔지만 석영은 만나지 않았다. 그를 상대할 여력도 이유도 없었다. 그는 매번 어색하게 미옥과 대청에 마주 앉아 몇 마디 나누다가 돌아가곤 했다. 서너 달 그렇게 하다가 더는 찾아오지 않았다.

다행스럽게도 엄마이기 때문인지 미옥은 씩씩하게 일어나 옥희네 가족과 함께 집안 단속을 잘해 나가고 있었다. 미옥에게만 모든 집안일을 떠맡겨 놓고 마음 편하게 앓고 있는 것이 미안해 몸을 추스르려 노력했지만 마음대로 되지 않았다.

어느 날, 아침 잠자리에서 일어나려는데 손가락 하나도 꼼짝할 수 없었다. 지독한 무력감이 온몸을 짓눌러 숨도 제대로 쉴 수 없었다. 며칠 동안 밥도 먹지 않고 석영은 시체처럼 누워 있었다. 그렇게 꼼짝도 하지 않고 앓고 있는 동안에도 그녀의 머릿속은 온갖 상념과 괴로움으로 조금도 쉴 수가 없었다. 그 상념이라는 것이 대개가 중휘와 관련된 것들이었다. 중휘가 자신에게 어떤 짓을 했는지 하나하나 되짚어 떠올리고 미워하고 원망하느라 하루해가 짧아 새벽까지 그를 생각했다.

조금만 정신을 놓고 있으면 어김없이 그 얼굴이 떠올랐다. 미칠 것 같았다. 시간이 흐르면 잊히려니, 이를 물고 견디었다. 분노와 원망과 슬픔과 고통이 뒤섞여 속이 너덜너덜해지도록 할퀴어 댔다. 집착처럼 오로지 그에 대한 생각에 사로잡힌 채 살았다.

아무리 오래 되짚어 생각하고, 깊이 생각하고 돌려 생각해 봐도 중휘는 변명의 여지 없는 자신과 가족의 원수였다. 그게 다였다. 그는 자신을 망치고 오빠를 죽음에 이르게 한 원수일 뿐, 어떤 다른 것일 수 없었다. 어떤 다른 감정이 개입할 여지도 없었다.

석영은 그를 미워하는 일에 전력을 다했다. 그가 미워 매일 새롭게 가슴이 갈가리 찢겨 나갔다. 미워하는 수밖에 다른 도리가 없기에, 미워도 하지 않으면 버틸 수 없어서 그녀는 그 감정에 필사적으로 매달렸다. 혈육을 죽음으로 몰아넣은 사람에게 어떻게 조금이라도 다른 감정을 품을 수가 있겠는가. 그럴 수는 없었다. 조금의 가능성도 있을 수 없었다. 죽여 버리고 싶도록 미워하는 것 외에 다른 길은 없었다.

마음속이 황폐해지도록 혼자만의 전쟁을 치르는 동안에도 계절은 지나갔다. 어느 날 아침 문을 열어 보니 들마루 위에 배롱나무 마른 잎사귀가 수북이 떨어져 쌓여 있었다. 또 어느 날 밤 이상한 기척에 문을 열어 보니 깜깜한 하늘에서 솜뭉치 같은 굵은 눈송이가 툭툭, 떨어져 내리고 있었다. 물속에 갇힌 듯한 나날 속에서도 시간은 속절없이 흐르고 있었다.

용은 이제 두 돌이 넘어서 말귀도 다 알아들었다. 녀석은 온 집안을 헤집고 다니며 집안에 드리운 그림자를 몰아내고 있는 중이었다. 씻어 놓은 아침 해처럼 맑은 아이를 볼 때마다 그 아이를 아비 없이 크게 만든 사람을 못 잊고 있는 저 자신에 대한 염오로 마음을 가눌 수 없었다.

아무리 마음을 다잡아도 어느 순간 약해지기 시작한 마음은 자꾸만 허물어지고 있었다. 그녀는 자다가도 악몽에 놀라 깬 사람처럼 벌떡 일어나 양팔에 온몸을 지탱한 채 고개를 떨구고 이유 없이 흐느껴 울었다. 그녀는 자신의 모든 것이 서서히 죽어 가고 있음을 느꼈다.

석영이 중휘가 준 돈 봉투를 다시 떠올린 것은 겨울이 지나고 회색 나뭇가지에 촛불처럼 뽀얀 목련꽃 새순이 올라오기 시작할 무렵이었다. 아무런 계기도 없었다. 그저 불을 끄고 누웠는데도 언제나처럼 새벽까지 잠이 오지 않았다. 부연 천장을 바라보고 있는데 문득 그 돈 봉투가 떠올랐다. 그녀는 자리에서 벌떡 일어났다.

갑자기 가슴이 발작하듯 뛰기 시작했다. 돈 봉투를 떠올린 순간, 그것을 들고 그를 찾아가야겠다는 생각을 했던 것이다. 그를 다시는 보지 않기를 그렇게나 원하고 요구했었는데 이제 스스로 찾아가 그를 만나려 하는 감정에 대해 스스로에게도, 누구에게도, 설명할 수 없었다. 말이 안 된다는 것은 알고 있었다. 하지만 석영은 아직 새벽 세 시밖에 되지 않은 시계를 오 분마다 확인하며 날이 밝기를 초조하게 기다렸다.

어서 날이 밝으면 그 돈 봉투를 가지고 그에게 찾아가야겠다는 생각 말고는 아무것도 할 수가 없었다. 그 돈을 받을 이유가 없으므로 돌려주는 것은 당연하다. 자신의 것이 아니므로 돌려주는 것이 마땅한 일이다. 아무도 그것이 잘못이라고 비난할 수 없다고 그녀는 변명하듯 계속 중얼거렸다. 그녀는 초조하게 방 안을 왔다갔다 하며 손톱을 물어뜯었다.

몇 달 동안 집 밖으로 한 발자국도 나가지 않던 석영이 이른 새벽부터 일어나 몸단장을 하고 집을 나서자 미옥이 놀라고 걱정스러워서 무슨 일이냐고 붙잡고 물었지만 아무것도 설명할 수 없었다. 그저 다녀올 곳이 있다는 말만 남기고 도망치듯 집을 벗어났다.

아침 첫 버스를 타고 집을 나섰다. 서울에 도착한 것은 늦은 오후였다. 누가 뒤에서 쫓아오는 것처럼 서둘러 서울로 달려온 것이 무색하게 그녀는 몇 번이나 공중전화 앞에서 수화기를 들었다 놓기를 반복했다. 그녀의 손에는 전제옥이 준 명함이 꼬깃꼬깃해진 채 들려 있었다. 석영은 결국 그날 전화를 걸지 못했다.

오래 자리에 앓아누워 있었고, 하루 종일 제대로 먹은 것도 없이 차에 시달리느라 그녀의 몸 상태는 말이 아니었다. 차 안에서 쓰러지지 않은 것이 다행으로 여겨질 정도로 몸이 좋지 않았다. 그녀는 병자와 다름없는 그런 초췌한 모습으로 중휘를 만날 수는 없다고 생각했다. 입맛이 전혀 없었지만 식당으로 가서 억지로 밥을 사 먹고 차부 근처에서 그나마 외관이 깨끗해 보이는 여관방을 잡았다.

여관 여주인은 초저녁에 혼자 여관을 찾은 어린 여자에 대해 아무런 호기심도 보이지 않고 2층의 빈방으로 그녀를 안내해 주었다.

그녀는 방으로 들어가자마자 문의 걸쇠를 잠그고 쓰러지듯 누웠다. 식은땀을 많이 흘려 몸이 불쾌했다. 씻어야겠다고 생각했지만 손가락 하나 꼼짝할 수 없었다. 무거운 갑옷같이 자신을 덮어 누르고 있는 육체에 짓눌려 눈을 뜨는 것조차 힘겨웠다. 하지만 잠은 쉽사리 오지 않았다.

새벽녘에 겨우 잠이 설핏 들었으나 오래지 않아 두부 장수가 리어카를 끌고 다니며 흔드는 종소리에 퍼뜩 잠이 깼다. 새우처럼 몸을 만 채 처음 누웠던 자세 그대로 눈을 떴다. 그녀는 눈만 움직여 어슴푸레한 방 안을 둘러보다가 겨우 그곳이 어디인지 깨달았다. 날이 환히 새고 길거리에 사람들이 지나다니는 소리가 들릴 때까지 그녀는 그대로 누워 있었다.

석영은 여덟 시가 되자 자리에서 일어났다. 현기증이 나면서 눈앞이 새카매졌다. 그녀는 잠시 벽에 기대서서 숨을 고른 후, 어제 여관 주인이 건네준 세면도구를 들고 방문을 나섰다.

복도 끝에 있는 공동 세면장에 들어가 문을 잠그고 몸을 씻고 머리까지 정성껏 감고 다시 방으로 돌아왔다. 그녀는 머리가 마를 때까지 기다려서 단정하게 반 묶음으로 묶고 가방에서 여벌로 챙겨 온 새 옷으로 갈아입었다. 아홉 시가 될 때까지 기다렸다가 여관을 나왔다. 밖에는 봄 햇살이 가득했다.

석영은 다시 어제 몇 번이나 들락거렸던 공중전화 앞으로 갔다가 시간이 너무 이른 것 같아 근처 식당으로 들어가 아침을 사 먹은 후 다시 공중전화기 앞으로 갔다. 공중전화 다이얼을 돌리는데 손이 떨려 몇 번이나 손가락이 미끄러졌다. 전화 교환원에게 번호를 대고 기다리는 몇 초가 몇 시간처럼 길게 느껴졌다.

—네, 동경 건설입니다.

상냥한 여직원의 목소리가 전화기 너머에서 들려왔을 때 석영은 긴장해서 하마터면 전화기를 떨어뜨릴 뻔했다.

"……전제옥 씨 좀 부탁드립니다."

—네, 어디라고 전해 드릴까요?

엉뚱한 곳으로 전화를 건 것이 아닐까 조마조마해하고 있는데 다행히 여직원이 그렇게 물었다. 석영은 잠시 망설이다가 곧 대답했다.

"윤석영이라고 합니다."

—잠시만 기다려 주세요.

여직원의 친절한 대답이 돌아왔다. 기다리는 동안 석영은 입술을 물고 눈을 감았다. 그곳이 중휘의 회사라면 그 전화기 너머 어딘가에 중휘가 있을 것이라고 생각만 해도 숨이 잘 쉬어지지 않았다.

—여보세요? 전화 바꿨습니다.

잠시 후 전화기 너머에서 제옥의 목소리가 들려왔다.

"……."

석영은 무슨 말을 해야 할지 몰라 수화기를 든 손에 힘을 준 채 그대로 얼어붙어 있었다.

—여보세요? 아가씨, 접니다. 전제옥입니다.

석영이 말이 없자 수화기 너머에서 그런 소리가 들려왔다.

"아, 안녕하세요."

석영은 떨리는 목소리를 가다듬어 겨우 인사를 했다.

—아, 네. 오랜만입니다. 잘 지내셨지요?

"네, 덕분에……."

—근데 무슨 일, 있으십니까?

제옥이 조심스럽게 물었다.

"아니요. 별일은 없습니다. 저, 중휘 씨와…… 중휘 씨와 통화 좀 할 수 있을까요?"

수화기를 들고 있는 손에 땀이 흥건히 찼다.

—……저도 지금 형님이 어디 계신지 잘 모르고 있습니다.

제옥이 잠시 간격을 두었다가 대답했다.

"예?"

뜻밖의 말에 석영은 깜짝 놀랐다.

—형님은…… 회사를 떠나셨습니다.

제옥의 착잡한 목소리를 듣는데 심장이 철렁 내려앉았다.

"떠나다니요? 어디로 말인가요?"

—……그게, 저희도 모릅니다. 장례식 끝나고 시골에서 올라오

신 직후에 회사를 저에게 맡기시고 갑자기 사라져 버리셨습니다.

제옥의 말에 석영은 멍해졌다.

"……."

—회사를 계속 운영하든, 그게 어려우면 회사를 팔아서 남은 돈을 직원들에게 나눠 주고 각자 살길을 마련하라는 말씀만 남기시고요. 갑자기 사라지시는 바람에 말려 볼 사이도 없었습니다.

제옥이 침울한 목소리로 말했다.

"……."

—형님께서 회사를 어떻게 키워 왔는지 알고 있는데 쉽게 남의 손에 널름 넘길 수는 없어 버티고는 있는 중입니다만, 저희들 힘만으로 운영해 나가는 것은 한계가 있어서 형님께서 한시바삐 돌아오시길 기다리고 있는 중입니다.

제옥은 석영이 중휘를 돌아오게 할 힘이 있다고 믿는 사람처럼 그렇게 구구절절 사정 얘기를 했다. 석영은 중휘를 만날 수 없다는 사실에 겨우 버티고 있던 힘이 온몸에서 다 빠져나가는 것 같았다. 어쨌든 전화만 걸면, 자신이 만나자고 마음만 먹으면 언제건 만날 수 있다고 생각하고 있었다.

"어디 갈 만한 곳 아는 데 없으세요? 연락을 해 볼 만한 친척분이라도……."

잠시 후, 석영은 제 처지도 잊고 그렇게 묻고 있었다.

—수소문해 보았지만 아무 소득도 없었습니다. 연락해 볼 만한 가까운 친척분도 안 계신 거로 알고 있고……. 저도 답답해서 조

만간 아가씨를 찾아뵈러 가려던 참입니다. 형님에 대해서라면 저희보다 아가씨께서 아는 것이 많으실 것 같아서…….

제옥의 말에 석영은 할 말을 잃었다. 아무것도 떠오르는 것이 없었다. 중휘에 대해 자신이 아는 것이 없다는 것을 새삼 깨달았다. 제옥은 혹시나 중휘와 연락이 닿게 되면 꼭 알려 달라고 부탁을 하고 전화를 끊었다. 공중전화 수화기를 내려놓고 멍하니 서 있는데 뒤에서 전화를 걸기 위해 줄을 서 있던 중년 여인이 어깨를 두드렸다. 석영은 깜짝 놀라 그곳을 벗어났다.

그녀는 상심에 빠졌다. 다시는 나타나지 말라고 저주 같은 말들을 쏟아 냈던 것이 무색하게 그를 만날 수 없다고 생각하자 마음을 가누기 힘들었다. 애초에 돈을 돌려주는 것이 목적이 아니었다. 그를 만나고 싶어 핑계를 댄 것이다. 그녀는 인적 없는 골목길로 접어들자 그만 주저앉아 두 손에 얼굴을 묻었다.

오빠를 죽게 만든 남자를, 자신을 기만하고 이용하고 모욕한 사람을 여전히 그리워하고 있다는 사실이 너무도 끔찍했다. 석영은 절망적으로 흐느껴 울었다. 절대 용납할 수도 인정할 수도 없었던 감정이 중휘에 대한 그리움이었다는 것을 어쩔 수 없이 인정하고 나자 석규에 대한 죄책감으로 마음이 무너지는 것 같았다. 구제할 수 없는 패륜을 저지르는 것 같아 무참해 견딜 수 없었다.

그 상태로는 도저히 차를 장시간 탈 자신이 없어서 석영은 다시 여관으로 돌아갔다. 그녀는 여관방 벽에 기대앉아 무릎에 얼굴을 묻었다. 눈물은 이때만을 기다리고 있었다는 듯 끊임없이 흘러나왔다.

다음 날 집으로 돌아오면서 보니 들판에 봄꽃이 만개해 있었다. 그것을 바라보는데 이유 없이 또 눈물이 났다.

습관처럼, 중휘가 돌아왔던 일 년 전, 이맘때쯤이 떠올랐다. 그때 그녀는 세상에서 가장 행복한 사람이었다. 사랑하는 사람이 돌아왔고, 기대치도 않게 그 사람이 자신을 사랑한다고 말했다. 그가 자신을 좋아하고 있다는 얘기를 들은 순간 살아오면서 느꼈던 모든 외로움과 결핍감을 한꺼번에 보상받는 기분이었다. 얼마나 충만하고 완벽한 봄이었던가.

그것이 불과 일 년 전이라는 것이 믿기지 않았다. 이제 그녀는 모든 것을 잃었다. 하나뿐인 혈육을 잃었고 외롭지만 평화롭던 일상도 사라졌다. 혼자 간직하고 있던 사랑도 잃었고, 희망도, 삶의 의지마저도 이제 사라져 가고 있었다.

석영은 서울에서 돌아온 후, 꽃이 만발한 봄 내내 또다시 집에서 한 발자국도 나오지 않았다. 기껏 대청까지 나와 대들보를 짚고 서서 하염없이 복사꽃이 아지랑이처럼 아른거리는 정봉산 자락을 멍하니 바라보다가 들어가는 것이 고작이었다. 미옥이 걱정이 되어 한약을 지어다 달여 먹이고 솜씨를 발휘해 맛있는 음식을 해 날랐지만, 그녀의 기력은 점점 더 쇠약해져 가고 있었다.

봄의 끝자락이었다. 이제 화려하게 피었던 꽃나무들은 분홍색 꽃잎을 떨구고 잎이 돋아 푸르렀다. 석영이 근 한 달 만에 집을 나선 것은 뒷산 암자에 예전에 계시던 비구니 스님이 돌아왔다는 소식을 듣고서였다. 석영이 어렸을 때, 중휘도 아직 어린 꼬마였을 때, 그의 어머니는 두 사람을 데리고 그 절에 자주 갔었다. 단지 스님이 중휘네 가족을 알고 있다는 사실만으로 그냥 만나고 싶었다.

열 걸음에 한 번씩 멈춰 서서 숨을 골라 가며 암자로 가는 산길을 올랐다. 지난해 봄, 중휘가 그 스님이 만든 음식을 먹고 싶다고 했던 것이 떠오르자 가슴이 아려 왔다. 그녀는 길섶에 지천으로 피어 있는 죄 없는 개망초를 손으로 쥐어뜯으며 이를 물었다. 밉고 미웠다. 원망스럽고 증오하는데 어째서 그 얼굴만 떠오르는지 알 수 없었다. 어째서 그에 대한 생각은 옅어지지도 않는 것인지. 그가 죽거나 자신이 죽거나 둘 중에 하나는 죽어야 끝날 괴로움이라고 그녀는 맥없이 생각했다.

암자 마당에 도착했을 때 그녀는 거의 쓰러지기 일보 직전이었다. 오래 정신적인 괴로움에 시달리고 몸을 돌보지 않아 체력이 거의 바닥이었다. 암자는 비어 있었다. 그녀는 마루로 가서 앉았다. 이마와 등줄기에 식은땀이 흥건했다. 그 땀이 식으며 서늘한 오한이 들었을 때쯤, 암자 뒤에서 스님이 나타났다. 머리에 수건을 쓴 스님의 손에는 고사리와 싸리 나물이 가득 담긴 대바구니가 들려 있었다.

"아니, 이게 누구예요? 석영 아가씨 아니에요?"

스님이 나물 바구니를 마루에 내려놓으며 석영의 손을 덥석, 잡았다. 중휘네 가족이 떠나고 일 년쯤 후에 암자를 떠났으므로 거의 7여 년 만에 보는 것이었다.

"스님 돌아오셨다는 소식 듣고 반가워서 뵈러 왔어요."

석영이 오랜만에 웃으며 그 따듯한 손을 꼭 마주 잡았다.

"그렇지 않아도 한 번 보러 가려던 참이었어요. 오라버니 일은 정말 안됐어요. 아가씨가 상심이 컸겠어요."

스님이 석영의 병색이 완연한 얼굴을 안쓰러운 듯 바라보며 말했다. 석영은 스님이 이끄는 대로 다시 마루로 가서 앉았다.

"스님은 갑자기 어떻게 돌아오게 되신 거예요?"

"결국 여기가 내 자리인가 봐요. 여기 머물던 스님이 하산하신다는 얘기 듣고 두 번 생각도 하지 않고 돌아왔지요."

나이가 쉰이 넘은 스님이 소녀처럼 해맑게 웃으며 대답했다.

"그나저나 아가씨는 이제 완전히 아름다운 숙녀가 되었네요. 내가 떠날 때만 해도 얼굴에 앳된 티가 남아 있었는데."

스님이 석영의 얼굴을 찬찬히 뜯어보며 다정히 웃었다. 예전 중휘 어머니의 나이 대가 된 스님의 얼굴 때문인지 자꾸 그 얼굴이 떠올라 눈앞이 흐려졌다. 그의 어머니는 알고 있을까. 중휘가 그토록 무섭고 무정한 사람으로 변한 것을.

하기는 그가 인간성을 모두 잃어버렸다고 생각했던 자신의 생각은 틀린 것일 수도 있었다. 석규가 죽자, 애써 빼앗은 재산을 모두 돌려주었을 뿐만 아니라 제 돈으로 산 목재소와 읍내 집값까지 돌려주고 떠났으니 그도 아직 양심 같은 것은 남아 있는 것이 아닐까. 그런 약한 마음을 가지고 어떻게 그토록 무도한 짓을 저지른 것인지 알 수가 없었다.

"한실네 가족들 소식은 들은 거 없지요? 어디서든 잘 살아야 할 텐데."

스님이 석영의 속마음을 읽은 사람처럼 갑자기 그들 가족 얘기를 꺼냈다. 석영은 눈가에 곱게 주름이 잡힌 스님의 얼굴을 바라보았다. 자신이 그렇듯 스님도 자신을 보니 그들 생각이 난 모양이었다.

"……아주머니는 돌아가셨다고 들었어요."

"……저런. 아직 그렇게 되실 연세가 아닌데 어쩌다가……."

"……."

"돌아가신 것은 어떻게 알았어요?"

"……중휘 씨가 작년에 교월로 돌아왔었어요."

석영은 마당가에 흐드러지게 핀 조팝나무 흰 꽃을 바라보며 대답했다. 그에 관한 얘기를 하는 것은 슬프기도 하고 또, 바싹 마른 입술에 물을 축이는 것 같은 기분이 들기도 했다.

"그랬었군요. 어떻게 지내고 있다고 하던가요? 한실이 아가씨는요?"

스님이 근심 어린 눈빛으로 물었다. 석영은 한실에 관해 얘기하는 것이 망설여져서 스님 얼굴을 바라보다가 스님이 그녀의 극락왕생을 빌어 주길 바라는 마음에 입을 열었다.

"한실 언니도…… 돌아가셨대요."

"아이고, 세상에 저런……."

스님이 아까보다 더 놀라서 합장하며 고개를 숙였다.

"어쩌다가, 언제요……?"

한참 동안 몸을 앞뒤로 흔들며 염불을 외우던 스님이 이윽고 물었다.

"……여길 떠난 직후에요. 아기를 낳고 나서 회복하지 못하셨대요."

"나무아미타불 관세음보살……."

스님이 끔찍한 소리를 들은 사람처럼 외마디 소리를 지르며 다시 염불을 외우기 시작했다. 한참 만에 고개를 든 스님의 눈에 눈물이 맺혀 있었다. 석영도 눈물이 나올 것 같아 제 손을 내려다보며 입술을 깨물었다.

"그토록 선한 사람들에게 그런 불행이 닥치다니……."

스님이 고개를 절레절레 저으며 혼잣말처럼 중얼거렸다. 그녀는 모은 두 손에 이마를 대고 오래 기도를 하고 난 후 석영을 바라보았다.

"중휘 청년이 그런 얘기까지 한 것을 보면 아가씨도 그 일에 대해 알고 있겠군요……. 불행한 일이에요. 이미 돌아가신 분을 비난하려는 건 아니지만…… 자신의 아이를 가진 사람에게 그래서는 안 되는 것인데……."

스님이 너른 승복 소맷자락을 잡아 눈가를 닦으며 말했다. 석영은 무슨 소리인지 몰라 멍하니 스님을 바라보았다.

"……인제 와서 이런 소리 해 봐야 소용없지만 말이에요. 그때 석규 청년이 그렇게 섭리를 거스르지 않았다면…… 어쩌면 두 사람 모두 지금처럼 되지는 않았을 거라는 생각이 자꾸 드네요…….”

“그게…… 도대체 무슨 말씀이세요?”

석영이 창백해진 얼굴로 물었다.

“…….”

석영의 사색이 된 얼굴을 보고 스님도 덩달아 놀라서 그녀를 바라보았다.

“스님, 그게 무슨 말씀이세요? 오빠와 한실 언니가 왜요? 임신을 하다니, 누가 말씀이에요? 누가 누구의 아이를 가졌다는 말씀이세요?”

“……알고 있는 거 아니었어요?”

“무, 무엇을요?”

석영은 와들와들 떨리는 두 손을 마주 잡았다. 무언가 끔찍하고 무서운 얘기를 듣게 될 것 같아 두려움에 몸이 저절로 떨렸다.

“중휘 총각한테서 아이를 낳다가…… 잘못되었다는 얘기를 들었다면서요? 그런 얘기까지 했는데 다른 얘기는 하지 않았다고요?”

스님이 당혹스러운 눈으로 그녀를 바라보았다.

“무슨 얘기를요?”

“나무타미아불 관세음보살…….”

스님은 합장을 한 채 한참 동안 고개를 들지 않았다.

"스님, 말씀해 주세요. 도대체 무슨 일이 있었는지."

"중휘 청년이 말하지 않았다면 그럴 이유가 있었을 텐데……. 내가 실수를 했네요. 나미타불……."

"스님……!"

석영은 거의 울듯한 표정이 되었다.

"이미 돌아가신 분들 얘기이니 그럼……. 서천댁 아주머니가 여길 떠나기 전날 밤에 암자로 찾아오셨더군요. 울면서 자초지종을 말씀하시는데 너무도 가슴이 아팠어요. 아무것도 도와 드릴 방법이 없어서 그 후에도 늘 마음에 걸렸는데……."

스님이 먼 산자락을 바라보며 눈시울을 적셨다. 석영은 숨도 쉬지 못하고 그녀의 말을 듣고 있었다.

"한실 아가씨가…… 석규 청년의 아이를 임신했는데 상로재 가주께서 죽어도 결혼은 시킬 수 없다고 하셨답니다. 그래서……."

석영은 비명이 나올 것 같아 두 손으로 입을 틀어막았다. 석규가 죽기 전에 한실을 찾던 것이 떠올랐다. 그것은 그저 우연한 헛소리가 아니었던 것이다.

그동안 일어난 모든 일의 전말이 너무도 명확하게 인식이 되었다. 그들이 어째서 그렇게 급하게 말도 없이 떠났는지, 어째서 떠나서 편지 한 장 할 수 없었는지……. 그리고, 중휘가 돌아와서 했던 모든 행동이 그제야 모두 이해가 되었다. 그가 어째서 자신의 집안에 그런 짓을 한 것인지를…….

입을 막고 있는 그녀의 손 위로 눈물이 떨어져 내렸다.

"……멀리 떠나서 아이를 떼라고 돈을 받았다면서 울더군요. 어째야 하는지, 아이를 떼어야 하는지 낳아서 길러야 하는지 답을 달라고 하는데 저희가 해 줄 대답을 이미 알고 있었을 테니 그저 괴로움을 참지 못해 털어놓은 것이었겠지요."

스님은 소리 내 울지도 못하고 숨죽여 흐느끼고 있는 석영의 등을 쓸어 주며 조용히 말했다. 석규의 무책임과 아버지의 이기심이 너무도 끔찍했다. 그런 일을 겪으며 중휘의 마음이 어땠을지 생각하니 그가 그렇게 망가진 것은 어쩌면 당연한 일처럼 느껴지기도 했다. 한실이 가여워서, 중휘의 고통이 그대로 느껴져서 눈물이 멈추지 않았다.

암자에서 집으로 어떻게 돌아왔는지 기억나지 않았다. 정신을 차리고 눈을 떠보니 자신의 방에 누워 있었다. 등잔불이 켜져 있는 것으로 봐서 벌써 날이 저문 모양이었다.

"아가씨, 정신이 좀 드세요?"

근심스러운 얼굴로 옆에 앉아 있던 미옥이 그녀의 손을 잡아 주며 물었다.

"……어떻게 된 일이에요?"

석영이 어지러운 머리를 짚으며 자리에서 일어나려 하자 미옥이 말리며 다시 자리에 눕혔다.

"몸도 안 좋은 분이 혼자 암자엔 왜 가셨어요. 하도 돌아오지 않아서 옥희랑 찾으러 다니는데 산길에 쓰러져 계시더라고요. 아가씨까지 잘못되는 줄 알고. 내가, 정말…….”

“……죄송해요.”

“혹시, 아가씨 이렇게 괴로워하는 거 권 사장님 때문이에요?”

당연히 이유를 찾자면 석규의 죽음을 원인으로 여길 거로 생각했는데 미옥이 그렇게 말하자 석영은 움찔 놀랐다.

“그런 거 아니에요. 그냥…… 그냥 몸이 좋지 않은 것뿐이에요.”

석영은 깊이 숨긴 마음을 들킨 것 같아 얼른 고개를 저었다.

“도대체 두 분은 어떻게 된 거예요? 화해한 줄 알았더니 또 헤어졌다 하고……. 무슨 이유로 그러는지 설명도 안 해 주니 답답해 죽겠어요.”

“……죄송해요.”

“무엇 때문이든 이제 몸을 좀 추스르고 일어나야 해요. 언제까지 슬퍼하고만 있을 수는 없어요. 죽음이든 사랑이든, 남겨진 사람은 또 어떻게든 살아가야죠…….”

미옥이 스스로에게 말하듯 중얼거리며 한숨을 쉬었다. 그녀는 일어나 나가더니 곧 흰 쌀로 쑨 죽과 간장을 소반에 받쳐 들고 들어왔다. 입안이 마른 흙바닥처럼 버석거려서 아무것도 삼킬 수 없을 것 같았지만 석영은 억지로 그것을 다 먹었다. 미옥이 걱정스러운 얼굴로 옆에서 지켜보고 있어서이기도 했고 미옥의 말마따나 어떻게든 기운을 차려야겠다는 생각이 절실하게 들었기 때문이다.

어서 중휘를 만나야겠다는 것밖에 이제 아무 생각도 할 수 없었다. 미움이나, 증오라거나 그런 단어는 이제 떠오르지 않았다. 중휘가 무엇 때문에 그런 일을 꾸몄는지 알게 된 순간 그런 것들은 무의미해졌다. 이유를 알았다고 해서 그의 행동을 용서할 수 있다거나 모두 납득할 수 있다는 얘기는 아니었다. 그 결과로 너무도 끔찍한 일이 벌어졌으므로 그런 얘기를 함부로 할 수 있는 문제는 아니었다.

다만, 이제 그를 오로지 미워하지 않아도 된다는 사실이 안심이 되기도 하고 슬프기도 했다. 석규로 인해 한실이 잘못되고, 그 여파로 어머니까지 잃었을 때 그가 어떤 심정이었을지, 같은 일은 겪은 석영으로서도 다 알 수 있다고 감히 말할 자신이 없었다.

다음 날 석영은 읍내로 나가 제옥에게 다시 전화를 걸었다. 혹시 그동안 중휘에게서 연락이 오지 않았는지 묻기 위해서였다. 중휘에게서는 여전히 아무 소식도 없으며 찾아본 일도 성과가 없었다고 했다. 석영은 절망한 채 집으로 돌아왔다. 그는 도대체 어디로 숨어 버린 것일까.

그를 만나서 무슨 말을 하려고 하는지 스스로도 알지 못했다. 다만 어서 그를 만나야겠다는 생각에 안절부절못했다. 마음은 급했지만 아무런 방도가 없어 시간만 속절없이 흘러갔다. 봄이 천천히 지나가고 있었다.

한실과 그녀의 어머니를 위해 석영은 무엇이든 하고 싶어서 백일기도를 올리기로 마음먹었다. 첫날 새벽에 일어나 암자로 올라

가는데 문득, 일 년 전 이맘때쯤에 중휘와 영불사에 찾아갔던 것이 떠올랐다. 한실의 기일이 돌아오고 있었다. 집으로 돌아와 날짜를 헤아려 보니 보름 후였다.

한실의 기일을 잊지는 않을 테니 그곳에 가면 중휘를 만날 수 있을지도 모른다는 생각에 가슴이 뛰었다. 어째서 여태 그 생각을 하지 못했는지 모를 일이었다. 물론 중휘 때문이 아니라도 한실을 보러 갔을 테지만, 지금은 중휘를 만날 수 있다는 기대가 먼저였다.

시간은 굼벵이처럼 느리게 지나갔다. 보름을 기다리는 시간이 일 년처럼 길었다. 석영은 기일 하루 전에 미리 영불사 근처에 있는 온천으로 가서 하루를 묵었다. 당일, 새벽같이 일어나 전날 예약해 둔 택시를 타고 절로 향했다. 날도 미처 밝지 않은 시간에 절 입구에 도착했다. 혹시나 늦어서 그 전에 중휘가 다녀갈까 봐 조바심이 났다.

준비해 간 꽃을 위패를 모신 영단 아래에 받치고 묵념을 했다. 중휘가 오면 그때 함께 절을 올리리라 마음먹었다. 처음 한실이 사망했다는 것을 알았을 때도 그랬지만 모든 사실을 알고 난 지금은 더 가슴이 아팠다.

"……오빠를, 우리 가족을 용서해 주세요. 언니. 부디……."

석영은 말을 잇지 못하고 위패에 이마를 대고 울었다. 그 영혼이 너무도 가엾고 아파서 가슴이 저며 왔다. 한실과 보낸 행복했던 어린 시절이 떠올라 눈물은 쉽게 멈추지 않았다. 그녀는 한참 만에야 진정을 하고 깨끗한 손수건을 꺼내 정성스럽게 나무 위패를 닦았다. 그리고 그것을 오래 들여다보다가 다시 제자리에 돌려놓고 지장전을 나왔다.

새벽의 산사 마당에는 새소리가 가득했다. 절을 둘러싼 오래된 나무마다 작은 산새들이 부지런히 날아다니며 지저귀고 있었다. 석영은 고개를 들고 그것을 올려다보다가 스커트 자락을 앞으로 모아 쥐고 돌계단에 조심스럽게 앉았다.

그는 언제 올까? 혹시 오늘 오지 않으면 어떻게 할까. 또 속절없는 기다림을 계속해야 할 생각을 하자 속이 타들어 가는 것 같았다. 석영은 초조하게 손안에 쥔 손수건을 만지작거렸다.

이미 그가 자신의 원수라는 생각은 사라지고 없었다. 물론 그의 행동을 잘했다고 할 수는 없었지만 그도 석규를 진짜 죽음으로까지 몰아넣을 마음은 없었을 거라고 생각했다. 석규가 죽고 나서 제가 했던 일들을 원점으로 돌려놓고 사라져 버린 것을 보면 그런 생각이 들었다. 그도 괴로웠던 것이 분명했다.

머리를 파랗게 깎은 어린 스님이 와서 마당을 쓸었다. 산사 지붕 위로 금빛 햇살이 쏟아져 내렸다. 숲속은 새들 지저귀는 소리와 나무 사이로 지나가는 바람 소리, 계곡을 타고 흐르는 물소리로 조금 더 소란스러워졌다. 석영은 가끔 계단에서 일어나 싸리나무 빗자루가 지나간 깨끗한 마당을 천천히 걸었다.

오전이 지나갈 동안 그녀는 한 번도 지장전 앞을 떠나지 않았다. 혹시 잠시 자리를 비운 사이 중휘가 다녀갈까 봐 걱정되었다.

긴장한 탓에 어제부터 음식을 삼킬 수 없었다. 무엇을 먹든 곧 체할 것 같았다. 몇 끼나 음식을 입에 대지 않았는데 허기는 느껴지지 않았다. 다만 현기증 때문에 자꾸 눈앞이 까매졌다.

어느덧 점심때도 지나고 세 시쯤 되었을 때 입안이 말라서 석영은 절 뒷마당으로 갔다. 그곳에 산에서 내려오는 물을 가둬서 오가는 사람이 마실 수 있게 만든 작은 우물이 있었다. 석영은 손끝이 시리게 차가운 물을 마시고 식은땀에 젖은 얼굴을 씻었다.

석영은 지장전 앞마당으로 돌아와 다시 계단에 앉았다. 그늘에 앉아 있으니 지나가는 바람에 얇은 블라우스를 입은 팔이 선득했다. 그녀는 해가 비치는 계단으로 자리를 옮겨 앉았다. 세운 무릎에 두 손을 포개 얹고 그 위에 뺨을 얹었다. 봄 햇살이 눈꺼풀 안에 어른거리며 따스한 이불처럼 온몸을 부드럽게 감쌌다. 그녀는 눈을 감은 채 바람에 흔들리는 풍경 소리를 들었다.

중휘는 오후가 넘어서 영불사 근처에 있는 소읍에 도착했다. 온천이 유명한 곳이라 읍내 중심가를 따라 온천 여관이 즐비하게 늘어서 있었다. 그는 그중 한 곳으로 들어가 방을 잡았다. 방에는 구석에 이불 한 채가 놓여 있을 뿐 아무것도 없었다. 산 쪽으로 난 작은 창문을 여니 공기가 고여 있던 방으로 신선한 바람이 밀고 들어왔다.

그는 잠시 영불사가 있는 산을 바라보다가 쓰러지듯 이불에 기대 누웠다. 오늘이 한실의 기일이었지만 절로 올라갈 마음은 들지 않았다. 새삼 상처가 덧나는 것처럼 고통스럽기도 했고, 또 왠지 어머니와 누이를 대할 낯이 없었다. 그렇지 않아도 편히 잠들지 못했을 그들이 저승에서조차 자신이 지은 죄 때문에 괴로워할 것 같아서였다. 저승이라는 게 정말 있다면.

일이 이렇게 되고 난 후 중휘는 자신이 무엇을 위해 그렇게 이를 갈며 복수를 계획했었는지 아득해졌다. 지금도 여전히 석규를 용서할 수 없기는 마찬가지였다. 하지만 그가 죽었다고 복수를 했다는 생각은 조금도 들지 않았다. 그와 그의 집안에 대한 증오로 살아 내던 때보다 나아진 것은 아무것도 없었다. 아니 오히려 더 힘들었다.

석영을 떠올리면 저절로 심장이 조여 왔다. 그녀가 어떤 고통을 겪고 있을지 생각하면 괴로워 아무것도 할 수 없었다. 그는 이마에 팔을 얹고 심장의 둔통이 사라질 때까지 어금니를 꽉 물고 있었다.

석규의 장례식이 끝나고 서울로 돌아온 후 도통 무엇을 해야 할지 알 수 없었다. 회사고 일이고 더는 아무것도 그의 주의를 끌지 못했다. 다른 일에 신경을 집중하는 일이 아예 불가능했다. 무책임하다는 것은 알고 있었지만 회사 일에서 손을 뗄 수밖에 없었다. 아무것도 하지 않는 시간은 더 고통이었다. 견디기 위해 그는 떠돌아다녔다. 극도로 피곤해져서 어디건 몸을 누이면 곧바로 잠들 수 있기를 바랐으나 그런 일은 드물었다.

지난 사흘 동안 하루에 열 시간 넘게 걸어서 이곳에 도착했다. 몸은 몹시 지쳐 있어 이대로 잠들어 며칠 동안 깨지 않았으면 좋겠다 싶었지만 눈을 감고 있어도 언제나 그렇듯 신경은 바늘 끝처럼 예민해져서 잠시도 안식을 취하는 것을 용납하지 않았다.

감은 눈 안으로 자꾸 석영의 얼굴이 떠올랐다. 이제 무슨 일이 있어도 그녀 앞에 나타나서는 안 된다고 스스로에게 주지시키면 시킬수록, 보고 싶어 미칠 것 같았다. 먼발치에서라도 잘 지내고 있는지 한 번만 보고 싶었다. 어디를 가건 그의 머릿속에는 언제나 그곳에서 어떤 경로를 거쳐 교월로 갈 수 있는지부터 생각하고 있었다. 교월로 돌아가지 않기 위해 그는 그곳과 가장 먼 곳의 표를 사곤 했다. 목적 없이 떠돌았다고 했지만 이제 생각해 보니 그녀에게 가지 않기 위한 발버둥이였다.

지구의 중력처럼 자신을 끌어당기는 석영에게서 멀어지기 위해 그는 안간힘으로 버티고 있었다. 자신을 보는 것만으로도 고통받을 그녀를 위해 그 앞에 나타나지 않은 것이 자신이 할 수 있는 최선의 속죄라 여겼다. 그녀에 대한 그리움은 언제쯤 무디어질지, 언제까지 이렇게 떠돌아야 하는지 알 수 없었다.

몸이 피곤하여 그대로 잠들고 싶었지만 마음이 어지러워 그는 더 누워 있을 수 없었다. 이제 며칠 동안 이곳에서 지낼 생각이었으므로 절에는 천천히 올라가 보아야겠다고 미루던 생각을 접고 그는 지하에 있는 대욕탕으로 가서 몸을 씻고 오랜만에 수염을 깎았다.

대절한 택시에 올랐을 때는 해가 뉘엿뉘엿 기울고 있었다. 절로 들어가는 일주문 앞에 도착하여 택시에서 내렸다. 택시를 기다리게 한 후, 그는 길옆으로 시내가 흐르는 익숙한 길을 따라 천천히 걸어 대웅전으로 이르는 계단을 올랐다. 잔돌 하나 없이 깨끗하게 쓸린 대웅전 마당을 가로질러 지장전이 있는 오른편으로 꺾어 돌았다.

지장전 앞마당에 발을 들여놓다 말고 그는 발이 땅에 붙은 듯 멈춰 섰다. 지장전으로 올라가는 계단에 누군가 앉아 있었다. 혹시 꿈을 꾸고 있는 것인가 싶어 미간에 힘을 주고 바라보았다. 눈을 감았다 뜨면 사라져 버릴 것 같아 눈도 깜빡이지 못했다.

석영이었다. 잠이 든 것인지 세운 무릎에 뺨을 대고 엎드려 있어서 얼굴을 볼 수는 없었지만 분명 그녀였다. 이미 반쯤 산 그림자에 덮인 마당을 가로질러 그는 그녀에게로 걸어갔다. 석영은 여전히 꼼짝도 하지 않고 있었다. 그녀에게로 걸어가는 동안에도 그는 두려웠다. 혹시 너무 그리워한 나머지 헛것을 보고 있는 것은 아닐까. 가까이 가면 사라져 버리는 것은 아닐까. 마음이 졸아드는 것 같았다.

그는 중간쯤에서 걸음을 멈추었다. 그녀가 자신을 얼마나 증오하는지 알고 있었다. 그와 별개로 한실을 보러 왔을 수도 있었다.

그녀가 한실이나 어머니와 얼마나 각별했는지는 잘 알고 있었다. 자신과 상관없이 한실의 기일을 기억해 찾아올 수도 있는 것일까? 그렇다면 그녀 앞에 나타나서는 안 된다. 그녀는 당연히 그를 만나는 것을 원하지 않을 테니.

그런 생각이 들었지만 그래도 어쩔 수 없었다. 이렇게 가까이 있는데, 얼굴을 볼 수 있고 그 목소리를 들을 기회가 왔는데 그것을 놓칠 수는 없었다. 꿈속에서라도 한 번 나타나 주기를 얼마나 원했었던가.

그는 긴장한 채로 그녀 앞에 다가섰다. 그의 그림자가 석영의 하얀 목덜미 위로 드리워졌다. 석영이 무슨 기척을 느꼈는지 눈을 뜨고 고개를 들었다. 실바람이 불어와 그녀의 귀밑머리를 흔들고 지나갔다. 두 사람은 미동도 없이 한참 동안 서로의 얼굴을 꿈인 듯 바라보았다. 그 시선에는 금방 흘러넘칠 듯 그리움이 가득 차 있었다.

얼마 후, 두 사람은 일주문 앞에서 기다리고 있던 택시를 타고 중휘가 방을 잡아 놓은 온천 여관으로 돌아왔다. 절에서 마주쳤을 때도 그랬고, 택시 안에서도 두 사람은 별다른 대화를 나누지 않았다. 석영이 워낙 지쳐 있어서이기도 했고 무슨 얘기를 해야 할지 알 수 없어서이기도 했다. 할 얘기가 태산같이 많은 것 같기도 하고 아무 얘기도 할 필요가 없게 느껴지기도 했다.

"우선 밥 먹어요."

여관 앞에 도착해 택시에서 내린 중휘가 말했다. 석영이 새벽부터 아무것도 먹지 않고 절에서 그를 기다렸다는 것을 안 순간 굳어 있던 그의 표정에 만감이 교차했다. 혼을 내고 싶은 것 같기도 하고, 걱정스러워 어쩔 줄 모르는 것 같기도 한 얼굴이었다.

석영은 사실 아무 곳에나 쓰러져 눕고 싶을 만큼 몸이 피곤했다. 배가 고프다는 감각도 이미 사라지고 없어 무엇을 먹고 싶은 생각은 조금도 들지 않았지만 중휘도 저녁을 먹어야 할 거라는 생각으로 석영은 애써 그를 따라 여관 근처에 있는 식당으로 들어갔다.

음식을 주문하고 두 사람은 말없이 탁자에 마주 앉아 있었다. 그의 얼굴은 다시 고요해져 있어, 무엇을 생각하는지 표정에 드러나지 않았으나 탁자에 올려놓은 두 손이 그가 지금 초조한 상태라는 것을 알려 주었다. 그는 깍지 낀 두 손에 힘을 주고 있다가 풀고 다시 오른손으로 주먹을 쥔 왼손을 쥐었다 풀기를 반복했다. 석영을 바라보다가도 눈이 마주치면 얼른 시선을 피하기도 하였다.

그답지 않게 무슨 말인가 할 듯하다가 도로 입을 다물기를 반복했다. 석영은 마음이 아픈 한편으로 그 모습에 왠지 마음이 놓였다. 그를 만나기 전에도 이미 그랬지만 마주하고 보니 더욱더 미워할 수가 없었다. 자식이 무슨 잘못을 했든 미워할 수 없는 엄마의 마음이 그러하지 않을까. 석영은 속으로 그런 터무니없는 생각을 했다.

잘못을 비난하는 마음보다는 그가 겪은 상처와 고통이 안타깝고 가엾어서 마음이 아팠다. 그러다 석규를 생각하면 또 마음이 복잡해졌지만 일단은 그러했다.

"얼른 먹어요."

담백하게 끓인 얼갈이 된장찌개가 나오자 중휘가 급한 얼굴로 떠먹여 줄 듯 재촉했다. 석영은 입안이 까칠해서 도저히 입맛이 없었지만 억지로 찌개를 떠먹었다. 음식을 입에 넣은 후에야 그녀는 자신의 몸이 몹시 음식을 갈구하고 있었다는 것을 알았다. 도저히 무엇을 삼킬 수 없을 것 같았는데 음식이 달게 넘어갔다. 그녀는 정신없이 몇 숟갈 떠먹다가 민망해져서 중휘를 바라보았다. 그는 밥 먹을 생각을 하지 않고 멍하니 자신이 밥 먹는 것을 지켜보고 있었다.

"드세요."

자신이 먹고 있는데 마치 그가 음식의 맛을 느끼고 있는 듯한 얼굴을 바라보며 석영이 말했다. 조금 쑥스러운 얼굴로 숟가락을 드는 중휘의 모습에서 어릴 적 순하던 그의 모습이 보여서 석영은 저도 모르게 미소를 지을 뻔했다. 그들의 상황으로 볼 때 이렇게나 쉽게 웃음이 나올 것 같지도 않았고, 또 나와서도 안 될 것 같은데 저도 모르게 웃음이 날 것 같아 당황스러웠다.

석영은 밥 한 그릇을 모두 비웠고 그것을 본 중휘의 표정이 겨우 조금 누그러졌다. 그들은 식당을 나와 함께 중휘가 어제 잡아 놓은 방으로 돌아갔다. 그대로 쓰러져 누우면 며칠이고 잘 수 있을 만큼 피곤했지만 석영은 여관에서 제공하는 세면도구를 챙겨서 욕탕으로 가서 씻고 방으로 돌아갔다.

중휘는 벽에 기대앉아 있다가 석영이 들어가자 어정쩡한 자세로 벽에서 등을 떼고 앉았다. 그의 반대편에 이불이 얌전히 펴져 있었다. 무슨 다른 의미가 있는 것이 아님을 알고 있었지만 석영은 왠지 그것을 의식적으로 보지 않으려 애썼다.

"……저, 저녁이 되니 아직 꽤 춥네요. 산속이라 그런가……?"

석영은 무언가 말을 해야 덜 어색할 것 같아 이부자리와 떨어진 곳에 앉으며 말했다.

"추워요? 방에 불을 좀 넣어 달라고 할까요?"

중휘가 얼른 일어나 나갈 듯이 말했다.

"아, 아니요. 그 정도는 아니에요."

석영이 서둘러 고개를 저으며 말했다. 그러고 나니 다시 어색한 침묵이 흘렀다. 그렇게 만나기를 원했지만 정작 만나서 하는 얘기가 이토록 의미 없는 것들이라 석영은 조금 초조해졌다.

"그동안 어디서 지내셨어요?"

석영이 입술을 씹다가 겨우 다시 입을 열었다.

"그냥…… 여기저기 좀 다녔어요."

"……."

"석영 씨는……."

중휘가 어렵게 입을 열었으나 곧 다시 입을 다물었다. 그 역시도 어디서부터 무슨 말을 해야 할지 알 수 없는 듯 했다.

"피곤할 텐데 일단 한숨 자요. 얘기는 내일 나눠도 되니까……."

중휘가 스스로에게 일깨우듯 말하고 자리에서 벌떡 일어섰다.

"어디…… 가세요?"

중휘가 성큼 걸어 문 앞으로 다가갔으므로 석영이 물었다.

"난 옆에 방을 얻었어요. 아침에 올게요."

"……가지 마세요."

석영은 이미 문을 연 그에게 말했다. 그 말을 물릴 생각은 전혀 없었지만 말하고 나니 왠지 부끄러워 얼굴이 달아올랐다. 정지한 그림처럼 열린 문손잡이를 잡은 채 서 있던 중휘의 뒷모습이 순간적으로 몹시 갈등하는 것처럼 보였다.

"어젯밤에 여관에서 혼자 잤는데…… 무섭더라고요."

석영은 달아오른 얼굴을 외로 꼬며 말도 안 되는 이유를 대고 다시 얼굴을 붉혔다. 중휘에 대한 생각에 집중한 나머지 무섭다거나 그렇지 않다거나 그런 것을 의식할 틈도 없었다. 그 말에 중휘는 조금 머뭇거리다가 도로 문을 닫고 원래 자리로 가더니 다시 벽에 등을 기대고 앉았다.

심장이 쿵쿵 뛰어 호흡이 가빠지는 와중에도 그것을 중휘가 눈치챌까 봐 숨도 크게 쉴 수 없었다.

"몸은 어때요? 어디 아픈 데는 없어요?"

중휘가 벽에 기대앉아 세운 무릎에 양손을 얹은 채 어디서 주웠는지 실오라기 같은 것을 손끝으로 만지작거리며 물었다.

"괜찮아요."

"일단 좀…… 누워요."

그가 다시 이부자리를 가리키며 걱정스러운 눈빛으로 말했다. 석영은 남아 있는 여분의 이불을 그 옆에 폈다.

"중휘 씨도 피곤하실 텐데 쉬세요."

석영은 그렇게 말하고 벽 쪽으로 돌아누워 이불을 끌어당겼다. 눈을 감고 있는데 잠시 후, 불이 꺼지고 중휘도 자리에 눕는 소리가 들렸다.

열어 놓은 창으로 풀냄새를 품은 바람이 불어왔다. 마을의 어느 집 개가 컹컹, 짖었다. 개구리 우는 소리도 멀리서 들려왔고 숲에서 부엉이도 울었다. 석영은 그런 소리에 집중하려고 애썼다. 옆에 누운 중휘의 존재를 잊어 보려고 노력했다. 하지만 그게 될 리 없었다. 침을 삼키는데 그 소리가 유난히 크게 들려서 여간 민망하지 않았다.

석영은 고개를 돌려 산처럼 높은 그의 등을 바라보았다. 그는 커다란 바위처럼 돌아누워 꼼짝도 하지 않았다.

"……자요?"

그녀는 용기를 내서 물었다. 중휘는 그새 잠이 든 것인지 아무 대답도 하지 않았다.

"……잠이 안 와요."

그래서 뭐 어쩌라는 건지, 말해 놓고 부끄러워 혼자 얼굴이 달아올랐다. 중휘는 돌아눕는 대신 몸을 천천히 움직여 엎드리더니 접은 팔 위에 얼굴을 올려놓으며 물었다.

“자장가 불러 줄까요?”

중휘가 조금 장난스럽게 물었다.

“……아니요. 좀…… 안아 주세요.”

석영은 속으로 간절하게 원하고 있던 말을 했다. 너무도 민망하고 부끄러웠지만 그래도 그녀는 어서 그의 품에 안기고 싶었다. 그를 안고 그가 정말 옆에 있다는 것을 느끼고 싶었다. 자신이 그를, 그 모든 상황에도 불구하고 여전히 사랑하고 있다는 것을 그가 알아주기를 바랐다.

“……괜찮겠어요?”

중휘가 약간 긴장한 듯 잠긴 목소리로 물었다.

“…….”

석영이 대답 대신 손을 뻗어 그의 뺨을 어루만졌다. 손바닥 밑에 그의 따뜻한 체온이 느껴지자 모든 걱정과 불안이 녹아 없어지는 기분이 들었다. 그를 만지는 것만으로도 그런 기분이 들었다. 중휘가 그녀의 손 위에 자신의 손을 덮었다. 그는 고개를 조금 돌려 그녀의 손바닥에 입술을 눌렀다. 숨결이 뜨거웠다.

그는 이윽고 한쪽 팔로 몸을 지탱하며 천천히 몸을 일으켰다. 거대한 산처럼 그가 몹시도 커 보여서 석영은 저도 모르게 몸을 떨었다. 중휘는 팔을 뻗어 천천히 그녀를 품으로 당겨 안았다. 그는 몸을 움직여 위에서 그녀를 덮어 누르듯 끌어안고 목덜미에 코를 묻은 채 잠시 꼼짝도 하지 않았다. 그의 호흡과 심장 뛰는 소리가 숨길 수 없이 그녀에게로 모두 전해져 왔다.

"……이거 꿈, 아니죠?"

들릴 듯 말 듯 작은 소리로 그가 말했다.

"……네."

석영이 대답하자 그는 그녀의 이마에 입을 맞추었다. 그리고 코끝과 뺨에도. 이윽고 그는 입술을 겹쳐 키스를 했다. 방 안에 육욕과는 거리가 있는 안타까운 숨소리가 가득 찼다. 그는 키스를 하며 그리웠다는 듯 느리고 조심스럽게 그녀의 가슴을 어루만지기 시작했다.

옷 위에서 문지르던 커다란 손이 옷 속으로 파고들어 맨가슴을 덮어 쥐었을 때 그녀는 작게 신음 소리를 냈다. 그의 손이 닿자 그동안 얼마나 그를 그리워했는지 새삼 깨달았다. 온몸의 세포 하나하나가 그의 손길을 기다렸다는 듯 일제히 응답했다.

중휘는 천천히 정성스럽게 그녀의 입속을 애무하기 시작했다. 키스라기보다는 오래 비워 두었던 집으로 돌아온 사람이 집안 구석구석, 별일 없는지 살피며 인사를 하는 것처럼 느껴졌다. 어루만지는 듯한 탐험이 끝난 후에, 이윽고 그는 오래 갈증을 참은 사람이 물을 만난 듯 그녀의 혀를 얽어매어 빨기 시작했다.

그는 그녀의 숨이 꼴딱 넘어가기 직전에 혀를 놓아 주고 목덜미와 쇄골을 따라 입술을 움직여 애무했다. 그의 손은 조심스럽게 그녀의 겉옷과 브래지어를 벗겨 냈다. 의식할 사이도 없이 석영의 몸은 팬티 한 장만 걸친 반나체가 되었다.

"하아……."

중휘는 풍선처럼 부푼 그녀의 가슴을 감싸 쥐더니 그곳에 얼굴을 묻으며 신음을 내뱉었다. 그는 가슴 전부를 삼켜 버리기라도 할 듯이 베어 물고 빨기 시작했다. 유두 끝이 빳빳해지며 짜릿한 전율이 온몸을 타고 흘렀다. 숨결이 쫓기는 사람처럼 가빠졌다. 발가락에 힘이 들어가고 허벅지와 아랫배 깊숙한 곳이 기대에 부풀어 떨려 왔다. 그녀는 숨을 헐떡이며 그에게 좀 더 많은 부위를 밀착하고 싶어 온몸을 활처럼 휘었다. 안고 있는데도 안타까워 조바심이 났다.

잠시 후 그의 손이 팬티 속으로 들어와 촉촉하게 젖은 입구를 문질렀다. 힘겹게 세우고 있던 무릎이 덜덜 떨렸다. 중휘는 납작하고 매끄러운 복부를 따라 입술을 움직이더니 배꼽에 입을 맞추었다. 그러고는 팬티를 조심스럽게 다리 아래로 벗겨 내렸다. 그의 입술이 그녀의 발가락 위에 눈처럼 부드럽게 내려앉았다. 그는 그녀의 발등에, 복사뼈와 종아리와 무릎에, 차례로 입을 맞추며 천천히 위로 올라왔다.

"……흐읏!"

중휘가 그녀의 다리 사이에 얼굴을 묻고 그녀의 중심을 길게 핥아 올렸을 때 석영의 몸이 뭍으로 나온 물고기처럼 튀어 올랐다. 그녀는 중휘의 두 손에 결박당하듯이 손이 잡힌 채 다리를 벌리고 그가 주는 애무를 기쁘게 받았다. 축축하고 부드럽고 긴 혀가 그녀의 꽃잎처럼 여린 살들을 부드럽게 핥아 대다가 깊숙이 찔러 왔다.

"……하앗! 흐읍……."

그녀는 신음을 참지 않았다. 그와 하나가 되는 이 순간이 주는 황홀과 쾌락을 하나도 놓치고 싶지 않았다. 그녀는 그의 머리에 손을 얹은 채 스스로 다리를 활짝 벌렸다. 그녀는 아무 생각도 하지 않고 그저 그가 주는 쾌락에만 집중했다.

석영의 반응이 기특하고 마음에 든다는 듯 중휘는 그녀의 얼굴에 남김없이 입을 맞추었다. 중휘는 무릎을 바닥에 대고 꿇어앉은 자세로 그녀의 다리를 들어 올려 어깨에 걸쳤다. 마침내 묵직하고 뜨거운 그의 분신이 입구에 느껴지자 그녀의 몸이 새로이 전율하였다. 중휘는 어깨에 걸쳐져 있는 매끄럽고 날씬한 종아리에 입을 맞추며 젖어 흐르고 있는 그녀의 속으로 제 물건을 천천히 밀어 넣었다.

몸을 꽉 채우며 밀고 들어오는 그 익숙하고도 생소한 자극에 석영의 관자놀이에 파란 핏줄이 불거지며 벌어진 입술 사이에서 앓는 소리가 터져 나왔다. 머리끝이 쭈뼛 서는 뿌듯한 떨림이 온몸을 덮쳐 왔다.

"……보고 싶었어요."

중휘는 제 몸의 뿌리 끝까지 단단히 그녀의 몸속에 밀어 넣은 채 전율하고 있는 가녀린 몸을 끌어안으며 애타게 속삭였다.

❖

한 달 후, 석영과 중휘는 부부가 되었다. 결혼식은 사진관에 가서 기념사진을 찍는 것으로 대신했다. 결혼식을 그렇게 간단히 치르는 것에 대해 미옥이 서운해했지만 두 사람의 뜻을 꺾지 못했다. 석규의 죽음에 대해 책임이 있는 중휘도, 그런 중휘와 결혼을 해야 하는 석영도 마찬가지로 죄의식에서 자유로울 수 없었으므로 최대한 조용하고 간단하게 결혼식을 치르기로 암묵적인 합의를 하였다.

마음속 깊은 곳에는 아직 아물지 않은 상처가 남아 있었지만 두 사람 모두 내색하지 않았다. 꺼내서 얘기하지 않아도 서로가 느끼는 아픔에 대해 알고 이해할 수 있었다. 남아 있는 죄책감은 각자 속으로 조용히 감당하는 수밖에 도리가 없었다.

신접살림은 서울에 마련했다. 석영은 미옥이 혼자 지내는 것이 걱정되기도 하고 되도록 고향에서 살고 싶었지만 그런 속마음을 중휘에게 드러내지는 않았다. 고향은 중휘에게 아픈 기억을 떠올리게 하는 장소일 수밖에 없다는 것을 잘 알고 있는 까닭이었다.

새로 마련한 서울의 집은 널찍한 터에 자리를 잡은 오래된 2층 양옥이었다. 집을 둘러싼 담장을 따라 흰 수피를 가진 자작나무들이 촘촘히 심어져 있었다. 처음 구경 가서 대문을 들어섰을 때 꼭 숲속에 발을 들인 느낌이 들어 깜짝 놀랐다. 석영이 좋아하는 것을 보고, 중휘는 그 나무들 때문에 그 집을 샀다고 말했다. 석영이 분명 좋아할 것 같았다고. 그렇게 말하는 중휘의 얼굴도 행복해 보였다.

닷새간 온천으로 신혼여행을 다녀오니 전제옥의 감독하에 집의 내부가 현대식으로 깔끔하게 수리되어 있었다. 새로 도배한 벽은 티끌 하나 없이 깨끗하고 부엌과 화장실도 입식으로 개조되어 있었다. 신혼여행을 떠나기 전에 중휘와 백화점을 돌며 주문해 놓은 살림들이 들어와 잘 정리된 것을 보니 마음이 설레었다.

마음껏 드러내 기뻐할 수 없었지만 석영은 아침에 눈을 뜰 때는 어쩔 수 없이 깜짝 놀랄 만큼 행복했다. 옆에 중휘가 잠들어 있다는 사실이 여전히 믿기지 않아서였다. 석영은 지난밤에도 오래도록 중휘에게 시달리다 늦게 잠들었다. 너무 무리를 했는지 눈을 떴을 때는 벌써 커튼 사이로 햇빛이 비쳐 들고 있었다. 중휘가 누워 있던 자리는 비어 있었다.

중휘는 며칠 전부터 다시 회사로 복귀했다. 중휘가 자리를 비운 사이 회사에는 여러 문제가 발생했다. 중휘는 석영과 함께 시간을 보내며 조용히 살기 위해 회사에 다시 돌아가지 않으려던 계획이었지만 그 계획은 당분간 접을 수밖에 없었다. 회사가 문을 닫으면 그곳에 몸담고 있던 사람들은 결국, 힘들게 발을 뺀 이전 세계로 되돌아가게 될 것임을 알고 있어서였다. 자신이 없어도 회사가 잘 굴러갈 수 있을 때까지만 하겠다는 전제를 달고 그는 다시 회사로 출근했다. 신혼생활을 즐길 여유도 없이 그는 밤낮없이 바쁜 이전 생활로 되돌아갔다.

석영도 그와 온종일 떨어져 있다가 밤에 겨우 두어 시간 함께 보낼 수 있는 생활이 좋은 것은 아니었지만 회사 상황을 알고 있었으므로 불평하지 않았다. 석영은 비어 있는 옆자리가 아쉬워 중휘의 베개를 끌어안았다. 희미하게 느껴지는 그의 체취를 더 오래 느끼고 싶어 베개에 얼굴을 묻고 있다가 겨우 몸을 일으켰다.

몸을 움직이자 온몸의 근육들이 아프다고 비명을 질러 대는 것 같았다. 중휘에게 안긴 다음 날이면 몸의 관절들이 각자 따로 노는 듯 만신창이가 되는 것 같았다. 잠자리를 하루도 거르는 날이 없으니 매일이 그런 상황이라고 할 수 있었다. 그는 늘 석영이 어디 아프기라도 할까 봐 노심초사하면서도 막상 그녀와 사랑을 나눌 때면 딴사람이 되곤 했다.

그렇게 자제심이 뛰어난 사람이 그때만큼은 야수와 다를 바 없어서 두려움을 느낄 지경이었다. 마치 내일이면 다시는 만나지 못할 사람처럼, 혹은 몇 년이나 떨어져 살다가 겨우 만난 연인처럼 그의 섹스는 늘 격렬하고 절박했다.

석영은 겨우 몸을 가누고 일어나 욕실로 갔다. 목덜미와 팔 안쪽과 가슴에 울긋불긋 꽃잎처럼 어젯밤 새로 생긴 붉은 자국이 보였다. 그 자국을 새기던 중휘의 행위가 떠오르자 몸에 전율이 흐르며 유두가 단단히 오므라들었다. 저도 모르게 다리 사이에 돌연 미열이 오르며 몸이 떨렸다. 그녀는 자신이 너무 음란해진 것 같아 얼굴을 붉히며 얼른 양치질과 세수를 마치고 욕실을 나왔다.

옷을 갈아입고 주방으로 가니 식탁 위에 덮개가 덮여 있고 그 아래 얌전하게 아침이 차려져 있었다. 출근하면서 아침까지 차려 두고 간 것이 고맙기도 하고 미안하기도 했다. 출근 준비를 마친 중휘가 침대로 와서 입을 맞추며 일어나면 굶지 말고 꼭 밥 먹으라고 말하던 것이 어렴풋이 기억이 났다. 그에게서 나던 싱그러운 비누 냄새와 부드럽게 속삭이던 목소리, 뺨에 와 닿던 입술의 감촉을 떠올리자 저절로 입가에 미소가 번졌다.

중휘는 석영이 만든 음식을 먹고, 그녀가 빨래하고 다려 준 옷을 입고 출근했다. 석영을 두고 출근하는 것은 아주 힘든 일이었다. 잠이 덜 깬 사랑스러운 얼굴로 배웅하는 것을 두고 나오려면 발길이 떨어지지 않았다. 회사 상황이 열심히 일할 수밖에 없는 상황이기도 했지만, 그녀가 집에서 자신을 기다리고 있다고 생각하면 저절로 힘이 나서 열심히 일할 수밖에 없었다.

중휘가 돌아온 후 회사가 조금씩 안정을 찾아갔다. 직원들은 겨우 안도했지만 그것도 잠시, 그들은 또다시 노심초사하지 않을 수 없었다. 중휘의 기분이 그렇게 기복이 심하다는 것을 그들은 처음 알게 되었다.

회사 일은 매일 복잡하고 골치 아픈 일들이 끊임없이 발생했고, 중휘는 그런 일들을 일상처럼 아무렇지 않게 해결해 나가고 더러 해결할 수 없다고 판단되면 손해를 보더라도 미련을 갖지 않고 손을 털기도 했지만 겉으로 감정을 드러내는 일은 없었다. 그의 표정을 보고 그가 화가 났는지 기분이 좋은지 판단하는 것은 불가능했다.

하지만 아내와 통화를 하고 나면 그의 표정은 너무도 확연히 달라졌다. 누가 봐도 기분이 좋은 상태라는 것을 알 수 있을 만큼 눈빛부터 부드럽고 딱딱하던 말투도 너그러워졌다. 그의 얼굴은 지나치게 섬세하고 잘생겨서 남자에게는, 특히 기선제압이 반은 먹고 들어가는 조직의 세계에서는 장점이 아니라 단점이 될 만한 수준이었다. 하지만 누구도 그런 생각을 할 수 없었던 것은 그의 눈빛 때문이었다. 그의 아무 감정도 들어 있지 않은 냉정한 눈빛을 본 사람이라면 절대 그를 얕잡아 보는 어리석은 짓은 할 수 없었다.

그런데 요즘 자주 그의 부하 직원들은 그의 다정하고 부드러운 눈빛과 마주쳤다. 그에게 그런 눈빛이 있다는 것을 몰랐던 부하 직원들은 꽤 당혹스러워했다. 그가 남자도 반할 정도로 아름다운 얼굴로 미소를 지으며 결재 서류에 서명을 한 후, 친절한 목소리로 개인적인 일도 물어 오면 전직 칼잡이였던 부하 직원일지라도 목덜미를 붉히며 어쩔 줄 몰랐다. 그래도 기분이 좋을 때는 그나마 나왔다.

가끔 전화를 끊고 난 중휘의 표정이 심각하게 어두워지면 모두 무슨 큰 사달이 난 줄 알고 사색이 되었다. 아무리 큰일이 벌어져도 눈 하나 깜빡하지 않는 그가 그토록 굳은 얼굴로 안절부절못하는 것은 분명 회사의 명운이 달렸을 정도로 중대한 일이 벌어진 거라고 생각하지 않을 수 없었던 것이다.

하지만 얼마 후, 직원들은 그의 기분이 겨우 아내의 미세한 목소리 차이에 좌우된다는 것을 알게 되었다. 경외감으로 바라보던, 아직은 사장이 아니라 형님이라는 호칭이 더 익숙한 젊은 보스에 대해 그들은 하마터면 비웃을 뻔하다가 급히 손으로 입을 막아 참았다.

그러든가 말든가 당사자는 아무 생각이 없었다. 부하 직원들이 이제 속으로 자신을 어려워하는 게 아니라 조금쯤 귀여워하는 마음으로 보기 시작했다는 것 따위의 사소한 일은 알고 싶어 하지도 않았고, 설사 안다고 해도 신경 쓰지 않았다.

그래도 조직 사회에서 사장이 너무 권위가 없어질까 봐 안절부절못하게 된 것은 전제옥이었다. 그는 마누라밖에 눈에 보이지 않는 것 같은 사장에게 좀 자제해 보시라고 슬쩍 충고를 해 봤지만, 뭐가 문제인지 전혀 인지하지 못하는 눈치라 개선하기를 그만 포기하고 말았다.

제옥도 눈치챘다시피 그는 일부러 그러는 게 아니었다. 그도 어쩔 수 없었다. 수화기 너머에서 들리는 석영의 목소리가 조금이라도 힘없게 들리면 걱정이 되어 안절부절못하게 되었다. 회사에서 머리가 깨질 듯이 복잡한 문제가 발생해도, 석영에게서 전화로 된장찌개를 끓였는데 너무 싱거워서 된장을 더 넣었더니 너무 짜져서 이번에는 물을 더 넣었더니 사흘은 먹어야 될 만큼 양이 많아졌다는 유의 일상적인 얘기를 전해 들으면 모든 것을 잊고 그저 행복해서 웃음이 나왔다.

그녀가 집에서 그를 기다리는 한, 밖에서 무슨 일을 겪든, 그는 아무런 타격도 받지 않았다. 손가락으로 밀기만 해도 쓰러질 것 같은 연약한 그 여자가 그의 강력한 갑옷이요 방패였다.

오후에 사무실로 돌아온 중휘는 직원들과 회의를 시작했다. 여덟 시가 다가올수록 그가 손목시계를 들여다보는 횟수가 늘어났다. 일을 싸 들고 가는 한이 있어도 회사에서 출발해 집으로 돌아가야 한다고 스스로 정해 놓은 시간이 여덟 시였다. 직원들은 진땀을 흘리며 여덟 시가 되기 전에 회의가 마무리될 수 있도록 최선을 다했다. 그렇다고 일을 대충 넘기는 성격도 아니라 직원들 처지에서는 100미터를 달릴 시간에 200미터를 주파해야 하는 버거운 상황이 일상이 되었다.

마침내 제시간에 무사히 회의가 끝났을 때 직원들의 얼굴에 안도감 내지는 오늘도 해냈다는 성취감이 어렸다. 매일 도전정신을 불태우게 만드는 사장은 회의가 끝나자마자 직원들이 그의 여덟 시 퇴근을 위해 얼마나 노력했는지에 대해 신경도 쓰지 않고 어서들 퇴근하라는 말만 남기고 번개같이 사라져 버렸다.

사무실을 빠져나온 그는 급히 차를 몰아 집 근처에 도착했다. 집이 있는 골목길로 접어들기 직전 상점들이 밀집해 있는 한길을 지나는데, 거기 있는지도 몰랐던 꽃집이 눈에 띄었다. 그는 꽃집으로 들어가 생전 처음으로 꽃이라는 물건을 한 아름 샀다.

집에 도착하니 앞치마를 두른 석영이 현관문 앞에 나와서 웃으며 맞아 주었다. 그가 리본으로 묶은 꽃다발을 내밀자 석영이 눈이 동그래져서 그것을 받아 들었다.

"웬 꽃이에요?"

"그냥, 오는 길에 꽃집이 있기에……."

중휘는 쑥스러운 듯 뒷머리를 긁적이며 방으로 들어가 옷을 갈아입었다.

"오늘은 뭐 했어? 심심하지 않았어?"

방으로 따라 들어와 옷시중을 드는 석영을 돌아보며 그가 물었다.

"화분 사러 갔다 왔어요. 집에서 키울 만한 것으로 사 왔어요."

"그런 건 일요일에 나랑 같이 사러 가. 무거운 거 사 들고 오느라 고생하지 말고."

"무겁긴요. 저렇게 작은 화분인데."

석영이 안방 창가에 놓인 작은 사기 화분들을 손으로 가리켰다.

"어쨌든."

무거운 것 때문이라고 둘러댔지만 사실은 석영이 혼자 외출하는 것이 영 마음이 놓이지 않았다. 누가 툭 치고 지나가면 그대로 넘어질 것 같아 걱정되었고, 너무 예뻐서 눈에 띄는 것도 불안했다. 애먼 놈들이 눈독 들이고 직접거리기라도 하면 혼자 어떻게 감당을 하겠는가. 그런 일이 일어난 것도 아닌데 상상만으로 화가 났다.

"일도 힘들 텐데 집안일에 너무 신경 쓰지 마세요. 그 정도 일은 나 혼자도 얼마든지 할 수 있어요."

남의 속도 모르고 석영이 오히려 그의 걱정을 했다. 그 얼굴이 너무 예뻐서 잠시 정신을 놓고 바라보았다. 그를 마주 보던 석영의 얼굴이 유혹이라도 하듯이 발갛게 달아올랐다. 더는 참을 수 없었다. 아무 때나 시도 때도 없이 끌어안고 주물럭거리고 빨아대는 것은 너무 채신없는 짓 같아서 꽤 참고 있었지만 이럴 때는 도저히 자제할 수가 없었다.

그는 그녀의 허리를 끌어안으며 입술을 살며시 겹쳐 눌렀다. 석영이 놀라서 잠시 그의 가슴을 밀어냈지만 이내 얌전해졌다. 입술을 빨다가 그 사이로 혀를 밀어 넣으니 자연스럽게 혀를 내밀어 수줍게 마중하였다.

그는 그녀의 혀를 얽어 안으며 황홀한 기쁨을 느꼈다. 행복했다. 그런 순수한 행복감을 느낄 때면 저도 모르게 이 세상에 없는 사람들의 얼굴이 떠오르며 누구에게랄 것도 없이 죄책감이 들기도 했다. 하지만 그 사람들 중 누구도 자신이나 석영이 행복해하는 것을 싫어할 사람은 없을 거라고 생각하기로 마음먹었다.

석영의 존재는 부드럽고 밝은 햇살 뭉치 같았다. 그늘졌던 그의 내부로 굴러들어 와 구석구석에 스며들어 어둠을 몰아내고 딱딱하게 얼어붙어 있던 마음을 노곤하게 녹여 놓았다. 그녀와 함께하는 하루하루가 새롭고 행복했다. 아침에 눈을 뜨면 모든 것이 꿈처럼 사라져 버릴까 봐 두려울 때도 있었다.

회사에 다시 매이게 되어 석영과 함께하는 시간이 없다는 것만 빼면 완벽하고 행복했다. 그런데 사람은 마냥 행복할 수만은 없는 모양인지 요즘 그에게는 또 다른 불안이 생겨났다. 중휘는 제 팔에 안긴 석영의 가녀린 몸을 조심스럽게 쓰다듬으며 속으로 작게 한숨지었다. 그녀는 몸이 너무 약했다. 마음껏 힘주어 안으면 그대로 바스라져 버릴 것 같아 겁이 날 정도였다.

티를 내지 않으려고 애를 썼지만 그녀는 중휘의 정력을 버거워하고 있었다. 중휘 딴에는 꽤나 자제를 하며 열 번 하고 싶으면 아홉 번은 참고 있었지만 그것도 석영에게는 무리인 모양이었다. 결혼한 지 얼마 되지 않았는데 그녀는 매일 보는 그도 알 수 있을 만큼 얼굴이 축나 있었다.

그녀의 약한 몸이 집안 내력이라는 것은 그도 알고 있었다. 본 적은 없지만 석영의 어머니는 일 년의 반은 방에서 누워 지낼 정도로 몸이 약했다고 한다. 그녀의 아버지도 건강한 체질이 아니라서 늘 크고 작은 병을 달고 살았고 아직 한창나이에 지병으로 세상을 떠났다.

그나마 석규는 가족 중에서는 건강한 편이었으나 그 사람 또래의 평균적인 사람들에 비하면 두말할 것도 없이 약골이었다. 그런 집안 내력을 가진 석영의 건강이 좋을 리 없었다. 어릴 때도 그랬고 지금도 전혀 나아진 게 없었다.

그런 이유로 중휘는 혹시 석영이 임신이라도 하게 될까 봐 각별히 조심을 하였다. 집 안에서 자신의 아이가 뛰어노는 것을 보는 것은 일반적인 남자들의 로망일 것이다. 중휘도 다르지 않았다. 이전부터 막연히, 결혼하게 되면 아이를 최대한 많이 낳아 집안이 아이들로 복작거리는 것을 보고 싶다는 생각을 하고 있었다.

하지만 중휘는 석영을 아내로 맞으면서 그 희망을 버렸다. 석영을 잃을지도 모르는 모험은 가능성이 낮다고 할지라도 절대로 시도할 생각이 없었다. 그 몸 상태로 임신을 한다는 것은 너무 위험했다. 임신 상태를 버틸 수 있을지도 미지수였고 무엇보다 아이를 무사히 낳는다고 보장하기 어려웠다.

석영의 어머니가, 또 자신의 누이인 한실이 아이를 낳은 후 회복하지 못하고 결국 세상을 떠난 것은 그에게 돌이킬 수 없는 공포로 각인되었다. 그는 절대로 아이를 갖지 않을 작정이었다. 그녀와 사랑을 나눌 때 콘돔이라는 거추장스러운 방해꾼이 둘 사이에 놓이는 것은 몹시 싫었지만 절대 그 일을 소홀히 하지 않았다. 어쩌다 급박한 상황이 되어 어쩔 수 없이 콘돔 없이 일을 치를라치면 절정의 순간에 재빨리 물건을 빼내서 그녀의 배 위나 엉덩이에 사출했다. 그럴 때마다 혹시 실수했을까 봐 석영이 월경을 시작할 때까지 불안에 시달렸다.

그는 차라리 정관수술을 할까 하는 생각에까지 이르렀다. 석영을 안으며 불안에 시달리고 싶지 않았다. 오로지 그녀와 나누는 교감의 기쁨만을 온전히 느끼고 싶었다. 마음껏 사랑해 주고 사랑받고 싶었다.

"배고프죠? 밥 거의 다 되었어요."

석영이 그의 입에서 입술을 떼며 말했다. 제기랄, 밥 따위……. 그는 거칠어진 숨을 가누며 속으로 짜증을 억눌렀다. 당장 그녀를 눕히고 그녀의 몸속으로 밀고 들어가 마음껏 피스톤질을 하면서 그녀의 자지러지는 신음을 듣고 싶은 생각이 간절하였다. 그의 품을 벗어나려는 그녀를 다시 당겨 안으며 치마 위에서 작고 귀여운 엉덩이를 한 손으로 꽉 움켜쥐어 이미 거대하게 일어선 자신의 물건 쪽으로 잡아 눌렀다.

"아앗……."

석영의 입에서 대번에 그의 피를 끓게 만드는 신음이 흘러나왔다. 그는 그녀의 목덜미를 핥으며 한 손으로 가슴을 쓰다듬기 시작했다. 손바닥에 금세 도톰하게 유두가 곤두서며 존재를 드러냈다.

"밥이, 타요."

석영이 가빠진 숨을 몰아쉬며 그의 가슴을 밀어냈다. 아니나 다를까, 멀리 주방에서 밥물이 끓어 넘치는지 냄비 뚜껑 달각거리는 소리가 들려왔다. 그는 재빨리 그녀를 아기처럼 안아 들고 주방으로 향했다. 가는 와중에 그는 자신의 목을 끌어안고 있는 그녀의 입에 깊이 입을 맞추었다.

다리 사이에 애먼 물건이 솟아올라 있는 통에 걷는 것이 부자연스러웠다. 그는 어색한 걸음으로 주방으로 가서 석영을 안은 팔을 뻗어 불을 껐다.

"아, 아직 뜸이 덜 들었어요. 조금 더 불을 켜 놓아야 하는데……."

"괜찮아. 생쌀이어도 맛있게 먹을게."

중휘의 말에 석영이 작게 웃음을 터뜨렸다. 웃는 얼굴이 너무 예뻐서 새삼 가슴이 뛰었다. 그는 그녀에게 짧게 입을 맞추며 그녀를 식탁 위에 내려놓았다. 팔을 뒤로 짚은 채 석영은 발개진 얼굴로 그를 올려다보았다. 얇은 카디건에 감싸인 가슴이 눈에 띄게 급하게 오르내리고 있는 것이 더할 수 없이 요염해 보였다.

그는 카디건의 단추 서너 개를 단숨에 풀어내고 브래지어 속에서 소중한 것을 집어내듯 가슴을 꺼냈다. 하얗고 동그란 가슴 위에 분홍빛 유두가 도발하듯이 단단히 솟아 있었다. 그는 엄지로 그것을 두어 번 굴리다가 이내 고개를 숙여 입에 물었다.

"……아, 안 돼요. 그, 그만해요."

석영이 그에게 물린 가슴을 한껏 앞으로 내밀며 애원하듯 말했다. 말로는 하지 말라면서 더 빨아 달라는 듯이 몸을 내미는 것이 귀여워서 그는 혀끝에 굴려지는 유두를 이로 살짝 깨물었다. 그녀가 몸서리를 치며 작게 비명을 질렀다. 중휘가 다른 쪽 가슴을 옷 밖으로 꺼내 입을 맞추고 그것도 움켜쥐고 빨기 시작했다. 석영은 더는 말리거나 저항할 기운이 없는지 아기처럼 젖을 빨고 있는 남편을 그저 내려다보며 달뜬 숨을 내쉬었다.

석영은 아이를 갖고 싶었다. 결혼한 지도 이미 일 년이 지났는데 어째서인지 중휘는 아이를 가질 생각을 하지 않았다. 처음에는 일이 바빠서 그러려니 했는데 그게 아니었다. 잠자리를 가질 때마다 그는 의도적으로 몸속에 사정하는 것을 피했다. 석영은 충분히 임신할 준비가 되어 있었다.

자신도 중휘도 친척이라고는 미옥과 용이밖에 없었다. 어서 아이를 낳아 아이들 소리로 집 안을 가득 채우고 싶었다. 울기도 하고 싸우기도 하고 또 가끔은 사이좋게 놀기도 하리라. 그런 모습을 상상만 해도 행복해졌다. 할 수만 있다면 힘닿는 데까지 몇 명이든 낳고 싶었다.

그런 석영과 달리 중휘는 그 일에 아주 부정적이었다. 석영이 아이를 갖자고 넌지시 말해 보았더니 자신은 아이를 싫어한다고 잘라 말했다. 물론 그게 거짓말인 건 알고 있었다. 그가 무슨 걱정을 하고 있는지도 어렴풋이 알고 있었다. 그는 석영에 관한 일, 특히 그녀의 건강에 관한 일에 지나치게 예민한 면이 있었다.

자신은 아주 건강하고 얼마든지 아이를 더 낳을 수 있다고 설득해 보았지만 중휘는 그 일에 관해서만은 석영의 말에 조금도 귀 기울이려 들지 않았다. 그의 생각을 돌리기 위해 먹기 싫은 보약도 일 년 내내 달아 놓고 먹었고, 밥도 많이 먹고 운동을 해 체력도 키웠다. 하지만 중휘의 마음은 조금도 달라지지 않았다.

아이 문제가 그들 사이의 유일하고도 큰 문젯거리였다. 석영의 말이면 무엇이든 들어주는 중휘였지만 아이를 갖고 싶다는 석영의 바람에 대해서는 들은 척도 하지 않았다. 그가 완강할수록 석영의 마음은 점점 더 간절해졌다. 아마도 혼자 할 수 있는 일이었다면 중휘가 반대한다고 해도 혼자 해치웠을 텐데 이 일은 중휘의 협조 없이는 불가능한 일이었다.

그는 아주 철저했다. 술을 마신 날에는 혹시 실수할까 봐 그녀 없이는 잠도 잘 못 자면서 각방을 쓰기까지 했다.

"아기 낳아요."

일요일이 되어 오랜만에 가까운 공원으로 산보를 하고 있을 때 석영이 중휘의 팔을 잡아 흔들며 말했다. 마치 장난감을 사 달라고 조르는 철없는 어린아이 같았다. 중휘가 아무리 그래도 소용없다는 엄한 얼굴을 하였지만 석영은 물러서지 않았다.

"응? 나 아기 갖고 싶어요."

"용이 있잖아. 용이를 자식으로 생각해."

"……당연히 그렇게 생각하고 있어요. 그렇지만 그건 다른 문제예요."

"아기 생기면 아기만 예뻐할까 봐 싫어."

중휘가 가볍게 넘기려고 농담을 해 보았지만 석영은 그 말을 듣고 있지 않았다.

"우리 아기…… 얼마나 사랑스러울까요. 궁금해요. 너무 보고 싶어요."

"감기 걸리겠다. 그만 가자."

중휘는 강아지 같은 눈으로 올려다보며 애원하는 석영의 얼굴을 애써 외면하며 흐린 하늘을 올려다보았다. 3월인데 아직 바람이 찼다. 공원에 심어진 개나리나, 목련, 생강나무에서는 이제 겨우 회색의 나뭇가지에서 손톱만 한 꽃봉오리가 새순을 밀어 올리고 있었다. 생명이 움트는 계절이 도래한 것이다. 곧 있으면 온 천지가 봄꽃으로 뒤덮일 것이다.

만물에 생명이 충만했다. 그 기운을 받아서인지 석영은 봄으로 접어들면서 유난히 아이 얘기를 자주 했다. 그것은 본능이었다. 자신이 위험할 수도 있다는 것도 잊을 만큼 새 생명을 잉태하고 싶은 마음이 점점 더 강해졌다.

"소원이에요. 네? 딱 하나만 낳아요."

"다음 학기에 복학도 해야 하잖아. 복학 준비 열심히 하고 있어?"

중휘가 얼른 말을 돌렸다.

"왜 딴소리예요?"

"……욕심 부리지 말자. 지금도 우리 충분히 행복하잖아."

"욕심 안 부리니까 한 명이죠. 욕심을 부린다면 다섯 명은 더 낳고 싶은걸요?"

석영이 그렇게 보챌 때마다 조금은 가벼운 태도로 대하던 중휘의 얼굴이 이번에는 약간 심각해졌다. 자꾸 같은 일로 실랑이를 되풀이하면서 가망 없는 일에 석영을 지치게 만들고 싶지 않았다.

"다음 주에 병원에 다녀올 거야."

"병원요? 왜요? 어디 안 좋아요?"

석영이 깜짝 놀라 물었다.

"……다녀와서 말할 생각이었는데 아무래도 그랬다가는 평생 원망을 들을 것 같네."

중휘는 조금은 체념한 얼굴로 대꾸했다. 석영은 의아한 얼굴로 그를 올려다보았다.

"정관수술을 할 참이야. 예약을 해 두었어."

그는 그녀의 가는 허리에 팔을 둘러 옆구리에 단단히 껴안으며 그렇게 말했다.

"……뭐라구요?"

석영이 금방 알아듣지 못하고 되물었다.

"아기 씨가 나오지 못하게 묶어 주는 수술 말이야."

"……."

석영은 걸음을 멈추고 뜨악한 얼굴로 남편을 올려다보았다.

"너랑 둘이 살 거야. 평생."

중휘가 그녀의 이마에 입을 맞추며 말했다. 석영은 멍하니 그를 올려다보았다. 석영은 집에 돌아올 때까지 아무 말도 하지 않았다. 화가 났을 거라고 생각했지만 얼굴은 화가 났다기보다는 세상을 다 잃은 절망적인 표정이었다.

"병원 가지 마세요. 이제 아기 갖자고 조르지 않을게요."

그날 밤, 석영이 잠자리에 든 후에 슬픈 목소리로 말했다.

"당신 안으면서 늘 불안에 시달리는 게 싫어서 그래."

"……그럼 안지 말든가요."

석영이 들릴 듯 말 듯 차갑게 말했다. 농담이라고 생각한 중휘가 웃었지만 석영은 아무 표정 없이 돌아누웠다. 중휘도 더는 심기를 건드리고 싶지 않아 입을 다물었다.

잠이 들었던 그는 한밤중에 무슨 이유에서인지 눈이 떠졌다. 방은 조용했고 석영도 아무 일 없이 등을 돌린 채 그의 옆에 누워 있었다. 그는 안심하고 다시 잠속으로 빠져들며 손을 뻗어 돌아누운 석영을 끌어안는데 그녀의 몸이 잘게 떨리고 있었다. 잠이 훌쩍 달아났다.

"왜? 왜 그래?"

그는 놀라서 돌아누운 석영의 어깨를 젖혀서 바로 누이며 다급히 물었다. 그녀의 얼굴은 온통 눈물에 젖어 있었다.

"어디 아파?"

중휘가 그녀의 얼굴을 쓰다듬으며 어찌할 바를 모르자 석영은 그 손을 치우며 도로 몸을 돌려 돌아누우려 했다.

"왜 울어? 응? 석영아."

"……아무 일 아니에요. 얼른 주무세요."

"뭐가 아무 일 아니야? 도대체 왜 그래?"

중휘가 걱정이 되어 얼굴을 찌푸리며 그녀를 다그쳤다.

"……당신이 너무 미워요."

"……."

"정말…… 너무해요. 정관 수술이라니……. 도대체 어떻게 그런 생각을 할 수가 있어요? 내가 어디 모자란 사람도 아닌데……. 어떻게 그런 생각을 할 수가 있어요?"

석영이 감정이 복받친 듯 따져 물었다. 중휘는 자다 일어나서 아직 정신이 또렷하지 않은 상태라 조금 어안이 벙벙했지만 어쨌든 석영이 무엇 때문에 그러는 것인지 알게 되었다.

"이미 결정한 일이야. 그 얘기는 더 하지 마."

"나도 당사자인데 어째서 당신 혼자 결정해요? 난 그런 결정 내린 적 없어요."

"윤석영……."

"그 수술 받고 오면 당신 안 볼 거예요. 시골로 내려가서 다시 올라오지 않겠어요."

석영이 협박했다.

"……왜 말귀를 못 알아들어. 네 몸으로 아기 낳는 거 무리야.

이대로도 충분한데 왜 그런 모험을 하겠다고 고집부려? 너 잘못되면 무슨 소용 있어? 다 필요 없어!"

중휘가 처음으로 언성을 높였다.

"그래도 갖고 싶어요. 우리 아기가…… 갖고 싶어요."

중휘는 무슨 말인가 더 하려고 했지만 석영이 갑자기 그의 품에 얼굴을 묻으며 울음을 터뜨렸다. 중휘는 마음이 아프기도 하고 화가 나기도 해서 저절로 한숨이 나왔다. 제 몸 상태는 생각도 하지 않고 그저 아이를 갖겠다고 고집을 부리는 석영이 딱하고 속상했다.

"나는 너만 있으면 돼. 내가 우리 둘이 사는 게 소원이라는데 좀 들어주면 안 돼?"

중휘가 애처로운 눈으로 그녀의 젖은 뺨을 닦아 주며 말했다.

"……당신은요? 내가 이렇게 원하는데, 내 소원이라는데 어째서 내 마음은 조금도 알아주지 않는 거예요?"

석영이 원망스럽다는 듯 말했다.

"다른 건 다 네가 하자는 대로 할 수 있지만 이건 안 돼. 아무리 말해도 소용없어."

중휘가 단호하게 대꾸했다.

"당신이 너무 예민하게 구는 거예요. 아이 낳는 일은 나뿐 아니라 누구에게나 위험한 일이에요. 그래도 다들 잘 낳아서 기르잖아요. 나도 그럴 수 있어요. 나 그렇게 약하지 않아요."

"어쨌든. 조금이라도…… 아주 조금이라도 그런 위험이 있다면

난 하지 않을 거야. 그러니까 아이는 포기해.”

“겁쟁이.”

석영이 화난 목소리로 중얼거렸다.

“정 아이가 갖고 싶다면…….”

중휘가 못 들은 척하고 말했다.

“…….”

“입양하든지.”

“그건 나중 일이구요…….”

석영은 대꾸하다가 더는 말해 봐야 소용없다고 여겼는지 화난 몸짓으로 그에게서 돌아누웠다.

“앞으로 내 몸에 손대지 말아요.”

잠시 후, 중휘가 그녀의 허리에 손을 올리자 그 손을 매몰차게 떼 내며 석영이 말했다.

“응?”

“아이도 낳지 않을 거면서 도대체 무엇 때문에 꼬박꼬박, 하루도 거르지 않고 그 짓을 하는 거예요?”

“그게, 뭐 아이만 낳으려고 하는 일인가? 사랑하니까…….”

“하지 말아요.”

“그런 억지가 어디 있어?”

중휘는 잠이 달아난 얼굴로 그녀의 작지만 완강해 보이는 등을 바라보았다. 석영의 말대로 자신이 예민한 것일 수도, 겁쟁이일 수도 있었다. 아무래도 상관없었다. 하늘이 두 쪽 나도 석영을 잃을 수도 있는 모험은 할 생각이 없었다. 한참 지나 은근슬쩍 그녀를 안으려다가 다시 매몰차게 손이 내쳐졌다. 그는 그 밤 내내 심란해서 잠이 오지 않았다.

그날 이후로 석영은 같은 방에서 잠을 잤지만 이부자리를 따로 사용했고 일주일이 넘도록 정말 손끝 하나 대지 못하게 했다. 환장할 노릇이었다. 석영이 허락하지 않으면 그는 그녀의 머리카락 하나 만질 수 없었다. 그는 몹시 짜증이 났다. 그놈의 자식새끼가 다 뭐라고 이렇게까지 사람을 괴롭히나 싶었다.

그는 오랜만에 직원들과 회식을 하며 술을 한잔 마시고 집으로 돌아왔다. 술기운에 얼른 잠들고 싶어 자제하지 않고 술을 마셨더니 꽤 취했다. 석영은 다녀왔느냐고 인사를 했지만 목소리는 여전히 냉랭했다.

그는 제 옷을 받아 장롱에 거는 그녀의 뒷모습을 이글이글 타는 눈으로 침을 삼키며 바라보다가 그녀가 돌아서 흘낏 쏘아보자 움찔 놀라서 욕실로 들어갔다. 그는 팽팽하게 발기한 제 분신을 내려다보며 작게 한숨을 쉬었다. 차가운 물줄기 아래 섰는데도 그것은 쉬이 가라앉지 않았다.

씻고 돌아오니 석영은 이미 자리에 누워 있었다. 냉전이 계속되는 동안 몸을 만지지 못하게 하는 것은 물론 웃어 주기는커녕, 눈도 잘 마주치지 않고, 대화도 거의 없어졌다. 말을 시키면 대답을 해 주긴 했지만 그저 단답형의 말이라 길게 대화가 이어지지 않았다.

오늘 아침에는 말 한 마디 없이 냉랭한 식탁에 앉아 밥을 먹는데 부아가 울컥 치밀었다. 그는 밥을 먹다 말고 내던지듯 수저를 내려놓았다. 그저 자신이 화가 났다는 것을 조금 알아주길 바랐는데 그만 너무 힘을 준 바람에 숟가락이 바닥으로 내동댕이쳐지고 말았다.

석영이 깜짝 놀라 그를 바라보았는데 그 눈에 실망과 분함이 가득한 것을 보고 그 자신이 더 놀랐다. 그는 실수로 떨어뜨렸다는 듯, 급히 몸을 숙여 숟가락을 주워 다시 밥을 먹기 시작했다. 스스로 좀 못났다는 생각이 들었지만 어쩔 수 없었다.

다시는 그녀의 마음을 다치게 하는 일을 하지 않겠다고 다짐했다. 아이를 갖는 일도 그녀가 그렇게 바라는데 무슨 짓을 해서라도 들어주고 싶었다. 하지만 그건 석영의 생명과 관계된 일이었다. 그것만은 그녀의 뜻대로 할 수 없었다.

돌아누운 석영의 여린 어깨를 눈으로만 쓰다듬으며 한참을 바라보다는데 저절로 한숨이 나왔다. 옆에 두고도 만질 수조차 없다니. 신세를 한탄하다 잠이 들었다.

그는 꿈을 꾸었다. 꿈속에서 석영과 황홀한 사랑을 나누었다. 오래 쌓여서인지 현실처럼 생생하고 곧 폭발할 듯이 흥분되었다. 그는 꿈에서도 그것이 꿈이라는 것을 알아서 몹시 안타까워하며 잠에서 깨지 않기를 빌었다.

하지만 그는 어쩔 수 없이 잠에서 깰 수밖에 없었다. 누군가 자신의 몸을 만지는 느낌은 꿈이 아니었다. 그는 숨을 들이켜며 눈을 뜨고 고개를 들어 아래를 내려다보았다. 부연 어둠 속에서 누군가 자신의 아랫도리를 정성스럽게 빨고 있었다. 작은 머리통이 위아래로 움직이며 버겁게 입에 문 물건을 쭉쭉 소리가 나게 빨고 있었다. 당장 그 따뜻하고 부드러운 입안에 사출하고 싶은 욕망으로 그의 잇새에서 신음이 나왔다.

"서, 석영……."

그는 들었던 고개를 베개 위로 털썩, 누이며 저도 모르게 두 손으로 석영의 작은 머리통을 감싸 쥐었다. 허리가 저절로 들썩여지며 그녀의 목구멍에 더 깊숙이 제 물건을 밀어 넣었다. 두어 번 만에 석영이 헛구역질을 하며 그의 물건을 뱉어냈다. 중휘는 몸을 반쯤 일으켜 세워 그런 석영의 얼굴을 감싸 쥐고 통째로 삼키기라도 할 듯이 샅샅이 빨고 핥기 시작했다.

석영이 그의 가슴을 짚으며 몸 위로 엎어졌다. 부드럽고 사랑스러운 무게를 제 몸 위로 느끼자 온몸으로 뻐근한 희열이 몰려왔다. 중휘는 그녀의 입술과 혀를 정신없이 빨아들였다. 그가 석영의 얼굴을 감싸 쥐고 키스를 하는 동안 석영이 잠옷 자락을 걷고, 그녀의 타액으로 젖어 번들거리고 있는 그의 물건 위로 몸을 맞추며 그대로 눌러 앉았다.

커다랗고 단단하게 일어선 그것은 그녀의 따뜻하고 탄력적인 몸속으로 빠듯하게 밀려 들어가며 희락에 겨워 푸들푸들 떨었다. 그는 있는 힘껏 그녀의 몸속으로 제 몸을 밀어 올리며 호응했다. 눈앞이 아찔해지는 황홀경에 머리끝이 쭈뼛 솟았다. 그대로 이성을 놓을 것 같았다. 금방이라도 사정해 버릴 것 같았다.

위험하다는 생각이 잠시 머릿속을 스치고 지나갔지만 석영이 제 몸을 품은 채 허리를 움직이기 시작한 통에 정신을 차릴 수가 없었다. 그는 그녀의 가는 허리를 움켜잡으며 신음을 내뱉었다. 더는 버틸 수가 없었다. 그는 짐승처럼 몸을 뒤틀며 그녀의 몸속 깊은 곳으로 제 정자를 미친 듯이, 남김없이 끝까지 분출시켰다.

봄이 왔다. 석영은 병원 침대에 누워 창밖을 내다보고 있었다. 병원 뒤편의 언덕만 한 산등성이는 벌써 초록으로 물들어 있었다. 석영은 바람이 불 때마다 은비늘처럼 반짝거리는 나뭇잎들을 눈이 부신 듯 바라보고 있었다. 배 속의 아기는 잠이 들었는지 미동도 없이 조용했다. 출산일이 일주일이나 지났는데 아기는 나올 생각을 하지 않았다.

의사는 아이가 자꾸 커지면 출산이 더 힘들어질 거라고 말했다. 예정일이 한참 지나도 아무런 기미가 없었으므로 급기야 의사는 수술을 권하였다. 그들은 의사와 의논을 해서 수술 날짜를 잡고 어젯밤 입원을 했다. 수술은 오후에 할 예정이었다.

티를 내지 않으려고 무척이나 애를 쓰고 있었지만 중휘가 몹시 초조해한다는 것을 석영은 알고 있었다. 그는 석영이 그녀의 어머니나, 그의 누이처럼 될까 봐 겁에 질려 있었다. 석영도 가끔 자신의 불룩 솟아오른 배를 보면 두려움에 사로잡힐 때가 있었다. 혹시 자신이 잘못되면 아이도 저와 같은 처지가 될지도 모른다는 아주 끔찍한 상상으로 공포에 떨기도 했다.

"아가씨, 저 왔어요."

석영이 창밖을 내다보며 생각에 빠져 있을 때, 미옥이 용을 업고 병실로 들어섰다. 한 달 전에 미옥은 옥희를 데리고 서울로 올라와 있었다. 곧 아이를 낳을 석영의 산바라지를 해 주기 위해서였다. 그녀의 손에는 집에서 만들어 온 음식이 든 찬합이 들려 있었다.

"옥희는 어쩌시고 혼자 오셨어요?"

석영은 미옥이 혼자 아이를 업고 무거운 짐까지 들고 온 것을 걱정하며 물었다.

"지금 달거리 때문에 배가 아파서 꼼짝도 못 하고 누웠어요. 월경통이 어찌나 심한지 약을 사다 먹이기는 했는데 별 소용이 없나 봐요."

"어쩌면 좋아. 옥희가 저 때문에 괜히 먼 데 와서 고생이네요."

"집에 있어도 아픈 건 마찬가지죠, 뭐. 하루 이틀 지나면 괜찮아지더라고요."

미옥은 석영이 신경 쓸까 봐 걱정하지 말라는 듯 말했다.

"고모부는요?"

미옥은 석영이 병실에 혼자 있는 것을 보고 물었다.

"전 부장님 오셔서 얘기하러 나갔어요."

석영이 입원했으므로 중휘는 회사에 출근하지 않았다. 제옥이 그에게 보고할 것이 있는지 조금 전에 병원으로 와서 둘이 휴게실로 나간 후였다.

미옥이 포대기를 풀고 등에서 내려놓자 용은 신이 나서 병실 이곳저곳을 탐험하며 돌아다니기 시작했다. 석영은 아장아장 걷고 있는 용의 귀엽고 천진한 얼굴을 바라보았다. 자신의 아기도 저렇게 사랑스러우리라.

석영은 앉아 있는 것도 힘든 만삭의 배를 부드럽게 쓰다듬었다. 어쩔 수 없이 수술을 하기로 동의를 하기는 했지만 아기가 든 배에 칼을 댄다는 것이 여간 끔찍하게 느껴지지 않았다. 어째서 아기는 나올 생각을 하지 않는 것일까.

제왕절개의 위험성에 대해서 의사에게 설명을 듣던 중휘의 얼굴이 떠올랐다. 자연분만을 하는 것도 물론 석영에게는 무척이나 위험한 일인데 그보다 몇 배는 위험성이 높다는 수술로 아이를 낳아야 한다는 얘기에 그의 얼굴은 흙빛이 되었다.

석영의 앞에서는 아무렇지 않은 척 애써 태연을 가장했지만 그의 얼굴은 석영보다 더 창백해져서 이마에 식은땀을 흘리고 있었다. 아무것도 두려울 게 없어 보이는 그도 그럴 때만은 겁먹은 어린아이처럼 보여서 석영이 오히려 위로를 해 주고 싶을 지경이었다.

어서 나오너라. 아가야. 어서 나와서 아빠의 근심을 좀 덜어 드리렴.

석영이 타이르듯 배를 쓰다듬으며 속으로 그렇게 중얼거리자 대답이라도 하는 것처럼 갑자기 쥐어짜듯 아랫배가 조여들었다. 석영은 배를 감싸 안으며 숨을 깊이 들이켰다. 고통스러울 정도는 아니었지만 약한 통증이 먼 데서 울리는 북소리처럼 조용히 밀려왔다가 서서히 사라졌다. 아직은 무어라고 설명하기 모호한 것이었기 때문에 석영은 티를 내지 않았다.

미옥이 만들어 온 호박죽을 먹으려고 숟가락을 드는데 또다시 조금 전보다 센 통증이 느껴졌다. 석영은 들고 있던 숟가락을 내려놓고 배를 짚으며 작게 신음을 내뱉었다.

“왜요? 아가씨, 통증이 와요?”

미옥이 깜짝 놀라서 석영의 어깨를 잡았다. 석영이 고개를 끄덕였다.

“잠깐 있어 봐요. 간호사 불러올게요.”

미옥이 얼굴이 하얘져서 급히 밖으로 뛰어나갔다. 침대 시트를 잡고 서있던 용이 불안한 눈으로 미옥이 나간 문을 돌아보았다.

“용아, 엄마 금방 오셔. 괜찮아.”

곧 울음을 터뜨릴 거 같아 아이의 머리를 쓰다듬으며 달래고 있는데 문이 열리며 중휘가 돌아왔다. 그는 혼자 서 있는 용과 석영의 얼굴을 번갈아 바라보았다.

“왜 네가 애를 보고 있어?”

중휘가 나무라듯 표정이 안 좋아졌다. 석영이 뭐라고 설명을 하려는데 미옥이 간호사를 대동하고 병실로 들어섰다.

"진통이 시작되셨네요."

간호사가 석영에게 몇 가지를 묻고 아랫배를 살짝 눌러 보더니 말했다.

"그럼, 어떻게 되는 겁니까?"

중휘가 당황해서 물었다.

"의사 선생님 오시면 말씀 들으시겠지만 진통이 시작되었으니 아마도 자연분만을 유도하실 거예요. 일단 진통 오는 간격 잘 재고 계세요."

간호사는 그렇게 말하고 병실을 나갔다.

"괜찮아?"

중휘가 확연히 긴장한 얼굴로 석영에게로 물었다. 그의 얼굴은 창백했고 눈빛이 불안하게 흔들리고 있었다.

"나는 괜찮아요. 걱정하지 말아요."

석영은 그를 안심시키려고 웃어 보였다. 그는 하얗게 마른 입술을 축이며 애써 석영을 따라 웃으려고 했지만 잘되지 않아서 표정이 조금 일그러졌다.

"다행이죠? 수술하지 않고 낳을 수 있어서."

석영이 말하자 중휘와 미옥이 불안한 시선을 교차한 후 서둘러 고개를 끄덕였다. 잠시 후, 진통이 다시 밀려왔다. 간격은 멀었고 진통도 세지 않았기 때문에 석영의 표정은 아직 여유로웠다.

진통은 다음 날 새벽까지 계속되었다. 새벽녘이 되자 일 분 간격으로 진통이 빨라졌고 고통은 이루 말로 다 할 수가 없이 커졌다. 진통 간격이 조금 더 줄어들자 석영은 대기실에서 분만실로 옮겨졌다. 원래 보호자는 분만실 밖에서 기다려야 했는데 중휘가 막무가내로 석영의 손을 놓지 않고 버티다가 간호사들에 의해 강제로 분만실 밖으로 쫓겨났다.

그는 석영이 있는 분만실 벽에 이마를 댄 채 공포와 싸웠다. 분만실 밖으로 떠밀리는 자신을 바라보던 석영의 눈빛이 자꾸만 떠올랐다. 누구보다 두렵고 고통스러운 와중에도 그를 안심시키려는 듯 입가에 옅은 미소를 짓고 있었다.

그는 저도 모르게 울고 있었다. 제발 석영이 무사하게 해 달라고 신에게 빌었다. 아이에 대한 생각은 미처 하지도 못했다. 그는 그저 석영이 무사할 수 있다면 무엇이든 하겠다고 누구에게랄 것도 없이 매달리듯 빌고 또 빌었다.

온몸의 피와 근육이 다 졸아드는 것 같은 시간이 지난 후, 어느 순간 그의 귀에 갓난아기의 울음소리가 들렸다. 그는 아프도록 벽에 밀어붙이고 있던 이마를 떼었다.

"고모부, 축하드려요. 아기가 나왔나 봐요."

미옥이 다가와 그의 넓은 등을 토닥여 주었다. 그는 미처 대답도 하지 못하고 초조히 분만실 문이 열리기를 기다렸지만 문은 좀체 열리지 않았다. 잠시 후, 간호사 한 명이 급히 분만실 문을 열고 어딘가로 뛰어갔다. 중휘는 참지 못하고 그 문을 밀고 안으로 들어갔다.

"아직 들어오시면 안 돼요."

간호사 한 명이 그를 제지했지만 그는 분만 침대에 누워 있는 석영을 보자 아무 말도 들리지 않았다. 그는 눈앞이 하얗게 바라는 것 같아 비틀거리며 석영에게로 다가갔다. 그녀는 시체처럼 창백한 얼굴로 맥없이 늘어져 있었다. 얼굴에 핏기가 하나도 없어 꼭 죽은 사람처럼 보였다.

"서, 석영아……."

그는 겁에 질려서 차마 크게 부르지도 못하고 그녀의 늘어져 있는 팔을 붙잡았다. 그것은 솜만 들어 있는 인형의 팔처럼 흔들거렸다.

"석영아! 정신 차려. 석영아! 이 사람 왜 이래요? 왜 이러는 거예요?"

중휘가 얼굴이 하얗게 질려서 미친 사람처럼 소리치자 처치를 하고 있던 나이 든 의사가 혀를 끌끌 차며 말했다.

"좀 자게 놔둬요. 밤새 진통에 시달린 사람을 왜 깨워."

"……잠이요? 잠이 든 게 확실합니까?"

중휘는 뜻밖의 말에 정신이 멍해져서 석영의 얼굴을 바라보았다. 그는 여전히 불안해서 그녀의 뺨에 손을 대 보았다. 따뜻한 체온과 가냘픈 숨결이 느껴졌다. 그는 그제야 안심이 된 나머지 손으로 눈을 가리며 울컥 눈물을 흘리고 말았다.

"자, 아기 확인해 주세요. 윤석영 산모님, 4월 26일 오전 5시

20분 남자 아기 출산하셨어요."

간호사가 파란 포대기에 싸인 꼼지락거리는 무언가를 그의 앞으로 내밀어 보이며 말했다. 그는 너무 놀라서 눈이 커진 채 자신의 팔뚝보다 작은 아기를 내려다보았다. 간호사가 옆에서 뭐라고 떠들어 댔지만 하나도 귀에 들어오지 않았다. 붉은 얼굴에 눈도 채 뜨지 못한 여린 생명이 입을 움찔거리며 울 태세를 하는 것을 그는 경이에 찬 시선으로 바라보았다.

"안아 보시겠어요?"

간호사가 물었다. 그는 정신없이 고개를 끄덕였다.

누군가 건네주는 가운을 입고 장갑을 끼자 간호사가 조심스럽게 그의 팔에 아기를 안겨 주었다. 그는 작게 감탄사를 터뜨렸다. 이렇게 사랑스러운 생명체가 다 있다니.

"어이, 안녕?"

그는 목이 메어 작게 속삭였다.

아기는 무엇을 알아듣기라도 한 듯이 잠시 눈을 반짝 떠서 그를 올려다보았다. 중휘의 눈에서 저도 모르게 또다시 눈물이 흘러내렸다. 눈앞이 흐려서 아이를 더 자세하게 보지 못하는 것을 안타까워하고 있을 때 간호사가 아이를 도로 데려갔다. 그리고 그는 다시 분만실에서 쫓겨 나왔다.

"고모부, 어떻게, 어떻게 되었어요? 아가씨는요? 아가씨 괜찮아요?"

분만실 밖에서 기다리고 있던 미옥이 중휘에게 달려들 듯이 다가와 정신없이 물었다. 그녀도 아기보다는 석영의 상태가 걱정되었던 것이다. 중휘는 다리에 힘이 풀린 듯 의자에 털썩 주저앉았다.

"……지금 잠들었어요."

중휘가 겨우 입을 열었다.

"별일 없는 거죠? 아가씨 괜찮은 거죠?"

"……예. 의사 선생님이 괜찮다고 했어요."

"아이고, 천지신명님 감사합니다……."

미옥이 저도 모르게 그런 소리를 중얼거리며 맥이 풀린 듯 중휘 옆에 같이 주저앉았다.

"아기는요? 아기는 건강해요?"

잠시 후 미옥이 그제야 아기 생각이 났는지 다시 물었지만 그는 아무 대답도 하지 못했다. 그 순간의 감동을 말로 설명하기란 역부족이었다.

"……건강한 거 같아요……."

"딸이에요, 아들이에요?"

미옥이 또 물었다. 기억이 나지 않았다. 중휘가 넋이 나간 얼굴로 고개를 저었다. 미옥이 '하여간 남자들이란…….' 하는 얼굴로 그를 잠시 바라보다가 자리에서 일어섰다.

"아기 언제 볼 수 있는지 물어보고 올게요."

그녀는 가벼운 걸음으로 복도 모퉁이를 꺾어 돌아 사라졌다. 중휘는 아직도 조금 전의 충격에서 벗어나지 못해 심호흡을 하며 고개를 들었다. 그러다 바로 옆에 서 있는 전제옥과 눈이 마주쳤다. 그는 잠이 든 용을 품에 안은 채 중휘를 바라보고 있다가 중휘와 눈이 마주치자,

"축하드립니다. 형님."

하고 기쁜 얼굴로 말했다.

그러고 보니 미옥이 아까부터 용이 없이 혼자 팔짝팔짝 걸어 다니던 것이 떠올랐다. 제옥은 언제 아이를 안아 봤다고 제법 능숙한 자세로 아이를 안고 있었다. 그 모습이 지나치게 자연스러운 느낌이라 의아한 생각이 들었지만 이내 자신의 감정에 몰입하느라 곧 잊어버렸다. 여전히 조금 불안하기는 했지만 석영이 무사하다고 생각하니 억눌려 있던 기쁨이 두 배의 크기로 밀고 올라왔다.

석영의 건강을 너무 걱정하느라 미처 아이를 갖는 것에 대한 행복을 느끼지 못하다가 이제야 조금 실감이 나며 눈시울이 뜨거워졌다. 조금 전에 본 제 아이에 대해 애틋함이 왈칵 솟았다. 기쁘고 행복해서 다시 눈물이 날 것 같았다. 아무리 그래도 제옥 앞에서 울 수는 없어서 그는 의자에서 일어나 창가로 가서 섰다.

창밖이 밝아 오고 있었다. 병원 뜰에 심어진 단풍나무 가지 위에 멧비둘기 세 마리가 고개를 갸웃거리며 나무 위로 분주히 옮겨 다니고 있었다. 그렇게 볼 아무 근거도 없었지만 중휘는 그 새들이 꼭 가족처럼 보였다.

다정한 부모 새와 아기 새. 그들이 즐거이 노니는 것을 바라보

고 있으니 참았던 눈물이 또다시 울컥 쏟아지려고 했다. 그는 손바닥으로 입을 가리며 겨우 눈물을 삼켰다. 자신에게도 그처럼 안락하고 사랑스러운 가정이 생겼다는 것이 도통 믿기지 않았다. 행복했다. 아침 햇살이 축복하듯 그의 몸을 부드럽게 감싸 안았다. 그가 보낸 수많은 날 중에 가장 완벽한 아침이었다.

에필로그

김희재는 약혼녀와 본가에 인사를 하러 내려와 있었다. 몇 달 전에 중매를 통해 만난 두 살 연상의 아가씨였다. 약혼녀는 서울에서 작지 않은 섬유회사를 운영하는 집안의 무남독녀였다. 그녀는 장차 부친의 회사를 물려받을 유일한 상속자였다.

사실 그녀는 작고 귀여운 스타일을 좋아하는 김희재의 이상형과 상당한 차이가 있는 사람이었다. 그녀는 모든 것이 대체로 컸다. 그와 맞먹을 정도로 키도 컸고 목소리도 크고 입도 컸다. 통도 커서 선 자리에서 바로, 결혼하면 서울에 개인 병원을 차려 주겠다고 시원하게 말했다. 그는 그토록 쾌활하고 거침없는 성격의 여자를 별로 좋아하지 않았지만 두말하지 않고 결혼하자고 말했다.

처음에는 그녀의 지나치게 적극적이고 활달한 성격과 흘끔 보면 동성으로 오해할 정도로 큰 덩치를 극복할 자신이 없었던 것도 사실이다. 하지만 몇 번 만나 보니 아주 매력이 없는 것도 아니었다. 우선 성격이 아주 좋았고 자세히 보니 입은 크지만 눈과 코는 귀여울 정도로 오밀조밀 작았다. 입도 큰데 코까지 크지 않은 게 얼마나 다행한 일이랴.

아무튼 그리하여 그는 약혼녀와 처음으로 자신의 본가를 방문하게 된 것이다. 시골에 내려와 보니 약혼녀가 성격이 좋다는 것을 다시 한 번 깨달았다. 그녀는 부잣집에서 귀하게 자란 사람답지 않게, 전기도 들어오지 않는 시골의 촌사람들인 자신의 가족들과 위화감 없이 잘 어울렸다.

잘 어울릴 뿐만 아니라 그들을 어느새 모두 자기편으로 만들어 버렸다. 하기는 평생 남의 땅을 부치던 소작농에게 땅을 사 주고 듣도 보도 못한 귀한 보석이 박힌 가락지를 끼워 주고 고무신을 신던 발에 미제 구두와 서울서 최신 유행하는 백화점 옷들을 들이대니 누군들 편을 먹고 싶지 않을까마는.

가족들이 어느 왕국의 공주가 방문하기라도 한 양, 약혼녀를 둘러싸고 떠받드는 것이 뿌듯하기도 하고 한편 민망하기도 한 눈길로 바라보던 김희재는 슬그머니 집을 빠져나왔다. 집을 나온 그는 읍내로 가서 하릴없이 길거리를 배회하였다.

그의 발길은 어느덧 목재소 근처에 이르렀다. 목재소는 외지에서 읍내로 들어오는 길목에 큰 공터를 차지하고 있었다. 목재소 마당에는 산판 한 아름드리나무들이 산처럼 높이 쌓여 있고 커다란 제무시 여러 대가 연달아 뿌연 먼지를 일으키며 나무를 실어와 집하장에 내려놓고 있었다.

그는 멀리서 분주하게 오가는 인부들 모습을 바라보다가 다시 장터 쪽으로 발길을 돌렸다. 얼마 전에 권중휘가 교월읍으로 돌아와 다시 목재소를 인수했다는 얘기를 들었다.

그들은 서울살이를 접고 교월로 아주 돌아온 모양이었다. 한동안 석영의 집안과 권중휘에 대한 온갖 흉흉한 소문이 온 읍내에 파다하게 퍼진 적이 있었지만 지금은 아들까지 낳고 잘살고 있는 모양이었다. 석영이 권중휘와 결혼했다는 소식을 들었을 때 그는 이미 포기하고 있었음에도 몹시 실망했다. 역시 첫사랑을 이루는 것은 가능성이 희박한 모양이었다.

오래전 어린 석영을 처음 보았던 때가 떠올랐다. 중학교를 마치고 서울의 이모댁으로 유학을 떠나서 그는 고등학교와 대학을 서울서 나왔다. 그가 처음 석영을 본 것은 대학에 입학하던 해 여름방학을 맞아 본가로 돌아왔을 때였다. 그때 석영은 아직 어린 중학생이었다.

읍 단위의 크지 않은 소재지였지만 교월읍을 중심으로 작은 촌락들이 거미줄처럼 뻗어 있어 어느 마을에 누가 사는지 일일이 알기는 불가능했다. 그래도 석영을 처음 보았을 때 든 생각은 어째서 여태 그런 아이가 있다는 것을 몰랐을까 하는 의문이었다.

세일러 칼라의 평범한 중학교 교복이 그렇게 귀하고 예쁜 옷인 줄은 처음 알았다. 햇볕에 그을려서 피부가 새카만 아이들 사이에 창백하도록 하얗고 작은 얼굴을 보는 순간 그는 첫눈에 반하고 말았다. 그녀가 저도 알고 있는 윤석규의 여동생이라는 것을 알았을 때 그는 윤석규와 왜 좀 더 친분을 쌓아 두지 않았던가 후회하였다.

그때는 이미 석규도 서울서 대학을 다니고 있어 그를 핑계 대고 석영을 보러 갈 수도 없었다. 그는 방학이 되어 시골로 내려오면 하염없이 읍내를 배회하며 석영과 한 번이라도 마주치기를 바랐다. 그 절절한 짝사랑은 거의 2년 가까이 지속되다가 현실 앞에서 잊혀 갔다. 그의 상황은 공부에 짓눌려서 숨 쉬기도 힘들었고 무엇보다 석영은 너무 어렸다.

그렇게 잊고 있던 짝사랑을 병원에서 다시 재회했을 때 그는 꿈만 같았다. 둘 다 홀몸이라는 것이 꼭 운명처럼 느껴졌다. 이번에야말로 못다 이룬 첫사랑을 이루어 보리라 다짐했다. 하지만 결국 허사가 되었다. 어째서 그녀를 가질 수 없는지 슬프고 화가 나기도 했지만 이제 그는 좀 더 현실에 눈을 뜨고 자신과 가장 잘 맞는 조건의 여자와 약혼을 하고 곧 결혼을 앞두고 있다. 지금 와서 생각하면 오히려 잘되었다 싶다가도 한 번씩 석영이 떠오르면 가슴 한쪽이 아리기도 했다.

희재는 저도 모르게 석영을 생각하며 걷고 있다가 제풀에 화들짝 놀라고 말았다. 시장 골목 저만큼 앞에 석영이 걸어오고 있었던 것이다. 멀리서도 알아볼 수 있었다. 그녀는 어깨 위에서 찰랑이는 머리를 반으로 묶고 하얀색 블라우스에 청록색 스커트를 입고 있었다. 아이까지 낳았다면서 여전히 소녀 같았다. 여려서 바라보는 시선도 조심스러워지는 사람이었다.

"석영 씨 아니십니까?"

석영이 전혀 그를 의식하지 못하고 지나쳐 가려고 했으므로 김희재는 서둘러 그녀에게 말을 걸었다. 석영이 깜짝 놀라서 걸음을 멈추고 그를 바라보았다.

"아, 네. 선생님. 안녕하세요?"

그녀는 놀란 얼굴로 가볍게 고개를 숙여 인사를 했다.

"시장 보셨나 봐요."

김희재는 그녀의 가는 팔에 들려 있는 장바구니를 가리키며 물었다.

"네."

석영이 고개를 끄덕였다. 놀라서인지 볼이 발개져 있었다.

"……득남하셨다는 소식 들었습니다. 늦었지만 축하드립니다."

생각지도 않게 마주쳐 놀라긴 마찬가지였던 김희재가 서둘러 그렇게 말했다.

"감사합니다."

석영은 부끄러운 듯 고개를 숙였다.

"이제 꽤 컸겠네요?"

"네, 얼마 전에 돌이 지났어요."

아들 생각을 하는지 석영의 얼굴에 미소가 살짝 어렸다. 그 모습이 개화하는 꽃망울처럼 환하고 아름다워 보였다.

"석영 씨의 아이, 한 번 보고 싶군요. 석영 씨를 닮았나요? 아니면……?"

김희재는 그만 저도 모르게 속으로 생각하던 것을 입 밖으로 내서 말하고 말았다. 그녀가 낳은 아이는 도대체 어떻게 생겼나 궁금했던 것이다. 하지만 내뱉고 나니 너무 주책을 떨었다는 것을 깨달았다.

"……."

"……저도 사실은 올가을로 결혼 날짜가 잡혔습니다. 그래서 약혼녀와 부모님께 인사를 드리러 내려왔습니다."

석영의 얼굴에 조금 난감한 기색이 어렸으므로 그는 서둘러 그렇게 말했다.

"아, 그러시군요. 축하드려요."

석영의 얼굴이 부드러워지며 환하게 웃었다. 그것이 진심에서 우러나오는 축하라는 것을 희재는 느꼈다. 그는 기분이 좋아졌다.

"아주 내려오셨다는 얘기는 들었습니다. 부군께서 서울서도 큰 사업을 하신다고 알고 있는데 그걸 접고 귀향을 하시다니 어려운 결심을 하셨군요. 이곳 출신 청년들이 그 회사에 꽤 많이 취직했다는 애길 종종 들었는데."

"네. 남편도 저도 고향에서 살고 싶은 마음이 커서요. 아이에게도 시골에서 자라는 것이 정서적으로 좋을 것 같고요."

석영이 부드럽게 웃었다. 희재는 그 미소가 눈이 부셔 저절로 눈빛이 가늘어졌다.

"잘하셨네요. 부럽습니다."

"만나 뵈서 반가웠습니다. 그럼, 살펴 가세요."

희재의 말에 석영이 다시 미소를 지으며 고개를 끄덕이고 인사를 했다.

"어디까지 가시는지, 제가 좀 들어 드릴까요? 지금 산보 중이라 한가하거든요."

"아니요. 괜찮습니다."

석영이 당황하며 장바구니를 아래로 내렸다.

"가시는 곳까지 바래다 드리겠습니다."

김희재는 이제 다시 만나기 어려울 거라는 생각에 아쉬워서 무리를 해 보았다.

"아니에요. 애기 아빠가 마중 나오기로 되어 있어서……."

시선을 떨구고 있던 석영이 고개를 들며 말하다 말고 갑자기 얼굴이 환해졌다. 그 미소가 자신을 향한 것인 줄 알고 김희재의 가슴이 잠시 덜컥 내려앉았다. 하지만 곧 그 시선이 제 등 뒤를 향하고 있다는 것을 깨달았다. 그는 놀라서 뒤를 돌아보았다. 언제 왔는지 그의 뒤에 권중휘가 버티고 서 있었다.

"무슨 일이야?"

그는 고압적인 시선을 김희재에게 고정한 채 아내에게 물었다.

"아, 안녕하십니까?"

구면인데 모른 척할 수도 없어 먼저 인사를 하며 손을 내밀었다. 중휘는 눈썹을 살짝 찌푸리며 쏘아볼 뿐 그가 내민 손을 잡지는 않았다. 마치 그의 소유물을 탐내다 들킨 도둑을 보는 듯한 시선이었다.

"여, 여보."

석영이 민망했던지 중휘에게 눈치를 주었다. 중휘는 그제야 마지못한 듯 그의 손을 잡았다.

"자주 뵙네요."

중휘가 짓누를 듯한 시선으로 내려다보며 그의 손을 부술 듯이 꽉 쥐었다. 희재는 하마터면 소리를 지를 뻔하던 것을 간신히 참았다. 자주 보다니. 몇 년 만에 처음 봤는데……. 그 말뜻인 즉, 몇 년 만에 보는 것도 너무 자주이니 다시 만나지 말았으면 좋겠다는 뜻이었다. 나이도 어린 자식이 여전히 싸가지라고는 없었다.

"그럼 나중에 또……."

어색한 자리를 얼른 끝내고 싶었던지 석영이 서둘러 입을 열었다.

"나중은 무슨 나중?"

불퉁한 목소리로 내뱉는 중휘의 팔을 잡아끌며 석영이 민망한 얼굴로 얼른 고개를 숙여 보이고 돌아섰다. 중휘가 그녀에게 무어라 타박하는 소리가 들리고 그런 그의 팔을 석영이 달래듯이 다정하게 붙잡는 것을 희재는 조금 부러운 눈으로 바라보았다.

봄빛이 만연한 거리 너머로 멀어지는 두 사람은 이미 희재의 존재 따위는 잊은 듯 행복해 보였다. 희재는 그들의 뒷모습이 사거리 우체국 건물 뒤로 사라질 때까지 아련히 바라보았다.

『봄의 여담』 완결

작가 후기

제가 어릴 때 김유정 님 단편 소설을 좋아해서 여러 번 다시 읽곤 했습니다. [봄봄], [만무방], [동백꽃], [소낙비]…… 이런 소설들.

김유정 님의 소설은 좋아했지만 고향이 춘천이라는 것 정도밖에는 그분에 대해서 아는 게 없었는데 작년 초에 오랜만에 그분의 소설들을 다시 읽다가 그분의 개인사에 대해서도 좀 더 자세하게 알게 되었습니다.

[김유정의 집안은 천석지기의 지주였고 서울에 백여 칸 되는 집을 가지고 있을 정도로 부유했다. 부모를 일찍 여의고 가세를 책임지고 있던 큰형의 방탕한 생활로 말미암아 가세가 급격히 기울었다.]

[봄의 여담]은 김유정 님의 개인사 중, 저 부분을 읽다가 떠오른 스토리를 뼈대로 삼아 쓴 글입니다. 1930년대쯤을 배경으로 정하고 싶었지만 그 시대에 대한 자료조사를 하다가 제가 감당할 수 있는 세계가 아니라는 판단을 하고 재빨리 포기했습니다…….

(시대물 쓰시는 작가님들 존경합니다!)

그나마 조금 친숙한 1960년대 말에서 1970년대 초로 배경을 바꾸었지만 역시나 이것도 너무나 힘들었습니다. 다시는 시도하지 않는 걸로…….

다른 책보다 수정 기간도 길었고 수정하는 동안 우여곡절도 많았던 책이라 결과물의 완성도와 상관없이 드디어 책이 나온다는 것에 기쁨을 느낍니다.

책 낼 때마다 막판에 지쳐서 후기조차 못 쓴 경우가 많았는데 이번에는 수정과 교정 기간이 길어서 후기도 쓸 수 있어서, 덕분에 감사드리고 싶은 분들께 인사를 전할 수 있어서 또한 기쁩니다.

언제나 내 편이고, 늘 웃겨 주는 내 여동생에게 고맙다고 말하고 싶습니다.

제게 따뜻한 안식처가 되어 주시는 '첫눈' 카페 가족분들과 소속 작가님들께도 감사드립니다.

책을 내주신 예원북스 출판사와 교정 보시느라 힘드셨을 편집자님, 감사합니다. 그리고 저 멀리 D 시에 사시는 강아지와 고양이에 홀딱, 빠져 계신 그분께도 늘 함께해 줘서 고맙다는 인사를 전합니다.

마지막으로 계속 글을 쓸 힘을 주시는 독자님들께 고개 숙여 감사를 드립니다.

건강하세요!

2018년 8월 김태영.